国家社会科学基金艺术学项目

美国华裔戏剧研究

A Study of Chinese American Drama

徐颖果　著

商务印书馆
The Commercial Press
2012年·北京

图书在版编目(CIP)数据

美国华裔戏剧研究/徐颖果著.—北京:商务印书馆,2012
ISBN 978-7-100-09437-5

Ⅰ.①美… Ⅱ.①徐… Ⅲ.①华人—戏剧文学—文学研究—美国—现代 Ⅳ.①I712.073

中国版本图书馆 CIP 数据核字(2012)第 219453 号

所有权利保留。
未经许可,不得以任何方式使用。

美国华裔戏剧研究
徐颖果 著

商务印书馆出版
(北京王府井大街36号 邮政编码100710)
商务印书馆发行
北京市松源印刷有限公司印刷
ISBN 978-7-100-09437-5

2012年8月第1版　　开本 880×1230 1/32
2012年8月北京第1次印刷　印张 $10^1/_4$
定价:35.00元

序 一

华裔戏剧研究的新篇章

黄桂友(美国)※

《美国华裔戏剧研究》是一本很有学术价值的著作。它从介绍美国华裔戏剧最初上演中国京剧和粤剧开始,进而定义和梳理华裔戏剧的历史演变,然后审视亚裔剧团的形式,力图全面地描述华裔戏剧。它还从分析美国戏剧舞台上的华人形象入手,深刻探究华裔戏剧诞生的社会环境和历史因素,并通过对若干剧本的剖析,展示华裔戏剧的发展历程。

戏剧是人类发展比较早的以表演为主要载体的艺术种类,无论是古希腊的悲剧、喜剧还是中国的元杂剧,均源远流长。戏剧不同于诗歌,因为后者的主要接受形式是阅读和朗诵;它也有异于小说,因为小说的欣赏方式基本上是阅读。戏剧的特点在于,它根本上是以对话形式写成,需要有舞台和演员演示剧情和故事,当然读者也可以通过阅读取得教育或娱乐的效果。也就是说在接受和欣赏方式上,戏剧除了可以跟小说和诗歌一样由读者阅读,还可以独树一帜地让观众

※ 博士,教授,现任美国佛蒙特州诺威奇大学资深学术副校长兼教授院院长(Vice President for Academic Affairs/Chief Academic Officer)。研究领域:美国文学和亚裔文学。

观看。它是视觉艺术,依赖舞台设计、演员表演和群体观众捧场来完成表达,故在传播形态上更接近电影。当然观看不能取代阅读,看书也不等同于看戏。正是因为一部戏剧既能看也能读,它才有两类大致不同的接受群——读者与观众,从而也就对戏剧的创作和表演提出了不同的艺术要求。

由于英语语言在美国的沿用,美国戏剧的产生与发展继承了欧洲尤其是英国的创作传统和演出模式。从殖民地时期到20世纪中叶的大约三百年,美国戏剧是白人写、白人导、白人演、白人看、白人评,不折不扣的一元化。虽然黑与白作为统一而又对立的种族概念和事实(既相辅相成又相互衬托)自从黑奴进入美国就已经存在了,但美国戏剧的大舞台始终是以白色为基调的,而这个戏台又是由其政治舞台和宗教力量做后盾的。也就是说,在黑人获得公民权,尤其是选举权之前,美国戏剧反映和折射的是白人的政治理念、社会生活、宗教思想、民间世俗——白人是当然的主角。举个熟悉的例子:阿瑟·米勒的名剧《推销员之死》描述的是20世纪40年代中下阶层美国百姓的生活,观众看到的是剧中人物在困境和迷惘中的挣扎与无奈。但是我想指出的不是这些美国百姓生活如何艰难困苦,而是剧作家不仅仅看到了经济制度的不公,而且开始关注这些中下层白人的尴尬处境(这可能与米勒接受了一些马克思主义思想有关);更为重要的是,米勒时代几乎没有白人用戏剧的方式来关注几百年来一直徘徊于贫困与死亡边缘的黑人,更不必说20世纪前半叶人数少得可怜的亚裔。亚裔的命运有待于亚裔戏剧来描述和展示。

黑人在人口上的优势(约占美国总人口的14%)和在美国生存的漫长历史,使他们最早地觉悟到种族不平等带来的政治歧视和经济劣势。于是,从19世纪中期第一位有名的黑人作家道格拉斯

(Frederick Douglass,既是林肯总统的批评者又是其政治盟友)开始,黑人文学(包括戏剧)是以批评、控诉和抗议非人待遇为主调的,黑人文学因此在较大程度上成为亚裔文学的前车之辙。亚裔戏剧创作始于19世纪末,以日裔卡尔·哈特曼(Carl Sadakichi Hartmann)的《基督》(1893)为最早。华裔李玲爱则于20世纪20年代在夏威夷创作上演了有华裔特点的剧作《露丝·梅屈服记》(1925),展示现代与传统的冲突以及女权思想与三纲五常的对立。这样的思想在20年代的中国是犹抱琵琶半遮面,而在夏威夷已是阔步登台了。随后的几十年,直到70年代,亚裔文学的发展处于低潮;这一方面与亚裔整体在美国的政治与经济地位不高有关,另一方面可能与民权意识和女权思想不够普及有关。对于华裔而言,僵化了三十年的中美关系(从1949年新中国成立,经过50年代初的抗美援朝,至1979年中美建交)对美国华裔在政治和经济乃至文化艺术领域的发展均有不利,与华裔创作不活跃恐怕也不无关系。20世纪后半叶的华裔文学,无论是小说、诗歌还是戏剧,仍具有强烈的批判和抗议特征,华裔赵健秀的《鸡笼中国佬》①和《龙年》即是70年代这方面的代表性剧作。虽然其语言、剧情、构思都并非一流,但它们所演绎的社会矛盾、家庭争端、个人理想、男女关系、工作状况等,都回射到种族主义这个焦点上。

中国推行的"乒乓外交"与美国的"缓和外交"在1972年共同为中美关系解冻,立即促进了两国外交文化的交流,美国作家(包括华裔)也随之陆续访华。美国作家,尤其是华裔作家终于有了关注中美关系和象征着这一关系的群体(华裔)的机会。但是,究竟如何定义

---

① 本书作者译为《鸡笼中的唐人》。

华裔作家？美国哪些人是华裔？华裔文学的范畴有多大？徐颖果教授的著作探讨的是华裔戏剧，应当怎样定义华裔戏剧？华语基本上是汉语，但华裔不是汉裔。华裔是个群体，华人则是个个体。从种族的角度定义，华裔应该是其祖先最初来自中国境内的后裔，无论是汉族、满族还是回族，也无论这些后裔在离开中国后和到达美国前散居于世界何地。换言之，中国人离华后无论是在南洋还是在南美繁殖后代，然后登陆美国永久居住，他们都是正统意义上的华裔；他们创作的反映华人生活的戏剧就是华裔戏剧（而华人写白人或黑人探险太空的作品则不属此类）。华人与其他族裔的人通婚，产生的后代也是华裔，著名的例子就是半华人血统、半韩国血统的诗人宋凯西(Cathy Song)。当然也有不认祖先，或者说在身份上标新立异、另立门户的，正如徐教授在书中指出的亚裔剧作家薇莉娜·哈苏·休斯敦(Velina Hasu Houston)，声称自己既非美国人又非亚洲人，既非日本人又非非裔美国人，或说什么都是又什么都不是。但是她的名剧《茶》讲的是日裔的故事；她主编的剧本选集《生活的政治：四部美国亚裔女性剧作》，也以亚裔妇女为主。显然，在人物创作上她认同亚裔身份。

今日美国亚裔作家群星璀璨。在戏剧方面，华裔剧作家四十年来独领风骚：先有在纽约开山登场的赵健秀，后有以《蝴蝶君》一炮走红的黄哲伦，加之由尊龙和Jeremy Irons主演的同名电影助阵，名声走向国际。从整体上看，华裔作家以女性居多，华裔剧作家也以女性占多数。多年来，华裔文学研究侧重小说和传记，诗歌其次，而问津戏剧的研究文章偏少，专著更是屈指可数。徐教授在华裔美国文学研究方面已颇有建树，而今又独辟蹊径，踏开一条别人尚未走过的路——华裔戏剧。在《美国华裔戏剧研究》这部专著里，徐教授不仅细致地探讨了有关华裔文学的许多概念和定义,也认真讨论了美国各式各类的华裔剧团及其特点和对美国戏剧业做出的贡献。更为可贵的是,徐教授深入地分析了若干重要剧作,从为大家所熟悉的黄哲伦的《新移民》和赵健秀的《鸡笼中国佬》,到最近二十年脱颖而出的新秀,尤其是女性剧作家,如黄准美、林小琴、吴茉莉、段光忠、迪梅·罗伯茨等,以及张家平、谢耀等男性剧作家。本书还设专门章节介绍华裔女性剧作家及其作品和华裔剧团的资金来源情况,令人耳目一新。另外,作者还以附录的形式陈列了三种参考文献,为教学与研究提供了宝贵的资料,分别是:华裔戏剧研究术语、亚裔戏剧大事年表和亚裔戏剧团体总览。徐教授在著作中对华裔戏剧运营机制的研究,将对国内戏剧界的改制和转型提供有益的参考;它为华裔戏剧的研究填补了一项空白,将为中国的美国华裔文学研究注入新的活力。

黄桂友(Guiyou Huang)
Berlin, Vermont
April 2011

序 二

Preface

Ling Jinqi[*]

Xu Yingguo's *A Study of Chinese American Drama* is a groundbreaking effort to systematically introduce contemporary Chinese American theatrical productions, mainly in the form of printed texts, to the Chinese readership. Situating her examination of selected works in their specific historical, social, and cultural contexts, Xu pays particular attention to these works' thematic and stylistic significances, as well as to their cross-cultural ramifications, with in-depth and thoughtful analyses of a wide range of critical issues and literary concerns. Xu is the author of several influential scholarly publications on the topic of Chinese American literature, such as *An Anthology of Chinese American Literature* (2004), *Chinese American Literature Since the 1850s* (trans., 2006), and *A Dictionary of Ethnic and Gender Studies* (2009). The completion of her current study,

---

[*] 凌津奇,博士,美国加州大学洛杉矶分校英文系与亚裔美国研究系教授,系主任。研究领域:美国研究、亚裔美国文学、文学与文化理论。

which is based on extensive research and publications since 2007, will no doubt add to Xu's previous achievements, consolidate the pioneering status of her scholarship, and contribute to Chinese American dramas' better understanding and appreciation among Chinese readers.

Jinqi Ling
University of California, at Los Angeles
USA
October 17, 2010

目　录

绪　论 ··· 1
 第一节　本课题的研究范围 ································· 2
 第二节　亚裔戏剧产生的美国历史语境 ················· 5
 第三节　本著作的框架结构及主要内容 ··············· 15

第一章　关于美国华裔戏剧的界定 ························· 21
 第一节　华裔的文化身份与戏剧创作 ··················· 22
 第二节　作为族裔戏剧的美国华裔戏剧 ··············· 27
 第三节　华裔戏剧的艺术使命 ····························· 30

第二章　中国戏剧与美国戏剧：1767 年—2000 年 ······ 35
 第一节　英文改编上演的中国戏剧 ······················· 38
 第二节　中国戏剧的国际化 ································· 44
 第三节　中国戏剧对美国戏剧的影响 ··················· 49

第三章　美国华裔戏剧的产生与亚裔戏剧 ··············· 57
 第一节　美国华裔戏剧的产生 ····························· 57
 第二节　亚裔剧团 ·· 61
 第三节　亚裔剧团的创作及表演 ·························· 67
 第四节　世纪之交的亚裔戏剧 ····························· 71

第四章　美国亚裔戏剧的历史与剧团形式 ……… 75
第一节　美国华裔戏剧与亚裔戏剧共命运 ……… 75
第二节　亚裔戏剧团体创立的文化诉求 ……………… 77
第三节　亚裔戏剧团体与美国主流戏剧的不同 ……… 84

第五章　角色与现实：1850年—1950年美国戏剧舞台上的华人形象 ……… 93
第一节　19世纪中后期的华人舞台形象 ……………… 95
第二节　作为文化符号的负面华裔形象 ……………… 97
第三节　20世纪上半叶华人舞台形象的转变 ………… 103
第四节　华裔戏剧的大发展改写华裔负面刻板形象 …… 105

第六章　重构美国华裔的族群形象：赵健秀剧作《鸡笼中的唐人》 ……… 109
第一节　重塑华裔形象 ………………………………… 111
第二节　重塑华裔的男子汉形象 ……………………… 117
第三节　重构华裔的文化身份 ………………………… 121
第四节　建构华裔自己的语言 ………………………… 126
第五节　反映真实华裔的戏剧 ………………………… 132

第七章　文化融合：黄哲伦《新移民》中的文化身份认同 ……… 137
第一节　《新移民》 …………………………………… 138
第二节　中国文化元素在剧中的意义 ………………… 147
第三节　黄哲伦其他戏剧的主题研究 ………………… 155

第八章　当代美国华裔先锋派戏剧人张家平的跨界艺术 …… 159
- 第一节　碎片化、杂糅化和包糅化的叙事结构 …………… 160
- 第二节　文化旅者的跨界身份认同 ………………………… 168
- 第三节　艺术门类跨界的多样性艺术创新 ………………… 173
- 第四节　张家平实验性艺术的社会动因 …………………… 183

第九章　谢耀剧作《他们自己的语言》中语言的戏剧功能 …… 188
- 第一节　作为"他者"的同性恋的语言 …………………… 190
- 第二节　"他们"的爱情 …………………………………… 207
- 第三节　关于同性恋主题 …………………………………… 211

第十章　重塑华裔女性形象：美国华裔女剧作家林小琴戏剧《纸天使》 …… 220
- 第一节　排华时期与天使岛移民站 ………………………… 220
- 第二节　华人移民经历的现实主义再现 …………………… 229
- 第三节　华人身份认同的困境 ……………………………… 235
- 第四节　华人女性移民的双重困境 ………………………… 244

第十一章　美国华裔女剧作家及其作品 ……………………… 255
- 第一节　华裔女性戏剧与亚裔女性戏剧 …………………… 257
- 第二节　华裔女性戏剧题材与主题 ………………………… 265
- 第三节　华裔女性戏剧长足发展的社会及文化动因 ……… 273

第十二章　美国华裔戏剧团体的资金来源 …………………… 280
- 第一节　多样化的个人捐助方式 …………………………… 281
- 第二节　政府及社会捐助的多种途径 ……………………… 287

参考文献 ·· 292
附　录 ·· 297
　1. 美国华裔戏剧研究术语 ·· 297
　2. 美国亚裔戏剧大事年表 ·· 304
　3. 美国亚裔戏剧团体总览 ·· 309
后　记 ·· 311

绪　　论

按照《中国大百科全书》的定义,"戏剧"是综合艺术的一种,它有两种含义:狭义专指以古希腊悲剧和喜剧为开端,首先在欧洲各国发展起来继而在全世界广泛流行的舞台演出形式,英文为 drama,在中国称之为"话剧";广义还包括东方一些国家、民族的传统舞台演出形式,如中国的戏曲、日本的歌舞伎、印度的古典戏剧、朝鲜的唱剧等。(《中国大百科全书》,1989 年版)

英文中 drama 一词源于希腊语,表示"做"(thing done)的意思,具有"行动"的意味。自亚里士多德以来,动作就是戏剧的根本。戏剧冲突实际指的是动作性冲突。但是英文 drama 不仅是一种文学形式,还是一种表征艺术。drama 作为一种文学形式,指用文字构成的故事,其中有情节、角色、对话,我们通过阅读来了解故事,文本与读者之间直接产生互动。但是 drama 又是一种特殊的故事,它不是完全靠文字叙述故事,而是需要用动作来演出的故事:角色就出现在我们的眼前,事件就在我们眼前发生。我们不需要阅读,我们通过观看来了解故事。戏剧故事与我们的互动主要是通过舞台实现的,戏剧故事的内容通过舞台被外在化。在这个意义上,drama 又是一种表征艺术(representational art)。这种用于表演用途的戏剧故事,我们称之为戏剧文学。由于本著作研究的是表征美国华裔戏剧的文本,即 Chinese American drama,故将书名定为《美国华裔戏剧研究》。

第一节 本课题的研究范围

首先需要指出的是,本课题主要研究美国华裔的戏剧文学(drama),而不是舞台戏剧(theatre)。drama 和 theatre 的区别在于 drama 通常是指为演出而创作的剧本,而 theatre 通常是指依据剧本的演出。舞台戏剧研究要求临场观看,是一种视觉体验。观众需要通过现场观看,来感受各种剧本之外的舞台效果,从而完成剧本的最终使命。正如戈登·克雷在《戏剧艺术论》中所说的,戏剧"不是动作,不是剧本,更不是跳舞,而是把这些艺术联合起来;动作是表演的精神,文字是戏剧的体格,绘画是戏剧的中心,节奏是舞蹈的精华,合在一起,才叫戏剧"。《中国大百科全书》对戏剧形态做出了更为具体的描述:在古代希腊,艺术被划分为音乐、绘画、雕塑、建筑与诗,戏剧则被划归到诗的范畴。但是,真正的戏剧艺术应该包括诗(文学)、音乐、绘画、雕塑、建筑、舞蹈等多种艺术成分,因而被称为综合艺术。而戏剧是以语言、动作、舞蹈、音乐、木偶等形式达到叙事目的的舞台表演艺术的总称。文学上的戏剧概念是指为戏剧表演所创作的脚本,即剧本。但是,戏剧的表演形式常见的有话剧、歌剧、舞剧、音乐剧、木偶戏等,是由演员扮演角色在舞台上当众表演故事情节的一种综合艺术。[①]

美国华裔剧作家黄哲伦的一次演讲,可以说是对现代美国戏剧中 drama 与 theatre 之区别的一次很好的诠释。黄哲伦在中国贵州的贵阳博物馆做主题为《活在商业时代的艺术家》的演讲时说道:"创

---

① http://baike.baidu.com/view/43208.htm?fr=ala0_1_1

作剧本和写小说并不一样。创作戏剧更像是在创作音乐。在音乐里，乐谱上的音符并不是真的那么重要，真正重要的是在演奏这些音符时音乐的声音如何。同样，在戏剧创作中，文字并不是十分的重要，它们只是给所有的参与者的指示和蓝图。总之，戏剧艺术家的工作就是将所有的元素综合起来变成一场演出。"①黄哲伦的解释告诉我们，我们赖以研究的戏剧文学(drama)，只是一个起到指示和蓝图作用的文本，而决定戏剧成败的还有其他在文本中不会表现出来的综合因素。研究戏剧文学，对于不能到剧场观看的人来说更为实际可行。由于影像资料匮乏的条件所限，本课题选择研究华裔戏剧的剧本(drama)，而不是舞台表演(theatre)。

美国华裔戏剧由两部分组成：华裔用中文创作的戏剧和用英文创作的戏剧。本课题只研究美国华裔用英文创作的戏剧，主要内容有：对美国华裔戏剧的产生和发展进行历史追踪，对各个时期的华裔戏剧从政治、社会、文化等方面进行审视；对美国华裔戏剧在剧目种类、主题内容、体裁风格和舞台特点等方面进行梳理、评介；在厘清作为少数族裔的华裔戏剧在美国戏剧中的地位和影响的同时，追溯中国文化和戏剧传统对美国华裔戏剧的影响，发掘和展现美国华裔戏剧自身的特点。

需要说明的是，本课题所选择的剧本仅限于正式出版的华裔创作的剧本，在某种意义上，它限制了本课题的选择范围。因为这些剧本在正式出版时已经经过出版商的筛选，而这种筛选是以出版商的标准为标准的。这就使得没有正式出版的剧本无法进入本课题的研究视野，因此，对于全面表现华裔戏剧，有一定的局限性。

---

① http://news.163.com/10/0721/16/6C4NI77V00014AED.html

另外，美国华裔作为一个移民群体，在相当长的一段历史时期，是被边缘化的。真正能够将其作品在主流社会出版、发表，从而发出自己的声音的个体是有限的，主要是已经在学术界和戏剧界有一定话语权的学者和剧作者。比如，标志着美国华裔戏剧发展成就的几种戏剧集的出版，均由在大学执教的专家教授编辑出版：1992年出版《生活的政治》的薇莉娜·哈苏·休斯顿（Velina Hasu Houston）是南加利福尼亚大学戏剧学院的副教授，编辑出版了《不断的线》的罗伯塔·乌诺（Roberta Uno）在马萨诸塞州大学阿默斯特分校执教，主编了《亚裔历史与文化系列丛书》的陈素贞（Sucheng Chan）是加州大学圣巴巴拉分校教授，编辑出版其中戏剧部分的刘大卫（David Palumbo-Liu）是斯坦福大学比较文学系教授。他们不仅是大学学术机构的学者和教授，甚至是高等院校一些教学部门的负责人。这样的身份和地位使得他们不仅能够把亚裔剧作作为研究成果正式出版，甚至能起到左右某些相关教学大纲的作用，使这些剧作通过课程进入美国的大学课堂和科研视野。研究表明，需要把亚裔戏剧表演艺术纳入美国亚裔研究课程中的声音已经发出。（E. Lee, 2006：xi）还有百老汇历史上第一位获得美国戏剧最高奖——托尼奖的华裔剧作家黄哲伦，他连续两年被《亚裔杂志》评选为最具影响力的亚裔人士之一，他的剧作已经结集出版。

可以说真正能被主流听到声音的主要还是美国华裔的中上层阶级。著有美国亚裔戏剧研究力作《表现亚裔：当代美国舞台上的种族与族裔》（*Performing Asian America: Race and Ethnicity on the Contemporary Stage*）一书的作者约瑟芬·李（Josephine Lee），是这样解释选入她作品中的"美国亚裔"剧作家的："美国亚裔"在我的书里主要指美国华裔和日裔，他们是中上阶层，受过大学教育，能讲英语,或者是异性恋者。我的研究中没有明确涵盖的是新一代的移民和难民,以及那些生活经历不符合上述描述的人。这一偏见有可能是因为受到这样一个事实的影响,即美国亚裔剧团的兴起与更大范围的美国亚裔运动的政治文化影响是分不开的。美国亚裔运动从一开始就与学术机构保持着密切的联系,而且是以美国华裔和日裔的第二代、第三代为主。(J. Lee,1997:23)

对于我们在中国研究美国华裔戏剧的人来说,主要依赖的是已经在美国出版和发表的华裔戏剧文本,这就意味着没有出版的剧本不会进入我们的视野,因而不会成为我们的研究对象。具体地说,中上阶层以外华裔创作的剧作无法进入我们的视野。对于那些只在舞台上上演过,但是剧本失传的戏剧,我们也无从了解。而这些戏剧的缺失,使得我们的研究内容在全面性方面有着无奈的不足之处。

第二节 亚裔戏剧产生的美国历史语境

在西方,戏剧作为一种艺术形式,最早可追溯至公元前5世纪左右。三大悲剧诗人埃斯库罗斯、索福克勒德、欧里庇得斯以及喜剧诗人阿里斯托芬、米南德组成了西方戏剧的开创者群体,为西方戏剧在之后的发展奠定了坚实的基础。但是,由于戏剧不仅是一种艺术,更为重要的是,戏剧是人类文化活动的一种形式。因此,不同文化背景的民族,有着自己不同的戏剧发展道路和戏剧形式。具体到以移民国家为特征的美国,其戏剧的发展相对于欧洲大陆,就有着不同的发展路径和理念。

欧洲裔白人登上新大陆时,这片广袤的大陆上并没有土著人戏剧的流行。所以现在大家所说的美国戏剧,并非从美国土著印第安人的戏剧开始,而是起自移民到新大陆的欧洲裔白人开创的戏剧。由于历史的原因,在美国殖民地时期戏剧并不是一种喜闻乐见的艺术形式。史料显示,美国白人文化曾经对戏剧表演有过抵触情绪。因为在所有的文学形式中,戏剧是同身体的联系最为密切的,而带有非理性欲望的身体,恰恰是清教徒们最恐惧的。因此,虽然富庶的殖民主义者的图书馆中存有大量西方戏剧的经典之作,但是在17世纪20年代到18世纪中叶,在清教徒居住的新英格兰、新尼德兰和夸克居住的宾夕法尼亚等地,剧院是被禁止的。有些戏剧的上演,甚至遭到当地牧师的抗议,地方法庭因此出台法案,禁止舞台表演和其他的剧场娱乐节目。①

出于演出目的而创作的美国戏剧的出现,被认为最早可以追溯到17世纪的美国殖民地时期,当时甚至出现了女性剧作家。殖民地时期出现的第一位美国女性剧作家默茜·奥蒂斯·沃伦(Mercy Otis Warren, 1728—1814)生于普利茅斯,她的第一部戏剧《谄媚者》(*The Adulateur*)于1772年出版。另外还有一些剧作陆续出版:《团体》(*The Group*, 1775)、《乌合之众》(*The Motley Assembly*, 1779)、《傻瓜》(*The Blockheads*, 1776),1790年出版两部悲剧:《卡斯蒂利亚的女士们》(*The Ladies of Castile*)和《罗马之劫》(*The Sack of Rome*)。(Dimond, 1995:255)沃伦的丈夫在独立战争时期担任乔治·华盛顿军队的军需官。由于丈夫的鼓励,沃伦积极参加革命,不但与许多革命领导人有联系,而且从1765年到1789年间一直处于革命事件的中心。她发表在《马萨诸塞自由之歌》(*Massachusetts Song of Liberty*)上的《谄媚

---

① 1750年波士顿上演的Thomas Otway的《孤儿》(*The Orphan*)就遭到了当地牧师的强烈抗议,马萨诸塞州的大法庭还通过了一项法案,禁止舞台剧和其他剧院娱乐项目。(Dimond,1995:256)

者》，就是通过戏剧反对州长。现在沃伦被认为是美国首位女性剧作家和政治评论家，2002年进入美国国家女性名人廊。（徐颖果等，2010:71-72）

美国历史上也产生过一些反映社会现实的美国戏剧，比如殖民时期为表达政治立场而创作的政治讽刺剧、南北战争后关注社会问题的社会剧、革命战争时期出现的起到定义民族主义精神作用的戏剧，等等。然而，总体来讲，美国戏剧长期受英国戏剧的影响，沿袭了英国戏剧的模式。直到19世纪末，美国剧作家开始着力于摆脱欧洲古典戏剧模式的影响，有意识地实现美国戏剧的民族化。到20世纪上半叶，美国才产生了具有美国民族特点的重要戏剧作品。所以，一般认为美国戏剧真正开始发展，是在20世纪初的第一次世界大战期间。1936年荣获诺贝尔文学奖的尤金·奥尼尔为美国戏剧赢得了世界声誉，标志着美国戏剧完全独立于英国戏剧而形成了真正的美国民族戏剧。

发展到20世纪的头十年，美国出现了社区戏剧运动（Community Theatre Movement），它们旨在"创作能够激发思想的伟大剧作，吸收尽可能多的社区成员参加"，目的是与商业性的娱乐戏剧抗衡。社会草根层面的加入，使得美国戏剧有了很大的发展。到了20年代，在上演白人主流戏剧的百老汇之外，出现了大批的非主流的戏剧，被称之为"外外百老汇"（Off-Off-Broadway）戏剧。20年代的最后几年，有一千多个包括社区和大学戏剧团体在内的非商业戏剧团体活跃在美国的戏剧舞台上。[①] 在这些新建立的剧院和新出现的戏

[①] Arther Dirks. "American Theatre History", http://webhost.bridgew.edu/adirks/ald/courses/hist/hist_Amer.htm

剧团体中,就有包括奥尼尔在内的许多后来成为美国戏剧界领军人物的剧作家,为后来开创美国戏剧风格和传统创造了条件。反传统的荒诞派和先锋派、外百老汇和外外百老汇以及社区剧院和大学剧院的发展,打破了百老汇对美国戏剧的垄断,美国戏剧界的多样化初露头角。

从 20 世纪 60 年代到 80 年代,美国国内先后发生了反越战运动、民权运动、女权运动和多元文化主义运动,可谓政治文化运动风起云涌。美国剧坛也随着美国社会的变化而产生了巨大的变化。美国亚裔群体的戏剧正是在这样的社会大变迁的时代出现在美国的主流剧场。

然而,我们不能忽视的是,美国亚裔戏剧并不是在 60 年代的一夜之间具备了诞生的环境和条件。虽然多元主义文化运动中涌现出许多族裔戏剧,但是这并不意味之前没有族裔戏剧,或者完全没有族裔戏剧能够生长的土壤。恰恰相反,之前的美国戏剧就已经有了族裔戏剧,而且一些主流戏剧也为后来的族裔戏剧发展做出了有利的铺垫。在 60 年代的这些政治和文化运动之前,美国就已经出现产生和发展族裔戏剧的政治、文化、社会的生长土壤。主要表现在以下几个方面。

首先,从 19 世纪末美国戏剧有意识地与英国戏剧分离,以便发展有美国文化内涵的美国民族戏剧开始,美国剧坛就体现出现实主义的传统,而现实主义戏剧对美国社会的描述和表征,经常表现为批判现实主义的立场。美国现实主义戏剧家对现实弊端的批判性表征,表现出强烈的社会意识。西方艺术从来就有古典概念和现代意识之分。传统意义上的艺术是指从古希腊时代到 16 世纪时期所确立并完善的古典概念。19 世纪后期,艺术的概念随着现代意义的确立又被广泛应用。就艺术概念的古典与现代意义的分歧来看,前者偏重的是技艺、技能,后者强调的是对社会意识形态与生活的反映。(李贵森,2007:13)美国戏剧显然具有鲜明的现代意义,因为美国戏剧从诞生之日起,就有重在反映社会意识形态与美国人生活的现实之特点。

美国的现代主义对美国社会后来接受族裔主题的剧作也起到一定的铺垫作用。美国的现代主义始于19世纪和20世纪之交,于20世纪中期走向辉煌。大卫·克拉斯纳(David Krasner)对美国现代主义的描述是:"美国的现代主义被定义为与恋爱自由、言论自由,和政治上一定程度的无政府主义的自由主义价值观。另外,现代主义还反对美国狭隘的排外主义(provincialism)特有的感伤情调(sentimentality),并支持妇女参政运动,倡导妇女权利,立志揭示人类社会的'真理'。现代主义蕴含了世界大同的思想,反映了新兴的城市生活以及由此兴起的放荡不羁的思想(bohemianism)(特别是在纽约市以及著名的'格林威治村'、纽约市中心的艺术舞台等一些地方)。现代主义给人一种领导文化潮流的感觉(让参与者感觉身处艺术、文化的最前沿),具有在政治上和社会上都关乎工人阶级的特点。"(Krasner in Krasner,2005:143)

现代主义的美国戏剧关注作为社会底层的工人阶级的利益和权力,而这个阶层的相当部分并不是白人,而是有色人种。可以说在60年代之前,有色人种劳动人民已经进入美国白人剧作家的关注视野,并得以表征。这是因为在现实主义戏剧对美国社会弊端的批判性表现中,对种族主义的批判始终是主要命题之一。事实上,表现主义在60年代之所以得以传承,是因为20世纪60年代的政治剧场被认为是对20年代和30年代追求与当代流行文化和大众文化相融合的现代主义实验戏剧的重新发掘。(Saal,2007:152)正是从这个角度出发,60年代之后新的政治剧场与当代后现代主义政治剧场的结合才成为新的考察点。

尤金·奥尼尔因"以真挚深沉的情感对人类心灵最隐秘处进行探索"而荣获诺贝尔文学奖,他强调的心理真实的创作风格,也是一种现实主义表现。从第一次世界大战之后一直到30年代期间,奥尼尔运用现实主义、象征主义、表现主义、神秘主义、意识流等不同手法对戏剧的形式和内容进行了大胆探索,创作出大量经典之作,他关注社会现实、力求揭示现代社会问题的艺术追求,具有明显的现实主义和批评现实主义的特点。

奥尼尔等剧作家探索的表现主义受到批评界的高度评价:"美国表现主义在20世纪20年代的戏剧文学中写下了精彩的一笔,因此在近几十年它也引起了学者的高度关注。而相比之下,在这一运动之前的实验主义戏剧却少有人问津,人们只把这些戏剧看成是'现代美国戏剧'这一名称之前的戏剧。"(Beard in Krasner,2005:67)

对于奥尼尔等剧作家在这方面的影响,美国有学者已经给予公平的评价:"虽然(文化)差异的思想是在近期的美国戏剧中才得到充分发挥,但是像奥尼尔或威廉姆斯这样的作家在之前已经为这样的戏剧主题铺平了道路。这些剧作家重新描绘(re-vision)了美国的'大熔炉',肯定了文化多元主义的合理性,尽管有时候他们使用的方式较为隐晦或间接。是他们使美国准则走向衰微,他们赞成大多数在现代戏剧中明显有所体现的多元文化主义的美学立场。"(Maufort in Maufort,1995:4)20世纪美国戏剧舞台仍然是现实主义唱主角,无论在形式上还是在内容上。享誉世界的美国剧作家,如尤金·奥尼尔、田纳西·威廉姆斯、阿瑟·米勒等,在心理现实主义方面取得了辉煌的成就。50年代及其以后的戏剧显示出日益增多的多样性,从各个方面反映美国社会的变革和进步。

其次,20世纪上半叶美国黑人戏剧的发展,对60年代及以后的其他族裔戏剧的冒现和发展功不可没。其实黑人在美国戏剧舞台上亮相早有时日。早在美利坚合众国的早期,黑人演员就已经出现在美国流行娱乐和戏剧领域的舞台上了,他们经常在滑稽剧中扮演仆人或其他角色。19世纪20年代期间,葛洛夫黑人剧院就成立了,它坐落在曼哈顿布里克街(Bleecker)和墨瑟街(Mercer)的街角。(Bean in Krasner,2005:92)不同于亚裔演员曾经在白人主导的舞台上难以谋到角色的情形,黑人不但早就亮相于黑人的戏剧舞台,他们甚至出现在白人戏剧的舞台上。白人剧作家里奇利·托伦斯(Ridgely Torrence)于1917年创作的三部独幕民族剧《为黑人剧场所作的三部剧》(*Three Plays for a Negro Theater*),以及尤金·奥尼尔1920年创作的表现主义剧作《琼斯皇》(*Emperor Jones*),这两部作品都选用了黑人演员。

不仅如此,黑人还创办了戏剧刊物《危机》(*Crisis*)和《机遇》(*Opportunity*),并以此为平台,举办戏剧创作大赛。从1924年开始,《危机》为文学艺术设立奖项,每年评奖一次。《机遇》的编辑查尔斯·S.约翰逊(Charles S. Johnson)也于1925年开始举办了文学竞赛,最后还出现了出版商和作家齐聚一堂、共进晚餐的盛况。戏剧奖前三名的获得者能够获得发表的机会。通过戏剧文学,黑人读者经常能在书中读到关于民族的描述。(Bean in Krasner,2005:92)这些都极大地推动了黑人戏剧的发展。

在20世纪60、70年代,黑人剧作家、演员、致力于发展黑人戏剧的公司以及黑人观众越来越多,使得戏剧界的黑人数量急剧上升。黑人戏剧在百老汇获得的认可,也印证了黑人戏剧的发展。在20世纪70年代,除1971年外,托尼奖的提名中每年都有黑人。在1974和1975这两年中,共有9位黑人获得表演奖。(King,1991:81-82)

黑人运动对美国族裔戏剧乃至美国戏剧的发展也产生过推动作用。对20世纪美国戏剧有重要影响的哈莱姆文艺复兴,与19世纪末20世纪初的两个舞台有关,一个是露天表演舞台,一个是民间戏表演舞台。这两个舞台孕育了哈莱姆文艺复兴时期的非喜剧和非音乐剧,以及后来表现堕胎和私刑等社会热点问题的社会问题戏剧和历史题材戏剧,还有一些表现主义风格的剧作。露天表演、民间戏剧、社会问题以及历史题材,这四个方面都是对W. E. B. 杜波依斯(Du Bois,1868—1963)1903年的号召的直接响应。杜波依斯号召"创作须让人们认同黑人艺术",呼吁人们把黑人的艺术看成是"人类的"艺术。杜波依斯的观点促进了戏剧大书特书黑人生活,将其呈现给黑人观众以及白人观众。(Bean in Krasner,2005:91)通过将黑人历史讲述给观众(包括黑人和白人观众),黑人知识阶层的一种理念得以逐渐推行,即将加勒比海地区和非洲的英雄人物加入到他们心中的美国英雄形象当中。这正是后来的亚裔剧作家在亚裔戏剧中所做的,即在他们心目中的美国英雄身上加入华裔的民族特点。杜波依斯提出的"改变文学,继而改变生活"的文艺思想,对亚裔戏剧也产生了深远的影响。

舞台表演和其他美国黑人的文化表达,是"为记忆而进行的斗争"的一种形式,各个历史阶段的美国黑人戏剧作品中都有对过去的再想象。美国黑人的表演实践,从奴隶跳的圆舞到当代的嘻哈舞,都包含有早期非洲文化传统的遗存。因此,有学者说:"表演可以构成、容纳和创造'文化记忆'。我们所说的文化记忆是指在文化方面随着时间而建构起来的集体记忆,其含义由历史和文化的背景来确定。对于奴隶制和过去的种族压迫的文化记忆一直在美国黑人的文化政治以及美国黑人的身份的形成过程中发挥了至关重要的作用。"(Elam Jr. in Elam Jr. and Krasner,2001:9)

黑人戏剧有强烈的文化和政治内涵,这也同样成为后来亚裔(包括华裔)戏剧的特点。戏剧成为少数族裔对族裔身份和族裔形象的控制和利用的有力武器,也是少数族裔构建族裔身份的美学形式和实践。正如小哈里·J.伊拉姆(Harry J. Elam Jr.)所说:"美国黑人剧场的历史是黑人社会抗议剧场集体努力的最重要的一部分。这场运动不仅倡导社会变革,而且提倡通过对某一特别具有黑人特色的美学进行制式化来实现文化转型。"(Elam Jr. in Elam Jr. and Krasner,2001:9)黑人艺术运动(BAM)形成的历史、社群和美学的另类结构,对美国戏剧历史乃至美国文化的构成,都产生过一定的影响。而今,其影响仍在继续。

总而言之,20世纪60年代之前不是没有族裔戏剧,只是族裔戏剧在美国戏剧版图中处于非常边缘化的地位,而且以非洲裔戏剧为主,尽管实际上它对美国戏剧的构成的作用不可小觑。60年代以后的情况完全不同。从60年代开始,美国戏剧和美国文学以及其他艺术形式一样,重新定义了主流和边缘。之前是边缘的,从60年代开始逐渐发展成为了主流的,这个历史潮流一直持续了几十年。

60年代以后,除了非洲裔戏剧,其他少数族裔的戏剧也都有前所未有的大发展。从20世纪70年代开始,美国亚裔的独立表演愈来愈受到大众的欢迎,成为美国亚裔文化中不可分割的一部分。亚裔独立演出的剧本创作、导演以及表演都由亚裔演员自己完成,因此独立演出内容的真实性得以提高。亚裔艺术家们不沿袭戏剧公司的传统风格,而是将多媒体技术、自传、讲故事、种族特征、性别和性融合到戏剧之中。亚裔艺术家不仅游遍美国,还周游世界,打通了美国亚裔与世界的联系。一些演员关注政治问题,而有些演员关注的是美学问题……亚裔演员在舞台上或展现独创的故事或展现人们耳熟能详的故事,既表演个人经历又表演大众喜闻乐见的故事。总之,他们将个人的经历认定为亚裔群体的经历,把个人的种族属性转化为亚裔群体的种族属性,从而在美国亚裔戏剧史上开创新了的流派。(E. Lee,2006:156)

美国印第安人戏剧文化也发生了重要的变化,无论是在舞台戏剧方面,还是学术研究方面。在 20 世纪 80 年代的短短几年时间里相继成立了数个美国印第安戏剧团体,其中最有名的是 1974 年在哈斯凯尔印第安大学成立的雷鸟戏剧公司,还有 1975 年成立的蜘蛛女侠剧团。这些剧场和其他剧场的成立带来的是美国和加拿大到处遍布着的乡土剧场,数十名来自不同土著民族的剧作家在创作、发表他们的作品。(Haugo in Krasner,2005:334)学术界开始发掘土著印第安人创作的关于印第安人的戏剧,诸如阿瑟·科皮特(Arthur Kopit)的《印第安人》、约翰·奥古斯塔斯·斯通(John Augustus Stone)于 1829 年创作的《梅塔摩拉》,等等。

20 世纪 80 年代初,同样长期处于边缘地位的女性戏剧也有较大的发展。女性主义演员利用戏剧舞台公开她们的个人经历。传统的女性形象被摈弃,取而代之的是展现演员自身。她们毫无禁忌地尽情表现自己,强调"演出就是政治"的主题。女性主义戏剧强调女性的自由,书写女性自身经历的权利,以及重写女性历史的权利,她们注重个人的经历与情感,因为这些经历与情感是独一无二的。(E. Lee,2006:161)

华裔戏剧在美国是亚裔戏剧的一部分,在 20 世纪下半叶得以登上美国的主流戏剧舞台,并且获得越来越多的观众(包括非华裔)。华裔戏剧和非洲裔、拉丁裔、墨西哥裔等少数族裔的戏剧一道,产生于美国的多元文化大背景,也为美国的多元文化戏剧增添着光彩。

第三节 本著作的框架结构及主要内容

从历史发展角度研究的著作一般多遵循下列框架模式:按时间顺序的(chronological)框架和系谱式的(genealogical)框架。按时间顺序的框架往往从最早的相关内容开始研究直至最近时间,它的优势在于能从历史的角度较为全面地进行考察,不足之处是不能就某些重要议题进行重点论述;系谱式框架的优势是能突出重点,但是历史视角和事件的连续性多有不足。本书试图取两种框架之长,既有第一种的历史叙述,也有第二种的重点问题探讨。因此,本书从18世纪中国戏剧在美国演出开始,以在19世纪发生的华人在美国的移民经历为脉络,从华裔戏剧产生的社会、历史、文化背景等成因出发,探讨从华人戏剧到华裔戏剧的历史嬗变。本书的前四章目的在于搭建此历史框架,分别是:第二章"中国戏剧与美国戏剧:1767年—2000年";第三章"美国华裔戏剧的产生与亚裔戏剧";第四章"美国亚裔戏剧的历史与剧团形式";第五章"角色与现实:1850年—1950年美国戏剧舞台上的华人形象"。

本书在历史脉络的基础上,通过对几位重要华裔剧作家的个案研究,探索各个历史阶段华裔戏剧的主题特点和创作风格,从而不但说明华裔戏剧的历史嬗变,同时揭示美国华裔戏剧的丰富内容。这些内容包括第六章到第十章,分别有:第六章"重构美国华裔的族群形象:赵健秀剧作《鸡笼中的唐人》";第七章"文化融合:黄哲伦《新移民》中的文化身份认同";第八章"当代美国华裔先锋派戏剧人张家平的跨界艺术";第九章"谢耀剧作《他们自己的语言》中语言的戏剧功能";第十章"重塑华裔女性形象:美国华裔女剧作家林小琴戏剧《纸天使》"。这五个剧作家代表了美国华裔戏剧的第一代、第二代和第三代,既有男性剧作家,也有女性剧作家。

读者从这五部剧作将能感受到华裔戏剧的演变和发展,了解到华裔剧作家在不同历史时期的不同关注,以及在对待文化身份认同这个对离散群体非常重要的问题上华裔剧作家的态度和立场转变。他们从主题、风格和内容方面代表了美国华裔戏剧的发展变化。在类型层面,这些作品既有现实主义、自然主义、表现主义,也有后现代拼贴和多媒介实验派。

这五位剧作家的剧作涉及种族、阶级、性别、文化身份、离散文化等当代美国文学和戏剧的主要议题。这些剧作不但是我们了解美国华裔的历史文化和戏剧的丰富资讯,而且对于我们了解美国主流戏剧以及美国文化都有着积极的意义。这是因为这些剧作代表的不仅是华裔戏剧,而且也表现了美国文化和戏剧。

本书中研究的剧作反映了华裔戏剧作为少数族裔戏剧的特点,同时也反映了华裔剧作家对美国社会、历史和文化的理解,以及他们对作为个体的美国人内心的深入探索。这些戏剧中所反映的种族关系、文化记忆、内心情感等都是对美国社会的现实主义反映,既有作为少数族裔作家的独特性,也有作为美国作家的普遍性。因此可以说,他们的作品反映了美国人及其对美国社会的个人感受,因而具有典型性和代表性。正是这些特点,使得他们有足够的理由被视为具有代表意义的华裔戏剧主要剧作家。

第十一章"美国华裔女剧作家及其作品"梳理了迄今为止有文字

可查的华裔女性创作的剧作，时间跨度从 20 世纪 20 年代起到 21 世纪初，主要研究华裔女性戏剧的内容、风格、主题特点等。一般中国读者对华裔戏剧知之不多，对华裔女性创作的戏剧了解更少。其实华裔女性在华裔戏剧的发展中扮演着重要的角色。在《生活的政治》的"绪论"部分，薇莉娜·哈苏·休斯顿指出："亚裔剧场的文学表达始于女性"，并认为选入这部戏剧集的女剧作家曾经并将继续为美国亚裔戏剧传统做出重要贡献，其中就有华裔剧作家林小琴的《苦甘蔗》。作为几乎占华裔人口一半的女性，她们创作的戏剧表现了华裔女性在美国的历史和现实，可以说没有华裔女性的戏剧不是完整的美国华裔戏剧。

第十二章"美国华裔戏剧团体的资金来源"旨在寻找一些潜在疑问的答案。华裔作为少数族裔，而且经历了其他族裔没有经历过的排华法案的种族歧视，并被长期边缘化，这样一个长期处于无声状态的族裔群体，如何在文艺商业化越演越激烈的今天做到生存并发展的？本章试图从一个在大洋彼岸的中国人的视角和理解，对这些潜在的问题给予回答。事实上，从一个中国人的角度看美国华裔戏剧，正是本书的视角特点——一个跨文化的视角。

本书的批评视角基于"美国华裔戏剧是美国戏剧的一部分，以及美国华裔剧作家是美国剧作家"这样一个前提。在此前提之下，从美国历史、文化、社会因素几个方面考察美国华裔戏剧的发生和发展，这就使得该书具有三种视角。第一是历史视角。本书考察的华裔戏剧从 18 世纪开始直至 21 世纪初，19 世纪的华人移民美国的经历成为贯穿整书的历史脉络。由于这样一种历史视角，整部书的叙述具有连贯性。第二是文化视角。19 世纪中期移民美国的华人群体，在一百多年间转变为华裔，这不仅是作为美国公民的社会身份的转变，更重要的是文化的转变。根据华裔作家的种种表述我们可以看出，华裔文化是不同于中国文化，也不同于美国文化的一种文化，是跨越这两种文化的第三种文化。更为重要的是，华裔文化并不是一成不变的，而是发展的，并不是固定的、单一的，而是变化的、多元的，因此本书具有离散文化研究的审视视角。第三是社会视角。本书始终将美国社会视为华裔戏剧发展的大语境，关注华裔在美国社会的生存状态及其对华裔戏剧的影响。通过这样三个视角，华裔戏剧被放在美国的历史、文化和社会的大背景下考量，因此，华裔戏剧与美国主流社会的关系、华裔戏剧与主流戏剧的关系以及华裔戏剧与中国戏剧的关系等内容，构成了本书的总体框架，同时也提供了一个全面理解美国华裔戏剧的大语境。

　　由于华裔戏剧是跨文化戏剧，因此本课题是跨文化研究。虽然美国华裔的社会身份是美国公民，但是由于他们的离散族群的特点，我们还是视美国华裔为世界离散华人的一部分。也正是从这个意义上，才有了这个将美国华裔戏剧单独立项研究的课题。本课题一方面把华裔戏剧视为美国戏剧的一部分，另一方面又将其划归在离散群体之列，追溯华裔作为离散群体的戏剧特点及其与中国的关联，从离散文化的视角研究华裔戏剧与中国文学、文化以及美国文学传统之间的关系，提炼离散文学、文化的特点，探讨祖籍国与居住国的文化对离散群体的双重影响；用离散理论探讨身份政治、离散族裔的主体性和双重意识等重要问题；阐明语言与离散文化、语言与身份、语言与权利的关系；关注语言的政治性和文化影响，研究美国华裔戏剧作为一种戏剧现象的特点。尽管已经有广泛而深入的美国戏剧的研究成果问世，但是用离散文化的视角来审视美国主流戏剧的尚属少见，而从一个中国人的角度，用跨文化的视角对作为美国戏剧一部分的华裔戏剧进行系统研究,则是本课题的特色。

笔者注意到,在美国,非洲裔美国戏剧的发展史已经有系统的研究成果问世,而华裔戏剧只是作为亚裔戏剧的一个组成部分被研究,并没有专门研究美国华裔戏剧的著作出版。在我国的华人戏剧研究中,海外华人用中文创作的戏剧因为语言的缘故,容易引起我们的注意,而华裔用英文创作的戏剧尚没有引起足够的注意。从国内外的戏剧研究现状看,对华裔戏剧进行深入研究是十分必要的。

华裔正在发展成为美国具有活力的少数族裔群体之一,将在美国的社会中发挥越来越重要的作用,因此不能忽视。华人移民及其后代在美国开创了具有中国文化元素和中国戏剧传统影响的华裔戏剧,美国华裔在新大陆的移民经历是他们戏剧创作的巨大资源,使他们创作出从戏剧形式和内容上都不同于白人主流戏剧的新内容和新形式,这些剧作中的族裔戏剧元素在不经意间会转型成为美国主流戏剧的成分,其结果是将少数族裔的文化和文艺引入美国戏剧舞台乃至美国文化之中,因此,美国华裔戏剧有着不可忽视的学术研究价值。

在全球化的今天,多元文化之间的关系成为一个现实的重要问题。本课题探讨的离散族裔文化身份认同问题和文化双向同化现象,都是今天学术界十分关注的问题。从戏剧的角度进行研究,提供了一个具有新意的研究领域。另外,对美国华裔戏剧的研究,对于系统研究世界华人戏剧的大课题也具有参照意义。

近十多年,我国的美国华裔文学研究有了长足的进展,尤其是对华裔小说的研究,但是由于戏剧本身的特点和剧本资源问题,对美国华裔戏剧的研究相对较少,而戏剧是美国华裔文学不可忽视的重要组成部分。本课题作为第一部这一方面的探索性研究成果,虽竭尽全力,然仍不能尽如人意,本人能力有限,不足之处在所难免,诚恳就教于方家学者和广大读者,望不吝赐教。

第 一 章

关于美国华裔戏剧的界定

在美国,华裔往往是作为亚裔族群之一被指涉的。华裔文学一般不刻意单独分出,而是笼统地划归在"亚裔文学"的范畴,所以华裔戏剧也同样不单独分出,而是作为亚裔戏剧被认识和接受。笔者在这里之所以专门论述华裔,是因为这个课题选择研究的都是华裔剧作家创作的戏剧,主要研究美国华裔的戏剧,所以将这些戏剧冠之以"美国华裔戏剧"。但是在背景介绍中无法脱离"亚裔戏剧"的概念[①],为了叙述方便,不得不经常提及"亚裔戏剧"这个名称。

回顾美国华裔戏剧的发展历史,华裔戏剧初具规模的发展要追溯到 20 世纪 60 年代末。华裔戏剧与日裔戏剧一道,从一开始就构成了美国亚裔戏剧的主流。20 世纪 90 年代有艺术家开始呼吁,亚裔戏剧应该包括其他族裔的文化,特别是要包括东北亚地区和印度地区的文化。今天的亚裔戏剧已经非常多元化,而且丰富多彩。亚裔戏剧包括华裔、日裔、韩裔、新加坡裔、菲律宾裔、马来西亚裔、越南裔等来自亚洲的移民族群的戏剧作品。同其他的亚裔剧作家一样,华裔剧作家多用英文创作剧本(本项目只研究华裔剧作家用英文创作的剧本)。而创作语言的选择,在很大程度上反映了剧作家的文化身份认同。

---

① 关于华裔与亚裔的关系及名称问题,详见本书第三章。

第一节　华裔的文化身份与戏剧创作

美国华裔剧作家同其他亚裔剧作家一样，他们的文化身份认同经历了不断的变换。里克·塩见(Rick Shiomi)指出，20 世纪 60 年代以来美国亚裔戏剧创作的目的就是为了证明亚裔也是美国人："我们要证明我们是美国人。我们的戏剧风格是西方的，但是故事的内容是美国亚裔的。"(E. Lee, 2006:215)尽管最初的亚裔剧作家多数也认同于其祖籍国的文化，有人甚至认为亚裔戏剧如果否认亚洲的文化根源，就是向非亚裔艺术家投降。(E. Lee, 2006:215)但是在如何看待祖籍国和居住国的问题上，每一代的亚裔剧作家都表现出不同的态度。

具体说华裔剧作家。第一批用英文写作的华裔剧作家致力于颠覆美国舞台上流行的华人的负面形象。这些形象不是古怪的小丑，就是险恶的唐人街罪犯。美国主流社会直到 20 世纪 60 年代以后，才愿意接受诸如赵健秀这样的第一代华裔剧作家在作品中对华人形象的真实表现。(Williams, 2000:182)第一代华裔剧作家的代表赵健秀，从美国华裔的视角挪用中国文化，用关公、木兰等作为华裔的形象代言人，竭力颠覆华裔的负面形象，极力树立华裔的积极形象。在 20 世纪 70 年代的第一代华裔剧作家的作品中，华裔与他们祖籍国的关系是确定而明显的。但是在 80 年代的第二代华裔剧作家的眼中，华裔的身份如何界定，成为一个答案不确定的问题。

第二代华裔剧作家的代表黄哲伦通过其作品《捆绑》(*Bondage*)、《寻找唐人街》(*Trying to Find Chinatown*)等提出：问题不是"如何界定美国亚裔群体的身份"，而是他们的身份是否可以被界定。

黄哲伦通过《捆绑》中的一个角色表达自己的观点："在即将到来的那个世纪，所有的标签都要重写，所有的假设都要重新考察，所有的关系都要重新定义。"文化身份的流动性和杂糅性的命题被明确提出。

第三代华裔剧作家与祖籍国的关系渐行渐远，不仅如此，第三代开始了去族裔性的身份认同。第三代华裔剧作家谢耀（Chay Yew）说道："90年代和以往完全不同，人们不再将关注点侧重于种族问题，而是将种族问题作为跳板，继而引发对其他问题的讨论。"（E. Lee,2006:202-203）亚裔戏剧家开始超越族裔戏剧的疆界，探索一些普世性的议题。虽然仍有专注于族裔主题的剧作家，但是也不乏超越此主题的剧作家和作品。此时亚裔剧作家与主流的融合也是普遍接受的，20世纪90年代美国主流区域的戏剧公司上演美国亚裔剧作的情景已经不是什么新鲜事了。与第一、二代不同，第三代剧作家感觉他们离自己的根很遥远。如果一定要说明他们的文化身份的话，剧中大部分人物都表示自己不属于任何一种特定的文化。随着时间的推移，在多元文化主义的概念被广泛接受的时代，是否与祖籍国认同的问题，似乎逐渐失去了其作为问题的尖锐性和迫切性。

在相当一段时间内，身份认同与亚裔的创作方向有密切关系。在戏剧中应该书写亚裔自己的经历，还是像白人那样写大众戏剧？在这样的问题上，第一代和第二代亚裔剧作家经历过选择的困惑。像赵健秀这样的为华裔甚至是亚裔族裔的群体利益而创作的剧作家，显示出对族裔群体的集体关切和作为族裔剧作家的使命感，因而他们的剧作具有较强的政治意识和社会责任感。如果说第一代亚裔剧作家创作的目的是为了表明他们也是美国人，不应当受到歧视，而第二代亚裔剧作家要极力解决的是表现亚裔戏剧的族裔特点问题（E. Lee,2006:202-220），那么第三代亚裔剧作家更为关注的则是亚裔个体的独特经历,而不是亚裔作为一个群体的共同经历。

第三代亚裔剧作家的作品注重描写的是亚裔身份的多重性和他们生活经历的多样性。他们在戏剧中讲述亚裔自己的故事。在这些故事中,亚裔身份只是他们复杂经历的一部分。他们不再认为剧作家肩负的是必须用作品表现整个亚裔群体的民族责任。(E. Lee,2006:203)亚裔剧作家的创作从 70 年代的注重政治立场和族裔群体的表征,转变为对亚裔个体经历和感受的表现,尽管个体的经历也包括作为少数族裔整体的美国经历。

一个常见的误区就是认为所有的华裔可以用一个定义来描述。其实华裔作家和其他亚裔群体一样,对身份的认同是多样化的,不存在唯一的标准。即便是对"亚裔"这个应该能涵盖他们所有人的词汇的问题上,也有不同的声音,因为许多亚裔剧作家对"亚裔"这个词并不认同,原因是多种多样的。首先,"亚裔"(Asian-American)被认为是一个包罗万象的词汇,很难准确地描述这个用连字符连接的词汇所试图包含的意义。维克多·巴斯卡拉(Victor Bascara)提出,"亚裔"一词不是准确地描写了一群散居在国外的人,而是描述了几个孤立小岛组成的群岛,这些岛不仅位置不同,而且历史环境也不同,所以文化和政治方面所关心的议题也不一样。任何一个构成这个群体的移民历史、祖籍国、经济背景、语言、宗教和文化,不仅相互间有重大差异,而且每个种族内部因性别、年龄、阶级、教育和其他因素也存在着重要差异。因此,他的结论是,"亚裔"一词并非能够轻易地概括一群个体。(J. Lee,1997:22)但是,称一位剧作家或一部剧作或一个剧团是"亚裔"的,却容易让人想象出一个统一的整体形象,从而形成一个过分简单化的、抹杀个体多样性的族裔类型。(J. Lee,1997:23)称谓指代的统一性与被指代群体的多样性之间的矛盾被揭示出来。

更重要的是,有的剧作家排斥"亚裔"这个修饰身份的形容词,认为这个修饰词暗示着亚裔戏剧不同于一般的戏剧,而且具有质量低下的含义:"我不会称自己是亚裔剧作家,但也不反对别人这么称呼他们自己。这只是用种族差异来修饰这个行业,以便消费者了解剧本的一种方式。人们并不把山姆·夏普德称为白人剧作家……从负面意义上看,'亚裔剧作家'这个称谓含有低档次、次等品的意思,这是对该形容词的一种未被承认的、非官方的解读。"(Eng,1999:419-420)这也许解释了不少族裔作家不喜欢被冠以"族裔作家"的称号,而倾向于被称为"美国作家"的原因。

也有剧作家认为"亚裔"是个不够精准的词汇,也从来没有被精准地使用过。亚裔最初被称为东方人,英文是 Oriental,后来这个词被认为有殖民主义话语之嫌,加之其指代也缺乏准确性,因此逐渐被 Asian-American 这个词取代。可是,随着美国社会越来越多元文化化,这个词汇试图表现的差异,被认为越来越没有必要,这个词被认为变得没有用处。(Eng,1999:421)

可以看出,包括华裔在内的亚裔对"亚裔"这个称谓有多层面的感受和解读。有人把自己界定为"亚裔",而有人并不认为这种划分是必要的。因为"亚裔"这个定义被认为暗示了一些有争议的概念,如"异国"、"祖国"等。亚裔戏剧人希望观众在舞台上看到他们的时候能把他们看作是美国人。(E. Lee,2006:101-102)

由此可以看出,对于亚裔而言,文化身份的概念更多地成为关于种族、性别、性取向、地区、宗教等的分别,而不是关于国家的分别。亚裔认同于美国人,这是毫无疑义的。当亚裔演员在舞台上演出时,他们愿意被当成美国人,而不是外国人。身份问题不再是关于"我们是谁"、"我们从哪里来"的老问题,而是关于"我们有可能会变成什

么"、"我们怎样被表征"以及"这些将如何影响我们表现自己的方式"的问题。(Elam Jr., 2001:13)

然而,华裔和亚裔的名称,却很容易让人从地理位置上联想到他们的祖籍国。埃斯特·金·李(Esther Kim Lee)指出:从广义上讲,美国亚裔戏剧的性质是跨国家与跨文化的。从字面意思上讲,"美国亚裔"这个概念需要放到跨国背景中才能解释。提起"亚洲"人们就会想起亚洲的地理位置以及亚洲诸国。而"美国"则是美国亚裔与他们的祖先们移民到达的目的地。在这个意义上,亚洲各国与美国之间会产生各种形式的交流、旅行、迁徙,具体包括留学、劳工、难民、艺术交流等形式,于是"亚裔"这个词就产生了。

帕特里斯·帕维(Patrice Pavis)说,如果跨文化戏剧是由许多表演传统有意识地组合在一起的混合体,而且每个表演传统背后都与一个文化区域有关联,那么我们认为美国亚裔戏剧是跨文化戏剧的一种形式。(E. Lee, 2006:101)然而,20世纪90年代的亚裔戏剧告诉我们,亚裔戏剧在跨文化戏剧形式的基础上,正在扩展他们的创作内容,他们都把自己的族裔身份作为事业发展的跳板,而关注许多非族裔议题的主题。曾经一度被认为不同于主流戏剧或一般戏剧的亚裔戏剧,正在跨越族裔戏剧的边界,这些艺术家被认为"接受了亚裔戏剧的国际化的事实"(E. Lee, 2006:103)。

在全球化时代,各种不同文化之间的交流每天都在发生,学科之间的跨界更是一个愈演愈烈的现实。不同文化之间的交流形成的文化融合使得文化的重建和行业的跨界变得非常普遍。在试图对亚裔戏剧的身份进行界定的过程中,我们看到的是亚裔戏剧呈现的多样性和多民族性,这使得试图用一个简单的句子定义亚裔戏剧的努力变得没有意义。

总而言之,美国华裔的命名和自我命名,是一个非常复杂的议题,也是一个比较敏感的议题。用来修饰华裔剧场的形容词如"少数族裔"、"种族剧院"、"多元文化"等,都让华裔剧作家感到是在暗示族裔戏剧不同于"美国"戏剧,因此似乎有种族歧视的意味在其中。比如,亚裔剧作家 Alvin Eng 指出:在 70 年代,"少数派剧院"或称"种族剧院"是一个备受歧视的字眼。后来,我们被叫作"特定种族"或"多样文化",这似乎不再显得那么蔑视,或者说好像使我们的存在合法化了。早期的时候,我觉得我们就像领养的孩子一样,无论是在资金、认同度还是媒体里,我们从来就没有享受过公正的待遇。后来,由于泛亚保留剧剧团的业绩,我们的地位得到了改善。当初我们经营泛亚保留剧剧团的时候,只是希望做一些有意义的事情来丰富美国的戏院文化。20 世纪以来,美国的剧院基本上为欧裔新教徒所垄断。到了 20 世纪 70 年代,我觉得是时候争取一些机会了,毕竟我们也是美国人。仅仅以托尼奖来定格戏剧,也太过于狭隘了吧。(Eng,1999:411)有些作家甚至提出要自己给自己命名,而不采用任何现有的流行称谓。比如,赵健秀声称自己是 Chinaman,而不是 Chinese American 或别的什么。这些态度都说明"华裔"不仅是一个命名的问题,而且涉及了许多深层次的社会内涵。

第二节 作为族裔戏剧的美国华裔戏剧

长期以来,美国的主流剧院指主要上演由欧洲裔美国男性剧作家创作的或者由没落的欧洲剧作家创作的剧作的剧院。它们包括"外百老汇"、地区剧院、百老汇和其他商业剧院,同时还包括纽约、旧金山、洛杉矶的小剧院。(Houston,1993:6)提起主流戏剧,多数人想到的是这些戏剧,而忽视了美国的族裔戏剧。美国作为一个移民国家,族裔戏剧的发展非常自然。最初冒现的是欧洲裔美国人的族裔剧场。美国的族裔剧场从 18 世纪末就开始出现,有着较长的历史。如定居在路易斯安那州的法国人和旧金山的意大利人,那个时候就开始演出具有浓厚民族特色的戏剧。在当时,剧院之对于移民,更重要的是其社会交际功能和感情交流功能,而不是艺术功能,因为移民建立的剧院起到社会活动中心的作用,是一个移民们到此抒发对家乡的思念之情的场地。民族剧院不仅演出新作品,大多数情况下还上演诸如莫里哀、莎士比亚等经典剧目。到了 19 世纪 20 年代和 30 年代,爱尔兰和德国移民涌入纽约和其他地区。这些移民与前几代移民不同,他们是新生工人阶级,更有娱乐的要求。这些族群创立了戏剧中的一个"种类",即族裔戏剧,成为推动历代美国戏剧发展的中坚力量。(Shteir in Krasner,2005:18-19)

19 世纪上半叶的南北战争之前,来自瑞典、爱尔兰、乌克兰、挪威、德国、墨西哥的移民(特别是美国西部和西南部的这些族群)以及加利福尼亚的中国移民,都建立了自己的剧院,比如旧金山北部海滩上的意大利裔剧院、洛杉矶的墨西哥裔剧院、纽约的德裔上演席勒和歌德戏剧的剧院。每个国家的移民都带去他们自己的文化,带去具有他们自己民族风味的戏剧,上演符合他们自己感情和生活经历的新戏剧,尽管当时爱尔兰民族在全国范围的剧院活动中占统治地位。(Shteir in Krasner,2005:19)族裔戏剧在当时的美国已经比较普遍。

这些用英语演出的族裔戏剧对美国文化和戏剧不可能不产生影响,因此它们的历史作用不应被忽视。虽然族裔戏剧为了适应美国当时的社会状况而丢掉了一些族裔特色,但是在新大陆的移民经历成为他们戏剧创作的巨大资源,使他们有能力从形式和内容上开创出新的戏剧,一些族裔戏剧的元素在不经意间转化为美国戏剧的成分,这也是很自然的事。

中国戏剧在美国的首度出现是在1767年,当年由英国人亚瑟·墨菲改编的《赵氏孤儿》在美国费城上演,英文剧名是《中国孤儿》。(Williams,2000:3)尽管墨菲版的《赵氏孤儿》与原作相比有较大的改变,而且是以英文为舞台语言,但是毕竟这是中国戏剧第一次在美国舞台上露面。值得一提的是,这使得中国戏剧传入美国要早于西方戏剧和话剧之传入中国。西方话剧(Western-style spoken drama)被认为于1906年传入中国,而用中文上演西式歌剧(Western-style Opera in Chinese)则是在20世纪50年代出现在中国。[①]该剧的上演甚至早于美国第一部喜剧的上演。1787年,在纽约约翰剧院演出的罗亚尔·泰勒(Royall Tyler,1757—1826)的《对比》(*The Contrast*)是美国文化史上的第一部喜剧。(李贵森,2007:290)在美国戏剧尚没有形成具有真正美国戏剧特点的时候,中国传统剧目已经登陆美国舞台。中国戏剧从此开始了在美国两百多年的传播与发展。之所以说是传播与发展,是因为中国戏剧并不是依照原样被重复搬演,而是被改编后上演,因此已经不同于原始的中国戏剧而发展成为一种新的剧目,在形式或内容等方面呈现出非中国传统戏剧的形式与主题。

由于族裔戏剧从一开始就是为满足移民群体的思乡需要而产生的,所以各族裔戏剧中的民间题材曾相当普遍,比如黑人上演的历史剧。这些历史剧不但通过上演黑人的过去,向黑人观众和白人观众讲述非洲人移民美国的历史,而且通过把加勒比海地区和非洲的英

[①] Pear Garden in the West: A Conventional Theatre, ©2005San Francisco Performing Arts Library and Museum, http://mpdsf.org/chinesetheater/3_overview.html

雄人物作为戏剧素材,将黑人文化和文艺引入美国戏剧舞台,乃至美国文化之中。

塞缪尔·A.海(Samuel A. Hay)指出,20世纪的美国戏剧中,无论是美国黑人创作的,还是描写美国黑人的,大部分都基于以下两个戏剧理论:一个是阿兰·洛克(Alain Locke,1886—1954)的理论,另一个是杜波依斯的理论。(Bean in Krasner,2005:93)对同样意思的另一种表达是:"美国黑人剧场的根本特征不是杜波依斯的为宣传而艺术的传统,就是洛克的民间艺术传统。"(Elam Jr. in Elam Jr. and Krasner, 2001:338)尽管这种总结被认为有使美国黑人剧场的框架狭窄化之嫌,但是不能否认,它表明了美国黑人戏剧的两种主要的结构框架,即洛克的民间艺术传统路线和杜波依斯的反对种族歧视路线,简称为民间戏剧(folk plays)路线和种族戏剧(race plays)路线。洛克路线主要表现农村黑人的生活,旨在使观众感受到欢愉,并从中受到教育,但是使观众政治化不是其目的。(Dimond,1995:258)

这两种路线多少能代表华裔戏剧的历史发展路程。华裔戏剧在最初发展时,也曾上演中国民间流行的剧目,比如《白蛇传》、《凤还巢》等,虽然不是关于农村人的生活,但是这类戏剧也同样不是以将观众政治化为演出目的的。应该说杜波依斯的路线是包括了洛克路线的民间生活内容的,只是杜波依斯的创作目的有更为广阔的政治诉求。这些政治诉求在华裔戏剧发展中不但有明显反映,而且曾经是华裔戏剧重要的目标。

第三节 华裔戏剧的艺术使命

族裔戏剧的使命不同于主流戏剧,而是有着鲜明的政治目标,甚至成为一种斗争的手段。杜波伊斯用来定义非洲裔美国戏剧的几个要素,事实上也可用于其他一些族裔戏剧,比如亚裔戏剧。杜波伊斯认为非洲裔戏剧应该是"关于我们的"、"由我们创作的"、"为我们创作的"、"在我们身边的"。(Lei in Krasner,2005:302)所谓"关于我们的",是说情节必须如实展示黑人的生活;"由我们创作的",是指剧作必须是由黑人所写,而这些作家从出生起就生活在黑人之中,他们明白作为一个黑人意味着什么;"为我们创作的",即黑人剧场从根本上来说是为黑人观众服务,其动力和生命力必须来自于黑人观众的欣赏和肯定;"在我们身边的",是说剧场必须坐落在黑人居住区,贴近普通黑人群众。只有这样,一场真正的美国黑人民间剧运动才能发起。(Bean in Krasner,2005:94)

杜波依斯关于黑人戏剧的界定,用来定义包括华裔在内的亚裔戏剧也是适用的。亚裔戏剧曾经被认为是由亚裔创作的、关于亚裔的、为亚裔服务的。戏剧也同样被亚裔认为是对抗种族歧视的有力方式,这在赵健秀、林小琴、张家平等人的剧作中有非常明显的表现。

与欧洲裔的族裔戏剧不同的是,有色人种的族裔戏剧大多像非洲裔戏剧一样,有严肃的政治性。杜波依斯曾斥责当时流行于百老汇的音乐剧是关于"小丑们"的"颓废"故事,他提倡的新剧场要描绘美国黑人同种族主义的斗争,因此,戏剧不仅要向人们展示黑人的真实存在,还要展示黑人所希望的生存方式。(Hay,1994:3)在西方文化史中,虽然戏剧更多地是作为一种讲故事的娱乐方式而存在,但是戏剧也有其他的功能。比如戏剧最早的宗教功能,以及后来成为宗教节日的延伸、政治观念的传播手段,和作为大众宣传的一种方式。杜波依斯提倡的反对种族歧视的戏剧,一反以娱乐性为主的美国主流的轻喜剧和情节剧,使戏剧成为教育美国人民的宣传手段,使戏剧的政治宣传作用得到极大的凸显。

杜波依斯于1903年发出"创作促使人们认同的黑人艺术",以及能让人们把黑人艺术看成是"人类的"艺术的号召,极大地推动了黑人戏剧的发展。他认为要改变美国的种族主义现实,抓住集体想象是非常必要的,而剧院是实现这一目的最便捷的媒介。(Hay,1994:2)戏剧成为反对种族歧视的斗争武器。

由于戏剧的艺术特点,戏剧和剧场非常适合表现斗争。情节和背景的局部与整体结构,能够使戏剧这种媒介达到情感和美学有机结合的艺术效果。因此,戏剧作为黑人艺术运动的基础毫不奇怪。20世纪60年代,非洲裔美国戏剧多以武装斗争为题材。阿里米·巴拉卡、吉米·加莱特、理查德·韦斯利、索尼娅·桑切斯等剧作家都表达了对被压迫的愤慨和对斗争的重视。正如曼斯·威廉姆斯在《20世纪60和70年代的黑人剧院》中指出的:"黑人革命剧院的宗旨就是教育黑人同胞,唤醒他们的反抗意识,让他们以实际行动改变自己的现状。"(Kurahashi,1999:181)黑人戏剧为树立非洲裔美国人的社会形象和艺术形象做出了重大贡献。从戏剧着手,去改变戏剧,继而改变生活,通过艺术去实现社会的变革,这是美国黑人戏剧的战略战术,而且似乎也成为华裔和其他亚裔群体戏剧的战略战术。

除了和其他少数族裔一样被歧视之外,美国华裔群体还有其他移民群体所没有的特殊的移民经历。19世纪下半叶,美国的经济低迷加剧了就业机会的竞争。为了排挤华工,经白人劳工游说议员,最终通过了1882年的《排华法案》,从而开始了美国历史上臭名昭著的排华历史时期,华人在美国很快遭受到暴力侵害和种族歧视。在这之前,美国的移民是自由和不受限制的。1882年的《排华法案》改变了美国的移民模式,严格限制华人移民美国的种族主义移民政策,使得美国历史上第一次出现了特定的族群被限制入境美国的现象。

华裔移民经历的独特性是不少华裔戏剧所致力表现的内容。戏剧成为华裔与种族主义斗争的武器。华裔戏剧通过种族、阶级、性别、身份等创作主题,在舞台上反映华裔的现实生活,表达华裔的内心世界。华裔戏剧有明确的政治目标:提高华裔的族群意识,在舞台上发出华裔族群的声音,促进华裔族群文化、政治和经济的改善。华裔群体社会地位的提高,一直是华裔戏剧重要的诉求和奋斗目标。华裔戏剧的艺术目标,与其政治和文化目标紧密相连。

由于华裔戏剧必定反映华裔群体在美国各个历史阶段的社会和政治状况,以及华裔在一百多年的美国生活中所形成的华裔文化,因此,研究华裔戏剧不但能够使我们了解华裔群体,更能使我们了解美国这个国家的历史、文化和社会。华裔群体作为少数族裔的移民经历与其他少数族裔的共性也反映在华裔戏剧中。

与美国主流戏剧不同的是,美国华裔戏剧一开始是以跨文化的特色出现在美国戏剧舞台上的。华裔的跨文化戏剧中既有中国文化的传统,也有中国戏剧的传统。跨文化的华裔戏剧给美国戏剧舞台增加了多元文化的色彩。通过华裔戏剧的演出,中国戏剧元素被美国戏剧所吸收,对美国戏剧走向国际化也是积极的推动。在全球化的今天,各种文化的相互吸收和融合已经形成文化发展的常态,戏剧也不例外。对华裔戏剧的研究,有助于了解中国戏剧在美国的传播,以及中国戏剧对美国戏剧的影响。

总之,由于包括华裔在内的亚裔戏剧界的身份的多样化,使得任何试图定义亚裔群体身份的做法都受到质疑,因为亚裔群体的族群身份正在变得模糊。亚裔群体与其他美国人的身份界限正在慢慢隐去。无论是黑人、白人还是黄种人的美国人,他们凸显的只有一个身份标志——他们都是美国人。本书题目中的"美国华裔戏剧",主要是为了划分方便,专指由具有华人血统的美国剧作家创作的戏剧,而并不试图定义美国华裔戏剧,更不是要将其从美国戏剧中分离出去。相反,本书是对美国戏剧研究中长期缺失美国华裔戏剧内容的一个补充。

第 二 章

中国戏剧与美国戏剧：
1767年—2000年

美国华裔戏剧的发展与中国戏剧有着难以分割的联系。而华裔戏剧从定义上讲是美国戏剧，因此探源中国戏剧与华裔戏剧的关系，事实上是在追溯中国戏剧与美国戏剧的关系。中国戏剧在美国产生影响，主要通过舞台表演、翻译成英文后出版的剧本以及英文的戏剧批评论著这三个渠道。关于舞台表演方面，美国的中国戏剧又分为以下几种：

一、由美国人创作的用英文演出的中国题材的戏剧

二、由华人用中文上演的中国戏剧

三、由美国主流剧作家改编自中国戏剧并用英文演出的中国戏剧

四、由旅美华人改编自中国戏剧并用英文上演的中国戏剧

五、由中国剧团赴美演出的用中文上演的中国戏剧

在这五种中，第一种"由美国人创作的用英文演出的中国题材的戏剧"严格说来并不是中国戏剧。在不同的历史阶段，这类戏剧的主题和创作意图也有很大的差异。在19世纪晚期和20世纪上半叶排华法案甚嚣尘上之际，这类戏剧大多以负面描写华人和中国文化为主，与中国戏剧传统相距甚远。后来，在两次世界大战之间出现的由

美国作家通过想象而创作的中国剧目,大都表现他们认为的古老的中国或者中国传统文化,角色主要有帝王、太子、公主、神仙,或太监、书生、绅士等,大都装束奇异,身处奇特的梦幻世界。(都文伟,2002:68-69)这类戏剧有《黄马褂》(*Yellow Jacket*,1912)、《中国情人》(*Chinese Love*,1921)、《中国灯笼》(*China Lantern*,1922)、《爱之焰》(*Flame of Love*,1924)、《中国玫瑰》(*China Rose*,1925)、《观音》(*KuanYin*,1926)、《琪琪》(*Chee-chee*,1928)、《中国夜莺》(*Chinese Nightgale*,1934)、《大地之游》(*Earth Journey*,1944)、《武章传说》(*The Legend of Wu Chang*,1977),等等。

  这些戏剧对于塑造美国人心目中的中国和中国文化的形象起到一定的影响作用。从 1870 年至 1988 年这段时期,仅美国纽约上演的有关或涉及中国人物、背景、题材、主题或表演法的剧目就有 106 部。(都文伟,2002:236-245)然而,由于这类戏剧并不是中国戏剧,因此不在本文讨论的范围内。

  第二种"由华人用中文上演的中国戏剧"在美国源远流长,可以追溯至华人初到美国的岁月。据目前的研究表明,中国戏剧登陆美国的时间,甚至要早于中国人有规模地移民美国的时间(普遍认为是在 19 世纪中叶淘金热时期)。都文伟(2002:139-140)在《百老汇的中国题材与中国戏剧》一书中这样写道:

> 美国观众和中国戏剧的直接接触最早可追溯到 1790 年。那时中国戏剧已在纽约舞台上初见端倪,主要表现为烟火表演、皮影戏和以木偶、马戏形式出现的哑剧。十九世纪中叶,在美国一些大城市如旧金山和纽约,美国人已经开始看中国戏了。1852 年,旧金山建成第一个中国剧院。八年后,也就是 1860 年,

第二章 中国戏剧与美国戏剧:1767 年—2000 年

第一个中国戏班在旧金山表演结束后,去巴黎为当时的皇帝拿破仑三世演出,欧洲人才得以首次目睹真正的中国戏剧。随着中国移民在美国的东进及扩散,更多的中国戏班建立起来了。1870 年至 1910 年四十年间,各个较大的华人社区中的中国剧院都生意兴隆,其中最著名的位于旧金山的杰克逊街和华盛顿街以及纽约的杜瓦耶尔街。这些剧院主要为旧金山和纽约的华人社区提供娱乐节目,同时也引起了包括当地白人、外地游客、知名剧作家和评论家在内的美国观众的注意。1872 年,查尔斯·诺德霍夫就说过"每一个到旧金山游玩的旅客必然要领略一下中国戏剧"的话。有些评论家甚至认为中国戏剧比美国本土戏剧更优越。

华人最早在美国搬演的中国戏剧都是一些传统剧目。据 1852 年 10 月 25 日的《高加日报》(*Alta California*)的报道,最早参与戏剧演出的华文剧团叫作"同福堂",其 1852 年在加州三桑街(Sansome Street)的美国剧院(American Theatre)首次演出,演出的剧目有《八仙献桃》、《六国大封相》等四出戏。演出非常成功。[①] 也就是说,在华人因淘金热移民美国还没有几年的时间,华人的剧院已经在成功经营了,观众不仅有中国移民,还有当地白人、外地游客、知名剧作家和评论家,可见中国戏剧受欢迎的程度。

在之后的一百多年里,华人移民后代搬演的中国戏剧更是数不胜数,但是由于这些戏剧都不是英文创作,所以也不是本书研究的重点。本书主要研究作为美国戏剧的华裔戏剧,所以首先是用英文创

---

① 雷碧玮:《变脸与变性:京剧在美国舞台上的呈现》,2011-12-22 http//www.china001.con/show_hdr.php? xname=PPDDMV0&dname=JLPO741&xpos=72

作的戏剧,注重发掘中国戏剧对美国戏剧的影响,即主要研究第三种"由美国主流剧作家改编自中国戏剧并用英文演出的中国戏剧"和第四种"由旅美华人改编自中国戏剧并用英文上演的中国戏剧"。下面以改编成英语在美国上演的《赵氏孤儿》为例,研究中国戏剧对华裔戏剧乃至美国戏剧的影响途径,同时探讨中国戏剧在异域文化中传播时所经历的文化翻译。

第一节 英文改编上演的中国戏剧

由美国人改编后用英语上演的中国戏剧在美国的首度出演,是1767年美国费城上演的由英国人亚瑟·墨菲改编的中国元杂剧《赵氏孤儿》,英文剧名是《中国孤儿》。(Williams,2000:3)尽管墨菲版的《赵氏孤儿》与原作相比有较大的改变,而且是以英文为舞台语言,但是毕竟这是中国戏剧第一次在美国舞台上露面,是美国主流观众第一次接触中国戏剧。中国戏剧从此开始了在美国的传播经历。而中国戏剧中所浸润的中国文化,也随之向美国观众展现,并成为美国人了解中国和中国文化的重要途径。

值得注意的是,中国戏剧传入美国,不但早于西方戏剧传入中国,而且早于真正的美国戏剧的生成。最早出现的美国戏剧,可以上溯到1749年英国的旅行剧团在弗吉尼亚的演出,之后沿袭英国戏剧的模式与思路的美国戏剧开始逐渐发展起来,在纽约、费城等城市开始有剧院相继建立。1787年,罗亚尔·泰勒的《对比》在纽约的约翰剧院定期上演,成为美国文化史上的第一部喜剧。(李贵森,2007:290-291)1928年戏剧批评家乔治·珍妮·纳珍在评价之前的美国戏剧时说道:"美国戏剧几乎拿不出什么符合欧洲人成熟的欣赏水准的作品,直到尤金·奥尼尔在舞台上崭露头角后才有所改变。"在奥尼尔之前,美国戏剧大体上不是欧洲甜蜜情节剧的变形,就是歌舞杂耍、吟游技艺和音乐剧的大杂烩。(Krasner in Krasner,2005:145)直到20世纪头十年,美国的主流戏剧仍主要是以轻喜剧和情节剧为主。(Beard in Krasner,2005:54)也就是说,如果1787年美国诞生了第一部喜剧,那么在美国戏剧尚没有形成具有真正美国戏剧特点的时候,中国传统戏剧就已经开始了在美国的传播。中国戏剧不是被单纯地搬演,而是在改编之后发展成一种跨界的剧目,在形式或内容上均有非中国传统戏剧元素的加入。

中国戏剧在海外的传播,从一开始就经历了改编的过程。1767年亚瑟·墨菲改编《赵氏孤儿》,已经是几经改变了的中国戏剧。元杂剧《赵氏孤儿》首次被全文翻译成法语是在18世纪。1698年,法国传教士马若瑟(de Premare)从法国来到中国传教。[1] 在中国期间,元杂剧引起了他的兴趣。他对《赵氏孤儿》进行了翻译,并将翻译的剧本于1735年在法国的《中国通志》上全文发表。以后马若瑟的《赵氏孤儿》译本通过《中国通志》的英、德、意、俄等几种语言在欧洲广为流传,其中最早的是英国的译本。[2] 法国作家伏尔泰看到后也对《赵氏孤儿》的戏剧发生了兴趣,进而对《赵氏孤儿》进行改编,并将剧名改成《中国孤儿》。伏尔泰的《中国孤儿》在巴黎上演和出版后,英国剧作家亚瑟·墨菲在伏尔泰的剧本的基础上又进行改编,形成了默氏《中国孤儿》的剧本,于1759年4月在伦敦上演,也取得成功,[3]后来又到美国上演。

---

[1] 《赵氏孤儿》入欧洲,2010-10-31,http://www.lsfyw.net/article/html/79562.html
[2] 《赵氏孤儿》在欧洲和中国的改编,2009-02-06,http://bbs.guoxue.com/viewthread.php?tid=500029
[3] 同上。

在美国上演的《赵氏孤儿》经历了马若瑟的法语翻译,伏尔泰的法语改编,以及亚瑟·墨菲的英文翻译和改编。改编主要有两种:一是演出语言的变化,二是剧情的变化。元剧是以歌唱为主的,马若瑟的法文译本将其改变为以对白为主,这不仅使原剧中的诗意成分丧失殆尽,而且原剧中的曲子也完全丧失。中国戏剧是多种艺术综合利用的艺术形式,其中有诗歌、乐、舞、美术等成分,有很高的艺术性和诗化性,特别是对话的音乐性,是中国戏剧一大特点。"唱、念、做、打"四种艺术手段中"唱"是第一位的,而《赵氏孤儿》在海外旅途的第一站,就失去了诗意的"唱"。

马若瑟的翻译被认为"译本中不止一个句子被随心所欲地做了翻译,从而使剧本失去了中文原本中所特有的魅力。此外,译者未能透彻地理解其中的某些对白,其译本有时晦涩难懂,使人不知所云。"[①]伏尔泰认为,马若瑟神父的《赵氏孤儿》译本"完全没有表现出中国人的思想深度,未能使人理解该民族的真正情操"。[②]

除了语言的变化,还有剧情的改变。所幸马氏保留了故事的情节框架,所以仍然是中国故事。剧本中的高乃依(Corneille)或拉辛(Racine)式的悲剧所具有的"崇高的情感和高尚的自我牺牲精神"仍被保留了。到了伏尔泰的笔下,故事情节也发生了变化。他把故事从公元前5世纪的春秋时期向后移了一千七八百年,又把一个诸侯国家内部的"文武不和"的故事改为两个民族之争。他还遵照欧洲的新古典主义的戏剧规则,把《赵氏孤儿》的故事时间从二十多年(据伏尔泰说是25年),缩短至一个昼夜,剧情被极大地简化;更有趣的是,

---

① 《赵氏孤儿》入欧洲,2010-10-31,http://www.lsfyw.net/article/html/79562.html
② 同上。

他还根据当时"英雄剧"的写法,加进了一个恋爱故事。这样一来,中国的元杂剧《赵氏孤儿》也就面目全非了。[①] 他改编的《赵氏孤儿》"充满了仁爱之心"。伏尔泰在很大程度上背离了原作,认为"情节欧化的程度越大,就越完美"。

亚瑟·墨菲更是花两年时间对该剧进行改装。几经修改,他去掉了原作中的一些情节,增加了自己创作的几个故事。1759年4月在伦敦德如瑞兰剧院上演他改编的《中国孤儿》,同样取得了成功。墨菲认为中国的《赵氏孤儿》题材是好的,可惜作者对救孤一节没有处理好,牺牲一个婴孩来拯救另一个婴孩,远不如牺牲一个青年来救另一个青年,因为这样更可以表达为人父母者心理上的矛盾和冲突。于是墨菲对《赵氏孤儿》的情节和人物等都做了不小的改动。[②] 墨菲版的《中国孤儿》与中国的《赵氏孤儿》的原作相差甚远。评论认为,"只有一点模模糊糊的东方色彩。角色都戴着黄色面具,由穿着中东服装的白人演员扮演中国人。"评论还说:"实际上,在接触到真正的中国人之前,美国观众很长一段时间都认为中国人就是舞台上那种奇怪的样子。"(E. Lee,2006:8) 但是,这些改编了的中国戏剧《赵氏孤儿》,都受到当地观众的喜爱。

改编不仅是18世纪和19世纪欧洲和美国人接受中国戏剧的主要方式,而且也是20世纪和21世纪的华裔接受中国戏剧的主要方式之一。华裔也改编了《赵氏孤儿》,而且改编的力度丝毫不弱。据报道,2003年旅美华人陈士铮在美国林肯中心推出策划了两年的《赵氏孤儿》,以中英文两个版本推出。英文版《赵氏孤儿》由纽约剧

[①] 《赵氏孤儿》在欧洲和中国的改编,2009-02-06,http://bbs.guoxue.com/viewthread.php?tid=500029

[②] 同上。

作家格林斯潘改编,除了借用原剧剧情之外,从音乐到舞台,完全是一部美国化的百老汇戏剧。其剧情相当简单,演员总共才六人,四个主要演员都是美国人,两名华裔演员只是在剧中扮演道具似的屠岸贾的随从。另外,所有的对白都非常口语化,甚至有不少俚语和方言。演员的表演十分夸张、幽默和诙谐。①

对此,陈士铮解释道:"在中国传统戏剧中,演员们可以通过动作来表达剧中人物的情绪,美国演员们总是想知道并试图向观众说清楚,他们需要了解当时那种特殊社会环境下的心理状态,当时的人们为什么会为了一个婴儿杀死那么多人,等等,而这些对于他们及现代的观众很难解释清楚,我希望这部戏能让观众感受到过去不明确的东西。剧场就是一个世界,如果演员能够用表演来与观众沟通,就不需要去说太多的对白。"英文版的《赵氏孤儿》确实用美国人的方式让观众较好地理解了剧情,比如最后的结局还是复仇,但是采用了美国人的方式:在赵氏孤儿21岁生日时,程婴告诉他,要给他一个"surprise"(惊喜),结果就是告诉其身世。观众的反应居然是大笑不已。赵氏孤儿杀屠岸贾时,动作也非常夸张。②众所周知,在中国《赵氏孤儿》是一个悲剧。

除了故事情节被改变,美国人改编后的《赵氏孤儿》,从场景和舞台设计等方面都与古老的中国相去甚远。元杂剧《赵氏孤儿》描写了两千多年前春秋晋灵公时代一个家族的生死斗争。而陈士铮版的英文的《赵氏孤儿》为了使其具有更多的象征意义,便没有设定具体的时间与空间。故事可以发生在任何观众希望的时代,舞台则是后现

---

① 美国人演《赵氏孤儿》,2003-07-25,http://www.people.com.cn/GB/paper68/9766/898700.html

② 同上。

代主义舞台设计。"林肯中心拉瓜地亚戏剧院的舞台上有一个大水池,里面的水都是红色的,陈士铮导演说,这是象征着鲜红的血。水池中央搭起一块白色木板,这就是演员表演的舞台。演员的服装也全部都是白色的。演员们每次走上舞台前都会把红颜色沾在身上、脚上,这样一遍遍地把红颜色带上白色的舞台,直到剧终时,舞台上已形成一片红与白的世界。林肯中心艺术节负责人瑞登先生认为,陈士铮为中国经典戏剧在美国的传播和发展创造了一个更广阔的演绎平台。"①

该英文版戏剧的音乐由纽约颇有名气的作曲家斯蒂芬·梅里特来编写。根据梅里特的意见,音乐用京胡、琵琶、竖琴这三种中国传统乐器伴奏。《纽约时报》对该剧音乐的评论是:《赵氏孤儿》的音乐听起来就像具有异域风情的蓝草乡村音乐(美国乡村音乐,起源于南方)。梅里特把它叫作"乡村音乐和东方音乐的结合体"。②

陈士铮等华裔的这些改编剧,从不同的角度,有不同的评价。从中国戏剧界的角度看,它们被认为是将中国戏剧美国化,或将中国戏剧国际化。从美国戏剧界的角度看,这些剧给美国的戏剧舞台增加了多元文化的色彩,被认为是美国的多元文化戏剧,或跨文化戏剧,是美国戏剧。

这样的改编,不但从语言和内容上改掉了中国传统戏剧的传统,而且也改变了这些戏剧的身份。在美国,由亚裔剧团上演的具有中国戏剧元素的戏剧被认为具有典型的亚裔戏剧特色。而我们都知道,亚裔戏剧从定义上讲是美国戏剧的一部分。所以,中国戏剧《赵

---

① 美国人演《赵氏孤儿》,2003-07-25,http://www.people.com.cn/GB/paper68/9766/898700.html

② 同上。

氏孤儿》通过华裔的改编,出现在华裔戏剧的舞台上,转而成为美国戏剧的一部分,发生了身份的转变。《赵氏孤儿》不再仅仅是一部中国元杂剧,而成为国际戏剧舞台上的共同财富,出现在华裔戏剧舞台上,给中国戏剧在美国乃至海外的传播开辟了无尽的机会。

第二节 中国戏剧的国际化

20世纪70年代中美邦交正常化之后,中断了数十年的戏剧交流重新开始,并渐趋频繁,特别是在世纪之交时。中国戏剧正在以前所未有的规模出现在美国舞台上。昆曲《牡丹亭》,歌剧《西游记》、《桃花扇》等都在短短的几年中先后登台美国剧场。随着对中国戏剧的了解增多,美国戏剧界越来越认识到中国戏剧的价值,开始对中国戏剧刮目相看。林肯中心艺术节负责人瑞登先生认为:"在现代社会,我们应当把中国传统文化当作考古学,从中不断发掘出更有价值的东西。"[①]美国主流戏剧人开始在中国戏剧中淘金。

在中国戏剧国际化的进程中,华裔起到重要的作用。从20世纪70年代开始,一些华裔戏剧团体认识到跨文化的必要性,于是努力推动中国戏剧在美国传播,这使得中国戏剧以多元方式登台美国戏剧,打入世界戏剧的舞台。

当然,这与美国社会的进步有关。美国社会的进步给华裔戏剧推动中国戏剧的努力提供了历史机遇。出现在20世纪60、70年代的表演艺术、多媒体戏剧和非传统戏剧是西奥多·尚克(Theodore

---

① 美国人演《赵氏孤儿》,2003-07-25,
　　http://www.people.com.cn/GB/paper68/9766/898700.html

Shank)称为"主流文化之外的新文化运动"的一部分。而华裔戏剧作为亚裔戏剧的一个重要组成部分,是这个运动的构成部分。[①] 主要的亚裔剧团都参与了这个新文化运动,如东西艺人剧团和四海剧团。在20世纪70年代,东西艺人剧团的演员出演过音乐戏剧、欧美戏剧、改编的亚洲戏剧以及亚裔创作的美国戏剧;四海剧团则坚持上演华裔作家的作品,上演的剧目中就有他们改编的京剧,当然也有西方自然主义和后现代主义的作品。(E. Lee,2006:109-110)四海剧团主要以现代形式表演中国传统剧目,并赋予这些剧目以现代社会的时代内涵。(E. Lee,2006:108-109)因此,是具有鲜明特点的跨文化剧院,他们于1977年脱离拉玛玛实验戏剧俱乐部的泛亚保留剧剧团(PART),其目的就是要表现各种亚洲文化。不仅如此,他们还上演西方经典剧目,分配亚裔演员扮演西方剧目中的角色,并将西方剧目的背景转换为古代中国。在他们出演的《帕达迪索旅馆》和《仲夏夜之梦》两个戏剧,故事都发生在中国,戏剧背景发生了挪位。(E. Lee,2006:86-87)

事实上,"华裔戏剧"这个概念在美国是融合在"亚裔戏剧"这个概念中的。而"亚裔戏剧"这个概念对华裔戏剧人来说是一个开放的概念,它既可以指华裔戏剧,也可以指亚裔戏剧,更可以指所有亚洲人的戏剧。

华裔在美国舞台上演出中国剧目,推动了中国戏剧在海外的本土化,使中国戏剧在国际化的道路上加快了步伐。20世纪90年代的泛亚保留剧剧团开始主张演出剧目应该包括所有亚裔艺术家和所

[①] 由于在美国华裔戏剧并不单独分出,而是作为亚裔戏剧来受到关注。因此,以下的讨论都以亚裔戏剧称之。

有亚洲太平洋岛屿上的艺术家的作品。(E. Lee,2006:211)该剧团的名称强调它是所有亚洲人的戏剧公司,他们希望上演东亚、菲律宾、印度、东南亚地区,甚至夏威夷的戏剧,能够把整个亚洲文化背景融入到专业演员表演的跨文化戏剧中。(E. Lee,2006:87)跨文化戏剧成为美国戏剧国际化的重要组成部分。

亚裔戏剧团体对跨文化戏剧的意识的增强,推动了中国戏剧在美国上演。许多新成立的亚裔戏剧团体支持发展能够促进和弘扬跨文化、跨国家的戏剧形式。尽管"跨文化"和"跨国家"这些词并不是新名词,但是其内容随着时代的变迁而不同。早期的跨文化戏剧是把传统的亚洲戏剧形式与西方当代的戏剧形式相结合,20世纪60、70年代的亚裔戏剧通过建立联盟和成立戏剧团体,目的是创造属于自己的戏剧文化。为此目的而成立的戏剧团体,最终成为亚裔戏剧艺术家创作和表演的基地,也是跨文化戏剧的重要力量,诸如洛杉矶的东西艺人剧团、纽约的泛亚保留剧剧团、旧金山的亚裔剧团和西雅图的西北亚裔剧团等几个号称"四大公司"的剧团。

20世纪90年代亚裔戏剧的作品努力把亚洲的传统和美国当代戏剧作品与表演形式融合在一起,把亚洲戏剧与亚裔戏剧糅合在一起,从而创作出新的戏剧形式。著名的东西艺人剧团决定从东方和西方的传统戏剧中吸取创作灵感,并将此定位为剧团的创作方向。(E. Lee,2006:44)拉玛玛实验戏剧俱乐部开始将实验主义和跨文化相结合,融东方和西方戏剧形式于一体,创作出具有先锋派风格的戏剧。更多实验主义的戏剧实践开始见诸舞台,有些则把诗歌、音乐、舞蹈、媒体艺术、非欧洲戏剧传统等全部融合起来。这其中就有中国戏剧元素。

在发展跨文化戏剧的过程中,亚裔艺术家利用这些元素,创作了许多对美国戏剧舞台而言非常有新意的非传统剧作。亚裔戏剧人受到实验派艺术和音乐剧以及非传统戏剧的影响,在以文本和故事为基础的传统戏剧之外寻找表达自己的方式,探索新的戏剧语言。虽然这些剧目不是很有名气,但是却锻炼出了一批有影响的亚裔演员,比如张家平、杰西卡·哈格多恩(Jessica Hagedorn)、温斯顿·董(Winston Tong)、Nicky Paraiso、Sandra Tsing Loh、曾筱竹(Muna Tseng)等。这些人后来成为亚裔戏剧的中坚力量。

著名文化学者赵景深先生在其著作《戏曲笔谈》中就改编戏剧的问题发表观点:"明代大戏曲家汤显祖的名著《牡丹亭》应该怎么改编呢?首先,我认为应该掌握原著的精神,突出主题思想。""我们对于古典名著如《琵琶记》、《荆钗记》、《牡丹亭》、《长生殿》,究竟可不可以改呢?我觉得我们如果有大手笔,能同原作者并驾齐驱,是可以改的。如果自己估计没有这个能力,改出来不能与原本配合,那就可以不必改了。改编应该是极慎重的事……总之,个人认为对于古典名剧,可以不改就不改,可以少改就少改;当然必须大动的还是要大动。把昆剧古典名著改为其他地方戏,也还是可以大改的;但是如果照昆剧本演出的时候,还是应该尽量尊重原著。"(赵景深,1962:128)

赵先生的观点在当时大约是有代表性的,表达了我们对中国传统戏剧的感情和尊重。其实即使是现在,对于所谓的将中国戏剧美国化,或将中国戏剧国际化的问题,也是有不同意见的。然而,半个世纪以后的今天,中国古典戏剧面临前所未有的改编态势,事实上中国古典戏剧正在经历着从主题、语言、舞台、技术等方面的全面改编。改编成为一种趋势,而且势不可当。原因是多方面的。

第一,在全球化的今天,各种文化的相互吸收和融合已经成为文化发展的常态。戏剧是西方人了解中国和中国文化的重要途径之一,中国戏剧必须走出国门。走出国门的中国古典戏剧成为了国际舞台上进行跨界改编的丰富资源。在全球化的今天，跨文化是必须的。

第二，中国戏剧在海外传播的过程中，在影响当地的戏剧理念和舞台艺术的同时，也出现了被本土化的现象。因为只有本土化，才能被当地人接受和喜爱，才能进一步传承和弘扬。而在戏剧发展成为一个非常商业化的行业的今天，是否有广泛的受众，是衡量戏剧成功与否的重要标志。

第三，中国戏剧也试图与国际接轨，因此也主动接受国外戏剧理论和实践，在多个层面自我改编。在自我改编中中国戏剧衍生出许多新的戏剧表演形式。在地球村的戏剧都在走向跨文化戏剧的今天，中国戏剧在吸收和借鉴外国戏剧的过程中传承、发展，可以说改编是顺应时代潮流的发展趋势。

中国戏剧在跨文化，国际上也同样。20世纪西方剧场呈现出越来越多的跨文化戏剧的特点。其实，现代戏剧在超越剧本中心的逻各斯中心主义的同时，就已经孕育了跨文化的因素。全球化的时代潮流更是加剧了跨文化戏剧的产生和发展。探索跨文化的戏剧语言成为戏剧家的追求目标。彼得·布鲁克、格洛托夫斯基和尤今尼奥·巴尔巴，以及整个戏剧人类学的发展都在关注这方面的问题。

跨文化戏剧本身存在着合理性和必然性。这是因为东西方戏剧之间被认为存在着普遍的原理，即平衡原理、对立原理、一致的不一致性原理和等量替换原理等，而这些原理被认为是决定了东西方演员共同的"前表现性"舞台的存在。戏剧主题、情节、情景、人物形象等戏剧的表现层面都属于社会文化的内容，在前表现层面，世界戏剧是大同的……从亚里士多德、狄德罗、斯坦尼等的摹仿戏剧论，到格洛托夫斯基、彼得·布鲁克和尤今尼奥·巴尔巴等的跨文化主义，西方戏剧的发展从本体自足走向了普世主义,展示了全球化大同理想的戏剧视野。(梁燕丽,2008:45-51)跨文化戏剧不但在美国盛行,而且成为一种世界范围的发展趋势。

全球化时代对所有艺术形式都提出了跨文化的问题。跨文化戏剧是戏剧回应全球化挑战的必然选择,全球化时代戏剧家最重要的使命就是探索跨文化的"戏剧语言"。(梁燕丽,2008:45-51)研究中国戏剧对美国戏剧的影响,是探索跨文化"戏剧语言"的实践之一。中国戏剧在走向世界的过程中经历了从戏剧主题、表演语言、舞台设计、表演技术等方面的改变,通过多层面与国际接轨,衍生出许多新的戏剧表演形式。中国古典戏剧成为国际舞台上跨界改编的丰富资源,同时也在国际化中传播发展。

第三节　中国戏剧对美国戏剧的影响

中国戏剧在西方传播,主要通过舞台表演、翻译成英文后出版的剧本以及英文的戏剧批评论著这三个渠道。华人在美国大量演出中国戏剧的历史从19世纪中期开始,直到20世纪20年代初美国电影进入华人社区并迅速占领当地的娱乐业,才渐渐衰落。在这一百多年间,中国戏剧不断引起美国戏剧界的注意,而且不乏积极评价。早在20世纪30年代,《纽约时报》就有文章报道了纽约最古老的萨莱亚剧院1925年上演了由中国演员在该剧院表演的中国戏剧。文章强调了该剧院的悠久历史及其在美国戏剧表演史上的重要地位,并列出了一系列演出记录,都是美国一流演员在该剧院上演过的西方经典名剧。立足于如此丰富的传统,中国演员在萨莱亚剧院上演中国戏剧这一事实本身就折射出美国戏剧界对古老的中国戏剧传统的敬意与兴趣。该文章在标题中也表现出这一中心思想:"中国戏剧使我们最古老的剧院焕然一新:波沃利的萨莱亚剧院西方戏剧灵感枯竭后,从东方戏剧中找到了新鲜血液。"(都文伟,2002:143)

谈到影响,中国戏剧对美国戏剧的影响,可以分为对戏剧舞台的影响和对戏剧理论的影响两大部分。

首先,就舞台部分而言,中国戏剧中的舞台布置由于与西方戏剧的显著不同,也因此而备受关注。20世纪不断有美国主流戏剧人对此表示接受,并加以吸收利用。《世界》的评论员罗伯特·利特尔对中国戏剧空荡荡的舞台布置很有兴趣,在对中西舞台进行比较后写道:"在舞台布置上,中国人领先了我们好几个世纪。他们早已抛弃了实物摆放和装饰的布景方法,而我们却还在花费大量资金,为布置出一个完全符合要求的舞台大费周章,中国人可以用几个手势代替这些麻烦,他们的观众也早已习惯于从这些动作中感受到相应的场景了。"(都文伟,2002:145)通过比较,他还指出梅兰芳优美的姿态反衬出美国演员形体训练的不足。利特尔认为中国戏剧程式化的手势和动作可以为美国戏剧提供非常有价值的参考。

中国戏曲的表现程式也被创造性地运用在美国的戏剧革新中,并受到好评。以创作《小镇风光》闻名于世的桑顿·怀尔德是美国著名的剧作家,他在1931年发表的早期戏剧中就采用了中国戏剧中的一些程式,"在《到特伦顿和卡姆登的愉快旅行》中,四张餐椅代表汽车,一家人在二十分钟中旅行了七十里路;《漫长的圣诞晚餐》一剧中时间跨度长达九十年;而在《海华沙号普尔曼客车》中,一些更简单的椅子充当了卧铺……在中国戏曲中,人物跨坐在一根竹竿上就表明了他在骑马。"(都文伟,2002:177)在1938年2月4日在百老汇亨利·米勒剧场首演的《小镇风光》,怀尔德认定了"剧中要有像传统的中国戏曲那样程式化的布景和道具"。舞台没有任何装饰,台上只有简单的引发联想的东西充当布景:一张梯子,几把椅子。这出充满创新的戏"为美国戏剧做出了历史性的贡献"(玛丽·京德森语,转引自都文伟,2002:180),赢得了当年的普利策奖。

20世纪60年代,整体戏剧的概念在美国产生影响,中国戏曲中的唱、念、做、打、舞、乐以及服饰、美术诸成分的有机结合就成了成功的范例。1974年拉玛玛实验戏剧俱乐部上演莎剧《仲夏夜之梦》,其服装、道具都是中国的,现实主义风格的动作与程式化的姿势糅合在一起,对白也是中英文混杂的。1981年,黄哲伦的《舞蹈与铁路》因成功运用了京剧化的程式表演——戏剧化的表情、示意动作、京腔英语歌、武打身段等,受到评论界极高的赞誉。这些演出把表演的符号学意义提升到了语言学意义之上,表明用看似不和谐的方式演绎一部作品也是完全可能的(都文伟,2002:202),尽管对这种演绎方式的优劣有不同的评价。

关于中国戏剧对美国戏剧的影响,虽然还无法悉数列举,但是从评论界对美国剧作家桑顿·怀尔德的戏剧中表现出的中国戏剧元素的反应看,大约可以总结为六个方面:第一,空舞台原则;第二,道具与服饰的象征性;第三,虚拟动作与风格化的身段;第四,戏剧中的叙述成分;第五,穿插在演出中的道具员;第六,中国戏曲所体现的总体艺术。怀尔德戏剧中的这些特点,都被认为是或多或少地受到中国戏剧的影响。对于美国戏剧界人士而言,最有用的中国戏剧观念与表现手法有:可带来无限空间和时间的空舞台或无布景舞台,极富象征意义的道具和化妆,深化人类经验的虚拟动作和身段,具有多种功能的叙述模式,舞台监督的多重角色及在观众的全视线中出现的道具员。(都文伟,2002:200-201)这些戏剧手法被阿瑟·米勒等一些著名的美国戏剧大师在舞台上加以运用。

除了舞台演出，中国戏剧在美国的一个重要传播渠道是剧本的翻译出版。大量的中国戏剧剧本被翻译成英文剧本，使得广大不懂中文的西方戏剧人得以认识和了解中国戏剧。据不完全统计，从1741年至今，已经翻译成英文的中国剧本就多达290部（都文伟，2002：206-236），这些还不包括同一剧本的不同译本和同一译本的不同版本。

对英文剧本的翻译介绍和对中国戏曲的研究在西方应该始于18世纪。从1741年到1817年之间，有至少四种由《赵氏孤儿》的法文本译成英文的文本。如果从1741年算起，中国剧本被翻译成英文的历史可以大致分为三个阶段：第一阶段是19世纪，第二阶段是20世纪上半叶，第三阶段是20世纪五六十年代至今。第一阶段以介绍中国戏曲的表演传统为主，是西方认识中国戏曲的初级阶段。第二阶段是将对中国戏曲的认识上升到理论阶段，并推动西方舞台进行大量学习中国戏曲的实践。第三阶段进入了一个学术研究的阶段，出现了大量的研究文章、专著及译本。（都文伟，2002：120）中国戏剧从剧本翻译的渠道走向世界，已经有较长的历史。翻译剧本对世界戏剧产生的影响，并不小于在美国舞台上演的中国戏剧所产生的影响。

除了舞台演出和剧本翻译这两个途径，西方对中国戏剧的英文评论和研究专著，也成为传播中国戏剧的主要渠道，而且是重要渠道。据不完全统计，仅1836年以来介绍和评论中国戏剧的英文参考书目就有370部之多。（都文伟，2002：246-272）这些论著从各个方面对中国戏剧进行深入的全方位的研究，即使是不会讲中文的西方读者和没有观看过用中文上演的中国戏剧的西方读者，也可以从这些研究成果中了解中国戏剧，并从中受到启发。这些论著对从事戏剧创作的人和戏剧理论工作者所产生的影响，直接作用于他们的创作和理论研究，从而间接地对美国乃至西方的戏剧舞台和戏剧理论产生影响。

中国戏剧对美国乃至世界的戏剧理论有什么影响，是备受关注的重要问题。西方戏剧从古希腊戏剧开始经历了数百年，到20世纪初期形成了以表现客观真实为艺术追求的斯坦尼斯拉夫体系。然而，随着尼采和弗洛伊德等理论和学说而来的新文艺思潮的出现，西方戏剧舞台出现了形形色色的艺术形式，这些现代派戏剧试图再现人的潜意识。20世纪40年代之后，荒诞派戏剧、布莱希特叙事剧，以及阿尔托、格洛托夫斯基的贫困戏剧理论的传播，使得西方戏剧舞台更加呈现出与传统现实主义戏剧不同的样式。毫无疑问，从布莱希特到阿尔托，他们都从东方戏剧美学中获得过灵感。爱森斯坦、迈尔霍尔德、布莱希特、桑顿·怀尔德、斯塔克·杨等戏剧艺术家和评论家，都被认为从梅兰芳1930年在美国的巡回演出和1935年在俄国的演出中受到启发。（都文伟，2002:204）中国戏剧对世界戏剧理论直接和间接的影响，值得深入研究。

在全球化进程中东西方文化交流不断加深，作为东方文化重要组成部分的中国戏剧对西方戏剧的影响是不可避免的，而作为跨文化戏剧的华裔戏剧，对中国戏剧在海外的传播起到了重要的作用。华裔戏剧体现出日益增多的中国戏剧元素，对于深入探讨中国戏剧对美国乃至西方戏剧理论和实践的影响是非常必要的。

然而，现有的关于中国戏剧在美国的研究成果主要聚焦于20世纪80年代之前的戏剧实践，主要是传统京剧剧目在美国的上演，而对80年代后中国京剧对美国当代戏剧的影响之研究则不够深入。加之在一些人的眼中，美国戏剧就是白人的戏剧，在定义美国戏剧、戏剧影响等重要概念上存在误识,忽视了华裔戏剧也是美国戏剧。因此出现了低估,甚至忽略中国戏剧通过华裔戏剧对美国戏剧产生影响的情况。

值得注意的是,相当长的一段时间内,在美国搬演的剧目大多是以普通话或粤语为舞台语言,而在英语作为舞台语言的西方,它们产生的影响还是有限的。不仅如此,80年代前美国以白人为主流的文化语境的局限使这些在美搬演的中国戏剧对美国观众而言,意义更在于满足西方人对东方文化和艺术的猎奇心理,中国戏剧并没有被作为一种不同于西方戏剧的艺术形式而受到应有的重视或吸纳。然而,在80年代以后,中国戏剧在美国的传播和影响与80年代前有着质的不同。在这种大背景下发展起来的华裔戏剧,起到之前中国传统戏剧所无法企及的作用。

华裔戏剧舞台是中国戏剧在美国传播的一个重要渠道。首先,伴随着美国多元文化运动的开展,用英文创作的美国华裔戏剧增多,由于华裔戏剧被认同为美国戏剧的组成部分,而中国戏剧元素常常是作为华裔剧作的特色或亮点而出现在美国戏剧舞台上,所以无论对观众或媒体都产生了直接影响。此外,在部分百老汇音乐剧中,中国京剧艺术也以不同的方式被融合和体现。随着越来越多美国华裔戏剧人进入美国主流媒体的视野,并且频频获得各种主流戏剧的奖项,中国戏剧在美国戏剧舞台内外的影响真实可见。因此,对国内外近三十多年来中国戏剧对美国当代戏剧的影响进行发掘和梳理是十分必要的,特别对在多媒体时代京剧的传播途径和影响需要进行充分而系统的研究。

研究中国戏剧在美国的影响,势必涉及中国戏剧在海外的衍变。中国戏剧在海外传播的过程中,不仅影响了当地的戏剧理念和舞台艺术，同时也经历了被本土化的过程。京剧在海外本土化后产生的新的艺术形式，是京剧在海外传播的产物，是京剧不断发展繁衍的形式，而对华裔戏剧的研究，则是一个很好的切入点。

用跨文化的视角研究中国戏剧传统在海外的传播，不但能厘清中国戏剧对世界戏剧的贡献，而且能明晰中国戏剧传统的发展与变化，对于弘扬中国戏剧传统既有理论意义，又有实际价值。探讨20世纪80年代由美国华裔戏剧的发展所带动的中国戏剧元素在美国戏剧中的作用，对于探讨中国戏剧在异域文化中传播时所经历的文化翻译和艺术衍生，也是必不可少的。

另外，在美国上演的中国戏剧中，以京剧最为常见。2010年联合国教科文组织全票通过将中国京剧列入"人类非物质文化遗产名录"。申遗成功不仅表现了世界对中国艺术的尊重和认可，更意味着京剧需要更多的保护和更积极有效的宣传，对京剧文献的整理与保护以及对京剧理论学术研究的工作具有了新的意义。由于"人类非物质文化遗产代表作名录"的建立旨在确保非物质文化遗产的存续，提升对其重要性的认识，促进世界对话，并积极见证人类的创造力，因此，对京剧的传播及其影响的研究，特别是对京剧在中国域外的传播和影响的研究，应该是保护和宣传京剧的重要内容，因为这关乎对京剧在国际戏剧交流中的作用和价值的评价，以及对京剧本身的传播发展途径的研究。

京剧在中国国内的传承固然重要，在国外的传播也同样重要。因为同其他非物质文化遗产一样，京剧担当着促进世界对话、积极见证人类的创造力的使命。对京剧在域外的影响的研究，除了向世界展示京剧对人类精神文明的贡献之外，还能弘扬京剧的艺术精髓。京剧在域外的影响研究，不但能说明京剧在海外的继承和发展，而且能展示京剧作为全人类共同的精神财富和文化遗产的重要作用和价值,揭示了京剧为人类文化多样化做出的贡献。

　　中国戏剧在走向世界的过程中经历了从戏剧主题、表演语言、舞台设计、表演艺术等方面的衍变,形成了被称之为"国际化"的现象。通过多层面与国际接轨,衍生出新的戏剧表演形式。中国京剧不但是国际舞台上跨界改编的丰富资源,同时也在国际化中传播发展。

第三章

美国华裔戏剧的产生与亚裔戏剧

美国亚裔戏剧在20世纪60年代之后有长足发展,其发展对繁荣美国戏剧舞台和传播中国戏剧传统都做出了积极的贡献。因此,在研究美国华裔戏剧产生的历史和社会背景时,了解亚裔戏剧的历史和发展是非常必要的。

美国亚裔群体从定义上讲是指有亚洲人血统的美国人。据美国人口普查表明,1990年美国亚裔人口达到690万人,比1980年增长了99%。2000年美国亚裔人口达到1190万人,占美国人口总数的4.2%,亚裔人口呈增长趋势。亚裔戏剧的发展与亚裔人口的增长有密切关系。20世纪90年代初亚裔戏剧演出团体只有不足十个,但是到了20世纪90年代末,亚裔戏剧演出团体已有三十多个。虽然许多亚裔剧团成立后转瞬即逝,但是美国亚裔剧团的数量总体在90年代持续增长,这些戏剧团体的演出活动也明显增多。(E. Lee,2006:201)以下分三个方面,对亚裔戏剧的产生和发展进行论述。

第一节 美国华裔戏剧的产生

美国华裔戏剧的产生、发展与亚裔人口的增长关系密切。在相当长的历史时期内,华裔的人口很少。以华裔族群较小的人口数量,很难想象在美国能有独立于其他亚裔群体的华裔戏剧。正因为此,在美国常用亚裔戏剧来涵指华裔戏剧。美国社会对多元文化的包容度的提高,促进了包括华裔在内的亚裔戏剧的受众的增加。观众的增加,也保证了亚裔戏剧上演的可能性。在亚裔文学中,戏剧是发展最晚的文类。而在美国的语境中,这种情景被解释为是受到了观众人数的制约。

种族歧视的亲身经历使得亚裔群体意识到团结的必要性和重要性。华裔和其他亚裔族群一样,都面临种族歧视的问题,因此亚裔群体往往相互支持。亚裔群体之外的美国人也不再进一步细分,而是统称为美国亚裔。亚裔戏剧最初是以华裔和日裔为主,后来增加了韩国裔、越南裔,以及南亚一些国家的移民群体,不少亚裔剧团都是不同亚裔背景的戏剧人合作创办和经营的。除此之外,亚裔演员本身超越单种族而具有多种血统和多文化背景的特点,也使得亚裔群体有较强的杂糅性,而且这种情况呈增长势态。在亚裔剧作家中,有的是华人移民的后代,而有些只有部分华人血统,或者说四分之一甚至更少的华人血统,比如杰西卡·哈格多恩。她生长在菲律宾的马尼拉,母亲有苏格兰、爱尔兰、菲律宾血统,父亲有菲律宾、西班牙、华人血统,她自称是"三种文化、两个国家和三个种族的合成体"。因此,他们的剧作中往往包含不止一种文化成分。

如果按照以往的划分标准,即华裔作家指有华人血统的美国作家,那么这些有着二分之一、四分之一、八分之一甚至更少的华人血统的美国剧作家,就都属于华裔剧作家。但是有些作家却声称他们并不认同于其中的任何一种,比如编辑出版了首部亚裔女性戏剧作品选集《生活的政治:四部美国亚裔女性剧作》(*The Politics of Life: Four Plays by Asian American Women*)的薇莉娜·哈苏·休斯顿。她说:"我绝不拘泥于传统,因为我既非美国人又非亚洲人,既不是日本人又不是非洲裔美国人,我是一个多文化个体。"(Houston,1993:2)因此,仅以血统关系为标准,是难以截然划分的。所以我们在讨论华裔戏剧时,常常不得不以亚裔戏剧涵而盖之。

更为重要的是,华裔不但不能从亚裔中分离出来,而且"亚裔群体"这个观念涵盖的亚裔族群也不能不广泛。华裔文学教学的先驱之一、美国学者林英敏(Amy Ling)曾经非常尖锐地指出,亚裔文学和戏剧的包容性是相当重要的。在评论两部亚裔戏剧作品选集时,林英敏指出:"这两部戏剧集里收入的剧作者要么是华裔,要么是日裔(只有Jeanne Barroga例外,她是菲律宾裔),所有的剧作都与这两个族群有关……我只是想谨慎地提醒一下,我们应该警惕陷入我们自己谴责的排外主义。"(Ling,1994:16-17)种族歧视引起的对亚裔的排斥令亚裔族群刻骨铭心。林英敏提醒的排外主义是一个重要问题。因为排外是包容的对立面,种族歧视的外在表现就是排外。因此提倡包容,提倡亚裔族群间的相互支持,才是亚裔应该和需要做到的。

有学者指出:"美国亚裔的概念暗示一个社群意识,一种既不是亚洲的,也不完全是美国的,而是亚裔美国的独特文化。在定义自己的身份和文化的过程中,亚裔美国人把以前对压迫的孤立、无效的抗议斗争联合起来,形成一个团结的、争取社会变革的泛亚运动。"(J. Lee,1997:16)只有理解了亚裔群体所生活的社会大环境,我们才能理解华裔戏剧在美国是作为亚裔戏剧的一部分而不单独存在的原因和意义。在美国的跨族裔婚姻越来越普遍的今天,包容和融合无疑是美国未来必定的趋势。

亚裔戏剧的大力发展与20世纪60、70年代的民权运动、女权主义运动、反越战运动等历史事件有密切关系。在这些运动的推动下,美国出现了亚裔运动。美国亚裔运动是一场在文化多元化背景下，争取种族平等、社会公正和政治权利的中产阶级改革运动。(J. Lee, 1997:16)通过这个运动，亚裔群体了解到更多的亚裔前辈移民的经历和历史。通过对美国历史上针对亚裔的移民政策、土地法和其他对亚裔进行限制的政策和法律的披露，亚裔群体的族裔意识空前提高。美国亚裔成为一个新的概念，形成了一个社群意识，即亚裔文化既不是亚洲的也不是美国的而是美国亚裔的独特文化。可以说亚裔的政治文化运动从一开始就扎根于社区。他们的政治诉求往往是针对具体的地方问题，比如为本族裔的居民保留低价住房，保护唐人街、马尼拉城、日本城等不受商业改造等关系本族裔生存的具体而实际的问题。(J. Lee,1997:15)亚裔戏剧正是在这样一个大背景下得以大力发展的。亚裔戏剧并不是以纯艺术行为为发展目标，而是有明确具体的现实目标。亚裔戏剧旨在利用演出提高亚裔的族裔意识，改善亚裔的社会地位。事实上许多亚裔运动积极分子本身就是作家、音乐家、社群领导或戏剧艺术家。(E. Lee,2006:200-201)

亚裔戏剧的产生和发展也受到美国黑人戏剧的影响。1965年美国黑人开展了一场黑人艺术运动。正如曼斯·威廉姆斯在《60—70年代的黑人剧院》中所说的，"黑人革命剧院的宗旨就是教育黑人同胞，唤醒他们的反抗意识，用实际行动改变他们的现状。"20世纪60年代的美国非洲裔戏剧多以对抗和斗争为目的，戏剧成为对抗种族主义的有力武器。黑人戏剧可以说是美国黑人文艺运动的一部分。它建立在黑人性(blackness)的认识上，与非洲裔美国人的文化身份认同密切相关。然而，尽管都是族裔戏剧，但是亚裔戏剧的发展路线与非洲裔美国人的戏剧有明显不同。虽然亚裔戏剧也致力于提高亚裔群体的族裔意识，致力于为亚裔群体服务，但是亚裔戏剧比较温和,它用一种温和的方式唤醒亚裔人的民族自豪感,抚慰亚裔族群心灵的伤痛。(Kurahashi,1999:181-182)

关于黑人戏剧的定位,也对亚裔戏剧有明显的影响。美国黑人文化研究学者杜波依斯对黑人戏剧的定义是:美国黑人戏剧是"关于我们的"、"由我们创作的"、"为我们创作的"、"在我们身边的"。这些标准极大地提升了黑人群体的族裔意识,因为它改变了黑人作为戏剧主角在舞台上缺失的历史,它给黑人以发出声音的平台和机会。通过上演自己的文化和历史,黑人增加了对自己的文化认同感。这些都对亚裔戏剧的发展产生了重要影响。

第二节 亚裔剧团

那么美国亚裔究竟是个什么概念呢? 一般认为,美国亚裔指有亚洲人血统的美国人,或父母一方是亚洲人,而另一方是美国人。(Houston,1993:9)美国亚裔剧作家指至少有一个亚裔祖先的亚裔剧作家,美国亚裔戏剧则指由亚裔剧作家所创作的戏剧。值得说明的是,虽然亚裔戏剧作品是关乎亚裔族裔的戏剧,但是亚裔戏剧的观众却不限于亚裔。有数据统计,亚裔剧团之一的幕剧团(Theater Mu)的观众中只有55%是亚裔,而绝大部分都不是亚裔观众。非亚裔观众对亚裔戏剧也不进一步细分是哪个亚洲国家的,比如是华裔戏剧还是日裔戏剧。同样以幕剧团为例,该剧团在明尼阿波利斯上演日本传统剧太鼓(Taiko)时,观众表现出很大的兴趣。但是明尼阿波利斯的市民却认为太鼓不仅仅是日本的戏剧形式,而是亚裔离散文化的表现形式之一。(E. Lee,2006:208-215)也就是说,观众把亚裔不同群体的戏剧统称为亚裔戏剧,而不再进一步细分。因此,美国的华裔戏剧作家通常也称自己为"亚裔"剧作家,而很少用"华裔"剧作家的称谓。

美国华裔戏剧的冒现要比美国主流戏剧晚很多年。第一个规模较大的亚裔剧团是于 1965 年在洛杉矶成立的东西艺人剧团(East West Players)。在 20 世纪后三十年里,亚裔剧团飞速发展。继东西艺人剧团之后,各种形式的戏剧表演团体相继成立:旧金山的亚裔剧团、全美亚裔戏剧公司(The National Asian-American Theater Company,简称 NAATCO)、纽约的泛亚保留剧剧团(Pan Asian Repertory Theater)、第二代戏剧公司(Second Generation Company)、十八大山勇士剧团(The Eighteen Mighty Mountain Warriors),等等。

由于亚裔戏剧人的多元化追求,这些戏剧团体的成立宗旨各不相同。第二代戏剧公司的目标是培养新一代亚裔戏剧新人。1973 年亚裔多媒体中心(AMMC)成立,该中心的目的之一是针对就业需求培训亚裔青年的多媒体技能。亚裔多媒体中心在 1974 年的经费申请中写道:美国西北部的亚裔群体一直从事低收入工作。1970 年,菲律宾人在华盛顿州的中等收入仅为白人男性收入的 62%,华人的中等收入为白人男性的 68%,日本人的中等收入为白人男性的 86%。以前许多传统行业排斥亚裔青年,因此他们鼓励亚裔青年进入这些行业。中心对亚裔青年进行职业培训和文化教育,具体包括培训亚裔青年的艺术技能,增强他们的媒体意识。许多专家不图回报,志愿来到中心教授摄影、图像艺术、戏剧、影片放映等免费课程,比如 Steve Suzuki、Gary Wong、Rick Wong、Hugo Louie 等。(E. Lee,2006:76)

十八大山勇士剧团非常注重艺术自由,认为这比获得亚裔群体和主流戏剧的接受更为重要。许多年轻剧作家认为,注重作品的文学质量的做法无疑是在模仿"伟大的欧美男性戏剧作家的作品"。而亚裔戏剧作家曾经一度模仿肖恩·奥卡西(Sean O'Casey)、尤金·奥尼尔和阿瑟·米勒。但是由年轻人组成的十八大山勇士剧团并不着迷于此类戏剧。他们把自己称作"无敌巨蟒或周六晚直播"(Monty Python or Saturday Night Live),经常用讽刺和诙谐模仿的方式颠覆一个戏剧的主题。他们的演出常常包括几个滑稽剧,滑稽地表现亚裔生活经历的各个方面,或用滑稽短剧进行主题讽刺:《约翰·伍德的家庭晚宴》、《妇女进化论》、《布莱恩·阿萨卡瓦的自我防身术》、《2002 年世界杯》、《混乱的洛杉矶摇滚歌剧》等。这些短剧颠覆了亚裔角色的刻板形象,也翻新了亚裔戏剧表演的一贯风格。(E. Lee,2006:208-209)

有些剧团则注重民族文化特色的发展。1989 年成立的马驿(Ma-Yi)戏剧公司和旧金山的人民剧团(Teatro Ng Tanan)都以上演菲律宾戏剧为主。这两个戏剧公司的名字都带有菲律宾文化特色。由于中国古代商人把今天的菲律宾群岛称作"马驿"(Ma-Yi),马驿戏剧公司的名字由此而来。而 Teatro Ng Tanan 在塔加拉族(Tagalog)语中是"每个人的戏剧"的意思,所以 Teatro Ng Tanan 叫作"人民剧团"。注重文化的还有 1992 年在明尼阿波利斯建立的 Pom Siab Hmong 剧院,剧院名字的含义是"洞察苗族人的内心世界"。有些亚裔戏剧团体注重保持民族特色,而有些则发展成为泛亚裔戏剧团体,有些则与亚裔传统无关。比如马驿戏剧公司和磁石戏剧组合,他们早期都是突出种族特色的戏剧团体,但是后来却创作了大批量的泛亚裔戏剧,而且有些作品也与亚裔的传统观念无关。这两个剧团都喜欢开发新式的戏剧和体验戏剧。(E. Lee,2006:216-219)

20 世纪 90 年代以后有许多戏剧公司成立,亚裔戏剧迅速发展。

这些戏剧公司并不是集中在旧金山、洛杉矶、西雅图和纽约市等大城市，而是分散在全国各地。虽然亚裔戏剧团体遍布全国，但是自 90 年代起，纽约市一直是亚裔戏剧团体数量增长最多的地方。1997 年建立的第二代戏剧公司在头十年里一直上演《西贡小姐》(*Miss Saigon*)，有较大的社会影响。第二代戏剧公司因演出音乐剧《追踪》成为家喻户晓的戏剧公司。《追踪》追溯了一个亚裔家族六代人的家族史。1995 年在旧金山成立的文化遗产学会(The Society of Heritage)起初也是一个突出民族特点的戏剧公司，后来发展成为一个亚裔戏剧公司。美国南亚戏剧联合公司是一个非常重要的戏剧团体。在 2000 年成立的南亚戏剧团体不少于三家，包括南亚艺术家联盟(SALAMM)、纽约市的迪沙(Disha)戏剧公司、华盛顿特区的阿特(Arthe)戏剧公司。戏剧和戏剧表演在南亚社群中的影响力很大，在学生戏剧社团和独立表演中更是如此。(E. Lee, 2006: 218-220) 后来，随着南亚裔人口数量的增加，南亚裔戏剧也有较大的发展。

　　亚裔戏剧不仅限于商业戏剧舞台，而且发展到了大学校园。1989 年一群年轻演员（大多是大学生）在洛杉矶组成了一个名叫"此地此刻"(Hereandnow)的演出团体，在许多校园巡回演出，吸引了观众的注意。90 年代他们几乎在美国的每一个大学演出过。演员自己创造角色，以滑稽短剧、独白和戏剧的形式讲述自己的经历，对亚裔戏剧产生很大的影响。在他们的鼓舞下，全国各地又有许多大学生纷纷涉足戏剧。(E. Lee, 2006: 207)

　　在 1994 年和 1995 年，全国各地涌现出了许多新的戏剧团体。这些团体的成员来自不同的族裔，以"咄咄逼人"(in-your-face)的方式进入了美国戏剧界。他们不再为戏剧界的种族歧视而悲伤。他们抛弃了现实主义家庭戏剧的风格，提倡打闹喜剧、政治讽刺剧、即兴表演剧、大胆的实验剧等风格。他们还效法 20 世纪 60 年代的黑人戏剧革命和西班牙剧的风格,以及 70 年代初期旧金山默剧团(The San Francisco Mime Group)的风格和最近出现的文化冲突剧团[①]的风格。三十多年来,旧金山默剧团将艺术和行动相结合。他们从连环画中得到灵感,创作了具有喜剧风格的剧本,经常在全美以及欧洲的公园、学校、礼堂和艺术节上演出。(Dimond,1995:261)

新一代亚裔演员开始采用讽刺、打油诗文、自我开涮的方式制造幽默效果。戏剧成为一种文化校正,以对抗亚裔族群的刻板形象,也成为一种社会评论,批评社会弊病。更有在剧团名称上别出心裁、直指主题的,比如"偏见演出团"(Slant Performance Group),该剧团旨在消除亚裔的刻板形象。"'偏见'这个词本身就是一个标志,说明我们为了反对社会偏见而表演。以前'偏见'这个词带有贬义色彩,而现在我们要改变人们的看法,就像改变人们对 queer 和 Niger 这些词的看法一样,引起人们对这些群体的注意。"偏见演出团之所以在其名称中用"偏见"这个词,是因为这个词不仅传达了消极的含义,而且还带有从另一个角度看问题、非常态思考的含义。(E. Lee,2006:210)亚裔演员对戏剧的喜爱表现在他们对戏剧的充分投入上。他们在教堂、集市、社区晚会、Chop Suey 巡回演出,扮演各种不同的角色,通过走台、杂耍、杂技、脱衣等形式,向世人展现中国人和日本人的绝活。"只要有人看,我们什么都可以表演。"

这些剧团突破传统的表演方式的做法,也改变了观众传统的观看模式。观众们在看偏见演出团演出的时候可以毫无拘束地叫喊、大笑、起立、跳舞,甚至边看边唱。这些剧团都强调大学生有必要重

---

① 一个华裔表演社团,总部设在加利福尼亚。

新表现和认识亚裔的形象,所以他们的演出深受大学生的喜爱。哈罗德·边(Harold Byun)是这样评价大学生观众的:"我认为大学生观众的接受能力最强,越年轻的观众越希望在观看演出时开怀大笑。由于情景喜剧伴随着这代年轻人长大,所以他们非常喜欢此类戏剧表演。而且他们还希望在大学校园里上演此类作品。"相比第一代和第二代,年轻亚裔在文化上更接近于非亚裔青年,所以他们之间的交流障碍较少,他们的戏剧也能被更好地接受。

到了20世纪末,亚裔戏剧已经形成相当的规模。1999年5月亚裔演员第一次在西雅图召开了具有历史意义的大会。会议由福特基金赞助,由西北亚裔剧团组织。会议设有数个专题小组,探讨的议题有:一、回顾亚裔戏剧发展,主要探讨自最初的四个亚裔剧团成立以来亚裔戏剧的重要发展历程;二、亚裔戏剧的创作,主要讨论亚裔戏剧作家及其作品;三、东西方传统融合,主要讨论跨文化戏剧表现的新形式;四、种族问题视角下的亚裔戏剧,探讨亚裔戏剧对亚裔人口多样性的反映;等等。会议全面而深入地探讨了亚裔戏剧的发展趋势和现实问题。

20世纪90年代以前(包括90年代),从事亚裔戏剧的大多数是华裔和日裔。亚裔戏剧的主流一直是华裔戏剧和日裔戏剧,而且华裔和日裔艺术家经常合作,比如第一个亚裔戏剧团体——东西艺人剧团,就是由华裔和日裔艺术家联合创办的。许多90年代出现的戏剧公司和艺术家呼吁亚裔戏剧也应该包括东北亚地区和印度地区等其他文化,事实上后来越来越多的其他亚裔族群都成立了剧团。然而,亚裔人群是有差异性的。亚裔群体的异质性、混合性和多样性的特点也表现在亚裔戏剧中,颠覆了传统的亚裔单一的、固定的、整体的刻板形象。他们在文化身份认同和对戏剧的看法等问题上,都有各自不同的认识。有些亚裔作家喜欢用英语创作,因为这样有利于确认他们作为亚裔的身份,也有利于主流受众的接受。然而,英语戏剧却不利于老移民们接受,因为许多老移民的英语水平相对有限,从而导致了老移民的排斥。(E. Lee,2006:216)总之,从人员构成到创作目的及表现手段等方面,亚裔戏剧都不能一概而论。很难用一个词或一句话来全面定义今天的美国亚裔戏剧。

第三节 亚裔剧团的创作及表演

尽管亚裔戏剧的规模上演始于20世纪六七十年代,至今只有大约四十多年时间,但是亚裔戏剧取得了令人瞩目的成就。自1971开始,夏威夷的库姆卡华剧团(Kumu Kahua)、东西艺人剧团等、旧金山的亚裔剧团、西雅图的西北亚裔剧团等,都出品了大约百部剧作。1976年在西雅图成立的西北亚裔剧团(Northwest Asian American Theatre Company)前后演出了五十多部剧作。除此以外,还有一年两次的鼓励亚裔戏剧创作的亚裔剧作比赛和西雅图集体剧团的多元文化艺术节,目的是不断推出新人新作。(Uno,1993:7-8)全美亚裔戏剧公司的保留剧目《妻子学校》,1995年获得"外外百老汇评论"颁发的最佳戏剧奖。

2003年,由美国主流戏剧界最具影响力的亚裔戏剧艺术家黄哲伦(David Henry Hwang)改编并由华裔作家黎锦扬(C. Y. Lee)创作的《花鼓歌》(*Flower Drum Song*),在百老汇连续上演六个多月。虽然该剧的演出由于评论界的抵制而提前结束,但是该剧在百老汇的上演还是鼓舞人心的,被认为"证明了美国戏剧的进步,意义非凡"。

全美亚裔戏剧公司的保留剧目还包括 2000 年上演的莎士比亚作品《奥赛罗》。2004 年,全美亚裔戏剧公司上演了索福克勒斯(Sophocles)的《安提戈涅》(Antigone),值得大书特书的是,出演该剧的全部是亚裔演员。(E. Lee,2006:223)

亚裔戏剧的表演形式丰富多彩,创新不断。比如狂剧,它利用亚裔专业或业余作家创作的短片、电影片段、幻灯片和音乐等多种媒体形式形象生动地展示了华裔、日裔、韩裔和菲律宾裔的移民经历和奋斗历程及其文化。为了加强视觉效果,他们还发明了红、白、蓝相间的舞台地板,应用墙面投影技术来增强台词和音乐的感染力。(Kurahashi,1999:93)街头剧团如旧金山默剧团、面包与傀儡剧团、田间剧团等给亚裔戏剧增添了新的表演形式和内容。这些戏剧成本低,因为演出地点都在街道、公园、教堂、会议大厅、农场等公共场所。他们远离商业圈,独立于文化产业之外。默剧团的罗恩·戴维德的话也许表达了街头剧的宗旨:"我们不希望自己最终被搬到百老汇、商业电视或银幕上。"(Saal,2007:152)街头剧所坚持的与主流戏剧保持距离的态度,继承了 60 年代的艺术家们所具有的以反抗和革新手段反传统的现代主义精神。面包与傀儡剧团被认为改变了美国的政治剧场,在 60 年代的美学与政治先锋运动中就曾起到了作用。尽管面包与傀儡剧场或许并没能完全打破现代主义与大众文化之间的疆界,但现代主义强调异化、抽象和非写实,白话风格要求身份、移情和内心的满足,而它则试图融合这两者,从而形成富于创造力的结合。(Saal,2007:164)

独角剧是 20 世纪 70 年代后的几十年里较为兴盛的一种戏剧形式。亚裔独立剧具有浓厚的个人色彩,有些剧情干脆就是个人轶事,观众们好像在偷窥演员的内心思想。20 世纪 70 年代时,独角剧通常在百老汇的先锋剧院上演,比如《厨房》(The Kitchen)、《法兰克林高炉》(Franklin Furnace)、《演出空间122》(Performance Space 122)、《表演库房》(The Performing Garage)等,有时甚至在纽约的夜总会、街道旁和阁楼里上演。作为一种非传统的戏剧形式,独角剧很少为主流新闻界报道评论,而观看独角剧的几乎都是艺术家,他们绝大部分都无法通过独角剧演出来养活自己。

20世纪80年代初,独角剧不再局限于外外百老汇的剧院里,越来越多的亚裔演员加入到全国各地的独角剧中来。亚裔独角剧也不再局限于表演通常的自传性的剧情,而开始讲述他们自己的个人经历。独角剧的首创者是出生在旧金山的亚裔演员温斯顿·董。温斯顿·董是20世纪70年代美国亚裔先锋艺术家之一,他在加利福尼亚艺术学院获得音乐专业学士学位后到了纽约。在1976年到1979年之间,董创作了六部独角剧。现在这些剧都被当作是早期亚裔艺术家的独角剧作品。他之所以开始独角剧的创作,是因为他很早就认识到独角剧创作才是其实现事业理想的最佳途径。董的风格不但独立,而且原始。艾琳·布卢门撒尔(Eileen Blumenthal)在一篇文章中形容温斯顿·董的作品是"形式与情感的分离"。"他很少使用道具,这点和中国传统戏剧表演很相似。另外,他在戏剧表演中采用木偶、玩偶和剪影的形式让人不禁联想起日本歌舞伎和中国的木偶戏。同时,他的作品中有许多令人瞠目结舌的性爱表演,被认为是19世纪法国象征主义的遗风。"(转引自 E. Lee,2006:157-158)

在温斯顿·董创作于20世纪70年代的独角剧中,最著名的就是1978年4月和5月间在拉玛玛实验戏剧俱乐部上演的"独角剧三部曲",分别是《原野男孩》、《裹脚》和《兰波》。每一部都以念白为主,大约持续20到30分钟。在演出中,音乐起着至关重要的作用。一开始是朋克音乐①,接下来是玄秘乐,最后则是拉威尔②的音乐。在舞台道具技巧上,他采用了轮滑投影仪、黑色影像和一个玩偶。他用那个玩偶同时代表他自己和另外一个角色。(E. Lee,2006:158)20世纪80年代,董在美国和欧洲一直专注于艺术和表演工作。他既是歌手、诗人,也是视觉艺术家和独角剧表演者。董的作品中独特的文化交融和先锋的情感表达,在纽约观众中引起极大的反响。他也凭借独角剧演出获得1978年的奥比奖。20世纪80年代末流行的独角剧后来直接发展成自传戏剧,自传戏剧以表现自己为目的,演员们大都使用第一人称叙述,但是这种自传的真实性受到质疑。张美玲(Meiling Cheng)对自传戏剧进行了研究后指出:自传戏剧介于在公众面前展示自己与伪装自己之间。(E. Lee,2006:166-167)

另外一种值得一提的戏剧表演形式是被称作"高速公路表演"的戏剧,即将高速公路作为现场艺术表演主要场地的戏剧。1989年,作家琳达·弗赖伊(Linda Frye)和艺术家蒂姆·米勒(Tim Miller)首次在高速公路上表演,因自传体独立表演而被人们所熟知的丹·康(Dan Kwong)在高速公路上举行了他的首场演出《武士森特菲尔德勒的秘密》(*Secrets of the Samurai Centerfielder*)。(E. Lee,2006:167)对于致力于尝试实验艺术和探索社会文化问题的艺术家来说,高速公路是一个多功能场所,很多美国亚裔独角剧表演艺术家都在高速公路上获得支持和鼓励。

除了华裔,其他亚裔族群也在发展具有自己族裔特色的戏剧。比如菲律宾裔熙宁·贝岩(Sining Bayan)的作品将菲律宾的舞蹈、

---

① 朋克音乐诞生于英国、流行于20世纪70年代,主题是反叛。
② 莫里斯·拉威尔是法国著名作曲家,印象派作曲家的杰出代表之一。

音乐和戏剧融合在一起,通过戏剧创作来加深对祖国的记忆,引发对祖国的怀念之情。西川(Nishikawa)的戏剧刻画的亚裔人物形象生动饱满,他们自信、性感、幽默,颠覆了亚裔一直以来的负面刻板形象。90年代许多作家加入了亚裔的滑稽短剧和喜剧创作。从90年代中叶开始,这些戏剧团体受到欢迎,尤其受到亚裔大学生的欢迎。他们在戏剧中通过自我开涮的语言和动作造成幽默效果,试图表现亚裔被认为不具备的幽默感。美国最搞笑的亚裔喜剧演员玛格丽特·朴(Margaret Cho)就幽默地表现出了亚裔年轻人的文化。观众第一次看到一位亚裔女演员在电视上搞笑自己,搞笑韩国文化,搞笑亚裔文化、白人文化,甚至自己的母亲。(E. Lee,2006:206)这些幽默的戏剧改写了亚裔缺乏幽默感的形象,受到观众的喜爱,因此非常成功。

第四节 世纪之交的亚裔戏剧

亚裔戏剧在20世纪90年代进入了新的发展时期。不少剧团提出亚裔戏剧的国际化,主张演出剧目应该包括所有亚裔艺术家和所有亚太地区艺术家的作品。跨民族、跨文化的戏剧成为亚裔戏剧的主流。2003年,在佛罗里达州召开的剧团交流大会上,亚裔剧团、拉美剧团、黑人剧团的领导们进行了圆桌讨论会,考查他们的艺术发展状况。不久后,泛亚保留剧剧团、东西艺人剧团、马驿剧团、全美亚裔戏剧公司、第二代戏剧公司、幕表演艺术团等六个亚裔剧团再次会面,讨论他们面临的挑战。会议决定在纽约举办全美亚裔戏剧节,定于6月11日至24日在纽约市的几个地方举行。两个星期的戏剧节吸引了全美国超过25个剧团及众多个人参加,戏剧节作品中所反映的群体来自中国、日本、韩国、老挝、菲律宾、斯里兰卡、柬埔寨、越南等亚洲国家。[1]

90年代的艺术家年龄相对年轻。由于阅历不同,他们对亚裔经历的看法和理解也与老一代大不相同,比如如何定义美国亚裔。20世纪末、21世纪初亚裔会发生怎样的变化? 90年代的艺术家们对这些问题给出的答案与老一代有很大不同。来自新加坡的华裔剧作家谢耀(Chay Yew)说道:"90年代和之前完全不同了,人们不再聚焦于种族问题,而是把种族问题作为跳板引发对其他问题的讨论。"(E. Lee,2006:202)亚裔戏剧家可以在戏剧中自由探寻,探索任何人类的问题。有些戏剧家关注种族和文化问题,有的则喜欢重新讨论大家熟悉的问题;有些愿意探讨亚裔的"根"的问题,有些则完全抛弃"根"的议题。对于亚裔及亚裔戏剧的定义也越来越开放。不少青年艺术家和新成立的戏剧团体不再固守亚裔戏剧的传统观念,而是热衷于创作跨文化的戏剧作品。90年代的亚裔戏剧主要关注亚裔身份的多重性与生活经历的多样性。被认为是21世纪亚裔戏剧团体新代表的全美亚裔戏剧公司于2005年开始了一个新项目,即由亚裔戏剧作家改编西方经典戏剧。一些主流戏剧团体也看出主流戏剧的局限性,转而支持亚裔剧团的创作,如洛杉矶的磁石戏剧组合、纽约市的香醇黄戏剧公司和迪沙戏剧公司、洛杉矶的奥·奴德勒(O'Noodles)俱乐部等。在年轻戏剧作家的努力下,种族戏剧之间的分界线越来越模糊。(E. Lee,2006:226)20世纪60、70年代被广为谈论的亚裔戏剧的亚裔族裔性,在世纪之交受到质疑。有观点认为,如果多元文化已经成为美国戏剧整体的特征,那么亚裔戏剧的多元

---

[1] *Arts*, Briefly, compiled by Steven Mcelroy, March 12,2007. www.nytimes.com

文化特征将失去其独特之处,换言之,假如美国戏剧实现了真正意义上的全体美国人的戏剧,亚裔戏剧作为一种族裔戏剧将不复存在。(E. Lee,2006:226)

帕特里斯·帕维说,如果跨文化戏剧是由许多表演传统有意识地组合在一起的混合体,而且每个表演传统都与一个文化区域有关联,那么我们认为亚裔戏剧是跨文化戏剧的一种形式。(E. Lee,2006:101)这种认识不但从本质上区分了跨文化戏剧与族裔戏剧的差异,事实上提出了亚裔戏剧作为族裔戏剧的发展前景问题。

然而,20世纪90年代的亚裔戏剧告诉我们,亚裔戏剧在跨文化戏剧形式的基础上,正在扩展他们的创作内容,他们都把自己的族裔身份作为事业发展的跳板,进而关注许多非族裔的主题。曾经一度被认为不同于主流戏剧或一般戏剧的亚裔戏剧,正在跨越族裔戏剧的边界。(E. Lee,2006:103)族裔戏剧如果是跨文化戏剧,那么族裔色彩就不是主色。族裔戏剧与跨文化戏剧分界线的确定,成为一个问题。

1999年在西雅图召开的戏剧会议指出,要想正确、公平地评价20世纪90年代的戏剧界,那么在评价之前就不要急于获得答案,而要多问几个为什么,不要仓促下结论,而要细心观察。但可以肯定的是,在新世纪美国亚裔戏剧的发展将是不受国界限制的。(E. Lee,2006:224)族裔戏剧、跨文化戏剧、国际化的美国戏剧等标签的分界线,正在变得模糊。

总之,美国华裔戏剧作为亚裔戏剧的一部分,在20世纪70年代开始见诸美国主流剧场。70年代的华裔戏剧以提升华裔族群意识为目标,致力于在美国戏剧舞台上发出华裔族群的声音,因此有明显的族裔特点。80年代和90年代的华裔戏剧从内容和艺术形式上更加多元化,表现出跨民族和跨文化的特点。在世纪之交,华裔戏剧越来越多地关注非族裔的主题,在跨文化戏剧形式的基础上扩展创作内容,开阔关注视野。曾经被认为不同于主流戏剧或美国一般戏剧的华裔戏剧,正在出现越来越多的超越族裔主题和有普世意义的戏剧,从而使任何试图定义华裔戏剧的做法都受到质疑。近十几年的华裔戏剧同其他亚裔戏剧一样,呈现出去族裔化趋向。

第 四 章

美国亚裔戏剧的历史与剧团形式

　　华裔戏剧在美国华人的生活中有重要的文化、政治和社会意义。华裔剧团在华裔文化的建构中起着不可或缺的作用。华裔戏剧的产生和发展与华裔的现实生活紧密相关。由于社会和文化背景的差异,华裔戏剧团体的建立和运作有自己的特点,与美国主流戏剧相比,有多层面的差异。

第一节　美国华裔戏剧与亚裔戏剧共命运

　　华人在美国开始上演戏剧的时间,与华人移民美国的时间不相上下。19世纪中期加利福尼亚发现黄金的消息使美国的华人移民人数激增,华人矿工大量涌入。当时凡有华人移民之处就有剧团,而且是固定的中国剧院。第一家中国剧院于1853年12月23日在旧金山成立[①],这座剧院可容纳1 400人同时观看演出。随着中国移民的增加,更多的中国剧团建立起来。从1870年至1910年的四十年间,各个较大的华人社区的中国剧院都生意兴隆,其中最著名的是位

[①] 一说第一家中国剧院于1852年在旧金山建成。见都文伟:《百老汇的中国题材与中国戏曲》,第139页。

于旧金山的杰克逊街和华盛顿街以及纽约的杜瓦耶尔街的戏院。(都文伟,2002:139)

淘金热及其带来的财富,使得旧金山成为了西海岸的戏剧中心,在各种戏剧中就有中国古典戏剧。① 在加州,华人移民从经济上支撑着剧院的运营,他们还建立了自己的娱乐教育中心。华人移民喜欢看服装华丽的历史剧和浪漫的悲喜剧。另外,杂技、武术节目及民俗戏曲也受到热烈欢迎。粤剧团为海外华人举办巡回演出,定期在内华达山脉的中国营地或唐人街的金矿区进行演出。②

由于第二次世界大战的影响,戏剧进入低谷,观看大中华剧院的粤剧演出的观众越来越少。即使在20世纪50年代的旧金山,观众也不足以支撑戏剧的日常演出。所有的剧院都改成了电影院,因为受过美国教育的年轻一代华裔更倾向于广播、电视以及主流剧院中五花八门的内容。粤剧受欢迎的程度开始降低。之后由于中美关系的变化,中国内地的剧团在1949年至1980年间停止了访美演出。③

在美国,华裔戏剧与亚裔戏剧是共命运的。亚裔戏剧从一开始就是以华裔和日裔为主的族裔群体的戏剧,而亚裔戏剧形成有规模的发展,则开始于20世纪的后民权时代。20世纪60年代美国掀起了众多的争取民主权力的运动,比如民权运动和妇女解放运动。60年代的民权运动提升了美国人对文化身份认同的概念,人们意识到个人的文化身份并不等同于国家的概念,而是因种族、性别、性取向、

---

① San Francisco:Opera Center of the West, http://www.sfpalm.org/chinesetheater/4_overview.html

② Drama on the Streets 1873 and 1882, http://www.sfpalm.org/chinesetheater/5_overview.html

③ Opera Loses Its Leading Role, http://www.sfpalm.org/chinesetheater/16_overview.html

地区、宗教和种族划分的不同而有区别。正是在60年代和70年代，包括学术界和戏剧界在内的文化界，开始放弃文化同化的理念，进而探索多元文化社会的前景。

沃纳·索勒斯(Werner Sollors)曾评论说:20世纪70年代美国目睹了"同化梦走到了尽头"，正是在这一时期，民族的一致性受到了挑战，美国民众开始意识到多元文化带来的身份的差异性。(转引自Wade in Krasner,2005:297)在这种政治气候下，强调同化的"大熔炉"的形象比喻被丢弃了，取而代之的是"沙拉碗"、"马赛克"和"万花筒"这样强调文化杂糅与文化共生的形象比喻。少数族裔群体的族裔文化意识普遍提高，一批亚裔戏剧团体和剧场随之建立。

第二节 亚裔戏剧团体创立的文化诉求

这些戏剧团体中规模最大的当属洛杉矶的东西艺人剧团、纽约的泛亚保留剧剧团、旧金山的亚裔剧团和西雅图的西北亚裔剧团。他们都有自己的发展历史，成立的宗旨也各异。比如，东西艺人剧团关注亚裔演员的戏剧事业发展，亚裔戏剧中心(AATC)试图把公司定位为一个创作机构[1]，而西北亚裔剧团(NWAAT)是一个社区剧团，在西雅图地区影响较大。泛亚保留剧剧团(PART)则希望能让亚裔戏剧在竞争激烈的纽约市争得一席之地。虽然他们的做法不同，但是目标是相同的，即通过自身的努力，为美国亚裔戏剧的发展创造一个广阔的发展空间。

---

[1] 这是剧团创建人赵健秀(Frank Chin)的理念，也因此才有剧团最初的名字"亚裔戏剧工作坊"。

这些剧团的创始人及其后继者一直讨论一些关于美国亚裔戏剧的基本问题，比如：创立亚裔剧团的目的是什么？剧团能不能培训亚裔演员？亚裔剧团应该只创作和上演亚裔戏剧，还是应该既上演亚裔戏剧也上演西方经典剧目？亚裔是否应该绕开传统的和当代的亚洲戏剧以便奋力成为美国戏剧的一部分？亚裔戏剧的最终目的是否是将自己完全融合到美国主流戏剧之中（这也就意味着亚裔戏剧在美国彻底的消失）？亚裔剧团的演出针对哪个社会阶层？是洛杉矶的亚裔，还是移居美国的新移民？在多元文化背景下经营亚裔剧团的得失是什么？(E. Lee,2006:43)这些问题的答案一直在探索中。剧团也因这些问题而不断地调整自己的定位。四个剧团都曾经几度面临生死攸关的紧急关头，公司内部成员也因对这些问题持不同答案而意见不一致，因为这些问题是关乎亚裔戏剧人对文化身份认同的立场和态度以及剧团生存的大事。由于剧团的定位和对上演剧目的选择决定了剧团的发展宗旨，在此我们特选几个主要剧团进行描述。从他们的产生和发展中，不但能了解华裔戏剧在美国的历史与现状，也能了解中国戏剧与华裔戏剧的关系。现分别介绍如下：

一、东西艺人剧团(East West Players)

1965年，岩松信(Mako)、Beulah Quo、James Hong、Pat Li、June Kim、Guy Lee 和 Yet Lock 等人在洛杉矶创立了东西艺人剧团。当时美国亚裔戏剧演员在好莱坞演出的机会微乎其微，充其量只能扮演华人刻板形象的角色。东西艺人剧团的创立是为了给亚裔演员提供一个舞台，一个表演的舞台，和一个上演跨文化剧目的舞台。该剧团早期的宗旨是"发扬东方和美国的双重文化传统，加深东西方文化之间的了解"。

正如该剧团的名称所示,该剧团以传承东西方戏剧传统为宗旨。他们的演出剧目大约可以概括为以下三种类型:1.用跨文化视角阐释东方或西方语境下的西方正典剧作;2.文化错位后的、用英语上演的日本剧作;3.亚裔作家用英语创作的原创剧本。属于第一类的戏剧包括卡洛·戈多尼(Carlo Goldoni)的《一仆二主》(The Servant of Two Masters),然而该剧的背景不是在威尼斯,而是在一个虚构的唐人街。第二类包括两部经典日本戏剧:木下顺二(Junji Kinoshita)的《黎明之鹤》(Twilight Crane)和三岛由纪夫(Yukio Mishima)的《Aoi 女士》(Lady Aoi)。第三类包括吴顺泰(Soon-Tek Oh)的《不能回家的烈士们》(Martyes Can't Go Home)①。作为执行导演,吴顺泰在 1967 年总结东西艺人剧团的业绩及经营目标时说道:"东西艺人剧团致力于向西方世界引介一个独一无二的剧团——实现东西方戏剧中最佳形式的结合,为东方人提供开拓发展空间和发掘表演才能的机会。"(E. Lee,2006:44-45)现在东西艺人剧团是美国唯一一个全部由东方演员组成的剧团,自 1965 年以来,以它杰出的成就,对改变好莱坞塑造的东方演员的负面形象产生了决定性的影响。(同上)

多年来,东西艺人剧团被誉为"国内杰出的亚裔戏剧团体",他们创作的戏剧作品获得了多项荣誉。该剧团主要致力于为东西方文化搭建一座桥梁,他们的作品将东西方不同的潮流、服饰、语言和音乐融为一炉。剧团现已公演一百多部反映亚太裔美国人生活经历的戏剧和音乐剧,并举办了一千多场作品朗读会和工作坊。

目前,东西艺人剧团的主要演出场所是黄哲伦剧院(David Henry

---

① 该剧是一部关于朝鲜战争的剧作,也是吴顺泰的硕士论文。吴顺泰还改编了中国著名小说《骆驼祥子》。

Hwang Theater),这座剧院位于洛杉矶市中心的小东京地区,坐落在历史悠久的联合艺术中心内。每年有超过一万名的观众来到这里观看演出。剧团还为广大低收入观众提供打折甚至免费入场券,并为听力障碍观众群体安排了一系列手语剧目的演出。

东西艺人剧团还提供了一系列的教育性项目,每年为二百多名来自不同文化背景的艺术工作者提供培训。这些项目包括表演工作坊、暑期强化班、黄哲伦剧作家班、职业培训、创作人才服务联盟,以及青年巡演剧团(通过校内演出和节日活动等形式,已经惠及约五万名八年级学生及其家庭)。①

东西艺人剧团上演过音乐剧、欧美戏剧、改编的亚洲戏剧以及美国亚裔戏剧。1999年该剧团报告说亚太演艺圈中超过75%的演员都有曾在东西艺人从业的经历,是美国最有影响力的亚裔剧团。

二、泛亚保留剧剧团(Pan Asian Repertory Theatre)

泛亚保留剧剧团于1977年在纽约成立,其前身是埃伦·斯图尔特(Ellen Stewart)1961年创建的拉玛玛实验戏剧俱乐部(La MaMa Experimental Theatre Club)。该俱乐部对美国的多元文化戏剧发展起到过推动作用。该剧团的第一任艺术导演张渝(Tisa Chang)一开始就把剧团的发展目标定为与纽约市其他专业戏剧团体展开竞争。张渝是20世纪60年代的百老汇女演员,曾在百老汇出演过《国王与我》和《花鼓歌》。张渝当时就表现出多元文化的视野,指出美国戏剧的定义太过狭隘,认为美国戏剧应该包括华

---

① Wikipedia:East West Players-Nonprofit,Charitable Organization http://www.sfpalm.org/chinesetheater/4 overview.html San Francisco:Opera Center of the West.

裔、日裔和印度裔的优秀作品和文化传统。她希望将东西方戏剧相融合,并将她对多元文化戏剧的想法推向主流。她认为跨文化戏剧应该包括全亚洲的戏剧传统。对张渝来说,亚裔戏剧是泛亚戏剧的一个分支。

没有改名为"泛亚保留剧剧团"之前的拉玛玛实验戏剧俱乐部,曾上演过根据中国京剧故事改编的音乐幻想剧《凤还巢》(Return of the Phoenix)。改编的《凤还巢》保留了传统的京剧动作和音乐,采用双语(普通话和英语)对白和叙述。该剧一上演就受到了观众的好评,接着在费尔菲尔德大学、史密森学会(Smithsonian Institute)、爱丽丝·塔利音乐厅(Alice Tully Hall)上演。1973 年 10 月 20 日该剧作为 CBS 青年艺术节的第一个节目在电视上播放。

《凤还巢》的巨大成功,让剧团从而认定了继续走将传统的中国戏剧风格与双语对话的方式相结合的路线。之后,他们上演的以中国戏剧风格演绎的此类剧作还有《武章传奇》(The Legend of Wu Chong)、《仲夏夜之梦》(A Midsummer Night's Dream,该剧的故事情节被改在发生于公元前 1000 年的中国)、《帕达迪索旅馆》(故事被改成发生于世纪之交的巴黎)和《赵氏孤儿》(Orphan of Chao,根据中国悲剧《赵氏孤儿》改编)。(E. Lee,2006:85-86)

1977 年 5 月泛亚保留剧剧团的第一部原创作品《武章传奇》上演。这部戏剧仍然沿袭拉玛玛实验戏剧俱乐部的创作传统。《武章传奇》被认为是根据中国的戏剧改编而成,讲的是一位年轻王子从他邪恶的同父异母的兄弟手中夺回王权的惊险故事,充满魔幻色彩。这是一部音乐与舞蹈完美结合的喜剧,还是一部罕见的用中国戏剧表演形式表演的打闹剧。梅尔·古索(Mel Gussow)在《纽约时报》上评论说:"该剧的剧本和表演简单易懂,情节通俗,配乐生动,服饰华美,融哑剧、舞蹈、武术、翻跟头为一炉,老少皆宜。"剧本的原稿是双语,但是演出使用的是英文台词。

《武章传奇》上演之后,泛亚保留剧剧团又在1977年上演了中国现代剧作家曹禺先生在1933年创作的《雷雨》。1942年大中华剧院上演了李茂林导演的《雷雨》①,该剧本演出需要四个小时。泛亚保留剧剧团在王佐良(Wang Tso-liang)和A.C.巴恩斯(A.C.Barnes)1956年译本的基础之上进行修改,使演出只需要两个半小时。梅尔·古索在《纽约时报》上评论该剧"概括了观众们耳熟能详的西方剧目",而没有半点"异域气息"。他认为该剧"情节错综复杂,扣人心弦,非常地西方化",并评论说演员们在舞台上表演大胆,胸有成竹,饱含激情,非常专业,完全没有先前的业余性表演痕迹。(E.Lee,2006:88-89)该剧由张渝导演。该剧团在70年代和80年代又上演了曹禺的《日出》。

三、亚裔戏剧中心(AATC)

亚裔戏剧中心由剧作家赵健秀(Frank Chin)创建于1973年,起初只是由美国音乐戏剧院(American Conservatory Theater,ACT)赞助的一个戏剧工作坊。② 当这第一个亚裔戏剧工作坊在1973年夏天成立的时候,只有25个人参加了6月18日到8月25日的首批课程。发起人赵健秀的想法是通过工作室四周的排练,参与者可以向观众展示他们的成果。8月份,他们在美国音乐戏剧院的演播室上演了《鸡笼中的唐人》、《龙年》中的片断和《三个华裔女人的画像》。1974年春末,亚裔

---

① http://www.sfpalm.org/chinesetheater/11_overview.html American Influences
② http://www.asianamericantheater.org

戏剧工作坊培养了近三十名华裔戏剧演员，他们为成百上千的观众进行了表演。这些观众大部分是亚裔美国人，他们第一次在舞台上看到了自己的生活。

亚裔戏剧工作坊在社区受到欢迎表明亚裔群体对亚裔文化的诉求。对亚裔戏剧表演有兴趣的人曾多。1974年夏季班开课时，第一次就有八十多个报名者参加。最后一次课是 Janis Chan 给大家上的表演课，而且老师们自愿来上声乐课和形体课。Eric Hayashi 和 Nathan Lee 成功设计并巡演了 Freadie Eng 的《唐人街游记》(*Chinatown Tour*)，给新的班级讲舞台研究和剧场艺术等课程。(E. Lee, 2006：60) 许多讲课人并无报酬。

1975年，工作坊改为专业的非营利性戏剧公司，专门上演由亚裔剧作家创作的戏剧作品，为广大亚裔演员、编剧和技术人员提供事业支持。1976年8月到10月间，亚裔戏剧中心从旧金山基金会获取了2万美金的资助。用这笔钱，工作坊的成员稳定了行政结构，在加利福尼亚大街4344号获得了一个排练、演出的场地。20世纪70年代末至80年代初，亚裔戏剧中心成为了旧金山湾区亚裔戏剧人展示才华的中心舞台，同时也像家一样，是以繁荣亚裔文化为己任的剧作家、导演、演员、编剧们的心系之处。

1978年赵健秀辞职，1979年亚裔戏剧中心组建了他们称之为"艺术指导委员会"的机构，以取代赵健秀空出来的艺术指导之职。委员会的成员们一起生活在剧院，共同参与管理与创作。每个成员都按自己的想法指导、设计、教授、创作以及管理剧院。大多数情况下，他们的观念相互冲突，但这使得这个过程更有创意、更富激情。艺术指导委员会成员之间的复杂关系激发出了一股巨大的艺术能量。他们制作出四十多部作品（大部分是亚裔戏剧），并帮助许多演员、剧作家以及制作人开始其职业生涯。(E. Lee,2006:69-70)随着艺术指导委员会的正式成立,"亚裔戏剧工作坊"更名为"亚裔戏剧中心",从而正式脱离了赵健秀最初的设想,该中心不再仅仅是作家的工作坊和实验室。新更名的中心经过努力已经成了旧金山地区一家主要的戏剧团体。

第三节 亚裔戏剧团体与美国主流戏剧的不同

从以上几个戏剧团体成立的宗旨和发展的轨迹,可以看出亚裔剧团的宗旨不同于美国主流剧团,主要表现在以下几个方面。

首先,亚裔剧团提供给演员的是一个发出亚裔群体集体声音的平台。正如观众观看他们的表演是一种文化诉求一样,演员的演出也是出于一种文化甚至是政治诉求,因此都是自觉自愿的。亚裔演员去演出是出自对表演的热爱或一种自我表达的需要。亚裔剧团都是民营团体,自筹经费,大多数情况下演员都没有报酬,特别是剧团最初成立的时候。虽然没有薪酬,但是剧团提供给他们的舞台是他们在以白人为主的主流戏剧界所无法得到的。因为美国的戏剧舞台在相当长的一段历史时期都是排斥亚裔演员的,亚裔演员没有登台的机会,屈指可数的几位有戏可演的亚裔演员也不可能出演主角,比如黄柳霜(Anna May Wong,1905-1961)。黄柳霜是无声电影时代好莱坞唯一的华裔女星,是在早期戏剧中得到一致认可和好评的华裔演员。即便是她,也很少能出演有分量的角色,尽管她是亚裔美国人心中的超级明星。黄柳霜是第三代移民,出生在洛杉矶。由于她的华裔身份,主流观众和评论界对她始终没有客观地认可。美国的主流社会喜欢看她扮演"东方人"的角色,因此导演总是分配她扮演当奴隶的东方女子或不忠诚的龙女等角色。她扮演的角色一般都会以在荧屏或舞台上死亡为结局,因为"东方人"角色的死亡是用来解决戏剧冲突的常见方法。截至 1928 年,她已经在二十多部无声电影中完美地演绎了看似真实的可怕的亚洲女性角色。尽管她聪慧美丽,又颇有成就,却仍然无法摆脱种族偏见。她只能眼看着经验不足的白人演员戴着黄色面具扮演主角,而自己得不到表演的机会。在失去了扮演《红色之城》(*Crimson City*,1928)女主角 Myrna Loy 的机会后,黄柳霜离开美国移居欧洲。她在欧洲告诉记者,她已经厌倦了总是在影片中死去:"虚弱地死去似乎是我能做的最好的事。"(转引自 E. Lee,2006:15-16)大部分亚裔演员甚至连这样的角色也难有机会出演。

  20 世纪 50 年代美国出现了对描写亚裔人物的"东方剧"的狂热,因此上演了一些"东方剧"的剧目:《国王与我》(*The King and I*,1951 年度观众最喜爱的剧目)、《黄苏西的世界》(*The World of Wong Suzie*,1958 年度观众最喜爱的剧目中排名第二)、《天涯知己》(*A Majority of One*,1959 年度观众最喜爱的剧目中排名第二)。出演剧中亚裔角色的都是白人演员,他们把皮肤涂成黄色,在剧中担任主角。(E. Lee,2006:20-21)到了 1958 年,"东方人"演员终于在由罗杰斯(Rogers)和哈默斯坦(Hammerstein)执导的音乐剧《花鼓歌》中获得了主要的亚裔美国人角色的机会。20 世纪 60 年代亚裔演员在纽约的演艺圈仍然没有地位。

  亚裔剧团不同于主流戏剧团体的第二个方面是,他们都有多元文化的视角,注重对亚洲戏剧的吸收和发扬。除此之外,亚裔剧团也十分注重对中国戏剧的本土化改编。1977 年,拉玛玛实验戏剧俱乐部中的华裔剧团脱离出来,成为一个独立的剧团,并改名为"泛亚保留剧剧团",目的就是为了涵盖所有的亚裔演员,并表现所有的亚洲文化。

该剧团的艺术总监在《纽约时报》上声明:我想利用我的文化背景来探索新的戏剧表现形式,我并不是在提倡族裔戏剧。我想为美国的亚裔演员们提供最高水准、最为专业的表演平台。由于美国观众有时候不大愿意看到以白人为主的戏剧里有亚裔演员,所以我们尝试着让亚裔剧团自己来表演西方经典戏剧。我们已经初步上演了两个剧目《帕达迪索旅馆》和《仲夏夜之梦》,我把这两部戏的背景都放在了中国。

1977年11月该剧团在《雷雨》的演出说明中明确表明了该剧团的目标:

1. 为美国亚裔戏剧演员提供工作机会,让他们在最高的专业表演标准下得到锻炼。
2. 运用中国戏剧原有的戏剧风格、音乐、动作等表现形式探索新的戏剧形式。
3. 大力培养亚裔剧作家,大力推广他们的作品,尤其是主题与美国华裔生活相关的作品。

于1970年成立的四海剧团(Four Seas Players)将目标定为:培养唐人街社区自己的人才,树立团结合作的精神,培养大家对戏剧艺术的兴趣。四海剧团作品的风格是传统和现代、中国和欧洲、过去和现在的糅合。四海剧团非常明确要为唐人街社区提供文化教育,提供戏剧娱乐。剧本是专门为唐人街社区写的,戏剧也直接反映他们的经历。作为一个跨文化剧团,四海剧团主要以现代的形式表演中国传统剧目,并赋予这些剧目以时代内涵,培养年轻演员,教育观众,激发他们的民族自豪感。

四海剧团上演的《锦扇缘》是一个18世纪的意大利故事,由胡春冰(C. P. Woo)改编成三幕轻喜剧后用粤语演出,并将其故事背景改在中国。故事围绕着明朝盛世时期一位年轻人为心爱的女人买的一把扇子展开。虽然这把扇子引发了许多令人啼笑皆非的误解,但是最终戏剧在皆大欢喜中落幕。全体演出人员来自不同的社群和组织,有些是在美国出生的不会说粤语的华裔学生,有些是不会说英语的香港移民。建筑师 Danny Yung 志愿设计背景,她利用纽约唐人街的勿街(Mott St.)上已有的建筑物作为演出背景,把教堂中的礼堂改造成了一个中国的小山村。

他们还改编上演了粤剧《皇帝的女儿》(*The Emperor's Daughter*)。他们把原剧改成简单的对话形式和象征性的舞蹈动作,以便非专业演员掌握。忠实于原剧并不是他们最关注的,他们更关注如何让自己的剧团演好,如何让社区的人更好地接受。因此,他们公开声称,他们是在发展一种"中国戏剧的另类形式"。(E. Lee,2006:106-107)由于他们走的是服务华人社群的路子,因此受到华人社群的欢迎。还在他们尚未正式成立剧团的1969年11月,他们已经从最初的7人发展到60人。剧团演员的背景都不同,有波多黎各裔美国人,意大利裔美国人,还有高校学生、社区领导、年轻的专业人员以及神职人员等。排练都在教堂的地下室进行,演员以外的其他人则负责制作服装、拉布景以及售票。1970年2月7日的初次演出吸引了大批的观众,许多都是移居美国多年的老移民。据陈佩珊回忆,那个能容纳300人的地下室,连续三天都坐满了人。

通过演戏,华人会对剧院产生归属感,演员们也可以实现自我价值。看到平日不苟言笑、不善交流的唐人街观众在观赏戏剧表演时露出微笑,暂时把所有的烦恼、疑惑抛之脑后,演员们感到偌大的欣慰,这对剧团是最大的褒奖。他们以此为华人社区做出了贡献,他们的贡献也得到社区的广泛认可。在四海剧团创立20年庆典上,剧团由于对"戏剧世界的贡献,对亚裔群体的贡献",而得到曼哈顿区长罗斯瓦特·梅辛吉的承认,他宣布1990年9月8日为"四海剧团日"。(E. Lee,2006:108-109) 成立后的几十年里,四海剧团每年都会上演两到三个剧目。剧目的风格延续着跨文化、跨国籍、根据不同的唐人街群体而改变的风格。

幕表演艺术团(Mu Performing Arts)中的"幕"字源于中国汉字。这个字既是"萨满",又是"艺术家",还是"勇士"之意,这些人通过生命之树将天堂和世界联系起来。①幕表演艺术团被认为是美国第三大亚裔表演艺术团体,旗下设有幕剧院和幕太鼓团。幕表演艺术团于1992年成立,最初名为幕剧院。一直以来,幕表演艺术团致力于将亚洲和西方的艺术形式相融合,以表现亚洲和亚裔的文学和音乐,其宗旨是"以表现亚裔群体的艺术、平等和正义为原则,为公众呈现伟大的戏剧作品"。②他们的目标非常具体:"我们在舞台上的每一句台词、每一个场景都是用来表现亚裔群体的文化与生活;我们创作和演绎的作品都是来源于亚洲和美国文化的融合;我们的戏剧理念是将古今的各种形式、传统和故事融为一炉,给广大观众带来整体的感官享受;我们将致力于为新艺术家的成长提供条件;我们创作

---

① http://www.muperformingarts.org/
② http://www.muperformingarts.org/

的戏剧作品力求给观众带来感动、激励和挑战,使听众能够理解、贴近和享受东西方文化的多样性。"①剧团每年举行四个剧目的演出,这些演出将传统的亚洲戏剧形式和西方戏剧形式相结合,既有新作品,也有亚裔戏剧中公认的经典剧目。

亚裔戏剧团体的第三方面的特点是,华裔戏剧与华裔群体试图在美国社会提高其社会地位的努力密切相关,华裔戏剧具有关乎华裔社群生存的现实意义。华裔社群由于美国排华法案的迫害,在相当长到一个历史时期都是一个无声的群体。他们极少有机会在主流舞台出演自己,而且很难改变华裔在舞台上被歪曲的刻板形象。20世纪60年代华裔剧团的集中出现,应该是主要受到非洲裔美国人发起的黑人艺术运动的影响。在黑人艺术运动中,戏剧作为一种艺术,成为了黑人反对种族歧视的手段。戏剧批评家和戏剧史学家埃罗尔·希尔(Errol Hill)写道:"文化在这样一个背景下对于斗争来说不是外围问题,而是中心问题。艺术成为了走向观众的途径。因此戏剧作为最具公众性的艺术形式,就成为了这次民族主义运动的最前线。"(Sell in Krasner,2005:264)戏剧成为民族主义斗争的武器。

而且戏剧被认为是非常有效的手段:"戏剧和剧场非常适合表现斗争。好的戏剧和剧场能够实现局部(如具体的戏剧情景和演出)和整体(主题、'普遍现象'、历史)的联系,使其令人相信,在情感上让人信服,在美学上引人注目。因此,它们也是黑人艺术运动的基础,这一点没有什么值得惊奇的。黑人艺术运动是一次文化民族主义运动。……这场运动试图完成一个传统的先锋派目标:改变文学,继而改变生活。"(Sell in Krasner,2005:263)可以说,族裔戏剧的政治诉

---

① http://www.muperformingarts.org/

求大于其艺术追求,特别是在各族裔戏剧发展的初级阶段。

其实非洲裔戏剧从很早开始就被赋予了教育人民的使命。早在 20 世纪 20 年代的哈莱姆文艺复兴时期,大部分剧作家并不是职业作家,而是职业教育工作者,比如兰斯敦·休斯(Langston Hughes)和佐拉·尼尔·赫斯顿(Zola Neale Hurston)。特别是美国黑人女作家,她们不少是中学教师出身,如葛罗米柯、伯里尔(Burrill)、米勒(Miller)。男作家大都是大学毕业,他们或是戏剧教师,或有作品在大学上演,如格雷戈里(Gregory)、洛克、埃德蒙兹(Edmonds)、理查德森。(Bean in Krasner,2005:103)戏剧成为了美国黑人构建其族裔身份和反抗种族歧视的美学形式和艺术实践。美国华裔的戏剧发展史印证了黑人的这种美学形式和艺术实践。戏剧对于美国华裔而言,是一种与生存有密切关系的艺术形式,"改变文学,继而改变生活"是华裔戏剧的重要特点。华裔戏剧成为一种促进文化、政治和经济变革的策略,因而具有鲜明的现实意义。

1974 年,赵健秀及其亚裔戏剧工作坊的成员在"亚裔戏剧工作坊综览"中,就突出地表现出华裔戏剧与华裔文化建构的关系。他们除了"为亚裔演员、导演、专业技术人员提供了一个训练的基地,和在该地区的居民居住地附近举办演出,便于居民观看"以外,更为重要的是,他们开展了一项舞台之外的华裔文化整理工作。"通过采访各年龄段及阶层的亚裔美国人,继续收集、整理亚裔口头历史档案;根据这些磁带,使用录制下来的真实语言(模仿真实的发音),继续创作戏剧。""收集、编辑、出版亚裔作家作品集,包括小说、诗集、散文、戏剧。特别是设计出将来要用于中小学教科书的文集。""把我们的活动和亚裔社群的其他活动结合在一起,能让大众更清楚亚裔在美国的历史,更了解其生存状况。"(E. Lee,2006:60)由此可见,亚裔戏剧是亚裔文化建构的重要方式,也是让美国主流社会了解亚裔社群的有效途径。因此,亚裔戏剧不仅具有艺术意义,更为重要的是具有历史和社会意义。

亚裔戏剧对文化有重要贡献的另一个突出例子是创建于1971年的库姆卡华剧院(Kumu Kahua Theatre)。库姆卡华剧院坐落在夏威夷州火奴鲁鲁,以演出由夏威夷当地剧作家创作的作品而闻名,该剧院致力于上演他们称之为"夏威夷人民民有、民治、民享的戏剧作品"。他们常常在演出中表现当地的方言、口音和夏威夷英语,有些剧作甚至完全是用这样的语言创作的。不但剧本是原创的,演出也非常地本土化,完全由当地的演员、编剧、导演和技术人员完成。该剧院的名称"库姆卡华"一词,在夏威夷当地语中的意思是"原创的舞台"。该剧院演出了许多反映夏威夷人民生活的原创剧作。他们对夏威夷文化的贡献也得到了地方政府的认可,库姆卡华剧院得到夏威夷州文化与艺术基金的支持,由夏威夷州立法院拨款资助。[①]

有的戏剧团体并不局限于亚裔族群,但是同样有重要的文化建构作用。比如成立于1989年的全美亚裔戏剧公司是一家非营利性的戏剧团体,其宗旨是"将美国国内的亚裔戏剧呈现给广大观众,并展现其在美国戏剧和文化多样性中的重要作用"。长期以来,他们演出的剧作有的是全部由亚裔演员扮演的欧美经典剧目,有的是由亚裔剧作家改编的剧目。总之,无论是否是亚裔剧作家创作的,只要是优秀的新剧目,他们都有兴趣上演。[②]

该公司通过戏剧的舞台,真实呈现美国社会文化多样化和跨

---

① http://kumukahua.org/
② http://www.naatco.org/

文化格局的风采与活力。通过在舞台上演出这些剧作，力求展现美国社会各种文化之间的差异，因为这些差异不但使美国社会的各种文化不断繁荣，也使整个美国社会不断发展。这些剧目不一定和亚洲文化有关，它们有可能是超越种族界限的，从而体现了永恒的人性特征。

该公司还让亚裔演员演出非亚裔的剧作，使得他们得以用多种方式和视角诠释和演绎这些剧作。这样做的目的是要强调这样的理念，即不同的文化是可以求同存异的，有些价值观是普世和永恒的。

美国的主流戏剧在相当长的历史时期关注的是文艺是否真实表现了白人的生活现实。美国华裔戏剧注重的则是戏剧是否反映了华裔的生活现实。华裔戏剧与华裔的文化身份认同有关。正因为戏剧关乎华裔个人以及群体的认同和生存，在培养新人方面，他们除了注重培训专业的戏剧知识外，还通过征稿竞赛发现和扶持优秀的剧本和演员，使得华裔戏剧的表演资源丰富而源源不断。

第 五 章

角色与现实:1850年—1950年美国戏剧舞台上的华人形象

美国华裔戏剧的历史发展与华裔在美国的社会地位密切相关,华裔在不同历史时期的舞台形象,从某些方面反映了华裔的社会地位。从19世纪中期华人移民美国开始,到20世纪中期的近一百年期间,华裔的舞台形象经历了智力上被幼儿化、外貌上被妖魔化、文化上被另类化的负面化过程。匡正华裔刻板形象的努力部分地促成了美国华裔戏剧的产生与发展,因此,研究这些负面形象是十分必要的,对于从历史的视角了解美国华裔戏剧的产生和发展有着重要的意义。这些负面舞台形象与20世纪70年代崛起的亚裔戏剧之间的相关性,说明戏剧舞台不仅是华裔的表演平台,更是他们实现自己政治和文化诉求的平台。

中国戏剧最初于18世纪传播至西方世界时,正值西方世界兴起"中国热"之时。[①] 欧洲启蒙运动的哲学精英们心目中的中国,是一个建立在他们所理解的儒家政治理论基础之上的稳定而文明的国

[①] 古月僧,《赵氏孤儿》在欧洲和中国的改编,2009-02-06,http://bbs.guoxue.com/viewthread.php?tid=500029

度。他们把中国看作是文明的典范。(Williams, 2000:25)虽然中国戏剧如《中国孤儿》直到1759年才亮相于西方舞台,但是中国的形象在西方人的心目中已经发展了几个世纪了。中国的形象中最重要的三个方面是:第一,传说中中国有无限的财富;第二,中国人都是非同一般的能工巧匠;第三,中国是稳定而文明的国度。(Williams, 2000:21)中国精美的瓷器、丝绸等物品,更是中国文化博大精深的具体体现,因此欧洲人除了感到中国神秘之外,更是为之吸引。由于中国戏剧是在这种背景之下传入欧洲的,因此当时中国人在欧洲舞台上的形象并不是负面的。中国戏剧最初传入美国时的情景也类似,中国人在美国的舞台形象最初并不是负面的。

可以说19世纪中期中国人移民美国时,作为一个群体并没有马上受到歧视。加利福尼亚州在兴起淘金热之前,移民美国的华人只限于少数水手、商人和佣仆,一般的美国人对华人只是有些好奇。美国人当时对中国所知甚少,与中国基本上没有什么接触,也没有什么矛盾。在淘金热的最初几年中,自由竞争与宽容之风尚且盛行,而华人移民提供了加州当时十分短缺的劳动力,同时也为各种节日庆祝活动带来了"异国情调",因此他们初到美国时引起人们极大的兴趣,也受到了一定程度的欢迎。比如,1850年8月29日泰勒总统逝世时,旧金山的华人也应邀参加了市政当局举行的追悼仪式。当时的加利福尼亚州长约翰·迈克道格斯在对公众演讲时,宣称华人是"新近来到加州的最有价值的移民群体之一……加利福尼亚的气候和这片土地的特点对他们真是再适合不过"(徐颖果等译,2006:6)。州长的语气应该说是友好的。华人社会地位的恶化是逐渐发生的,直到三十年后美国国会通过了《排华法案》,开始了一系列对华人的歧视性政策。

第一节　19世纪中后期的华人舞台形象

排华法案使华人成为受驱逐和排挤的群体之一。在1850年前后,华人移民美国时并没有遭遇明显的歧视。美国鼓励亚洲人移民美国,因为亚洲人充实了美国的劳工市场。但是,随着欧洲劳工的涌入,美国国内工作竞争日趋激烈。他们视华人为竞争对手,甚至认为华人抢了他们的饭碗。华工的工作机会因此受到冲击。

19世纪70年代到80年代正值美国的经济大萧条,此时美国通过了一系列的排华法案,力求把华人清除出美国,以此来解决美国政府所谓的"华人问题"(the Chinese Question)。(E. Lee,2006:11)这一时期美国的戏剧舞台上总是出现负面的华人角色,例如在亨利·格里姆(Henry Grimm)的剧作《中国人必须离开》(*The Chinese Must Go*,1879)中,有两个截然相反的典型华人形象:一个性格幼稚,嗜酒成性,沉迷鸦片,讲着蹩脚的英语,喜欢白种女人;另一个天资聪慧,讲地道的英语,与美国人谈判周旋毫不畏惧。无论是哪一种华人,都被认为具有潜在的危险:后者对美国人在加利福尼亚州的统治地位构成威胁,企图破坏美国白人的生活;而前者道德败坏,行为愚昧,对美国天真的儿童和妇女会造成坏影响。尽管这些形象通常相互矛盾,但是却塑造得非常生动。(E. Lee,2006:12)这些都是美国戏剧舞台上常见的华人形象。

排华法案有效地阻止了中国人移民美国。此时在主流剧院上演的有关东方题材的戏剧,也都把亚洲人刻画成居住在美国的"陌生居民":他们要么是不能融入美国社会的外国人,要么是完全融入了美国社会,却对美国社会产生威胁的人。(E. Lee,2006:13-14)总之,这些形象塑造折射出当时美国社会对华人的不友好和不欢迎。

据美国学者的研究,华人的负面舞台形象除了与排华法案引发的排挤歧视华人现象有关,还与发生在中国的鸦片战争有关。据他们的观察,第一次鸦片战争极大地改变了欧美戏剧中的华人形象,使得他们的舞台形象极具负面性,这是因为有报道说在战场上中国人表现出军事上的怯弱和无能。(Williams,2000:59)

第一个关于鸦片战争的戏剧是1840年7月2日在纽约奥林匹克剧场上演的《美国佬在中国》(The Yankees in China)。在该剧中,华人被刻画成未开化的低劣民族。几乎所有的鸦片战争题材的戏剧都有一个共同点:"好战的西方人闯入中国领土,被动的东方国土上居住着文化上荒谬可笑、军事上无能的本土人,他们遭到能力非凡的帝国主义西方人的侵略。这种结构特点极大地消解了西方人之前对中国悠久历史、灿烂文化、巨大财富的赞赏。……在鸦片战争题材的戏剧中,华人的形象都是负面的,这种戏剧加深了美国观众的种族优越感和文化优越感。"(Williams,2000:65) 1842年10月11日在查塔姆剧院上演的《爱尔兰人在中国》(The Irishman in China)和1850年11月18日上演的《伦敦佬在中国》(The Cockney in China)剧中,华人都是被征服的民族形象。(Williams,2000:61)鸦片战争给美国种族主义者一个从戏剧上丑化中国人的借口。

由于华人在美国社会被边缘化,因此主流社会很少想到研究华人,也没有对华人的舞台形象进行过研究。虽然1857年到1880年这个时期表现华人的戏剧在数量上比较多,范围也比较广,然而直到1933年,才有对华人戏剧的研究问世。(Williams,2000:14) 1933年威廉姆·费恩的《阿辛和他美国文学中的同胞们》(Ah Sin and his Brethren in American Literature)被认为是文学界第一次对华人形象所做的评论性研究。在这本书中,费恩用了一个章节来研究美国戏剧中的华人形象,尽管如此,他着重研究的还是诗歌、长篇小说、短篇小说中的华人形象问题。

1925年以前创作的有华人角色的美国戏剧,如今留存下来的大约有五十种。报纸评论和其他文献证明还有许多其他的戏剧,但现存的只有这些戏剧的情节梗概,甚至只有题目,不少戏剧没有留下任何历史痕迹。

1850年到1900年间美国有华人角色的戏剧现存约四十部。这类戏剧的大部分都以矿区、荒野和其他西部地区为背景,因此也被称为"边疆戏剧"。但是在一本有三百多部美国早期戏剧的集子中,甚至没有一个华人被提及。华人即便出现在主流舞台上,他们的戏份也极其有限。这些角色被分配上台的时间通常很短,而且没有内心活动和角色发展。他们的出现只是为了增添新奇的成分,以便吸引更多的观众。总而言之,由于受到美国国内经济竞争因素引发的种族歧视等影响,19世纪中后期的华人在美国主流舞台上的形象往往极具负面色彩。

第二节 作为文化符号的负面华裔形象

华人的负面形象可谓方方面面。从外貌到语言表达,从生活习惯到道德品行,华人都被主流社会从负面加以解释和关注。1900年前,华人男性的舞台形象似乎是固定不变的。一个常见的例子是华人男性的辫子。在有华人角色的戏剧里,几乎总有一个年轻的华人单身汉,拖着长长的辫子,穿着松松垮垮的工装。西方人认为男性的辫子"构成了华人身份最有力的视觉能指"。(Williams,2000:188-189)辫子在西方人看来是属于女性的外表特征,所以留辫子的华人男性在西方人眼里多了一些女人气,甚至可以说因此而失去了男子气概。

美国剧作家在舞台上使用辫子具有一种道具意义,它使得观众对华人男性产生负面的关注。这样的另类装束使得华人不可能被主流社会欣然接受。华人角色的装扮是如此地始终如一,它形成了被称为"华工的穿着"的刻板形象:身穿深蓝色罩衫,脚踝处紧裹着深蓝色长裤,头戴圆锥形草帽,脚蹬木屐(wooden sabots)。早在 1861 年,约瑟夫·A. 努涅斯(Joseph A. Nunes)提到这样的装束时,只写下"何基——华人的装束",相信演员和观众就完全能够描画出这个角色的外表。几乎所有的华工都身穿单调松垮的工装,表现出他们社会地位低下、没有经济能力,以及软弱、不具威胁力等女性化特征。(Williams,2000:182) 这些刻板形象在美国戏剧舞台流传甚广。

另一个重要因素是语言问题。从华人踏上美国的土地,英语对华人的意义就远远超出其语言学意义上的功能。会不会讲英语、讲得好不好,都直接关系到华人的身份和社会地位。与今天到美国去留学的中国人不同,19 世纪中期移民美国的华人到美国是为了淘金,并不是去求学的。赴美前他们并没有接受英语语言培训。而且他们到了美国,也主要和华人在一起打工、生活,并没有太多讲英语的需要,所以似乎没有学习英语的强烈动机。一些会讲英语的华人通常有浓重的口音和明显的发音错误,很少能说完整的句子,经常会因此引起欧美人的嘲笑和蔑视。比如在戴利(Daly)创作的《地平线》(*Horizon*)中,华人是这样说话的:"我的?不,梅丽肯,我的不坏的!爱梅丽肯!工作——不玩儿——不赌——不酗酒——可怜的中国佬!"这种断断续续的不完整的句式给观众的印象是华人不能形成完整的思维,不具备用恰当的方式表达自己的能力。而且角色使用"中

第五章 角色与现实:1850年—1950年美国戏剧舞台上的华人形象

国佬"这样贬损自己的词汇,表明他既不懂发音,也没有自尊。(Williams,2000:191)英语语言能力欠缺的华人,至今都是华裔戏剧极力要改写的华人形象。

华人英语语言能力的不足,给讲英语的本地人以延伸语义的空间,也给剧作者利用它来贬低华人的机会。戴夫・威廉姆斯(2000:191)指出:剧作家普遍不让华人角色说主格的"我"(I),几乎所有的华人角色都称自己为宾格的"我"(me)。这是因为"I"是主语使用的,它暗示自治力、自由和平等。相比之下,宾格形式的"me"定义了一个被他人控制的被动客体。因此"me"的使用迎合了欧美人的希望,他们希望华人永远不会从客体上升为主体。

如何处理舞台上华人的语言问题,也比表面上能看到的要复杂。假如让华人在舞台上说中文,那么面对不懂中文的美国观众,他们完全不能传达任何信息,不论表演如何地"忠实于生活";假如华人角色能讲出标准的英语,能和英美人无障碍地对话,似乎又暗示了种族上的某种平等,这是当时大部分观众所不能接受的。因此,剧作家大多采用折中的办法,即让华人角色讲口音很重的英语。华人不标准的发音和不正确的语法还能让观众产生"华人智力低下"的印象,这也正是很多剧作家的本意。(Williams,2000:109)种族主义者在华人的英语语言能力上做足了文章。

夸大华人英语语言能力的低下,具有一石数鸟的作用。首先,在19世纪,在舞台上表现美国黑人、美洲本土的印第安人等族裔群体的发音习惯,具有内在的幽默功能,因为他们的发音能引人发笑。另外,强势语言群体通过嘲笑弱势或少数群体的讲话,能够使强势群体增加认同感,从而加强他们自身的团结。由此可见,舞台上英语能力的低下不但把华人角色从欧美人群体中分离出去,妨碍他们融入主流社会,而且给歧视华人提供了一个口实。

对华人姓名的处理,也给贬低和丑化华人一个机会。华人角色的汉语姓名对美国观众而言是一些毫无意义的音节,而且很难上口。美国剧作家不少人创作了以"阿"开头的华人姓名,如"阿科"、"阿米"等。在一首非常流行的诗《诚实的詹姆斯的老实话》("Plain Talk from Truthful James")中,有一个富有同情心和有道德的华人,但是他却被给予了一个与此相反的名字——阿辛。由于"阿辛"这个姓名的英语发音很接近"I sin",意思是"我有罪过",所以观众听到这个名字会不由得发笑。著名美国作家马克·吐温和布雷特·哈特(Bret Harte)联合创作的《阿辛》(Ah Sin, 1877)就借用了这首诗中"阿辛"这个名字。

戏剧舞台上的华人角色不但有可笑的姓名,而且也十分地愚笨。同样在马克·吐温那部剧里,华人不会独立思考,只会毫无领会地模仿他人。在《阿辛》中,阿辛模仿他的女主人时打碎了一整套的盘子。在 M. T. 考尔德(M. T. Caldor)的《好奇心》(Curiosity)中,华人角色给主人的客人们斟酒时倒满了醋;在埃德加·史密斯的《漫画亚利桑那》(Travesty Upon Arizona)中,一个华人仆人把主人的一罐子油都倒了出来。

此外,华人还是科盲,对西方技术中最微不足道的发明都表现出像小孩一样无知的反应。(Williams, 2000:182) 在中国人开始大批到达加利福尼亚后的两年,1852 年纽约出演了 Kim-ka; or, The Misfortunes of Ventilator 一剧。该剧中的华人举止呆板,对此观众觉得很幽默。该剧还把西方人积极进取、喜欢冒险、男子气概的特点同东方人被动的、情绪化的、女人气的塑造相比照。(Williams, 2000:67) 华人的舞台形象在智力上被幼儿化。

在 19 世纪 70 年代第一批出现华人的边疆戏剧之一《穿越大陆》

(Across the Continent)中,华人显得愚蠢、幼稚和怯懦,让观众几乎完全相信这就是真实的华人。在米勒(Miller)的《摩门教徒》(The Danites)中,华人危险而难以琢磨。该剧反映的华人形象都是流浪汉、好事之徒、醉酒的持枪歹徒、潜在的牺牲品、软弱的保姆和持刀的义务警员。(Williams,2000:106)在舞台上经常被重复的典型华人形象是醉汉。华人角色可能一上台就已经喝醉了,或是正在豪饮烈酒。无论是酒醉的还是清醒的,华人总是笨手笨脚的。……即使在清醒的时候,也经常表现得很愚蠢,至少很容易犯迷糊。然而,一涉及钱的问题,就忽然间变得非常机敏。(Williams,2000:186)这些细节都有一个共同的指向——塑造道德低下的华人形象。

有学者指出,在整个20世纪,美国戏剧舞台的演员化装指南书籍都在为白人男演员提供如何扮演"东方人"、"蒙古人"或"华人"的指导。虽然不会在以"异国情调"为题的章节找到这样的指导,也不会将扮演"魔女或女巫"、"引诱者或恶魔"及"吟游诗人"之类的黑脸化装技作为化装华人的手法,但是在这些技巧指导中,华人角色清一色地雷同。尽管已不是长指甲、全身涂满颜色、半光头半留长辫子的华人的"典型形象",但还是有通过技术和图解来夸张和扭曲"东方人"群体的特点,甚至在最近出版的一些化装指导中也是如此。这些书籍总是通过一些特殊的细节告诉演员们,为了达到"可信的东方外表",除了用"适当的发型、服装和东方的言谈举止",还要使用化装术,有时还要使用面具。这些书籍中的图解插图经常是白人演员扮演的黄种人的漫画或照片,而不是真实的亚裔演员的照片。(J. Lee, 1997:12)这些从外形上丑化华人的化装术极尽丑化之能事,背后都有明显的种族主义思想意识。

华人女性也有广为流传的刻板形象。华人女性的舞台形象不同于华人男性,总起来说有两种形象:一种是莲花形象,天真无知,洁身自好,甘愿自我牺牲;另一种是龙女形象,泼辣跋扈,无所畏惧,令人闻风丧胆。19世纪末20世纪初,由于东方浪漫通俗剧的出现,这些形象曾流行一时。这类作品包括大卫·贝拉斯科(David Belasco)的《众神的爱人》(*The Darling of the Gods*,1902)和《蝴蝶夫人》(*Madame Butterfly*,1900),以及J.哈里·本里莫(J. Harry Benrimo)和乔治·C.黑兹尔顿(George C. Hazelton)合写的《黄马褂》(*The Yellow Jacket*,1912)。(E. Lee,2006:12—13)她们或柔弱、顺从,正如西方人希望看到的亚洲人那样,或强悍有力、阴险邪恶、机关算尽,如危险的"黄祸"(the yellow peril)所代表的。

美国历史上的排华法案等反对华人移民的政策和禁止中国女性移民美国的反种族通婚法,目的都是为了断绝在美华人结婚和生育的机会,因此造成了华人在美国的单身汉社会。而在单身汉社会,妓女是一个常有的话题。在早期的戏剧、电影和书里,亚裔女性的固定形象是邪恶的、勾引男人的女子、凶暴的女人、艺妓、脆弱的贪图享乐的花季女子,而这些角色都不可避免地和一个白人男主角有关。如杰西卡·哈格多恩所指出的,当代电影从《黄苏西的世界》(*The World of Susie Wong*,1960)到《战争伤员》(*Casualties of War*,1989),一直把亚裔女性塑造成"装饰性的、无形的、一维的"角色。(转引自J. Lee,1997:11) 1899年和1901年在纽约上演的约瑟夫·杰娄(Joseph Jarrow)的《唐人街女王》(*The Queen of Chinatown*)一剧中,华人把妇女看成获得性享受的对象和经济剥削的对象。剧中的华人既怯懦又暴力。(Williams,2000:142)可以说,华裔男性被阴性化,是美国历史上排华法案的直接后果。

男性华人的最典型的两个舞台形象,一个是傅满楚(Fu Manchu),

一个是陈查理(Charlie Chan)。傅满楚是英国作家萨克斯·罗梅尔(Sax Rohmer)在一部系列小说中塑造的角色,他将"黄祸具化为一个人"。1932年这个角色出现在由鲍里斯·卡洛夫(Boris Karloff)主演的一部米高梅电影中。后来傅满楚发展成为一个受主流社会欢迎的种族原型,成为连环漫画书中的反派角色,如《飞侠哥顿》(*Flash Gordons*)和故事片《傅满楚的城堡》(*The Castle of Fu Manchu*,1968)。陈查理是小说家俄尔·毕格斯(Earl Biggers)在1925年创作的侦探,一个自卑、礼貌和"驯服"的亚洲人,尽管在美国土生土长,但是他说着蹩脚的英语,满口假儒学,对白人上司毕恭毕敬。(J. Lee,1997:10)这两个亚裔舞台形象对于丑化华人起到深远而广泛的负面影响,长期给华人造成心理创伤,成为华裔立志要颠覆的华人刻板形象。

第三节 20世纪上半叶华人舞台形象的转变

在20世纪20年代早期,美国舞台上开始出现华人的正面舞台形象,华人开始被塑造成来自礼仪之邦的道德高尚的角色,与先前的负面形象有很大的区别。然而,这个看似好转的变化,却不能说明华人形象的改善。恰恰相反,这被认为是从另一个角度排挤和歧视华人的现象。因为具有高尚道德及良好礼仪的角色形象可以理解为华人在身心方面对痛苦有极大的忍受力,因此,与西方人相比,华人更能做出自我牺牲,其结果是华人的基本形象成为感觉迟钝的农民形象(Williams,2000:176),没有个性,没有尊严、荣誉、自尊等那个时代崇尚的高贵品质。看似赞扬的刻画,其结果却是从文化层面将华人划入另类,其实质与19世纪对华人的偏见殊途同归。从1900年到1925

年,舞台上的华人形象增加了很多之前没有的特点。在后来的戏剧中,华人被塑造成道德品质良好,来自礼仪之邦的群体,他们遵循传统,甚至不惜以快乐和生命为代价。年轻的华人尊重长辈,每个人都驯服于严厉的家长制。华人还被刻画为缺乏科学技术与技能,尽管他们表现出在哲学和伦理方面的精明和智慧。(Williams,2000:204)华人形象被从看似积极的方面再次刻板化、负面化。

马克·吐温在《艰苦岁月》(Roughing It)中对华人的评价是:"他们安静平和,头脑清醒,整日勤勤恳恳。很少见到不守规矩的华人,更看不到懒惰的华人。华人只要还有力气自己动手,就绝不靠别人养活;白人经常抱怨找不到工作,但华人从来没有这样的抱怨,他们总能找到事做。他们是善良友好的种族,在整个的太平洋沿海地区深受尊重和礼遇。在任何情况下,加利福尼亚的绅士和女士对华人都没有虐待和压迫,而在东部,这样的情况是不可想象的。只有人渣及其后代才怠慢华人。"(转引自 Williams,2000:108)马克·吐温对华人的赞誉是明显的,然而,华人身上的这些美德给华人带来的不是平等的社会和经济地位,而是压迫和歧视。

即使有些对中国文化看似正面的描述,背后也隐藏着对华人的贬低之意。1912 年《天堂的女儿》(The Daughter of Heaven)把中国描写成一个国土辽阔、等级森严、崇尚礼仪、讲究道学的国度,野蛮与浅薄并存。作者描写了一个极其传统、讲究礼规的社会,它憎恶人的自发性和自然反应,对道德的高度要求表现出其制度的残酷性。他们既描写美学的感性,也描写荒唐的流血事件,从而制造出象征华人怪异的又一特点。总之,该剧把中国描写成一个前现代社会的国家,仍然崇尚英勇的牺牲精神。(Williams,2000:166)这些排斥华人、贬低华人的一系列舞台形象,形成了爱德华·萨义德所说的"一整套权力训练出的表征体系"。这些刻板形象在相当长的一个历史阶段都存在于美国社会中。有异域文化特点的华裔群体的刻板形象,不但取悦和吸引了白人观众,而且重描了种族差异,使得华裔群体被进一步边缘化。

1684年一个叫弗朗索瓦·贝尼耶(Francois Bernier)的人开始研究面相、身体与种族划分之间的关系。贝尼耶被认为创造了"种族"(race)这个术语。从源头上讲,"种族"被认为是以身体相貌特征来划分族群。(Grice,2002:131)身体相貌特征划分与种族歧视的关系也成为对种族主义进行研究的重要内容。

美国长期以来迷恋观看"东方"。由于华人社会地位低下,在演艺界被严重边缘化,所以长期以来扮演东方人的大多是白人演员。在19世纪中后期到20世纪上半叶,华人的舞台形象可以说经过了多方位的丑化:智力上的幼儿化、外形上的妖魔化和文化上的另类化。华人的舞台形象成为一些文化符号,指代文化上的另类。文化的差异以及对异类文化的无知,造成主流观众对华人文化的误解,种族主义歧视更是加剧了这种文化误解,使之升级为文化排斥,将从外貌和生活习俗到语言都不同于自己的华人视为异类。华人的负面舞台形象成为满足观众歧视华人心理的具体手段。这种情况直到20世纪70年代才发生了重大转折。

第四节　华裔戏剧的大发展改写华裔负面刻板形象

华裔戏剧之外的其他亚裔戏剧,也都普遍存在族裔形象被负面化的问题。这些负面形象成为亚裔群体心中永远的痛。因此,匡正亚裔的形象、表现真正的亚裔群体,不但是亚裔群体的强烈愿望,而且成为创作亚裔戏剧的强大动力。在很长一段时间,美国的舞台和电视上的亚裔多是男仆、仆役长、园丁、二战时期的日本士兵、武术大师、陈查理的儿子、艺妓或龙女。(E. Lee,2006:24)白人演员把脸涂成黄色来扮演亚洲人,他们表演的亚洲人被认为更真实。制片人和导演会说某个亚裔演员并不是真正的亚洲人,因为他们在表现亚洲人时要么表演过头,要么表演不够,几乎每个亚裔演员都有过这样的经历。(E. Lee:2006:24)在戏剧界亚裔演员本来就很少。亚裔演员对美国戏剧界中白种人把皮肤涂成黄色去扮演亚洲人的一贯做法非常反感,他们希望自己在"东方剧"中能够出演亚裔角色,然而这种愿望是很难实现的。

从19世纪中期开始的一百年间,东方人的固定形象以及白人演员把脸涂成黄色扮演亚洲人的做法在制片人、导演和观众心中根深蒂固,他们一直认为这才是真正的、真实的亚洲人原型。人们总是要求亚裔演员表演得更具有亚洲人的味道,更有"真实性",于是演员们故意说一口蹩脚的英语。亚裔演员在20世纪60年代开始试图改变受歧视的现状。1968年3月3日,亚裔演员宣布成立"美国东方演员联盟",他们提出三个具体目标:(1)反对亚裔的刻板形象;(2)提高亚裔演员对自身天赋的意识;(3)要求角色分配公平化,亚裔演员可以扮演非亚裔身份的角色。(E. Lee,2006:24-25)为了实现他们的目标,他们甚至诉诸法律,起诉了有关单位。经过长期而艰苦的努力之后,1973年6月,申诉委员会终于裁定,有证据表明某剧院经常把亚裔演员的角色让给非亚裔演员来表演,认定某剧院没有给予亚裔演员平等的表演机会,是错误的。该裁决不仅在此剧院产生效力,也将在电影行业、合法的剧院、娱乐行业产生效力。仲裁人列举了几个剧院排斥亚裔演员的事例，指出亚裔不仅在工作上受到歧视，而且被迫扮演反面的脸谱化角色，他希望通过实施该项裁决给各剧院施加压力，给予亚裔演员足够的重视，但是亚裔也不能独占扮演东方人角色的机会。申诉委员会实施的裁决证明亚裔演员的斗争取得了胜利。"美国东方演员联盟"成立的四年期间，多次举办纠察队活动，最终在社会上产生了较为广泛的影响力。(E. Lee, 2006:35)

美国亚裔演员为了争取到在主流剧目中扮演亚裔的角色以便树立亚裔的新形象，经历了长期的努力，甚至上街示威或通过法律途径才得以实现。需要匡正亚裔群体的形象和亚裔需要平等的表演机会，这两个因素成为美国华裔戏剧产生的重要原因。为了这两个目标，来自不同亚洲国家的亚裔演员走到一起。他们的审美观念并不相同，政治或宗教信仰也不相同，但是他们都有黄色的皮肤，都经历了种族歧视的困境，共同的生活遭遇使他们走到一起。对于他们来说，从事戏剧是一种政治行为，戏剧为他们提供了在舞台表演的机会，也提供了提升亚裔社会形象的机会。由此可见，亚裔戏剧舞台不仅是表演的平台，也是亚裔实现自己政治和文化诉求的平台。

需要指出的是，20世纪60年代以后许多亚裔戏剧团体成立，70年代和80年代美国的多元文化运动也改善了亚裔戏剧的生存空间。一批优秀的亚裔剧作家开始涌现，他们创作的戏剧在各种层次的剧院上演，有些剧本被选入教科书，作为大学的戏剧研究文本。他们的剧本和上演的剧目获得各种奖项，华裔戏剧在亚裔戏剧这个大队伍中不断发展壮大，取得了一系列令人瞩目的成就。华裔的舞台形象也发生了天翻地覆的变化。生长于美国的第二、第三代华裔，无论是英语语言能力、对美国文化的接受能力，还是职场上的竞争能力，与最初到美国淘金的第一代移民相比，都不可同日而语。

华裔作为一个群体，在美国的社会地位有很大的提高。现实生活中华裔社会地位的提高，也对舞台上华裔形象的提升起到积极的作用。舞台上的华裔不再是唯唯诺诺、愚蠢丑陋的形象，而是积极、丰满的形象。他们可以愤怒，可以幽默，可以智慧，可以超人。华裔戏剧无论在主题方面，还是在舞台表演方面，都正在走向与美国主流戏剧的融合。下面几章中的剧作家的成就，从不同角度和层面证明了华裔戏剧以及华人舞台形象的巨变。

第 六 章

重构美国华裔的族群形象:赵健秀剧作《鸡笼中的唐人》

美国华裔戏剧在20世纪70年代开始在美国主流剧场上演,第一部在主流剧场上演的由华裔剧作家创作的戏剧是赵健秀的《鸡笼中的唐人》(*The Chickencoop Chinaman*)。该剧开启了美国主流社会对华裔戏剧的评论,从而结束了华裔戏剧在美国主流戏剧批评中缺失的历史。该剧以重塑美国华裔族群的形象著称,而语言是其实现此目标的重要手段。在该剧的创作中,赵健秀充分体现了语言在建构华裔群体积极形象中的作用。

赵健秀(Frank Chin)于1940年生于加利福尼亚州的伯克利市。他在个人档案中写道:"1940年我出生在加州的伯克利市,我父母在遥远的奥克兰,我被送到马瑟洛德乡村,在那里我一直待到二战结束,然后回到了奥克兰和旧金山的唐人街。"(McDonald,1981:ix) 父亲是中国移民,母亲是加利福尼亚州奥克兰唐人街第四代移民,赵健秀经常称自己是第五代移民。由于父母亲忙于生计,他从小被送去马瑟洛德乡村生活。1958年他就读于加州大学伯克利分校。后来参加过艾奥瓦州立大学的作家班,不久便离开回到西部。据他本人讲,他是南太平洋铁路公司第一个华裔火车司机。在他的人生经历中,内华达沙漠中的马瑟洛德乡村、唐人街和火车等对他而言都很重要,它们蕴含着赵健秀对美国华裔历史的理解,而华裔在美国的历史则成为赵健秀日后创作中的重要关注之一。

赵健秀创作过戏剧、小说、散文和短篇小说,也发表过评论,还和其他几位作家共同编辑出版了《哎咿! 亚裔美国作家选集》(以下简称《哎咿!》)。这是首部亚裔美国文学选集,被认为具有类似于爱默生的《美国学者》的历史意义,它宣告了亚裔族群构建自己文学历程的开始。赵健秀创作的《鸡笼中的唐人》(The Chickencoop Chinaman)于1972年在纽约的美国天地剧场(American Place Theatre)上演,这是纽约上演的首部由华裔创作的剧本。(Huang,2006:85)1974年他创作的《龙年》(The Year of the Dragon)也在该剧场上演。这两部戏剧奠定了赵健秀在美国华裔戏剧史上的开创者地位。其开创者地位的奠定,不仅仅是因为他的戏剧是首部在美国主流剧场(legitimate theatre)上演的戏剧(Frank Chin et al,1974:xlviii),更为重要的是,他的戏剧所塑造的华裔形象是对流传美国历史近百年的华裔刻板形象的极大颠覆。一反顺从、安静、唯唯诺诺的华裔刻板形象,他首次塑造了敢怒敢言、具有反抗精神的华裔新形象。正是因为这个原因,赵健秀引起主流的注意,他的剧作也作为新冒现的华裔戏剧而受到主流媒体的评价,而这正是华裔作家非常看重的一件事情。[①] 虽然对《鸡笼中的唐人》有不同的评论,但所有评论都承认其在美国戏剧史上的显著地位。因为这是纽约出品的第一部原创的亚裔美国戏剧,也由此开始了对亚裔戏剧的讨论。加之扮演谭

---

① 《哎咿!》再版时,赵健秀在"写在修订版之前"中抱怨说:《哎咿!》出版十几年了,至今没有人评论,建议亚裔美国评论家和作家去研究亚裔文学和历史,并郑重表示"我们期待着黄皮肤的评论家们,文化权威以及其他人能写一些书评"。

伦的演员兰德尔·达克·金(Randall Duk Kim)的出色表演,一个愤怒的华裔形象出现在美国的戏剧舞台上。从此美国戏剧界开始注意赵健秀。(E. Lee,2006:56)本文主要评论赵健秀的成名作和代表作之一《鸡笼中的唐人》。

第一节 重塑华裔形象

《鸡笼中的唐人》的剧情如下:主角谭伦(Tam Lum)是一个作家和电影制作人,他想找前拳击冠军阿华田·杰克·丹瑟(Ovatine Jack Dancer)的父亲来拍摄一部纪录片,讲述一个黑人拳击冠军如何成长为英雄的故事。查理·爆米花(Charlie Popcorn)以前是拳击训练师,现在经营一家色情影院,他被谭伦误认为是阿华田的父亲。在此过程中谭伦拜访了发小日裔黑人健治(Kenji)。当时住在健治家的还有一位欧亚裔女子李(Lee)和她的儿子罗比(Robbie)。李有好几个前夫,他们分别是白人、黑人和亚裔。罗比的父亲汤姆(Tom)是成功的华裔。但是谭伦看不惯汤姆,因为汤姆认同于白人文化。查理·爆米花否认自己是阿华田的父亲,这使得谭林的英雄故事电影流产。谭伦从这次经历中改变了对自己父亲的认识,也改变了他对华裔作为族裔群体的认识以及对自己的认识。

《鸡笼中的唐人》是赵健秀试图重建美国华裔的积极形象的一个努力。就主题而言,该剧有三个重要主题:重塑华裔形象、重塑华裔男性形象和重建华裔的文化身份。首先,关于重塑华裔的形象问题。在赵健秀看来,美国社会流传的华裔的刻板形象就是一个胆小怕事、没有英雄气概的鸡仔形象。这个意思从该剧的标题就开门见山地点明了。标题暗示了华裔就像鸡笼里的鸡一样,胆小怕事,没有勇气,

只是停留在口头,没有行动能力。在谭伦和健治恶搞海伦那一个场景中,谭伦说:

谭伦:(像中西部圣经地带的传教士一样)海伦,有什么话就说吧! 哈利路亚! 我听得到她在和我说话。
(谭伦装成狂热的宗教徒的样子,抖着腿不停地跳来跳去。健治在一旁反复念着"哈利路亚"。)
谭伦:孩子们,把手放在录音机上,感受海伦·凯勒的力量吧。孩子们,你们要虔诚! 她是伟大的白人女神,是陈查理的母亲,她是啰唆女神、尖叫女神,她会给你们指一条明路,孩子们! 哦也!
健治:哈利路亚!
谭伦:海伦·凯勒克服了人生中一个又一个困难! 她没有发动暴乱! 没有大肆劫掠! 没有用暴力手段! 你们这些中国佬和日本佬也能办到! 啊——! 孩子们,我感受到她的力量了。这种感觉太——好了! 我感受到了! (第11页)①

海伦·凯勒因战胜了常人难以克服的困难而创造出行为奇迹,所以深受美国人民的赞赏和崇敬。但是赵健秀在此时对她的刻画,有明显的恶搞嫌疑。在恶搞中谭伦说:"她没有发动暴乱! 没有大肆劫掠! 没有用暴力手段! 你们这些中国佬和日本佬也能办到!"赵健秀借此讥讽华裔没有行动能力。就像在发声、听力和视力方面都有障碍的海

---

① 译自 Frand Chin. *The Chickencoop Chinaman/The Year of the Dragon. Two Plays*. Seattle and London:University of Washington Press,1981. 以下译文都译自这本书。

第六章　重构美国华裔的族群形象：赵健秀剧作《鸡笼中的唐人》

伦一样，华裔有行动障碍，以此对华裔族群的文化行为特征进行抨击。

在另一处，谭伦、健治和李都不无自嘲地说自己是胆小的鸡仔：

健治：不，我会害怕的。我是胆小的鸡仔。
谭伦：我们都是胆小的鸡仔。
李：　这里只有我们是胆小的鸡仔。（第28页）

与鸡仔微不足道、胆小的形象形成鲜明对照的，是以挥舞拳头为生的黑人拳击手、谭伦一路走来追寻的英雄偶像——前拳击冠军阿华田·杰克·丹瑟，以及谭伦认为制造出这个英雄的父亲查理·爆米花。赵健秀通过这样一对鲜明对照的形象，加深了鸡仔的隐喻意义，放大了鸡仔的行为缺陷，从而突出了这个对比的修辞作用。

虽然赵健秀不断通过讥讽和角色的自嘲把华裔称为鸡仔，但是他真正在描述的却是华裔对英雄的追求。在鸡仔华裔中找不到英雄后，谭伦便转向黑人寻找崇拜的英雄。这个转身有着深刻的社会意义和文化意义。

在民权运动之前，美国的种族斗争一般都指黑人与白人之间的种族矛盾。因此可以说黑人在美国具有悠久的反对种族主义的斗争史。在斗争中，黑人的语言不断进入美国流行文化。黑人的歌曲、黑人的体育运动、文学中的黑人方言等，不断构建着"黑是美丽的"的概念。美国文化在不知不觉中接受黑人文化为美国主流文化的一部分。我们今天甚至不能想象没有迈克尔·杰克逊和迈克尔·乔丹的美国文化。黑人的反对种族主义的斗争应该说是相当成功的，成功到足以鼓舞任何其他少数族裔，包括美国华裔群体。因此，赵健秀在黑人中寻找偶像，以黑人为崇拜的英雄，是不难理解的。正如谭伦在剧中所描述的,在他所上过的学校里,讲黑人的话意味着生存的策略。

黑人不但有英勇斗争的战斗精神,也有令人鼓舞的战斗成果。因此,对于赵健秀而言,学习黑人的范儿就是学习斗争的精神,崇拜黑人英雄就是崇拜成功的典范。在《鸡笼中的唐人》中,崇拜黑人英雄是华裔重塑其族裔形象的战略,是华裔鸡仔变英雄的战术。

赵健秀之所以锁定黑人成为华裔心中的英雄,还和一个更重要的原因有关,那就是美国梦。美国梦是成千上万移民心中的梦,也是美国文学中经久不衰的主题。但是出乎人们意料的是,黑人比白人更加追求美国梦。据一些学者考察,美国梦激励了从 1915 年到 1919 年的黑人迁徙浪潮。他们发现,非洲裔美国人比美国白人更为笃信美国梦……也就是说,美国梦中有某些元素使少数族裔更为向往。(Jiang,2005:10) 因此,学习黑人,在赵健秀看来还有像黑人那样追求美国梦的寓意。

当然,美国文学中的美国梦并不都是成功的,不少人的美国梦都是没有结果的,有些甚至是一场美国噩梦。但是噩梦也能发挥积极的作用。在对 1960 年之后出版的 100 部小说进行研究后,凯瑟琳·休姆(Kathryn Hume)发现这两种美国梦都很显著地成为美国小说的动力。在她的《美国梦,美国噩梦:1960 年以来的小说》一书中,美国梦被浓缩为三个特点:平等、公正、兴旺。其中物质成功是关键,拥有自己的房子是人们极为推崇的。(Jiang,2006:19) 平等和公正是精神需求,是法律和社会层面的,而兴旺是指财富的充裕,是物质层面的。无论是精神层面的平等和公正,还是物质层面的兴旺发达,都是移民梦寐以求的。对于备受种族歧视的黑人和美国华裔来说,也许平等和公正更为重要,因为它们是取得物质富裕的前提和基础。黑人所进行的反对种族歧视的斗争,就是争取平等和公正的斗争,而

第六章　重构美国华裔的族群形象：赵健秀剧作《鸡笼中的唐人》

这也是华裔所希望得到的。在《鸡笼中的唐人》中，黑人作为一个族裔群体，具有社会、政治和文化的象征意义。

该剧中的主角谭伦对英雄的渴求以及华裔英雄的缺失，都源自华裔在美国的悲惨经历。剧中并没有太多的关于华裔在美国的苦难经历的描述，只有谭伦在偶尔提到祖母时，对华工先辈修铁路有所涉及。谭伦在回忆其祖母时说道：

> 阿婆听到了从数百里外的内华达沙漠传来的捷报，她不断打听唐人的消息。唐人们被称作"寻找月亮的铁人"，意思是说他们意志坚强、攻无不克。他们不畏艰险，修成了一条条铁路，但白人却不允许他们坐火车回家。所以，孩子们，在所有参与铁路修筑的劳工中，只有华人没有欢歌笑语，也没有行酒庆祝铁路建成，他们在铁路沿线偷偷攒了一堆钢材，埋藏在内华达大沙漠下面。他们准备用这些钢材自制火车，然后乘着它回家。孩子们，阿婆每晚都在厨房听着外面的动静，等待着亲人归来，但是她到死都没能如愿。（第31页）
>
> ……
>
> 谭伦：是我们华人修建了那条狗娘养的铁路！我们穿越了整个内华达大沙漠……（第53页）

华裔的美国噩梦是如此不堪回首，以致老一代的人们要年轻人忘掉过去：

> 谭伦：……如果美国出生的女人嫁给了中国来的男人，她就会丢掉公民身份。所以华人男同胞们讨不到老婆，他们无奈之

下只好烧掉自己写的日记和情书,烧掉一切写着他们名字的东西……然后把灰烬撒进大海……大多数人都想离开这鬼地方,去一个对他们友好的地方。我曾经问过一个老人这是不是真的。他说知道这些事情对我没什么好处,就让这些往事跟他们这些老人一起慢慢消失吧。(第26页)

年轻人也同样不愿提起屈辱的过去。谭伦有意忘却历史,遗忘自己的父亲,甚至希望自己的后代遗忘他自己。谭伦后来坦言说:"我辜负了所有信任我的人们。我出卖他们,看着他们去世,忘记他们的姓名。"忘记过去成为华裔青年人和老年人的共同愿望。然而忘记并不能解决现实问题,忘记难以承受的屈辱历史,并不能对现实生活中华裔所遭受的种族歧视有任何的改变。事实上,过去仍然对当下发生着影响,产生着作用。

赵健秀在该剧中提出的一个重要问题就是,由于种族主义者用种族歧视的眼光看待华裔,这使得华裔也觉得自己是卑贱的,因而对自己产生了负面的评价,从而产生了自我厌恶。在该剧中,亚裔统统瞧不起自己,比如谭伦;黄色皮肤的恨不能自己是黑人,比如健治;华裔愿意与白人为伍,比如汤姆;华裔甚至假装白人,比如李。这种自我厌恶的心理也许非常普遍,但是华裔作家很少有以此做文章的。赵健秀并没有停留在对自我厌恶的讥讽和批评上,而是进一步发掘这种现象下面的深层原因。该剧结束时,谭伦已经改变了自我厌恶,开始能够接受自己了,也能够接受父辈了,从广义上说,是能够接受华裔族群了。

通过谭伦的认识过程,赵健秀引导观众看到华裔自我厌恶的原因是他们受到白人种族主义的影响,用种族主义的有色眼镜看待自己,所以觉得自己可恨、讨厌。这是种族主义的立场和观点。但是问题在于,他们受到种族主义的影响是如此之深,以致他们都没能感觉出自我厌恶是根子之所在。

　　赵健秀在这里表现出犀利的洞察力和冷静的批评。他用整个戏剧说明的正是这样一个问题,那就是种族歧视对华裔在心理深层的伤害。自我厌恶也解释了一些华裔极力取悦于白人的动机和原因,而这是为赵健秀所不齿的。赵健秀在该剧中刻画了华裔的心理和他们内心深处的感受,刻画了华裔由于种族主义歧视而遭受的误解和贬低,以及由此而来的心灵创伤,是非常生动感人的。赵健秀的这个剧第一次让主流看到华裔的内心世界和真实感受,从而让观众认识到华裔也和其他族裔一样,需要得到承认和尊重。《纽约时报》的克莱夫·巴恩斯(Clive Barnes)的评论也许有一定的代表性:"说实话,我不大喜欢这个剧,但它却让我看到了以前没见到的族裔态度。"(E. Lee,2006:56)

第二节　重塑华裔的男子汉形象

　　与该剧的第一个主题紧密相连的,是华裔男性被女性化的问题。在该剧中,华裔男性的刻板形象是鸡仔,完全没有男子汉气概。正如李对谭伦说的:

　　你们都胆小如鼠,天上打雷都能让你们吓破胆!你们没有骨气,可你们有……有自己的文化!水墨画、丝绸……全都是些精美绝伦、附庸风雅的艺术垃圾!你们都相貌堂堂,且聪明过人。……你们甚至连女人都找不到,因为她们知道……你们是

妈妈的心头肉,是在妈妈怀里哭闹的贝贝,你们没有男子汉的气概……(第 24 页)

剧中的华裔都没有安全感。汤姆虽然算得上是华裔中的成功人士,有不错的工作,但是他还是需要娶一位白人妇女为妻,以增加其安全感。而且缺乏男子汉气概的男人当然不可能是好父亲,他们担当不起父亲的责任。"华裔做父亲都糟透了。我可知道,因为我就有一位。"(第 23 页)

谭伦藐视他的父亲。他的父亲是位洗碗工,不会讲英语,依赖谭伦的照顾,没有谭伦的帮助,他甚至无法洗澡。父亲在洗澡时总穿着裤头,因为当年怕那些白人女工在钥匙眼里偷窥他。谭伦的父亲让谭伦感到可耻。谭伦不但对父亲失望,而且对自己作为父亲也并不感到骄傲。"我不想让我的孩子像我一样,也不希望他们了解或者记着这个他们叫'爸爸'的人。"(第 27 页)

没有男子汉气概的华裔男性需要英雄的激励。谭伦先后找了三位英雄来效仿——独行侠(Lone Ranger)、阿华田和查理·爆米花,以便给自己增加一些英雄气概。而且他认为英雄是父亲培养出的,所以相信阿华田之所以成为英雄,背后一定有一位英雄父亲。

华裔男性甚至在华裔女性面前也被小瞧:汤姆小心翼翼、很谨慎地和李保持距离,而李则把他当成了空气(第 53 页),当他不存在。华裔男性没有男子汉气概的证明之一就是他们永远不会去斗争,永远是只说不练。比如谭伦描述他的前妻离他而去时的情景,以及他的母亲对他的评价:

芭芭拉在我生日那天走了,她什么都没带。整个早上她就说

第六章 重构美国华裔的族群形象:赵健秀剧作《鸡笼中的唐人》 119

了一句话:"正吹风呢。"孩子们,我还以为她提前把我的生日蛋糕做好了。我给她说:"给我来杯咖啡好吗?"然后我看见她出去了,我以为她给我弄咖啡去了。她没叫我起床,我原以为我会闻着咖啡的香味起床。家里没有一个人……我母亲打来电话说我肚量大,她很高兴,她从不问我为什么不去争斗。(第52页)

母亲以大度夸奖谭伦,而此表扬在谭伦听来像是讽刺。赵健秀对华裔男性缺乏抗争的精神的批评不止在这个剧中发表出来,在其他作品中也有类似的表述。赵健秀认为,华裔的艰辛奋斗史是美国西部历史中不可或缺的一部分,但华裔在种族主义的重压之下,已经或者情愿忘却这段历史,他们更渴望融入美国的主流文化而不愿再提过去的辛酸。然而这种选择的代价是巨大的,特别是对男性而言。华裔男性已经给美国人留下了缺乏主见、亦步亦趋、难以接近这样一个根深蒂固的印象,谦卑恭顺、软弱无能成了他们的代名词。(McDonald,1981:ix)赵健秀挪用美国文化中西部牛仔的形象予以对抗。赵健秀在和诗人、劳工组织者本·菲(Ben Fee)第一次见面时穿了一袭黑衣,被本·菲戏称为"唐人街牛仔"。这其实正是赵健秀所希望取得的效果。

西部牛仔的形象在这里有两个重要的意义。首先,西部在美国文化中占有不同寻常的意义。西部不仅给作家提供了硬汉形象和人物,它还常常作为一个强大的意识形态策略,并作为美国(和美国观念)自身的象征。拉尔夫·瓦尔多·爱默生(Ralph Waldo Emerson)在谈到西部时曾热情地、几乎是预见性地宣布:"我在西部找到了新的、无与伦比的美国。"(Bercovitch,1978:183)

西部是一个地理学意义,也是一个地形学意义,但也许更重要的是它的象征意义。当早期的定居者从大西洋到太平洋向西部迁移时,这个地理现象带来了强大的文化影响。(Wade,1978:286-287) 莱斯利·A.韦德在评论夏普德和《真正的西部》(*True West*)中的兄弟时说,西部的价值观念就是力量、竞争的决心、自强和保证实现目标。一句话,西部展示出的就是美国男子汉的形象。(Wade,1978:295) 美国西部代表的价值观是勤奋刻苦、沉默寡言、自强不息以及个人主义。在这些作品中,夏普德运用西部主题,赞美自由,去除社会约束。在这些戏剧中,牛仔就是解放的化身。(Wade,1978:295) 赵健秀的牛仔装扮要传递的信息是,华裔是这样的人:他们自强不息,勇于奋斗,不怕困难,勇往直前。总而言之,他们绝不是鸡仔!像剧中的谭伦在结尾所说,也许他的拳头"不能击碎一只鸡蛋",但他却"永远不会被打败"。

西部形象的第二个重要意义是,西部是华裔的先辈开始美国迁徙的第一站。华人移民先驱背井离乡来到加利福尼亚州,正是基于这样一个机会均等的信念。别人能来淘金,我们华人当然也可以。西部是华人移民美国梦开始的地方。西部不但给奔赴这里的人们以精神鼓舞,还意味着希望和机会。广袤的西部是自由的,每一个到这里的人都有机会从头开始。对华人来说,机会均等。事实上,华人劳工对西部做出过重大的贡献,内华达山脉的铁路建立在成千上万华人劳工的尸骨之上,这也是赵健秀念念不忘西部铁路的原因。但是出于严重的种族歧视,在铁路竣工后的庆功合影中居然没有华工的身影![1] 这是后来的华裔后辈所不能承受的屈辱。他们要还华工一

---

[1] 华裔戏剧人张家平在《中国风格》中通过现代影视技术,在原来没有华工的照片上加入华工,令人感动,详见本书第八章张家平研究一文。

个公道,还历史以真相。所以,出于对历史的尊重,不少华裔作家对华工当年修建铁路的历史都大书特书。赵健秀声称美国西部的历史就是华裔的历史。(McDonald,1981:xi)作为华工后代的华裔们,都是在艰苦卓绝的西部奋斗不息的牛仔。

西部与牛仔,和华裔的刻板形象鸡仔之间有天壤之别。通过将西部和牛仔比喻为华裔男性的新的形象,赵健秀极大地颠覆了长达一百多年来美国的种族歧视刻画的华裔鸡仔的负面形象。赵健秀要表示的是,华裔是受美国西部文化哺育的牛仔,而不是受所谓阴柔文化教育的软弱无能。这里面既有颠覆刻板形象、树立正面形象的意义,也有认同于美国文化的立场和态度,体现了赵健秀对华裔身份重建的努力。

第三节 重构华裔的文化身份

赵健秀在该剧中的一个重要思想就是华裔并不是与美国文化认同,也不是与中国文化认同,而是与华裔文化认同。这是一个当时的美国主流社会未曾意识到的问题,抑或不愿看到的现象。多萝西·里茨考·麦克唐纳(Dorothy Ritsuko McDonald)认为,美国学者们对这部剧感兴趣的一个地方是谭伦在第一幕中的台词否定了亚裔美国人有双重性格这种固有的看法:"他不是华人,也不是被同化了的美国人,他是在美国成长起来的新一代。"(McDonald,1981:xvi)为了说明华裔既不是美国人,也不是中国人,他甚至用了"制造"和"孤儿"的概念。"我不是从娘胎里出来的!我是被制造出来的!正如天地不是被生出来的一样,不是像尼龙和丙烯酸被制造出来的。我是一个唐人!我是奇迹的产物!我刀枪不入,百毒不侵!这是时空永恒停驻的一刻,这是宇宙用他无与伦比的令人敬畏的力量缔造的神圣一刻。"(第 xvii 页)"我刚才说的就是母语,我打学说话起就这么说,这是我们这种孤儿的语言。"(第 4 页)

在这之前,华裔被认为是有双重身份的,即一半美国人,一半中国人,比如黄玉雪的《华女阿五》中所描述的那样。赵健秀等《哎咿!》的编著者对此有所描述:"华裔和日裔分别在七代人和四代人之前脱离了各自的地理、文化及历史根源。他们的文化和感悟几经变化,已经既不同于中国或者日本文化,也明显不同于美国白人文化。即使是今天,仍在美国存在的亚洲语言,也已经变化发展成为他们表达对新经历之感悟的语言。"(Chin et al,1974:viii)"本书中收录的作品的年限、类型、深度,还有质量,都证明了亚裔美国人的文化和感受同亚洲人和美国白人的文化和感受息息相关却又千差万别。"(Chin et al,1974:1)

在赵健秀他们看来,美国人把华裔定义为"或者是美国人,或者是华人,或者是一半一半"的做法,背后有着种族主义的目的。"种族歧视者鼓励我们去相信我们华裔或者日裔美国人没有完整的文化;我们不是亚洲人就是美国人,或者两者都是。这种不是/就是的神话以及双重身份的近似于傻瓜的概念蒙蔽了我们的眼睛。结果,无论是亚洲人还是美国人都不承认我们的身份,事实证明,我们既不是亚洲人,也不是美国人。我们也不是一半亚洲人的血统一半美国人的血统或者这个血统多一些,那个血统少一些。无论是亚洲文化还是美国文化都无法定义我们,除非用最浮浅的术语。"(Chin et al,1974:viii)

种族主义歧视是赵健秀最为关注的问题。他认为不承认他们的华裔文化,就是抹杀华裔对美国建国历史的贡献,就是不给华裔在美

第六章 重构美国华裔的族群形象:赵健秀剧作《鸡笼中的唐人》

国应有的社会地位,就是否认华裔有声称自己是美国人的权利。总而言之,就是种族歧视。在该剧中,健治明确地说:"我不是日本人!谭伦也不是华人!"声称自己是华裔,在该剧中成为一种政治权利的诉求。这也是《哎咿!》的历史意义。麦克唐纳将《哎咿!》的意义提到很高的高度,甚至认为《哎咿!》的编辑赵健秀、陈耀光、稻田房雄、徐忠雄四人,通过该书揭露了白人文化对亚裔美国作家的压制,因而产生了巨大的影响,它神奇般地让亚裔作家跳出了白人文化的圈囿,从而发起了一场文学运动。(McDonald,1981:xix) 被认为和爱默生所著的《美国学者》有相似意义的《哎咿!》,同样是一个智性(intellectual)和语言的独立宣言,是亚裔美国人的成年宣言。赵健秀通过该剧要表现的是有自己的历史和文化的华裔族群。他们具有美国文化中非常重要的西部人的精神和价值,他们不是可以随意抹杀和忽视的无足轻重的鸡仔。

然而,华裔的文化身份并不妨碍他们承认中国文化传统的影响。事实上中国文化在华裔的精神成长中起到非常重要的作用,尽管华裔认知中国文化的手段和途径不同于生活在他们祖籍国的人们。《哎咿!》的编著者一开始就开宗明义地说明,华裔和日裔美国人对中国和日本的了解"仅限于广播、电影、电视上听到、看到的"。(Chin et al,1974:vii) 比如被华裔奉为神明的关公,就被赵健秀认为是中国传统文化的代表,还被赵健秀树立为华裔学习的榜样。因此,在赵健秀的两个剧本中,无论是谭伦追求的男子汉形象,还是弗雷德·恩(Fred Eng)渴望的个人主义,都可以在关公身上找到。赵健秀对关公崇拜之至。在写给《剧评》编辑迈克尔·柯比(Michael Kirby)的信中,他说关公"对士兵而言是战神,对于高傲自大的不劳而获者而言是劫掠之神,对于用文字战斗的作家而言是文神,对于演员及任何在舞台上

饰演他的人而言是客源之神"。(McDonald,1981:xxvi)

随着广东人移民美国,《三国》的戏剧被带到美国,关公也被带到美国。唐人街几乎每一个店铺都供有关公的塑像。正如中国文化在异国他乡会被本土化一样,《三国》也经历了在美国的本土化。在美国上演的《三国》粤剧,情节复杂多变,减缩版读起来和马洛里(Malory)的科幻作品差不多。赵健秀认为,《三国》之所以能成为最受欢迎的粤剧,是因为它看起来像是"不同的人在不同的时期对同一个历史事件所做的各种记录的集合,很多人在讲这个故事时都对其加以改动,甚至把道听途说的打油诗和民间故事也加了进去"。(McDonald,1981:xxvi)中国文学经典在海外经历了不断的改写,并在改写中传播。

广东人带到美国的《三国》经历了本土化,带《三国》去美国的广东人也发生了变化。赵健秀把广东移民的这种变化称为"唐人化","因为唐人们有了新的工作环境,用新的语言来表达自己的经历,创作自己的历史,他们生活环境的改变让粤剧的语言、风格、故事详情以及背景都发上了相应的变化。"这种变化因矿山、铁路营地以及唐人街的唐人而发生了变化,戏剧变成了"疗伤秀,功夫演员们在各地巡回卖艺,给唐人们表演自创的功夫,消解了他们心中的苦闷……"演员们全家"坐着马车在营地间赶场,他们的演出并不完整,可以说是快捷版的《三国》,但唐人们依然看得津津有味"。(McDonald, 1981:xxvi-xxvii) 关公是赵健秀心中的英雄,唐人街版的《三国》是他的艺术启蒙。他说过:"……母亲让我知道了这部最受欢迎的小说和戏剧的主角,从此他们就活在了我心中。母亲把关公的血统传给了我,我命中注定要把剧本写得像打仗一样……扫荡一切,平复一切。"(McDonald,1981:xxviii)

但是,必须看到的是,赵健秀的身份认同必须从不同角度审视,

第六章 重构美国华裔的族群形象:赵健秀剧作《鸡笼中的唐人》

因为它会由于不同的目的而发生变化。比如,虽然申明华裔不是中国人,也不是美国人,但是他却非常认同于他认为代表了中国传统文化的关公。关公"力大无穷,身高九尺,髯长两尺,唇红肤黑,眉若飞凤,威风凛凛"。关公与华裔的刻板形象鸡仔完全是天上地下的区别。所以,赵健秀之认同于关公,目的在于颠覆华裔鸡仔的刻板形象。他要借以说明的是,华裔是像关公这样威风凛凛的男子汉大丈夫。很显然,他挪用关公的形象去对抗美国历史上流传下来的华裔刻板形象的做法,认同的仍然是华裔文化。

赵健秀对华裔的文化身份认同非常重视,因此对华裔的称谓也非常在意。美国华裔作家在指涉自己时用得最多的一个词是 Chinese Americans,简称 Chinese。但是赵健秀却称自己是 Chinaman/China Man,以示不同。赵健秀自称的 Chinaman/China Man 又是什么意思呢?与 Chinese 以及 Chinese American 有何区别呢?

根据赵健秀的定义,Chinaman/China Man 既不是 Chinese,也不是白人。因此它既不能翻译成中国人,也不能翻译成华人,甚至不能翻译成华裔,更不能翻译成"中国佬",中文里是无法找到一个与之相对应的中文翻译的。原因是赵健秀不接受一个现成的称谓。他需要自己命名自己,而且在不同的语境,有不同的侧重。华裔美国人固然是美国人,但是,据赵健秀所言,他之所以提出 Chinaman/China Man 的称谓,正是为了区别于 Chinese American 这个提法。[①]由此也不能把 Chinaman/China Man 翻译成"美国华裔"或"华裔美国人。"于是,Chinaman 丰富的含义使其成为一个不可译的名称。

[①] 赵健秀在给笔者的一封电子邮件中说,China Man/Chinaman 可以翻译成"唐人"。见徐颖果:《跨文化视角下的美国华裔文学——赵健秀作品研究》,南开大学出版社,2008 年,第 198 页。

笔者认为，Chinaman/China Man 之所以不可译，是因为它只是赵健秀的一个理想。这个名称指没有东方主义者眼中的华裔脸谱化形象特点的美国华裔。赵健秀在此诉求的是重新给自己命名的权利，他将自己命名为 Chinaman/China Man，正是为了解构美国华裔这个称谓中隐含的轻蔑与歧视，进而塑造自信并有尊严的华裔形象。赵健秀所认同的 Chinaman/China Man，其实是一个他想象中的理想意象，旨在对抗美国的东方主义意识形态。这个意象有着中国文化中英雄的外部特征，比如扬善惩恶的关公，比如梁山好汉，比如民族英雄岳飞。但是这些英雄却都满脑子的西方文化价值观念，而且为美国社会的现实问题所困扰：他们崇尚平等和言论自由（不是忠君爱国），他们有着这些中国英雄所不曾有过的问题——因肤色而成为他者，被种族主义者歧视、排斥。

可以说 Chinaman/China Man 是一个在现实生活中缺失的、根据赵健秀的需要建构的理想的文化身份。由于华人在美国面对种族歧视的现实问题，他们必须打破西方人对华人的歧视性观念。解构东方主义式的华人脸谱化形象，塑造有力的华人形象，是赵健秀最关切的问题。

因此，在解读赵健秀的关于华裔的文化身份认同的时候，不能局限于个别名词的运用，也不能就事论事，而是要把握华裔所在的历史、社会和文化的大背景，避免见树不见林。

第四节　建构华裔自己的语言

《鸡笼中的唐人》中的主角谭伦的语言是该剧一个令人瞩目的焦点。赵健秀使用了大量的俚语、秽语、不合语法规则的遣词造句，还引入了广东话中的一些词语。在与香港梦女郎的谈话中,谭伦不断地变换声音和口音,一会儿说华盛顿特区的口音,一会儿又换成了美国中西部的口音,他所谓的"正常"的口音实际上夹杂着黑人和白人的口音和腔调。(Chin,1981:6)

赵健秀的戏剧语言主要涉及两个问题:一个是关于标准英语的问题,另一个是黑人英语的问题。赵健秀拒绝标准英语的立场和实践是众人皆知的。赵健秀认为标准的英语是白人的语言,对此他有明确的说明:"要求少数族裔的作家用地道的英语来思考,去信仰,甚至充满雄心地写出准确无误、合乎标点习惯的英语句子,这种设想本身就是白人种族主义政策的表现。普遍存在的信条是,正确的英语是美国真理的唯一语言,这已经使语言成为其文化帝国主义的工具。少数民族的经历并没有使他们向白人语言的那些准确的完整的表达屈服。少数民族作家,尤其是那些亚裔作家,常常感觉到自己是在被迫使用那些由陌生人和充满敌意的人创造的语言。"(Chin et al,1974:28)"美国文化一直在保护其纯正的白人特质,他们以高高在上的态度来对待我们外国人,拒不承认亚裔文化是'美国'文化的一部分。尽管亚裔已经繁衍生息到了第七代,但美国当局一直无视亚裔的存在。"(Chin et al,1974:1)因此,赵健秀那些不合语法规范的遣词造句,并不是要表现华裔没有讲正确英语的能力,而是出于对英语的话语霸权的反抗,是一种反对种族歧视的自觉努力,并不是由于他英文能力低下,无法写出正确的英语句子。

英语对于华裔而言,是一个选择的问题。一个人可以选择标准英语,也可以像赵健秀这样拒绝标准英语。而拒绝是要付出代价的。英语是美国事实上的国家语言,也是学校的教学语言和研究的学术语言。"英语成为在艺术上、科学上以及其他学科知识分支上衡量智力和能力的尺度。"(Ashcroft et al,2002:287)拒绝标准英语意味着与主流分庭抗礼,意味着要冒自己的社会评价被打折扣的风险。

英语浸润着西方文化的价值观和意识形态。"文化主导、教育政策、英语学习的情形等议题,以及'英国文学'在自由殖民事业中所起的作用,都是今天后殖民主义理论家所关心的问题。"(Katrak in Elliott,1991:656)英语语言分享着英国殖民主义的遗产。语言、文化、力量整体上是相关的,尤其是在一个利用英语语言和英国教育系统的殖民历史中。英语语言作为一种语言力量,在干涉殖民地人民时所引起的经济和心理影响是今天后殖民社会的一部分。(Katrak in Elliott,1991:655)赵健秀拒绝标准英语,最重要的是拒绝英语所包含的西方文化价值观。

通过学习和使用英语,华裔习得的不仅是英语语言,而且是英语语言中包括的文化和意识形态,因此有一种说法:语言是精神征服的方式。(Ashcroft et al,2002:287)文学文本的背诵行为变成了一个顺从的仪式行为,来自英语作家作品中的诗歌、戏剧、散文片段的背诵不仅是整个帝国所教的文学惯例,也是一种道德、精神和政治灌输的有效模式。(Ashcroft et al,2002:426)这就不难理解赵健秀对英语语言的立场和态度。赵健秀很早就洞见到白人思想体系对美国知识体系的操纵,这也是后来的后殖民批评中非常强调的问题。

更为重要的是,赵健秀认为用白人的语言写作,并不能表达华裔的思想感情。(Chin et al,1974:xxv)华裔文化应该有用来表述它的语言,所以赵健秀试图创造出一种华裔的语言。笔者认为他的这个认识是受到了黑人文化运动的激励。"……那些黑人在美国的成就就是他们创造了自己的美国文化。美国英语、时尚、音乐、文学、烹饪、图案、肢体语言、道德以及政治,无一没有受到黑人文化的深刻影

第六章 重构美国华裔的族群形象:赵健秀剧作《鸡笼中的唐人》

响。尽管白人有自己的主流文化,黑人依然是文化的创造者。"(Chin et al,1974:xxv)所以创造华裔自己的英语是赵健秀在创作中一直努力实现的理想。

赵健秀在该剧中的语言实践赢得了一些正面的评价。《鸡笼中的唐人》上演后,伊迪丝·奥利弗(Edith Oliver)在《纽约客》(*The New Yorker*,1972-06-24)上撰文称她看了这部戏感到很高兴,该剧中谭伦的言语是"令人眩晕的口才大爆发"。《新闻周刊》(*Newsweek*,1972-06-19)的杰克·克罗尔(Jack Kroll)发现了"赵健秀在舞台上的真实活力、幽默以及痛楚",还说他"已经忘了那个季看过的其他剧目,唯独对该剧久久不能忘怀"。他认为赵健秀是一个"天生的作家,他的语言有爵士乐的风范,节奏变化无穷,文字富有戏剧性"。《乡村之音》(*The Village Voice*,1972-06-15)的迈克尔·范戈尔德(Michael Feingold)注意到,该剧"文字优美,人物生动,情节刻画入木三分"。(McDonald,1981:xv)当然,也有负面的评价认为独白又多又长,净是牢骚和脏话,认为赵健秀太想表现自己。(同上)

而对于这种批评,赵健秀也不以为然。赵健秀不但拒绝用白人的语言创作,而且也拒绝接受白人的批评标准。他曾说:"我并不是白人作家,我是赵健秀,是唐人作家。"他认为评判艺术家的成就要因人而异,用传统的白人标准来评论他的作品显得风马牛不相及,未免有失公允。(McDonald,1981:11)

由于赵健秀认同于华裔文化,所以他要创造一种能够表征华裔情感的语言,而这种语言是建立在华裔的物质经历之上的,与其他现成的语言都无涉。他否认华裔语言是任何语言的嫡系或衍生。剧中谭伦甚至说自己"出生"的时刻是直接从"唐人"这个词儿来的:"亲爱的,先有词!后有我!这个词就是'唐人',我出生前这个词就存在了……

这个词造就了我的生活！它是我的遗产……你说它是天生就有的？不！它是被创造出来的！不是天生的！天地不是天生的。尼龙和丙烯酸也不是天生的！我是一个唐人！是神奇的合成物！"(第 xvi 页)。因此，在剧中他对语言的评论，都是在说明华裔的语言是他们根据自己在美国的生存经历而自己创造的。

赵健秀通过英语语言，表现了华裔的文化身份，即美国华裔的身份。从文化上讲，美国华裔认同的既非美国文化，又非中国文化，而是第三种文化——美国华裔文化。正是在这个意义上，美国华裔的文化始于华裔在美国的移民历史，既不是五千年，也不是三百年。认识到这一点，就能够理解赵健秀所说的："先有词！后有我！这个词就是'唐人'。"(Goshert, 2002：11)

这句话的句式似曾相识。它让人想起《圣经》的《创世记》中的开篇几句：神说"要有光"，就有了光。(And God said, "Let there be light," and there was light.)虽然句式结构不是完全对等，但是对词语的力量的肯定是相同的。词语可以创造出原本没有的物质。有了 Chinaman 这个词，便有了 Chinaman 这个人，就是赵健秀所说的唐人。这个句式的意味是，唐人不是由血缘关系决定的，而是由唐人自己的物质经历决定的。赵健秀显然是用《圣经》的句式将这一断言神圣化。《创世记》中的句式令人联想到世纪之初。华裔的世纪之初即华裔文化的开始。最初于 19 世纪中移民美国的华人，是美国华裔的初始。华裔的历史从那时开始。

赵健秀不但声称华裔是语言上的孤儿，也在身体力行地表现华裔的语言与美国主流的语言之间的区别。赵健秀自行编码，用自己的方式，试图建构美国华裔英语。谭伦的语言即是这样一种努力的表现。谭伦的英语是混杂的，是对多种美国语言的综合利用。他书写不规范的句式,混用各种风格的英语,夹杂诸如广东话这样的非英语词汇,将英语语言为我所用。通过解构浸润着浓厚的帝国主义文化的英语语言,建构了去殖民化的美国华裔英语。而且,赵健秀还自立文法:"中文的口语都是现在时",因此,《唐纳亚》(Donald Duk)是用现在时写作的,电影剧本都是用现在时写作的。(徐颖果,2008:33)

赵健秀对英语的话语霸权有清醒的认识。对语言的力量也有清醒的认识。言词对于他,是命名,也是身份。

唐人的经历是他们独有的。谭伦解释说,由于做了唐人,他被剥夺了对美国历史的参与(以及拥有祖辈的历史),被剥夺了他的"母语"以及阳刚之气。他的出生地从地理上概念不清楚,从生理上也不自然。(Church,1996:45-46)谭伦描述的完全是一个无可归依的离散状态。正是在这个意义上,我们才能理解他所说的"我们是文化上的孤儿"、"我们没有母语"这类的话。在赵健秀看来,语言和文化身份密不可分。语言是文化的媒介,认同一种文化,就必须有这种媒介。华裔文化需要有华裔文化的媒介,所以他要创建一种华裔语言。

作为作家,赵健秀对于华裔语言的缺失是非常敏感的:"作为一个民族,我们是前言语的(pre-verbal),前文化的(pre-literate),担心魔鬼会用语言作为工具将我们占领。无论是亚洲的语言还是英语,对我们这些美国出生成长的华裔来说都是外国语。我们是没有自己语言的人。在白人看来,我们都是外国人,还在学英语……对生在亚洲文化中的亚洲人来说,生为亚裔、长在美国、选择做美国人的我们讲的中国话或日本话都是冒充的。"(Chin,1972:xvii)由此可以看出,语言直接与文化身份紧密相连。既然不是美国人,纯正、标准的英语并不是华裔的语言;既然不会讲中文,也不能算正宗的华人。因此,创造华裔自己的语言就是唯一的答案。赵健秀用这样一种逻辑证明了他将黑人的俚语、唐人街英语、洋泾浜英语等混合在一起构成的华裔英语的合法化和合理化。

总而言之,在赵健秀看来,语言是 power,既是力量,也是权利。这是从汤亭亭到赵健秀都认可的观点。我们可以肯定地说,语言在美国华裔文学和文化中被政治化、文化化和权力化。赵健秀的语言突出地表现出这一特点。

第五节 反映真实华裔的戏剧

《鸡笼中的唐人》在当时引起评论界的注意,原因之一是它反映了真实的华裔。之所以这样说,是因为在这个剧中华裔不再是流行于美国历史上的刻板形象。华裔不是唯唯诺诺、胆小怕事,而是敢怒敢言、敢于抗争,与传统流行的华裔的刻板形象大相径庭。华裔群体之外的人可能对该剧表现的华裔新形象感到意外,但是华裔群体却认为它是真实的。该剧反映的华裔复杂的内心世界,表现出一种杜波依斯称之为"双重意识"的思想表现。所谓"双重意识"就是当一个人观看他的自我形象被另一个人制作时的一种感觉。(Grice,2002:134)在赵健秀的笔下,由于华裔遭受种族歧视的社会地位,他们的形象被歪曲、篡改。这种形象影响到华裔看待自己的方式,也对自己产生了不满,从而产生自我厌恶的感觉,这也是许多华裔作家很关注的议题。

黄秀玲(Sau-ling Cyntia Wong)指出,双重性是美国亚裔小说和戏剧一贯的特点。在大量这样的作品中,亚裔角色在那些比自己更"亚洲"的人们身上看到自己"种族的影子",并且强烈地拒绝自己"亚裔身份"的个体化。(Wong,1993:109-112)黄秀玲提出,这样的方法可以让人们洞察到个体的投射和压抑心理。特别是种族上的双重性,能够解释角色对自己的憎恨,并使之个体化。角色们否认自己的亚洲人特点,并把这些特点放在那些更加另类的人身上。(J. Lee,1997:167)这一特点在该剧中有明显的体现。

赵健秀对这种自我厌恶的表现,是通过华裔对黑人文化的追捧和选择忘却自己的历史来说明的,这在该剧的服饰、音乐和角色造型等方面均有表现。赵健秀多方面表现了华裔的文化身份认同和自我定位。迈克尔·费希尔(Michael Fischer)曾经提到赵健秀作品中的后现代再现方式,指出有几种"后现代知识模态"甚至被他加以特别的运用,诸如转移(transference)、梦译(dream-translation)、说故事(talk-story)、多声部与多视角、身份/传统/文化之间的幽默倒错和辩证并置,以及对霸权话语的批判等。(凌津奇,2006:159)可以说赵健秀很早就从理论上探讨华裔的身份认同,并且有鲜明的立场。

凌津奇(Jinqi Ling)指出,该剧中女角色李的形象,说明主流文化在族裔身份标准问题上的执意昏聩,轻则是由于幼稚无知,重则是受种族主义和叵测居心的驱使。……于是剧中便出现了一种张力的转移:原本存在于舞台上的谭伦与汤姆/李之间的紧张关系,一下子被挪到了连接舞台与观众席的文化空间中,并使戏剧的大多数观众感到茫然不知所措。赵氏在剧中引入多重声部,并有意识地使用挪换声音、反讽式身份并置等策略,这些都是在含蓄地对界定种族身份的霸权式话语进行批评,并战略性地测试了通过操演策略造就多样化读者的可行性。(凌津奇,2006:137)

可以说赵健秀的戏剧创作走的是现实批判主义的路线,即用他所认为的华裔的现实,反驳流行于美国文化中的华裔的刻板形象,并且重新塑造华裔的族群形象。赵健秀要反映的现实基于华裔的真实生活和历史,这一点在赵健秀主持亚裔戏剧工作坊时就有明确的反映。比如他们制定的工作目标中有以下条款:

……
3. 通过采访各年龄及阶层的亚裔美国人,继续收集、整理亚裔口头历史档案。
4. 根据这些磁带,使用录制下来的真实语言(模仿真实的发音)继续创作戏剧。
……
6. 收集、编辑、出版亚裔作家作品集,包括小说、诗集、散文、戏剧,特别是设计出将来要用于中小学教科书的文集。
……
8. 把我们的活动和亚裔社群的其他活动结合在一起,能让大众更清楚亚裔在美国的历史,更了解其生存状况。(E. Lee,2006:60)

赵健秀认为华裔戏剧应该反映华裔文化的情感与语言,就像爱尔兰剧作家肖恩·奥卡西的作品反映爱尔兰的文化一样。值得注意的是,他要反映的不是中国文化,也不是美国文化,而是华裔文化。为了能写出这样的剧本,赵健秀从20世纪60年代末就开始了一项口头历史计划。他在西雅图和旧金山用磁带收集了许多口头历史,并且在旧金山建立了亚裔资源计划(CARP),对磁带及其他历史文献进行归档。在这些磁带中,赵健秀找到了亚裔戏剧宝贵的情感与语言资源。在亚裔戏剧工作坊工作时,他还启发演员帮助作者发掘磁带中的戏剧形象。(E. Lee,2006:58)这些资料来自华裔在美国生存的奋斗史和华裔的日常生活史,真实地反映了华裔的现实生活,颠覆了华裔的刻板形象。

早在1973年,在美国音乐戏剧院和中华文化基金会的帮助下,赵健秀就试图开展他临时称为"唐人街戏剧工作室"的计划。在草案中,他表示了对华裔声音的缺失感到悲哀:"一个有七代人的少数族裔群体的艺术声音完全缺失,这是不自然的。"(E. Lee,2006:57)赵强调说,戏剧是满足旧金山亚裔群体文化需求的最好方式,因为这种媒体"从根上就有一种整合的性质",这种性质将文学与艺术两方面的特点结合在一起。(同上)

戏剧对于包括华裔在内的美国亚裔族群而言,具有语言所不具备的表征功能。在华裔声音缺失的情况下,戏剧从声音和影像等多种方面给华裔提供了表征自己的平台,其意义可能正如第三代日裔演员大卫·村(David Mura)决定学习舞踏(Butoh)时的想法,即通过一种新的运动形式来调和他"本质上的日本性":"我突然意识到,凭我这结结巴巴的日语,也许唯一能冲破语言障碍的方法就是通过我的身体、通过视觉进入那个文化。"(转引自 J. Lee,1997:19)这个例子解释了种族身份可以有某些形式的体现,即寻求适当的身体或表演形式。

亚裔戏剧的一个重要特点是致力于通过戏剧形式问及表现种族和种族差异的手段。因此华裔戏剧的形式与主题紧密结合,不能简单地把艺术内容和政治内容割裂开来。

赵健秀的现实主义创作风格取得了很好的效果。在他的指导下,亚裔戏剧工作坊不断开发新的亚裔戏剧,并训练新人。他们制作出了四十多部作品,并帮助多位演员、剧作家以及制作人开始其演艺生涯。

但是,赵健秀是一个很有个性的人,某些方面很难被常人接受。正如美国天地剧场的创始人、艺术指导温·汉德曼(Wynn Handman)所说,赵不是个好合作的人,"他很有才华,但内心也充满愤懑与狂怒,他的狂野的想象力使他的内心波涛起伏,这一点仍有待探究。"(转引自 E.Lee,2006:55)对此,埃斯特·金·李指出:"温·汉德曼对赵的描述,说明了赵是一个才华横溢但反复无常的作家。没有人怀疑赵的才华,但很多人觉得和他无法合作。"(E.Lee,2006:55)从 1980 年起,赵健秀不再参与剧团的工作,但他仍继续涉足戏剧。按照他自己的说法,他不再写戏剧用以出版,但没有完全放弃未来可能在亚裔戏剧的舞台上工作的可能性。据埃斯特·金·李(2006:67-68),在赵辞职后的二十多年里,他对什么是真正的美国亚裔戏剧的看法,在关于美国亚裔戏剧的讨论中,仍然占主导地位。

总而言之,20 世纪 60 年代和 70 年代是美国社会较为动荡的历史时期。加之后现代思潮的推波助澜,许多非主流的文艺思潮也大量涌现,构成了表演艺术、多媒体戏剧和非传统戏剧等西奥多·尚克称之为"主文化外的新文化运动"的一部分。(E.Lee,2006:110)赵健秀剧作呈现的具有反叛精神的华裔或者说亚裔形象,以及其剧本中的中西方文化、舞台、服饰、化妆等方面多种元素的使用,体现了"主文化外的新文化运动"的特点。无论从主题方面,还是戏剧艺术方面,赵健秀的《鸡笼中的唐人》都具有开拓性意义。

第七章

文化融合:黄哲伦《新移民》中的文化身份认同

黄哲伦(David Henry Hwang)是当代美国著名剧作家,他的剧作《蝴蝶君》(*M.Butterfly*)1989年在百老汇成功上演,被认为"使亚裔戏剧终于出现在了美国的戏剧版图中"(Lei in Krasner, 2005: 301),也奠定了黄哲伦在亚裔戏剧史上的地位。黄哲伦1957年生于加利福尼亚州的洛杉矶市,先后在斯坦福大学和耶鲁大学求学。他没有像父亲希望的那样去从商,而是选择到斯坦福大学英语系学习。1975年到1979年,黄哲伦在斯坦福大学学习期间就开始创作剧本。1978年他创作的《新移民》(*FOB*)在学校的学生宿舍楼里出演。1979年他将该剧本提交给奥尼尔戏剧中心剧作家大会,剧本获得进一步完善,于1980年的纽约莎士比亚戏剧节在大众剧场上演。该剧获得了1981年奥比奖的最佳新剧作奖。1980年至1981年间,黄哲伦在耶鲁大学戏剧学院学习。接下来他又创作了《舞蹈与铁路》(*The Dance and the Railroad*, 1981)和《家庭挚爱》(*Family Devotions*, 1981),在纽约上演。1983年创作的《声音语言》(*The Sound of a Voice*)在外百老汇出演,获洛克菲勒奖(Rockefeller Fellowship)。在后来的十多年中,他创作了电视戏剧《我的美国儿子》(*My

American Son），由华纳公司拥有的美国有线电视网 HBO（Home Box Office）播放；1986年创作的《富贵关系》（Rich Relations）在外百老汇上演，《乌鸦飞时》（As the Crow Flies）于洛杉矶上演。1989年，他创作的《蝴蝶君》在百老汇上演，获得了一系列奖项。同年，在维也纳、奥地利上演了《屋顶上的一千架飞机》（1000 Airplanes on the Roof），该剧于1989年发表。之后，还有几部剧作上演：《捆绑》（Bondage，1991）、《面值》（Face Value，1992）、《航行记》（The Voyage）以及电影剧本《在西藏的七年》（Seven Years in Tibet）。此外，他还改编了《花鼓歌》（Flower Drum Song）。

　　文化在变化中发展。作为个体，不断地调适自己以适应社会环境以便与时俱进，在任何文化中都是很自然的事。黄哲伦的重要剧作《新移民》用华人的移民经历对此进行了阐释，表明身份并不是与生俱有的，从而否定了身份本质论。身份认同问题是美国华裔戏剧的重要主题之一。下面从黄哲伦的《新移民》中的身份认同以及中国文化表征两个方面，探讨黄哲伦在文化身份认同方面的发展变化。

第一节 《新移民》

　　黄哲伦创作的第一部戏剧是《新移民》。在斯坦福大学学习的第二年，他突然感到"一股莫名的创作冲动涌上心头"。尽管斯坦福大学教授兼小说家约翰·L.修里克斯批评他的第一部作品"糟糕透顶"，但他还是鼓励黄哲伦继续对戏剧结构进行研究。他在大学期间接触过的一些戏剧界人士，对他的戏剧创作有很大的帮助。在斯坦福大学的时候，黄哲伦加入了旧金山的魔法剧院，山姆·夏普德是这

第七章 文化融合：黄哲伦《新移民》中的文化身份认同

里的驻团剧作家。黄和夏普德也都参加了加利福尼亚的"帕杜阿·希尔剧作家节"(Padua Hills Playwrights' Festival)。这里是夏普德、玛丽亚和其他一些初出茅庐的作家一起工作的地方。(Rabkin, 1991:97)1978年，他在帕杜阿·希尔剧作家节上和夏普德及玛丽亚·艾琳·福恩斯讨论过戏剧创作。1979年初，黄哲伦创作了这部《新移民》。1979年夏天，他将剧本提交给在康涅狄格州沃特福德举办的"尤金·奥尼尔全国剧作家大会"，结果《新移民》被大会选为12部公演戏剧之一。该剧由罗伯特·阿兰·阿克曼导演，很快成为大会最受欢迎的节目之一。阿克曼又把剧本转交给了约瑟夫·帕普，后者决定来年春天在纽约的公共剧院演出该剧，还指定岩松信做该版导演。(Kurahashi,1999:152)

纽约版《新移民》将东西文化完美地融合在一起，得到了一致好评。《纽约时报》专栏作者弗兰克·里奇赞叹岩松信是个艺术大师，他将两种不同的文化融入一部戏剧中，更是把"美国喜剧式的演奏和生动的视觉形象与东方的舞台动作"结合得天衣无缝。《休南区新闻》的约瑟夫·赫尔利指出："黄哲伦与他的前辈赵健秀和汤亭亭一样，都是美国弱势群体真实生活的见证人。"(Kurahashi,1999:153-154)由于《新移民》在东海岸的成功，黄哲伦也一夜成名，成为20世纪80年代知名作家之一。岩松信执导的《新移民》在纽约大获成功，东西艺人剧团也决定将它搬上舞台。

《新移民》的英文剧名是 *FOB*，是 Fresh Off the Boat 这几个单词的首字母缩写，意思是"刚刚下船"，指代移民美国时间不长的华人，即新移民。该剧描写了三位二十多岁的年轻人，他们代表了三种不同的美国华裔群体。

剧情发生在一个中餐馆，老板的女儿格雷丝(Grace)在自动售货机前倒带子。史蒂夫(Steve)从后门近来。史蒂夫是格雷丝在加州大学洛杉矶分校的华人舞会上认识的刚到美国不久的华人。不一会儿戴尔(Dale)走进。在他们讨论去哪里就餐或是否去看电影等问题的过程中,戴尔表现出对史蒂夫十分不屑。戴尔是第二代移民,出生在美国,即所谓的 ABC(America born Chinese,在美国出生的华人);戴尔的表妹格雷丝十岁时随父母移民美国,也已经在美国居住一段时间,是第一代移民;只有史蒂夫是刚刚下船,即新移民(FOB)。出生在美国的 ABC 戴尔对刚刚下船的 FOB 史蒂夫充满鄙视,这引起了表妹格雷丝对史蒂夫的同情,戏剧的冲突围绕着对史蒂夫的态度展开,表现了三个角色代表的三种华裔阶层以及对他们身份的感受。戴尔不希望与他的根有任何关系,想完全融入白人社会中去。与他相反的是史蒂夫,一个刚从香港移民到美国的青年。"史蒂夫把自己比作关公,是由上帝的旨意带到美国的中国战士,在这片充满敌意和压制的土地上,成为激励华人移民的精神力量。"(Rabkin,1991:97)

　　戏剧的标题 FOB 是关于新移民的,但是整个戏剧是围绕着 ABC 与 FOB 的区别展开的,因为史蒂夫代表的 FOB 是相对于戴尔所代表的 ABC 而言的。因此,与 FOB 抗衡的是隐形的 ABC。这个区分看似把两者划分成不同的阶层,但是从某种意义上看,两者并没有区别:相对于美国白人,他们都是华裔。但是,用移民美国的时间来划分华裔,是华裔群体内部区分自己的一个尺度。这个尺度要表现的是对美国文化的融合度。戴尔自认为他是 ABC,已经有相当高的融合度,甚至和美国白人没什么两样。戴尔认为 FOB 史蒂夫刚到美国,土里土气,完全不同于他这个生在美国、长在美国的 ABC。而且只有高度融合于美国文化的 ABC 才能察觉这个不同:"你怎样能认出谁是 FOB 呢?当心!如果你回答不上来,这说明你可能就是一

个 FOB。"（第 8 页）①

戴尔对 FOB 的评价并不高。戴尔是以对 FOB 的贬低性介绍的方式出场的：

> 戴尔像个大学老师一样用黑板来说明他的观点。
> 戴尔：F-O-B，新移民。你能想到哪些词来描述新移民的特点呢？笨拙、丑陋、油乎乎的新来客。像《鼠与人》中的莱尼。很好。用文学化的语言来讲，是裤腿高挽，更准确地说，像洪水涌来。如果你有妹妹，你不会让妹妹嫁给他。如果你是个女孩，你不愿意嫁给他。当然，我们是在假设讨论刚下船的男孩，刚下船的女孩子就不是那个样子。刚下船的男孩是最坏的、最最坏的，他们是所有在美国出生的 ABC 女孩不共戴天的敌人。ABC 的女孩宁可被毁容，也不愿意被看见星期五的晚上在西伍德与 FOB 男孩一起约会。
> （第 6-7 页）

戴尔还嘲笑史蒂夫的英语能力："你记了多少英语单词了？""你会讲多少？"（第 27 页）当史蒂夫请他重复一遍时，戴尔说："我和我养的鱼交流起来都比和你容易。"（第 28 页）可见，戴尔对新移民的鄙视之意溢于言表。而且戴尔不但对年轻的新移民不屑一顾，对自己的父母也同样有看法：

> 我的父母——他们对这个世界也不了解，他们不知道在洛

---

① 译自 David Henry Hwang. *Trying to Find Chinatown：the Selected Plays*. Theatre Communications Group，2000. 以下同。

克希看本森,不知道在斯堪迪亚点开胃小吃,不知道午夜在伦图拉高速路上要减速,他们是黄鬼子,他们到美国后想用中国式的思想教育我。(停顿)所以,我得非常非常努力地做我自己。不要做中国人、黄种人、眯眯眼、黄鬼子①。我要做一个人,和其他人一样的人。(停顿)我付出了努力,所以现在我好多了。你知道我做到了。我在美国做到了。(第34页)

"眯眯眼"和"黄鬼子"这些词都是对亚洲人的蔑称。戴尔不但用这些词指代华裔,而且明确声明自己不要做这样的人,不要做中国人,而要做一个"和其他人一样的人"。他所说的"其他人",就是美国白人。戴尔身为华裔却歧视华裔,这是个看似简单的现象,其实却隐藏着十分复杂的问题。

对自己的族裔充满鄙视,向往着做和白人一样的人,甚至比白人还要白人的人,这在少数族裔群体中并不罕见。戴尔对FOB的厌恶实际上是自我憎恶的一种表现形式,这与美国社会长期的文化独裁分不开,而他对移民的蔑视也源于他内心根深蒂固的种族主义情绪。戴尔的态度代表了一部分弱势群体在这个以肤色划分等级的社会中所做出的价值选择。(Kurahashi,1999:155)

通过用"眯眯眼"和"黄鬼子"这样的蔑称来称呼华裔,戴尔是在把自己从华裔群体中剥离出去。因此,这样一种称呼带给他的不是受到种族歧视的愤怒,而是一种快感。由于肤色而遭受种族歧视,是黄皮肤的华裔无法摆脱的现实。但是,如何对待黄皮肤,却是可以选

---

① 美军俚语(英文gook),对菲律宾、日本、朝鲜等国家的蔑称,也被种族主义者用来泛指东方人。

第七章 文化融合：黄哲伦《新移民》中的文化身份认同

择的。戴尔选择从黄皮肤群体中剥离出去。身为黄皮肤却希望不是黄皮肤，这使戴尔成为了一个分裂的人：生理上的黄皮肤华人和文化上的白皮肤美国人。而戴尔对华裔的不屑，显示他将这两个方面看成是二元对立的两个主体。造成这种二元分裂人格的，是强大的社会影响。正如约瑟芬·李(1997:168)评论的，造成这种分裂的原因是由于角色受到资本主义的压力。

有人对这样一种隐性的压力如此描述：刚开始，我们很容易被最原始的需求所驱使，我们要求被接受，被社会容纳。接下来我们开始被同化，我们渴望"比白人更像白人"。在亚裔孩子眼里，"美国"的定义就是"白人统治的社会"。他们想成为这个社会的一部分，想变得和白人一样。问题在于，那显然是不可能的，因为我们不可能把皮肤染成白色，这也往往造成小孩子们对自己产生厌恶情绪。(Kurahashi,1999:153-154)

安·安林·陈(Anne Anlin Cheng)指出，在好莱坞的历史上，美与白色(以及白色的借喻体，即特定的身体特征，如修长的腿、大大的眼睛等)联系密切。理查德·戴尔指出，"好莱坞的魅力照明拍摄方法便是因白人女性的特点而发展起来的，为了给她们面部增加亮度，让她们容光焕发，来呼应流行的基督教的超验性修辞的魅力。"戴尔提醒我们，白色确实是①一种颜色，而且是那种体现影像美的主要颜色。(Cheng,2001:46)于是，金发碧眼是美的标准。在主流文化的影响下，非白色的即是不美的，比如黄皮肤和黑头发。因此格雷丝设法把自己的头发染成浅色，正如赵健秀剧中的欧亚裔女性李(Lee)把头发烫成卷发一样。通过改变自己的头发颜色或发型，缩短与白

---

① 原文为斜体，以示强调。

人在外形上的距离,以便更像白人,更好地"融入"社会。当自己的肤色和头发颜色与自己希望认同的群体的肤色和头发颜色发生冲突时,自我厌恶的情绪便会产生。

戴尔对史蒂夫的讽刺挖苦,其实是对华人的文化同化过程进行了概括性描述:

> 到了美国,你跳上了船,你会像我们一样。对,你会喜欢3个街区有15个剧场,你会喜欢好莱坞和新港海滩,你会决定做个美国人。对,别不承认,我们中最厉害的都这样了。你抗拒不了,你没什么两样,不知不觉中你就会变成这样。在你很努力地想成为像我们其他人一样的人时——吃饭、看电影、去汽车旅馆,突然你父亲给你写信,说家里的自助针灸买卖砸了。你会把那信扔到纸篓里,想都不想。之后,你会写信说你要在蒙泰尼·帕克住上几年再回家,你要拿绿卡,你要干个小型股票交易买卖,养几个美国孩子……(第26-27页)

华人移民美国,会很快地感受到文化的差异,但是他们会很努力地成为像其他人一样的人,比如格雷丝,她也有同样的经历。格雷丝从台湾移民美国时已经十岁,但是因为英文不好,又从二年级读起。学校里在美国出生的女孩子,也就是 ABC 女生,都不愿意和格雷丝讲话。ABC 女生们扎堆在一起嘲笑她。格雷丝甚至觉得和白人孩子都比和这些 ABC 好相处。格雷丝度过了一段孤独的时光,直到上高中才摆脱了这种感觉:

> 一天夜里,我在好莱坞大道上开着爸爸的车,从市中心到贝弗利山,然后又回到森赛特。我边看边听,每次把车窗摇下来

第七章　文化融合：黄哲伦《新移民》中的文化身份认同

时,我都感觉我成了这个城市的一部分。那是个星期五,我想是的。我说:"我很孤独,我不愿意这样。我不喜欢独来独往。"就这样,我结束了孤独的日子。说这些话时,我感到了微风的吹拂——吹到我脸上很凉爽。广播里的音乐听起来非常美妙,你知道吗? 于是我开车回家了。(第31页)

在经历了移民们都会经历过的孤独之后,格雷丝熟悉并接受了新环境,逐渐感到"自己成了这个城市的一部分"。从感到孤独、陌生,到有了回家的感觉,表现出格雷丝正在融入美国社会,这是一个文化融合的过程。《新移民》通过描写 ABC 和 FOB 的差异体现了文化融合前后的变化;通过描写像格雷丝一样年轻的第一代移民的经历,以及华人必经的心路历程,表现了华人移民美国后在文化认同方面的变化,以及在美国的文化融合过程中的认识变化。

这三个角色分别代表文化融合过程中的三个阶段:FOB 代表移民的初级阶段,十岁移民的格雷丝代表中间阶段,而生长在美国的 ABC 戴尔代表第三阶段,即成为文化上的美国人。我们有理由认为,黄哲伦在《新移民》中要表现的主要命题,就是华人移民的文化融合问题。

该剧对华人在美国的文化融合的刻画应该是非常成功的,著名华裔作家汤亭亭对此有积极的评价:"在舞台上,在公众的注视下,有我们的姿态,有我们的声音,有我们的乡音,有我们自己的面孔。那不是催人泪下的悲伤场面,却让我们意识到,我们曾经多么孤立。我们华人的生活和我们的语言能被公众理解,这是个奇迹。看到另一个人指着自己的鼻子说'我是一个人',让我知道,不仅我孤独过,还有他。但是在剧场的观众当中,有很多个我们俩。这是一个群体。

我们自豪极了。"(转引自 J. Lee,1997:56)可以说该剧以现实主义的手法刻画了华人的移民经历,真实地反映了华裔在同化过程中的心理历程。

史蒂夫和格雷丝的"移出、移入、美国化"的移民经历,体现了移民群体的文化身份变化的共性,更明确地说明身份是后天建构的。身份随着个体生活的变化而变化,因而呈现出流动性。身份在不断的变化中增添了不确定性,因而有一定的模糊性。该剧通过三个华裔角色,表现了身份的流动性、不确定性和模糊性。

华裔的身份问题是一个复杂的问题。美国黑人文化学者杜波伊斯曾经就黑人的身份问题提问:"我们"是谁?"我们"是什么?又是谁和什么定义了非洲裔美国人?美国华裔同样需要面对这些问题。有人进一步指出:人们普遍认为亚裔美国人的身份是亚洲裔的美国人。然而,如果进行更深层次的研究,这种简化的定义就会受到质疑了。"裔"又是由什么来定义的?是由血缘决定,还是通过加入某国国籍和成为该国公民来决定?公民身份是生理遗传,还是通过长期居住而确立的?长期非法居住算不算?这些问题对亚裔美国戏剧的发展都很重要。毫无疑问,在很多戏剧作品中,亚裔美国人的表现决定于二元系统:是亚洲人还是美国人,是我们还是他们。(Lei in Krasner,2005:302)这是一个亚裔长期争论和探讨的问题。

少数族裔的身份认同表现的是他们的文化特质,而这种文化特质并不是先天具有或与生俱来的,而是人们的选择。有人会选择文化同化,有人会选择坚守父辈的传统,有些人希望成为"美国人",但是种族歧视成为他们实现这个希望的障碍,而身份的转换也是艰苦的过程。因此,华裔戏剧,包括其他的亚裔戏剧,许多都是在表现身份的选择和华裔身份构建的过程。

第二节 中国文化元素在剧中的意义

该剧中以关公和木兰为形象代表的中国文化占有不少的篇幅,是该剧被评论的主要亮点之一。在该剧中,FOB 史蒂夫以关公自诩,说自己是关公、战神。比如:

(史蒂夫扔掉桌布,站了起来,灯光全亮,光芒刺目。)
史蒂夫:我是关公!
戴尔: (突然,转向舞台)什么……?
史蒂夫:我来这片土地是来学习的!
戴尔: 格雷丝……
史蒂夫:学习战术、文学、公正!
戴尔: 一部不错的电影。
史蒂夫:三国时,我四处征战。
戴尔: 电影不怎么样,我们走吧。
史蒂夫:我和第一批开拓者共同作战,第一批选择追随白鬼子到这片土地上来的勇士们!
戴尔: 你可以选择,好吧?
史蒂夫:我是他们的英雄,他们的领袖,他们的火把!(第47页)

虽然史蒂夫豪情万丈,以关公自诩,但是他对关公的描述,却与中国经典文献中的关公相去甚远:

格雷丝:如果你是关公,那你给我讲讲。讲讲你的战役,就讲一个战役,关公最得意的战役。

史蒂夫:很好。我给你讲个活生生的故事:一天,关公醒来,看到骄阳似火,心想,"今天是个杀敌的好日子。"所以他起来洗漱之后,看了看三国的地图,来决定先去哪里。因为那时朝廷正在衰落,到处都有叛乱,所以战争厮杀四处可见。但是,有计划的厮杀如果有规矩、有节制,这样就会没趣,所以关公决定换换规矩。他叫来了裁缝,让裁缝给他做个多层丝制的蒙眼布,并要求这块布又轻又结实,要把眼睛全都蒙住。裁缝按要求去做,很快就做出一条完美的红色丝巾,完全符合关公的要求。关公推迟了裁缝的死刑以示感谢。之后,他戴上眼罩,拔出刀,勇往直前,横扫一切挡住他去路的人。你看,关公认为那时到处是复仇欲,到处是邪恶,所以即便他胡乱地开杀戒,也仍然是在主持正义。在盲目的狂怒下,一切都很顺利,直到他的大刀砍到了一个烦人的老原子弹。(第12页)

不仅对关公的描述相当地陌生化,格雷丝所讲的木兰的故事也同样:

格雷丝:花木兰坐着、等待。她学会了静静地待在那里不动,让帝王、朝代、塞外的疆土从她身边流走。没有人注意到苗条的她,大家认为她是森林里的一棵树,早已被她的人民抛弃的一个雕像。但花木兰,这位女勇士,没有蒙羞。她知道,一个人可以静静地存在,而历史的变迁不能改变是非荣辱。是磨炼使她学会了等待。花木兰,这位女勇士,必

第七章 文化融合:黄哲伦《新移民》中的文化身份认同

须接受磨炼,因为她不是女神,而是女孩——替父从军的女孩,不是女神,而是女人——一位女勇士。(第16页)

……

格雷丝:你自己看看吧。

(她递给他一份菜单,格雷丝拿起盒子)

花木兰站在村子中央,转呀转,这时手指、舌头、胳膊、腿、削了发的头以及撕裂的童贞全都被转了起来。她拽了拽松软的长袍子,裹住她自己,跨过尸体,找寻可能幸存的家人。她跑到以前的家,匆忙中摔断了骨头,而到了家门口只见到他父亲已经干掉的被压平的尸首。她从一个开着的窗户爬进去,看到闪亮、黑色的千年蛋还在闪亮的黑色汤汁里漂浮。看到妹妹呈"大"字形被绑在了垫子上,妈妈被砍成碎片放在篮子里,而弟弟不见了。女勇士走到破碎的镜子前,松开她的袍子,让它落到地上。她转过身,注视着很久以前妈妈文在她背上的字……

(戴尔走进来,走近格雷丝)

她用手指触摸她的皮肤,触摸那曾经痛过的文身字痕。

(戴尔站在格雷丝身后)

但现在这些字痕已经变得结实、坚硬。(第19页)

事实上,黄哲伦在该剧中所描述的中国文化也和赵健秀描述的一样饱受质疑。赵健秀在其《鸡笼中的唐人》和《龙年》中,都有对中国文化的描述,而赵健秀因此被批评为对中国文化不够了解。同样,赵健秀批评汤亭亭作品中的中国文化描述是"赝品",不是真正的中国文化,认为他自己描述的才是中国文化。在这里,除了涉及华裔作品中的中国文化的确真性以外,还有更多的问题需要探讨。就此剧

而言，黄哲伦在剧作中加入中国文化元素，应该是受到早于他的赵健秀和汤亭亭的影响。(Rabkin,1991:99)

汤亭亭的《女勇士》发表于1976年，比《新移民》早问世两年。《女勇士》是一部结合了自传、中国民间传说和虚构小说的作品。在该小说的一章中，汤亭亭挪用了木兰的故事，使得木兰成为华裔女性的非常正面的形象。这在《新移民》剧中的格雷丝身上也有同样的体现。赵健秀于1972年出品的《鸡笼中的唐人》以及1947年出品的《龙年》中都有对关公的描述。而汤亭亭和赵健秀的作品都非常成功。所以，黄哲伦《新移民》中的中国文化元素的运用，受到汤亭亭和赵健秀的影响，应该不奇怪。有评论家甚至认为，赵健秀取得了极大的成功，他为华裔戏剧打开了一片新天地，而黄哲伦很快开始开垦这片园地。(Rabkin,1991:99)赵健秀在剧中将关公塑造成神话般的人物，为汉朝立下了汗马功劳，是备受中国人民崇敬的民族英雄，关公被奉为战神。关公代表了积极的、个人主义的、充满男子汉气概的英雄。而这在黄哲伦后来创作的《舞蹈与铁路》中也成为主题。黄哲伦声明，如果华裔群体想要活得自尊，就必须发扬战士的精神。

在《新移民》中，史蒂夫认同于关公，格雷丝认同于木兰，两个角色都认同于中国文化。面对史蒂夫和戴尔两个男性的追求，尽管格雷丝已经移民美国十几年，被美国文化同化的程度高于史蒂夫，但是她还是选择了史蒂夫，这个在戴尔看来完全不可取的新移民——笨拙、丑陋、油乎乎的新来客。

格雷丝选择史蒂夫，表明黄哲伦在创作《新移民》时对中国文化的态度，以及对华裔的文化认同的立场，虽然这个态度在后来发生了变化。有一段时间，黄哲伦坚定地宣称他的种族观念。他对《纽约时报》说他书写的是亚裔，一个在美国社会经常被遗忘的群体。(Rabkin,

1991:102)对这种转变,黄哲伦也有新的解释。在一次采访中,黄哲伦表达了对把华裔从美国人中区别出来的做法报否定态度。采访者问黄哲伦:"你在演讲中说道,你非常期望我们都能把自己看作是美国人的时刻的到来。那么,当人们称呼你是亚裔作家时,你的感觉是什么?"黄哲伦回答说:"我确实就亚裔作者这个问题写过一些东西。亚裔作家是个合适的划分。我认为如果我们开始将人们分割开来,认为亚裔作家只能写亚裔的事情,就是一件危险的事情了。我希望还是用亚裔作家这个称谓,但是只是把它作为生活在我们眼下的这个时代造成的某个后果来看。"[①]

他又说:坦诚地说,这就是亚裔美国戏剧/文化需要做到灵活的地方。自从亚裔这个词被发明以后,我们这个圈子也改变了很多。最初的依据是:1)因为"东方"这个词更加接近殖民主义,所以用"亚洲"取而代之。2)"东方"究竟特指哪里?东方这个词太抽象了。最后我们发明了"亚裔美国人"这个词汇,就像当初抽象地用着"东方人"这个词一样。随着圈子里文化的逐渐多样化,亚裔文化的精髓会一直向前发展,但是这个词会渐渐地不再那么重要。(转引自 Eng,1999:421)

应该看到,华裔作家的族裔身份带给华裔作家的并不仅仅是负面的影响。当被问及作为华裔作家有什么样的经历,无论是积极的还是负面的,黄哲伦回答说:"作为一个亚裔作家,从某种程度上说,对于我较快地出道是有帮助的,因为当时没有很多人在写华裔这个题材。可是有一段时间,我感到我已经抵达了一个非常小的屋子的

[①] Interview with David Henry Hwang: A brief interview from Mosaic, the University of Pennsylvania's Asian American literary magazine. (Spring 1994)
http://vos.ucsb.edu/browse.asp?id=2846

顶部,突然间觉得无处可去了,直到创作出了《蝴蝶君》……至于说我的族裔身份带给我什么积极的和负面的影响,我认为在《蝴蝶君》之前我就在接触到各种东西。我想因为我证明了我可以给一个白人男性写出一个好角色,出于某种原因,那个剧意味着作为什么都能写的作家,我突然成了好莱坞炙手可热的剧作家。"①

华裔剧作家在戏剧中加入中国文化的元素,起到给剧作加分的作用,虽然他们所描写的中国文化在其确真性上遭到质疑。20 世纪 80 年代和 90 年代,黄哲伦创作的《舞蹈与铁路》、《家庭挚爱》、《金童》(Golden Child)和改编的《花鼓歌》等剧中,都有不少中国文化元素的加入。在美国 80 年代开始的多元文化运动的背景下,加入这些元素的戏剧受到观众的欢迎,进而扩大了剧作和剧作家的影响。华裔剧作家利用自己的族裔背景创作的剧作,不但丰富了美国舞台的戏剧文化和形式,也拓宽了自己戏剧创作的路子。

事实上黄哲伦戏剧中的中国戏剧元素是这些戏剧广受欢迎的原因之一。中国戏剧不但是黄哲伦剧中的多元文化元素,对他的戏剧结构也有所影响。《新移民》最初在斯坦福大学的宿舍楼排练时,黄哲伦毫无导演经验,遇到许多舞台表演方面的问题,尤其是格雷丝扮演木兰和史蒂夫扮演关公的几个场面。黄哲伦最初用一种山姆·夏普德(Sam Shepard)式的三角框架,直到 1997 年该剧参加尤金·奥尼尔全国剧作家大会,导演罗伯特·阿克曼(Robert Ackerman)建议黄哲伦用京剧的表演方式来解决当时大家一致认为比较笨拙的舞台表演方法。《新移民》1980 年在纽约公共剧场上演时,导演岩松信

---

① Interview with David Henry Hwang: A brief interview from Mosaic, the University of Pennsylvania's Asian American literary magazine. (Spring 1994) http://vos.ucsb.edu/browse.asp? id=2846

和扮演史蒂夫的演员尊龙(John Lone)又设计了京剧的舞台表演,而尊龙曾经专门研究过京剧。于是,《新移民》从最初的程式化设计,发展成为由专业人士合作完成且充满独特中国文化气息的戏剧形式。(Cooperman,1999:202)

为满足观众的需要,该剧甚至加入了京剧的步法移动。(E. Lee,2006:135)通过利用京剧元素,《新移民》将东西方文化同时展现在舞台上。比如第二幕,当角色在玩"故事组"的游戏时,灯光熄灭了,舞台一片黑暗。格雷丝手拿两个罐子敲击,以此表示每个讲话者的转换。这种仪式逐渐被京剧手法代替。虽然没有京剧中的念白,但是罐子等的叮当声却用来模仿西方并没有的乐器。因为故事发生在中餐馆,观众不难领会罐子的作用。虽然舞台上是中国京剧的程式化动作,但是角色都在沿袭西方舞台的习俗,即用对话推动剧情的发展。(Cooperman,1999:202)黄哲伦在第一部戏剧中,就尝试把东西方戏剧相融合,这种思路最终在《蝴蝶君》中达到顶峰。

《新移民》中的中国戏剧元素产生了很好的舞台效果。舞台设计非常宽松,台上只有两张大桌子和一面墙,演员可在台上随意移动,这也让他们在做动作,尤其是在表演打斗戏时显得游刃有余。在这简易而宽阔的舞台上,新老两代开始交锋,中美文化开始碰撞,各个角色犹疑不定的心态也在演员的举手投足间显露无遗。中国京剧的使用给戏剧增添了几分神话色彩。在舞台边的甬道里,乐手们用中国乐器木鱼、钹、笛子和锣来演奏舞台音乐。为了突出中国戏曲动作的美感,乐手们用京剧戏曲(由格兰·陈作曲)来配乐。例如,当演员摆出姿势在舞台上穿梭往返时,京剧乐曲会和着演员的步点直到动作结束;同样,当格雷丝自我反省时,音乐会从厨房的嘈杂声逐渐过渡到低沉的铜锣声。丹·苏利文称赞道:"现代的台词和中国传统的铜锣乐相混合,这简直太迷人了。"《新移民》所应用的这种空间艺术把错综复杂、多姿多彩的中美历史文化整合到一起,把观众领入了一个种族矛盾和文化冲突此起彼伏的世界。(Kurahashi,1999:155-156)

然而,就像所有的新生事物一样,《新移民》虽然不失为一次将西方现实主义和中国传说以及京剧的动作和音乐相结合的较为成功的尝试,但是其收到的反映也不都是肯定的。有些评论家认为该剧像《鳄梨男孩》一样,整体上缺乏力度。剧中的音乐显然也未被全部观众所欣赏,《拉夫·希姆时报》上有文章指责该剧的第二幕"充斥着歇斯底里的歌舞,弥漫着莫名其妙的怒气"。也有人认为该剧缺乏"说服力",剧中的"神"看起来不太"真实",甚至有评论认为该剧流于庸俗,抄袭过多,缺乏生动性和通俗性。在电影的虚拟舞台艺术开始风靡的 80 年代,观众希望从戏剧中看到一些实实在在的东西,而不是在艰深晦涩的文化术语中打转。(Kurahashi,1999:156-157)

总而言之,该剧对少数族裔的身份本质论是一个挑战,对所谓的华人性也是一个挑战。黄哲伦通过三个角色的发展变化告诉观众,美国华裔的身份不仅仅只有一种,而是有很多种。少数族裔的个人身份是在文化、政治和历史的不同背景中建构起来的。少数族裔个体能变成什么,直接关系到他们的历史、语言和文化资源。"我从哪里来?"这个问题变得不够重要,重要的是"我会变成什么?"

该剧的意义不仅在于展示了华裔身份的流动性、多样性和不确定性,更重要的是展示了华裔群体的真实性。通过利用京剧元素,黄哲伦表现了华裔的多元文化生存状态,使得该剧从主题和表现形式等方面都区别于主流戏剧,从而增加了该剧被主流发现并肯定的可能和价值。同时也说明华裔戏剧的表演实践、表演理论、修辞手段,都与再现过去的努力有内在的联系。正是这些因素,构成了华裔戏剧的特点。

20世纪现代主义、后现代主义戏剧的发展,有两条比较明显的主线:一是关于戏剧形式本身的探索,从剧本中心到剧场中心的转移;二是追求戏剧的内在化特征,把戏剧当作人类精神的仪式。(梁燕丽,2008:45-51)美国戏剧发生了从剧本中心到表演中心的转移。这些特点在一些亚裔剧作家中的作品中都有所表现。

第三节 黄哲伦其他戏剧的主题研究

奠定了黄哲伦在美国戏剧史上地位的,是他早期创作的戏剧《蝴蝶君》。31岁的黄哲伦于1986年10月完成话剧《蝴蝶君》,在百老汇一举成名。该剧于1988年在华盛顿国立剧院首演,后在百老汇公演,反响热烈,获当年托尼奖最佳戏剧奖。该剧讲述了法国外交官加利玛爱上一个中国京剧演员,在保持了20年的情人关系后,发现这个中国情人是男性,并且是间谍。由于加利玛用对西方歌剧《蝴蝶夫人》的理解来理解东方女性,因此,他对中国女性的认识其实是一种幻想,是与现实脱节的。《蝴蝶君》解构了西方人眼中的东方女性的固定模式。黄哲伦把东西方的戏剧主题和艺术风格相结合,赋予该情节以丰富的想象和深刻的主题。该剧涉及种族、性属、身份、东西方文化交流等重要议题,而且语言幽默诙谐,情节跌宕起伏,无论在主题发挥和艺术表现方面都非常出色,是一部成功的剧作。

继《新移民》[①]之后,黄哲伦创作了《舞蹈与铁路》。这是一部室内剧,背景设在美国西部某个洲际铁路即将完成的地方,主角是两名中国移民,一位叫龙,另一位叫马。龙在铁路上工作了两年,具有一

---

① 本章第一节中已经专门讨论,这里不再详述。

定的移民和修建铁路的经历,而马是新移民,刚到美国四个星期。马执着于金山梦,认为美国下的雪也是温暖的。龙是真正的孤独者,一个叛逆的艺术家,他嘲笑那些没有精神目标的死去的人。这位艺术家直到被流放到国外,依然警觉地、独立地追求着抵达艺术巅峰的理想。(Rabkin,1991:101)龙对京剧有研究,马想让龙教他京剧。龙的孤立性格被年轻有为的青年马觉察到了。尽管是新来的,马全身心地加入他的同伴们的罢工运动,抗议简陋的工作条件。在经历过很多难关后,他终于赢得扮演华人移民心目中最崇拜的关公的角色,而且他们的抗议也取得了成效。龙饰演大师,演了一部典型的中国戏剧,这部戏剧在不屈的中国人的胜利中结束。(Rabkin,1991:101)在剧终时,这位年轻的剧作家在戏剧中确确实实展现了他的艺术才能。他骄傲地看到了他的作品成为亚裔戏剧的一部分。

黄哲伦在《舞蹈与铁路》中也同样试图将东西方文化融合在一起。仅从两个主要角色的姓名上,就能感觉到强烈的中国文化。龙和马的名字,明显来自中国成语"龙马精神",龙和马在中国文化中都是代表积极向上、强壮有力的意象。不仅如此,该剧采用了京剧中的锣、镲、清唱、步法和姿势,以及武打动作和程式化的舞蹈(如马的劳动舞、马和龙的作战舞)。(Cooperman,1999:202)剧中关公形象的使用,增强了中国文化的色彩。黄哲伦延续着走多元文化路线的策略。

1981年10月,《舞蹈与铁路》成功上映四个月之后,公共剧院制作了黄哲伦的另一部作品《家庭挚爱》。这是对华裔家庭几代人的喜剧性描述,被认为是黄哲伦最具自传性质的作品。故事是由迪戈的拜访引起的。迪戈是一名忠实的中国公民,他去看望很久没见的亲戚。阿马和宝宝是迪戈的妹妹。他们在阿马的女儿、日裔丈夫和已是中学生的女儿的高科技的房子里相聚。宝宝的女儿哈纳、她的华裔丈

第七章 文化融合:黄哲伦《新移民》中的文化身份认同

夫,还有一个极具艺术天赋的儿子查斯特,这些人组成了这个家庭。后面的一家更是代表了黄哲伦对自己家庭的看法。(Rabkin,1991:104)"人在不同的年龄,会有不同的价值观念。"(Rabkin,1991:107-108)黄哲伦对身份以及其他相关问题的看法,随着年龄的增长和阅历的丰富,发生着变化。因此,同是黄哲伦创作的戏剧,但是主题或寓意却不相同,这是值得我们注意的。

《富贵关系》虽然风格不同,但是和《家庭挚爱》一样,也关注家庭价值。这部作品的背景设在洛杉矶的一个中产阶级家庭。凯斯是一名在精神上受到困扰的学校老师,回到父亲的豪华公寓。父亲海斯是一名房地产商,过去还做过基督教牧师。由于海斯的妹妹芭芭拉的到来,一切变得复杂起来。这部剧作像《家庭奉献》一样,是一部讽刺性喜剧。(Rabkin,1991:106)

进入90年代以后,黄哲伦相继创作了《金童》,改编了黎锦扬的小说《花鼓歌》。这两部作品都带有浓郁的中国文化气息,其中文化的互动越来越多。这一阶段的作品显示出黄哲伦对华裔文化传统越来越多的关注,甚至有一种自觉的回归,同时也表现了黄哲伦对种族、文化和身份的认识的更新。

《航行记》叙述了地球人与外星人互相合作、互相帮助,共同创造出新文化的故事。作者对未来充满希望,期待着白人(地球人)能够和华人(外星人)和平相处,共同发展。黄哲伦的创作主题不断扩展,从唐人街、新移民,到修建铁路的华人,以及对待死亡的态度等普世性主题。黄哲伦不认为自己仅仅是少数族裔作家,事实上他刻画了多元的美国人形象,而不仅局限于美国华裔。

《声音语言》采用了许多日本的能剧(Noh)中惯用的神话情节模式。在森林中一个偏僻的角落里,一个旅行中的日本军官遇见一个神秘的女隐士。此女人似乎有巫师般神奇的魔法,男人被蛊惑后为她所倾倒。然而他们之间的关系最终因军官越来越害怕此女人的吸引力而破裂。当男子无情离去时,女隐士上吊自杀了。由于一直以来在能剧中只有男性角色而没有女性角色,即使有女性角色,这些能剧中的女人——尤其是被孤立的或独立的女人——也都是邪恶和充满仇恨的幽灵。而黄哲伦创作此剧的灵感正是来自要挑战此种现代能剧中的传统鬼神学论。

黄哲伦的剧作先后获得多项戏剧大奖:1981年以《新移民》赢得百老汇的奥比奖,《舞蹈与铁路》于1982年获普利策戏剧奖提名,并获美国有线电视(CINE)的金鹰奖,《蝴蝶君》于1988年获托尼奖最佳戏剧奖、戏剧课桌奖、约翰·盖斯纳奖、外评论界最佳戏剧奖,《金童》获1997年奥比奖、1998年托尼奖提名,他改编的《花鼓歌》获托尼奖提名,《黄面孔》(Yellow Face)获奥比戏剧创作奖,并且第三次角逐普利策戏剧奖。

黄哲伦是在百老汇历史上第一位获得美国戏剧最高奖托尼奖的亚裔剧作家。香港《华人》月刊1995年2月号转载美国《亚裔杂志》所列1994年度最具影响力的亚裔人士,黄哲伦位列13位华裔精英之首。黄哲伦连续两年被以亚裔美国人新生代为主要读者对象的《亚裔杂志》评选为最具影响力的亚裔人士之一。[①] 有评论家指出:"在一个戏剧创作枯竭的时代(尤其是在剧作家已经濒临消失的百老汇),黄哲伦的艺术影响力无疑是现代美国戏剧的亮点之一。"(Rabkin,1991:97)

---

① http://baike.baidu.com/view/947001.htm

第 八 章

当代美国华裔先锋派戏剧人张家平的跨界艺术

张家平(Ping Chong)是美国当代戏剧导演、舞台指导、剧作家、录音及舞台设计艺术家,享有国际声誉的跨界艺术家,当代亚裔美国戏剧界一位重量级戏剧人。张家平1946年出生于加拿大安大略省多伦多市,后随家人移居美国,在纽约的唐人街长大。在从事戏剧工作之前,张家平先后在影视艺术学校和普瑞特艺术学院学习电影制作和美术设计。20世纪70年代初期他希望在视觉艺术和电影制作方面有所发展。但是他发现身为少数族裔的华裔,他在许多方面的机会都很有限,缺乏创作资源,所以他希望到好莱坞发展的志向无异于异想天开,于是,20世纪70年代初期,他改为从事戏剧创作。

张家平第一部独立完成的戏剧作品是于1972年创作的《拉撒路》(*Lazarus*)。1975年,张家平创建了以自己名字命名的Ping Chong & Company,致力于"在国际、国内不同层面探索当代戏剧和艺术的真正意义,创作并巡演具有原创性的、多元艺术融合的戏剧和文艺作品,探寻历史、种族、艺术与当代技术的交叉点。"[①]除了在美

---

① Ping Chong & Company Official website, www.pingchong.org

国本土，他的作品还在北美、欧洲、亚洲上演，并在享有盛誉的布鲁克林音乐学院的艺术节以及美国斯波莱托艺术节上公演。张家平获得了众多奖项，包括五个国家艺术基金颁发的奖项、两个贝兹奖(1990年、1998年)、两个奥比奖(1977年、2000年)，还有一个奥比终身成就奖(此奖项是颁发给纽约百老汇之外的优秀剧目的年度奖)。2006年张家平被美国国家艺术家基金会提名为第一批美国艺术家会员。他还是肯特州立大学和西雅图蔻尔尼旭艺术学院的名誉博士。

张家平被认为是美国先锋派戏剧人。他的剧作既有中国粤剧的审美感性，也有美国的形象艺术和现代舞蹈成分，既有别于主流戏剧，也不同于其他华裔剧作。大卫·小山(David Oyama)在1977年评论道:"张家平抛弃了美国现实主义的传统风格，创造了广泛见诸美国亚裔戏剧的形式"，"张家平的作品代表了'惊人而杰出的风格革新'"。(E. Lee,2006:118)与其他跨文化戏剧不同的是，张家平的跨文化戏剧作品重点不在描述东西方文化的差异，或者建立一个"亚洲"与"亚裔"或者"亚裔"与"美国"的二元对立格局。张家平重点表现的是不同文化如何反映彼此，以及个体如何对待"他者"。(E. Lee,2006:117)他的跨文化戏剧对离散群体及其表征，具有广泛的意义。本章将从该剧的叙事框架、主题思想和艺术创新几个方面，论述张家平的实验派和先锋派的戏剧特点。

第一节　碎片化、杂糅化和包糅化的叙事结构

1995年，当时全世界都在关注1997年香港回归中国的问题，张家平发现在和美国人谈起香港回归时，很少有人知道香港为什么应

第八章　当代美国华裔先锋派戏剧人张家平的跨界艺术

该回归中国,也不知道香港怎么到了英国人的手里,甚至有人认为中国应该让英国继续拥有香港。(Abrash,2004:xxiii)张家平感到他应该借此机会说点什么,随之产生了创作一部三部曲作品的念头。这三部曲包括《出岛》(*Deshima*)、《中国风格》(*Chinoiserie*)和《悲伤之后》(*After Sorrow*),后来结集出版,书名为《东西四重奏》(*The East West Quartet*,2004)。《出岛》是一部关于日本与西方社会的作品,以凡·高的故事为整体框架,其中角色是跨文化的,扮演凡·高的是一位美国黑人演员。该剧运用了多种舞蹈形式和活人造景艺术[①],为观众展现了一个比《中国风格》更加抽象的戏剧舞台。《悲伤之后》是由张家平独立构思、编写并导演的,该剧试图发掘人与人之间的共同点,展现个体的生活以及相关的普世真理。(Chang,1997:17)《中国风格》于1994年在尼布拉斯科大学初演。张家平指出,观众在观看完《中国风格》之后颇感惊讶,他们发现原来香港是英国从中国掠夺的战利品,英国为了开辟中国市场和资源而蓄意发动了那场可耻的鸦片战争。(John Dillon,1995:21)张家平创作此剧的目的,是要通过介绍历史事件的来龙去脉,给现实事件提供一个历史语境。《中国风格》就是在这样的背景下出于这种意图而创作的。

　　如果按西方将戏剧分为史诗剧、叙事剧和抒情剧三种类别的方式来划分,《中国风格》一剧应该属于叙事剧。叙事剧一般具有情节内容、戏剧冲突、人物关系三个主要元素。但是该剧的叙事框架却是由两个焦点和若干个细节构成的。该剧内容的时间跨度从16世纪至今,涉及中国、英国和美国的历史和现状,还插入了大量张家平的个人经历。之所以说是焦点而不说线条,是因为他们没有完整的戏

---

　　① 名作《玉米地里的乌鸦》(*Crow in the Corn*)中即运用了此种活人造景艺术。

剧情节和必要的情节发展要素,如开端、发展、高潮和结尾。两个焦点只是两个历史事件的几个画面而已,其他的细节则更为简单。第一个焦点是1792年英皇乔治三世的使节男爵乔治·马嘎尔尼觐见中国清朝乾隆皇帝的历史事件;第二个焦点是1982年美国底特律市发生的华人陈果仁(Vincent Chin)事件——陈果仁由于被误认为是日本人而遭两个美国白人殴打致死。

一个事件发生在18世纪的中国,一个发生在20世纪的美国,从情节上看它们并没有必然的因果关系,所以不构成线性的戏剧故事链。张家平以演员的身份,将自己亲身经历的几件事作为细节插入戏剧中,而所有这些细节都不构成完整的戏剧情节,也没有按时间顺序展开。作为叙事剧,该剧的结尾既不是开放式的,也不是封闭式的。李贵森指出:"就戏剧情节的结构而言,主要有三类:其一是开放式,即戏剧形式有头有尾,有完整的情节发展过程;其二是封闭式,即把情节封闭在一个阶段之内;其三是群像式,即以人物形象的展示构成主体情节构架。"(李贵森,2007:348)该剧的情节没头没尾,情节也并不是始于高潮前,倒很像展览式的群像式演示。

从定义的角度看,展览式结构中人物多、事件多、线索多,全剧看上去像一幅群像画,因而也被称之为人物群像式结构。这种结构形式是通过对某一环境、某些生活场景的舞台再造,表现那些在其中生活着的、行动着的、有血有肉的人物群像和生活写真。在这类戏剧作品中,众多的人物难分主次,多条线索各自发展。也就是说全剧基本没有一个贯穿始终、展示戏剧情节冲突的情节主线,有的只是一群人的动作线索。(李贵森,2007:366)该剧几乎符合所有这些特点。该剧中的情节不同于传统戏剧,是时空错位的。

布莱恩·理查森认为,大部分当代的非模仿文学(non-mimetic)

文本都显示出另类的时间框架模式,而与传统的现实主义文学时间框架相对立,比如循环式、对立式、自相矛盾式、合并式、差异式和双重式。在循环式(circular)框架中,结尾又回到起点,因此无穷无尽;对立式(contradictory)中的时间被分叉成多种可能,不是单一的时间,也不只有一个故事;自相矛盾式(antinomie)中的时间可以前后移动;差异式(differential)中人物和时间顺序不一致;合并式(conflated)中不同的时间可以合并,不同事件群的界限坍塌;双重式(dual)开始和结束在同一时间,但是它们的情节链不同。(Choi,2004:112-113)这六种形式的时间框架都可见诸《中国风格》。该剧中没有传统的现实主义戏剧的情节链,只有两个主要事件交相呈现:1792年英国大臣拜见中国清朝皇帝的历史事件与1982年华人陈果仁在美国被杀害的现代事件,形成了时空的交错。在这里,古代与现代、中国和美国、封建帝制社会和资本主义社会等被并置在一个舞台上,实现了时空跨界。

在空间理论中,"构想的空间"中真实的人物被通过这些空间的建构而展现。事件被移植,时空被置换,加之现代媒介的运用,使得地理空间、历史空间和感情空间相结合,一起完成了想象与真实的置换。在置换中再现过去的时空,对过去时空的再现又产生了一个再现的时空。张家平正是通过这种置换,上演一个再现的时空。

历史事实被用做戏剧的叙事内容,情节在时空中自由转换,这是该剧的情节特点。通过再现历史,过去与现在被放在同一纬度上。张家平试图说明历史寓于当下,当下与历史不可分割。但是从叙事结构上讲,该剧的情节之间并不构成传统戏剧中有必然联系的因果关系。亚里士多德在《诗学》中所说的"完整"的事件在此是缺失的。

亚里士多德认为"发现"有五种形式,其中第三种由回忆引起的发现为亚里士多德所推崇:"在所有形式的发现中,最好的一种是从事件本身产生出来,通过可能的事件,揭示出结果,引起观众的惊奇。"(郝久新译,2007:63)张家平试图通过再现历史事件,令观众发现他们不了解的历史现实。他曾经这样说:"鸦片战争虽然已成过去,但是那些种族主义的思想却没有终止。当然,困难的是能够让坐在剧场的观众看到邪恶的种族主义行径之后庆幸'自己不是那样的人'。"张家平感慨道:"这是我没法控制的。我所能做的是告诉大家这些事情确实发生过。人类很擅长的一件事就是抵赖,如果你是对过去的行径进行抵赖的种族主义者,那么这些事绝不会成为过去。"(Dillon,1995:22)利用历史事件作为叙事内容,启发观众的思考并产生新的认识,是张家平努力想达到的艺术效果。

剧中张家平插入他自己的亲身经历,看似和两个焦点无关,其实与戏剧主题是有关联的,因为都是对抗种族主义的主题。张家平创作的《东西四重奏》讨论了东西方历史上具有转折意义的几个事件,比如鸦片战争和越南战争。但是他并不是孤立地讲述历史事件,而是把这些事件和亚裔美国人的经历结合起来。

在《中国风格》里,他把1792年英国入侵中国的事件和亨利·格里姆的《中国人必须离开》[①]里的一幕同台演出,完成了二度创作。张家平让非洲裔演员来扮演华裔文森特(陈果仁的英文名字)的母亲,是因为黑人和华人都面临种族歧视的问题,可以借此手段凸显种族歧视的普遍性。这位母亲为自己的儿子唱着悲痛的歌,反复地诉说着文森特是一个"好华人",也是一个"好美国人"。通过非洲裔演员扮演华人角色这样一种肤色转换,张家平让观众无形中认识到所

---

① 一部鼓吹排华的美国戏剧。

有的有色人种母亲都深受种族主义的伤害,从而给一个华人遭受种族主义的不幸经历赋予有色人种经历的普遍性,加深了该历史事件的社会意义。

传统西方戏剧的结构通常是沿着一条主线发展,即使有两条主线,也是有主次之分的,副线从属于主线,因此仍是一条线的模式。无论是古希腊戏剧,还是法国的古典主义戏剧,大多如此。即便有并列交错式发展线条,两条线还是在同一时空交错,而张家平的戏剧则不同。该剧将东西方历史上的一些事件拼贴在一起:从鸦片战争到华人移民美国,从1982年底特律的陈果仁被杀事件到剧中插入的张家平在美国的亲身经历,从茶叶起源的传说到华工在美国修建铁路的史实,从18世纪的中国乾隆皇帝到20世纪的美国巨富比尔·盖茨。总而言之,有国际的、个人的,有历史的、当代的。全剧没有一个情节主线。

文艺复兴时期意大利文艺批评家卡斯特尔维特罗提出的"一个事件、一个整天、一个地点"的戏剧创作主张,即后来被称为"三一律"的原则,是十分强调戏剧在时间、地点和行动上的一致性的,要求情节是一个有机的整体,行动应该发生在同一地点,事件进行的时间不超过24小时等。该剧明显是对西方戏剧"三一律"的全面颠覆,具有明显的非传统色彩。

中国的传统戏剧多为线性结构,事件按照时间顺序展开,多头绪情节在中国传统戏中被称为"大痛"(李渔语)。但是在后现代流行拼贴的时代,这种"大痛"却成为一种风尚。该剧中的鸦片战争、陈果仁事件、华工修建铁路、张家平的个人经历等点状情节,在共同的对抗种族主义的主题映照下,构成了网状的戏剧结构,尽管诸点之间并没有传统的故事情节意义上的连贯,也没有语篇意义上的连贯。剧中时间跨度从1600年茶叶传至欧洲开始，到1995年比尔·盖茨和巴菲特相继访华为止，最终落脚于1997年7月1日香港回归中国这一历史时刻。不仅情节不连贯，叙事角度也充满跳跃。比如张家平在叙述鸦片战争背景时，在短短的几行中，他从18世纪跳到20世纪，从英国跳到美国：

（投影10）
　　张家平（叙述）：
　　1792年茶叶在欧洲成为紧俏商品
　　美国独立战争（1775—1783）刚刚结束
　　财力消耗巨大
　　此时还没有披头士的歌声
　　而英国也陷入极度困境之中

　　这种多视角的叙事，像电影镜头般地切换，把古今中外全部拼贴在一起。然而这些拼贴并不是随意为之。拼贴结构的特点是从多角度提供戏剧的相关背景和内容，把看似不相关的内容聚合在一起，从而突出它们共同的内涵，在该剧中，就是文化冲突与种族歧视的内涵。这些拼贴在关照历史事件对观众的心理作用的同时，揭示出社会和历史的因素。因此，庄剧关注的并不是故事情节，而是这些拼贴产生的心理作用和社会作用。

　　张家平拼贴的碎片式场景并不是随意连接在一起的，而是通过将各种有寓意的细节进行拼贴开展叙事。这些寓意丰富的细节赋予戏剧多层面的内涵和意义。耶-奥·乔伊（Jae-Oh Choi）指出：张家平的叙事顺序中的时空感与文化历史书写中的时空双重考虑有关。（Choi,

2004:33)张家平的碎片化、杂糅化和包粽化的诗学使他经常战术性地重复碎片,他用碎片抵抗历史文化话语的统一性、持续性以及纯洁性。虽然每场之间都是碎片式的断裂,每一场都不是下一场的过渡,但是每一场都高度凝练,自然生出一种特殊的气场。(Choi,2004:118)《中国风格》试图在解构中创建他者的谱系,通过实际的历史事件,更多地聚焦于权利、知识、身体的关系。(同上)

场景的更换也并不依靠故事情节的推动,而是由投影在幕布上的数字提示。全剧从"投影1"到"投影40",共有40个场景。场景的更迭由幻灯完成,而不是幕布的更换。虽然没有故事链,但并不意味着没有冲突,观众自始至终都能感受到冲突。每次不和谐的对白都以"隆隆的炮声"结束,炮声象征着冲突和战争。从茶叶的起源引出鸦片战争,再到香港回归中国,其中不断有"隆隆炮声"的提示出现。全剧的结束语是:文化冲突是不可避免的,但是要相信人类是善良的。

除了作为叙事要素的场景是非传统的,该剧的另一要素——冲突,也是非传统的。欧洲传统戏剧的冲突,往往以公开的表面化的形式出现。(乐黛云,1988:318)庄剧虽然表现了东西方文化不可调和的矛盾和冲突,但却没有模仿公开的表面化的冲突行为。隆隆的炮声和砰砰的枪声都象征着战争,却没有舞台上的战争场面。一切由叙说完成,关键场景都有文字描述,被投影仪投在幕布上,比如:

(投影 11)

公元1792年9月26日,大不列颠王国派出了男爵乔治·马嘎尔尼出访中国,随行人员一共有七百人之多。18世纪末的中国正值清朝乾隆年间,全国共有人口三亿三千万,而远在大西洋东岸的不列颠王国却只有八百万。

在当时,这支由英王乔治三世派出的出访中国的代表团规模之宏大是独一无二、史无前例的。乔治三世对那次出访给予了高度的重视,派出的上百人也都整装待发,情绪高涨。

(投影 39)

当这两位在世界财富榜上首屈一指的大人物来到中国时,他们都看见了安置在天安门广场上的香港回归祖国的倒计时石碑。时间滴滴答答一点点向 1997 年 7 月 1 日那一时刻走近。离开祖国将近百年之久的香港终于要回归了。

该剧印证了斯坦尼斯拉夫斯基对白的定义:"说话也是行动,借助语言与行动,就能把自己的视像灌输给别人。"戏剧语言由此成为"语言动作",取代了行动的模仿。

第二节　文化旅者的跨界身份认同

除了叙事手法是跨界的,张家平的身份认同也具有跨界的特点。在《中国风格》里,他借用舞台上的叙述者真实地再现了自己在成年时所遭遇的种族歧视的经历。张家平的父母、祖父母都曾经是中国粤剧的编导、制作人、演员,他的父母到北美巡回演出时决定留下。在他一岁的时候,全家搬到了纽约市的唐人街。张家平回忆 50 年代他在唐人街的生活时说,整个唐人街就像是"一个宁谧闭塞的世界"。张家平先会说的是中国话,因为父母一点英文都不会,而他所上的公立学校也都是讲中文的。"我在唐人街长大,我上的公立小学里 99% 的孩子都是华裔;到了初中,孩子们一半是华裔一半是意大利裔;到了高中,我是班上唯一的华裔孩子,而且同学中只有四个是亚

裔孩子。"(E. Lee,2006:113)

张家平从小就深深地感受到文化的差异,对由此引起的作为"他者"的感觉十分强烈。他虽然在纽约长大,但是对时代广场和百老汇这些美国文化地标却非常陌生。年轻时候的他并没有感到自己是社会的一分子,而感觉自己完全是一个文化"他者",因此他的创作题材常常是一个远离社会的局外人(outsider)。他说过:"从 1960 年到 1985 年,我好比一个陌生人在一块陌生的土地上,我从来没有过在家乡的舒适感,而我的作品正是寓言性地表现了这种身为'他者'的窘困处境。"(Chang,1997:18-19)无论是作为一个艺术家还是移民,都加深了张家平自认为是一个"局外人"的感觉。(Choi,2004:1)"他者"一直是张家平关注的主题之一。

虽然张家平后来也与主流戏剧人有过多次的合作,也多次荣获主流戏剧机构颁发的奖项,这些都足以证明他被主流接受的程度相当地高,但是张家平似乎认为文化的差异是不可弥合的。在《中国风格》中,他用身体语言来表明两种文化间的差异和不同。在具有贵族气的男爵马嘎尔尼和带有中国封建官僚气息的总督的几场碰面中,张家平用他们身体动作上的不同,表达了有些问题是永远不可能被解决的观点。"在剧中,当衣冠楚楚的英国男爵与雍容华贵的中国皇帝相见的那一刻,你会意识到双方不会达成任何妥协。这就像火星与木星或者其他星球相撞时的情景一样。"(Abrash,2004:xxv-xxvii) 这种文化隔阂是无法化解的。虽然演男爵马嘎尔尼和中国清朝皇帝的演员身穿普通服装,直到最后一刻张家平才让他们穿上具有历史特色和表现他们各自文化特点的戏服,但是服装并不能掩盖的事实是:文化的隔阂无处不在。

西方对中国文化的隔阂及由此会引起的冲突,在该剧的标题中就有暗示。张家平并不认为西方对中国历史文化是了解的。《中国风格》(Chinoiserie)这个标题具有不可忽视的深层含义。Chinoiserie是法语,意为中国式的、中国风格的,这个词指17世纪之后受到所谓中国艺术影响的欧洲艺术风格。① 这种风格常见于17世纪和18世纪西方的室内装饰、家具、陶器、织品和园艺,代表了痴迷于中国艺术风格的欧洲人对中国风格的阐释②,尽管他们并不了解中国文化的内涵。张家平用这个词作为标题,开门见山地暗示了西方人对中国文化的隔膜,揭示了他们对中国文化的理解是建立在并没有深入了解中国文化的事实之上的。这就使得对真实的文化和历史的陈述成为必要,从而为剧中出演的历史事件的必要性做了有效的铺垫。

戏剧一开始,张家平站在一个红色的表演台上将发生在中餐馆里的一次令他不能释怀的被歧视经历细细道来,由此点出了"他者"这个主题。其他四个演员站在乐谱架后面或是矩形舞台中央放声讲演。接下来,张家平还将所有的中文台词现场翻译成英文,似乎想以翻译的身份,表现他所传达的信息是准确无误的,丝毫不带表演技巧的。所以该剧中的演员并没有变成角色,而是成为了叙事者。演员与角色之间的距离,旨在赋予这些叙事以准确性,使情节显得真实可信。张家平表明:"我认为纠正被歪曲的历史是一个艺术家的职责,我不想用今天的眼光去讲述历史,我想把历史书中没有记载、但却实实在在发生过的事情,讲述给大家。"(Chang,1997:18)

值得注意的是,张家平对文化身份认同的表述不同于其他华裔作家。1988年他应邀到香港参加表演艺术大会,那也是他成人后第

---

① http://en.wikipedia.org/wiki/Chinoiserie
② http://www.britannica.com/EBchecked/topic/113025/chinoiserie

第八章 当代美国华裔先锋派戏剧人张家平的跨界艺术 171

一次到香港。会上他说道：

> 由于广东话的缘故，我感到和香港人一见如故。每个人都说着我的方言，我感到自己不是中国人，而是广东人，就好像我问自己"我是美国人吗？"——"不，我不是美国人，我是纽约人。"在身份认同的问题上就是这么具体。因为当时我对这片土地有着难以名状的归属感，所以90年代我便频繁地前往亚洲地区。我觉得自己和整个亚洲都有一种感情，而与香港的感情更深，它就像是一个大唐人街。它之所以吸引我，还因为我不仅是华人，而且也是一个西方人。我身上有着东西方两种文化，而香港也一样，东西方文化在此汇合。（Abrash,2004:xxii-xxiii）

此番言谈中有明显的跨国立场。张家平的文化身份认同一再变化：从纽约人到美国华裔，再到美国人，最后是跨国的世界公民。（Choi,2004:26）

跨国的世界公民是流动的群体，所以张家平最常用的隐喻是旅行（travel）。他认为美国文化产生自旅行中的全球文化，美国文化具有文化的异质话语（heteroglossia）的特点。张家平的拼贴策略就是对美国文化和全球文化的隐喻表达。正如许多社会学家和人类学家认为的，"美国不是被发现的，而是被创建的。"（Choi,2004:27）张家平要解构美国具有统一的、持续性的、纯洁的身份的神话，要创造他自己的多元文化的美国神话，那就是用各种不同美国人的个人历史来取代统一的美国历史。所以该剧强调个人的历史，是以另一种时间概念去书写文化与历史，是在书写动态的文化。

虽然张家平认同于西方文化，认同于美国人，但是在剧中涉及中国文化的地方,他常流露出显而易见的中国文化优越感。他对中国文化的描写是客观而积极的,这种立场和态度在华裔作家中比较常见。为了对抗种族歧视,他们会极力维护自己作为美国公民的权利,但是他们也常常用中国文化的积极因素提升自己的华裔形象。这些内容不可避免地反映在他们的作品中,形成了华裔与美国主流作家的重要差异。

张家平自幼在纽约唐人街长大的经历对他以后的文化认同产生了深刻的影响,也极大地影响了他的戏剧创作。他回忆说,生活在那样的环境中总会觉得自己像是一个孤独的被遗弃的蚕茧。他在视觉艺术方面的才能是使他离开这座孤岛唯一的船票。他在位于曼哈顿市区的一所艺术学校完成了四年的学业,而后又在普瑞特艺术学院学习两年,然而他对西方艺术的了解并没有淡化他作为局外人的感觉。相反,他更深层次地感受到不同文化的强烈冲击。他发现这个社会的规则并不是他能够理解的,他也不知道该如何融入其中。"整个的高中和大学生活,我都在不停地学着适应这种文化,以求融入白人社会的主流文化,但是在西方社会的整体语境下,我很难找到与它相处的方法。"(转引自 Chang,1997:21) 但是后来他有了新的认识:"在接受过视觉艺术的正规教育后,我放弃了之前的想法,因为我知道我想要从事的艺术形式应该是综合了多种艺术的,而不是仅仅局限于白人社会的主流文化。"(转引自 Chang,1997:18)

在美国没有得到自己想要实现的目标,张家平开始把眼光投向欧洲。70年代和80年代大部分时间张家平都在欧洲,为得到欧洲的认可而奋斗。80年代的一次日本之行,使他重新思考他作为一个艺术家的身份问题。他说:"从那时起,我不再为了争取得到欧洲人、白人、纽约百老汇一流艺术家的认可而创作了。"(Abrash,2004:xx-

viii) 与大多数少数族裔艺术家不同,张家平没有选择同化于主流文化,而是选择了做文化旅者。

张家平在文化和政治问题上非常敏感,且常有超前的认识。有人观察到,早在"多元文化主义"这一概念火起来之前,张家平的创作就一直围绕着文化差异、"他者"、局外人等相关问题(Chang,1997:17),他的艺术视野中早就出现这些主题了。

张家平把心理学中的"他者的自我"形象化、戏剧化,有时甚至文学化。在观察这种自我的过程中,他发现了局外人、外国人、侨民、陌生人、罪犯、野兽,还有怪物。张家平将所有的这些形式,用一种从广东粤剧中获得的特殊的审美敏感性来表现,加上他在电影、形象艺术和现代舞蹈方面所受过的训练,其结果形成了一种丰富多彩的、跨界的、融合各种艺术手段的风格。因此,他的风格很难归类,他曾经被亚裔美国戏剧和美国先锋派戏剧所边缘化。无论在主题还是风格方面,张家平始终都是局外人,而且他自己也承认他"总是他者"。(E. Lee,2006:118)从1972年开始创作实验主义题材的戏剧作品开始,张家平就开始以典雅的多媒体作品和对不协调的文化元素近乎人类学方法的展示而闻名。这些作品刻画了人类的经历,探讨记忆、局外人及对他者的惧怕等主题(Chang,1997:18),思想内容具有浓厚的现实主义色彩。

第三节 艺术门类跨界的多样性艺术创新

《中国风格》在艺术上有多方面的创新,突出地表现了张家平跨界的特点。该剧突破了戏剧的传统模式,是一部"纪录片-音乐会-戏剧-演讲"等多种形式相结合的音乐戏剧。值得注意的是,张家平使用历史事件作为戏剧内容的做法,并不同于纪录片的概念。在纪录片中,历史的参与给影片增加了严肃性。与此相反,张家平使用历史资源是为了增加戏剧的娱乐性,使戏剧更令人感兴趣。(Abrash,2004:xxv)美国导演对中国清朝皇帝的演绎,毫无疑问能引起观众的兴趣。华人陈果仁受害事件是华人社区第一次由于政治原因而激起民众示威活动的历史事件,之前从来没有发生过这类事情。(Abrash,2004:xxv)因此,这个事件颠覆了华人在美国长期以来的沉默安静、隐忍耐心的刻板形象,而将华人形象陌生化的做法无疑也能起到吸引观众眼球的作用。

为了表现美国历史上曾经虐待华人的史实,他在《中国风格》中将一本当时供华人学习使用的英语短语手册的部分内容直接展现给观众。这本书中80%的内容都是华人受到袭击的词语,例如:"我的钱被抢了。""他骗走了我的薪水。"(Abrash,2004:xxiv)《中国风格》里张家平还借用舞台上的叙述者真实地再现了自己在成年时期所遭遇的种族歧视的亲身经历。(Dillon,1995:20)于是《中国风格》成了一部纪录片式的音乐戏剧,一部表现元素多元化的实验派戏剧作品。

在张家平的实验派戏剧中,对中国粤剧的借鉴是一个重要的方面,这使他既不同于主流戏剧人,也不同于其他华裔戏剧人。中国粤剧对他有重要的影响,事实上中国粤剧是他在美国看到的第一种戏剧形式。(Abrash,2004:xxiii)他自己曾说:"在戏剧界我的作品是作为多学科艺术出现的,它深受中国粤剧和电影的影响。""每当中国粤剧到美国演出时,我都会去观看。我看到了它的华丽和壮观。"(转引自 Chang,1997:18)

值得一提的是,由于纽约唐人街以讲广东话的华人为主,所以19世纪唐人街上演的中国戏剧一般是粤剧。(然而,不懂中文的美

第八章 当代美国华裔先锋派戏剧人张家平的跨界艺术 175

国观众分不清是京剧还是粤语,所以统统称为"中国戏剧")。在唐人街观看的粤剧是张家平对戏剧最初的认识。张家平认为他对戏剧的敏感都是来自那个时候。他接受粤剧的语言,并且把它的步法移动、发音、形象和比喻视为非常自然的事情。(E. Lee,2006:113)中国粤剧元素通过张家平的实验派戏剧,进入美国的戏剧舞台,丰富了美国的实验派和先锋派戏剧舞台。

老舍在对比中西戏剧后指出:"古希腊的戏剧是由民间的歌唱,进而为有音乐的表现,而后又加入故事。……中国戏剧显然是由歌唱故事而来,所以,它的组成分子是诗与音乐多于行动的,它的趋向是述说的,如角色的自报姓名和环境,和吟唱者眼中所见景色与人物,和一件事反复的陈说"。(舒舍予,1984:158)这些中国戏剧特点都显见于张家平的戏剧中,而对于美国戏剧来说,却都是很新颖的手法。张家平在剧中以自己的真实身份述说自己的亲身经历,剧中的两个主要焦点的再现是述说型的,而非像西方戏剧那样是由行动模仿的。张家平的戏剧中有着明显的中国戏剧结构的影响。

尽管没有模仿行动,但是张家平的戏剧产生的舞台效果并不亚于模仿行动的戏剧。叔本华说,一个好的戏剧,"第一步,也是最为普通的一步,戏剧不过是有趣味……第二步,戏剧变为情感的。戏剧的人物激起我们的同情,即间接地与我们自己同情…… 第三步,到了顶点,这是最难的地方。在这里,戏剧的目的是要成为悲剧的。在我们眼前,我们看到生活的大痛苦与风波,其结局是指示出一切人类的努力都是虚幻。"(舒舍予,1984:163)应该说该剧趣味盎然,因为有一系列吸引观众眼球的细节。陈果仁事件对当今的华裔群体是否有影响,观众很关注;男爵乔治·马嘎尔尼是否会向中国的皇帝行叩拜之礼,观众很好奇;皇会如何应对,观众很期待。这些情节都能引发观众的兴趣。通过时空交错,用国家之间的、民族之间的和个体的历史事件以及亲身经历来揭示事实真相,也能引起观众的兴趣,所以,叔本华所说的戏剧的趣味要素具备了。该剧对历史事实真相的揭秘,引发了观众对弱势群体的同情,从而达到批判种族主义的目的,也完美地达到了"使戏剧变为情感的"的第二个目的。该剧的结尾是阳光的、向前看的,给人以信心和希望。虽然没有达到叔本华要求的悲剧的结尾,但是剧中的悲剧事件对观众产生了同样的情感净化作用。

中国元素的大量运用凸显了张家平作为华裔剧作家的族裔特色。剧中移植自19世纪70年代《中国人必须离开》这一美国戏剧中的一段,反映了19世纪美国社会对华人的歧视和虐待。在这一段中,除了戏剧、舞蹈和音乐中的中国因素,还有大量的中国功夫,即武术。因为张家平认为武术是中国戏曲的基本表现形式,武术之于中国戏剧,好比芭蕾舞剧之于西方歌剧。该剧舞台设计中也加入了多方面的中国元素,这使得该剧有浓厚的跨文化色彩。中国粤剧的特点加上张家平的美国先锋派风格,使得张家平创建了属于自己的独特的戏剧艺术形式。

张家平的戏剧艺术的多样化和跨界的特点在于,他广泛吸收了中西方表演艺术的手法,形成了多元文化和艺术门类跨界的多样性艺术特色。《中国风格》演出时,舞台正中央铺了一块巨大的白色矩形地毯,演员在上边表演;舞台后方隐约可以看到悬挂着的巨大的幻灯屏幕,周围布满了具有鲜明中国特色的几何图案;舞台左侧摆放着各种乐器,盖·库塞维斯克扣人心弦又具有文化特色的音乐在此奏响;舞台的右侧放置了四个乐谱架;舞台的右下方是一个超大的现代风格的亮红色表演台,张家平一直站在这里。张家平曾说:"我对视觉艺术独特的喜好使我的作品与其他艺术家不同,因为我更加注意

绘画、摄影及建筑方面的视觉效果。"(Chang,1997:18)

他曾经学过电影的经历,成为他舞台设计的宝贵资源,比如他将分割屏幕的手法运用于舞台,从多焦点进行全景摄影,采用放大的特写镜头,让演员在光柱的投射下,出其不意地从舞台下方对观众讲话,等等。(Dillon,1995:21)他不但使用书面文本,而且还使用口头文本、投影仪、灯光效果等多种手段,塑造出一系列丰富饱满的舞台戏剧人物形象,这些表现方式有效地使他的作品广为认可。(Chang,1997:17)

张家平的舞台打破了传统舞台的布局模式。通过在特意筑起的高台上宣讲和翻译,他使"第四堵墙"发生了奇妙的作用。传统戏剧镜框式舞台前缘形成的将演员与观众隔开的无形的墙,在此有了新的含义。布莱希特认为,这堵墙暗示着观众与演员之间的距离,提醒观众他看到的只是"一场戏",而不是现实生活。张家平正是利用了第四堵墙的戏剧作用,提醒观众他们是在观看一段历史的再现。因此他可以宣读,可以逐句翻译,以表示他在对历史事实进行客观再现。张家平的戏剧充分表现了戈登·克雷在《戏剧艺术论》中对戏剧的总结:戏剧"不是动作,不是剧本,更不是跳舞,而是把这些艺术联合起来;动作是表演的精神,文字是戏剧的体格,绘画是戏剧的中心,节奏是舞蹈的精华,合在一起,才叫戏剧。"(李贵森,2007:337)张家平的舞台正是这样一种多门类艺术的结合。

有学者指出:"20世纪西方社会的一个突出特点就是消解文化和美学理想,最终导致了传统艺术形式的纷纷解体。……消除戏剧舞台的幻觉,全方位表现质朴、单纯、空灵,外化人物的思想情感,给人物时空转换的自由。至于后现代戏剧,则进一步采用逆向思维和否定、矛盾的表述方式,否定剧本的存在,抛弃了文字表达的东西,不关注再现行动,而只是强调演出的自由与自发性。演员不再是角色的扮演者,不再是剧中人物的化身,而只是一个符号或代码。"这个特点在该剧中有明显的体现。(李贵森,2007:378)张家平的戏剧,就是这样的戏剧,是综合的艺术和艺术的综合。

该剧的创新随处可见。演员的功能也不再是通过化妆来扮演角色以便模仿故事的传统角色。《中国风格》的舞台有三面布景墙。中间的一面用来投影,两边小一些的用于灯光效果,为表演提供美丽的背景。表演者用手中的麦克风唱着、背诵着,面对着观众在麦克风前一字排开,站在左手的布景墙前,需要有戏剧动作时,他们移向舞台的中心。该剧中全部五位演员都站在台上。张家平作为叙事者,也担任翻译的任务,他把中文台词翻译成英文,同时解释打在布景墙上的幻灯文字,并且点评舞台上演出的历史事件。演员身着与角色无关的服装。他们不时地站出来对白,不加掩饰地转换角色,使观众随之跳出语境。这不但使有限的舞台无限延伸,而且消解了舞台的幻觉,是典型的实验派戏剧。正如有学者指出:"所有的戏剧实验的基本宗旨都是相同的,都是用背离传统的理论,违反常规的舞台手段,力图通过对人生及人的心灵的探索与表现,使观众摆脱生活幻觉和仿真思维,走向感知的自由。"(李贵森,2007:321)

亚里士多德在《诗学》中对"摹仿"作的定义如下:"摹仿方式是借人物的动作来表达,而不是采用叙述法。"真实地用动作摹仿生活,是欧洲传统的古典剧在推动剧情时的普遍实践。但是庄剧却主要是通过演员的声音,而不是对真实事件的动作摹仿来推动剧情的。然而,这些语言并不是简单的直陈,关键语句被多次重复。从直白的、非韵文的对白和独白中,观众始终感受到一种压抑的情感。"这是谁的历史?"的多次重复,提醒观众这些情节的深层意义。欲言又止的白,表现出压抑的情绪。

剧中的白的语言结构看似简单，其实都是精心设计的。庄剧把以演为主改为以白为主。宾白成为主白。角色甚至不需要身着戏装，他们只需要从一个角色的角度说出台词。真实再现主要依靠的是叙事，靠独白和对白。一个演员在独白时，其他演员都被虚化，仿佛不存在于舞台之上，观众的目光聚焦于独白的演员身上。张家平的这一手段更多地体现了中国传统戏剧中的虚化手法，而较少有西方戏剧真实表现时空的特点和传统。

正如有学者指出的："从戏剧这种综合性的艺术样式中可以看到，我们通常使用的'摹仿'和'表现'很难概括多样的艺术追求和风格，而且'摹仿'和'表现'这两个概念经常重叠，并不能代表中国和西方艺术及美学的不同特点。具体地说，以戏曲为例，中国传统艺术的'表现'可以分为三类：强调社会、强调艺术家主观、强调形式美；这三类在西方也都有相对应的形式（尽管程度很不相同）：布莱希特、表现主义/阿尔托、芭蕾和歌剧。反过来说，西方艺术中的'摹仿'也有不少可以被看成就是'表现'。"[1]换言之，张家平的戏剧策略表现出中西方戏剧元素的杂糅。

对科技手段的运用，也是该剧明显的特点。《中国风格》从头至尾都在用幻灯片，几乎所有的场景都用上了幻灯片，幻灯与舞台合二为一。因为戏剧舞台无法像电影一样，为了说明一个事件的来龙去脉，可以任意插入情节，但是幻灯可以弥补这一缺陷。张家平将电影的插入手段应用于戏剧舞台。在《中国风格》的结尾部分，他用幻灯打出了一张有历史意义的照片，那就是1869年在犹他州的普罗蒙

---

[1] 孙惠柱："摹仿"什么？"表现"什么？——兼论中西艺术与美学的异同问题。http://www.aisixiang.com/data/18931.html

特里波因特,中央太平洋铁路和太平洋联合铁路汇合连接时所拍的相片。两条铁路的对接,构成横贯美国东西的铁路线,张家平认为这一时刻成为东西交汇的象征。虽然当年修建铁路时90%的工人都是华工,但是在这张照片里却没有一个中国人。在《中国风格》里,张家平等用科技手段修改了这张照片,把华工增加到照片中去,目的是要让人们记住,华工曾经为修建这条贯穿东西的铁路做出了贡献和牺牲。张家平说:"我希望这部《东西四重奏》能为人们看待亚裔美国人提供一个公正的视角,也能使人们更好地理解发生在欧美亚三陆、东西方之间的种种复杂的、经常是悲剧性的历史。"(Abrash,2004:xxxiv-xxxv)

多线条、多层次是张家平的叙事特点。电影叙事中的多层次戏剧叙事、美轮美奂的幻灯片、扣人心弦的音乐,还有仪式化的舞姿,使得《中国风格》同时打开多条与观众交流的渠道,不但深化了主题,也拓展了进行批评性评论的空间。

张家平是一个实验主义者,正如他自己所说,他会尽他所能地去尝试一切新的东西。(Dillon,1995:21)从他的作品看,他的艺术创新与几个因素有关。第一,与他和梅雷迪思·蒙克(Meredith Monk)合作的经历有关。20世纪60年代张家平开始其艺术生涯,1970年与梅雷迪思·蒙克一起合作。蒙克是一个试图解构传统艺术形式、反对艺术分类、从事跨门类表演艺术的激进艺术家。张家平曾说过:"梅雷迪思·蒙克让我知道,表演艺术的形式是任意的——艺术是任何我们可以创造出来的形式。"(Chang,1997:18)这段经历有助于他打破现存的创作模式和表现手法。第二,与他的"他者"身份有关。作为"他者"的张家平,在白人主流戏剧舞台上找不到适合自己的表现手法。"尽管我很喜欢电影,但是好莱坞没有能够反映'我是谁'以及'我从哪里来'

的电影,在好莱坞的电影世界里,'我'是不存在的。"(转引自Chang,1997:18)为了给"他者"找到声音,他必须用自己的方式。第三,与父母施与他的中国戏剧影响分不开。另外,他作为驻团艺术家或工作坊组织者与大学之间的合作,也影响到他的风格。总之,他所接受的美国的艺术教育、中国戏剧的影响以及与蒙克和学院派的合作等,成就了一个先锋派的张家平、一个实验派的张家平和一个跨文化的张家平。

张家平的创作素材包括历史、哲学、科学、宗教、文学和大众文化,其作品的特点可用一词概括,那就是"多样性"。他的戏剧叙事杂糅了一系列的手段:文本、视觉影像、听觉影像、电影、演讲、讲故事、歌曲、舞蹈。他的戏剧被标注以各种标签:多媒体(multi-media)、表演艺术(performance art)、舞蹈戏剧(dance theatre)、形象戏剧(theatre of image)、旅行散文(travel essay)、诗意纪录片(poetic documentary)、纪录片式戏剧(documentary theatre)等(Choi,2004:3),成为一种多语汇(Heteroglossia[①])戏剧。(Choi,2004:5)这些修饰词都体现了张家平的创新和独特。

后结构主义学者如詹姆斯·克利福德(James Clifford)、米歇尔·德塞尔托(Michel de Certeau)等人认为,艺术、人种史(ethnography)和历史编纂(historiography)都是在讲述文化和历史,尽管它们不是忠实地记录事实,而是用虚构的形式。他们认为,文字并不具有忠实记录文化表征的优势,而演讲、形象、手势、习惯、技巧等却具有文化传播的功能,是活的记忆。(Choi,2004:4)约瑟夫·罗奇(Joseph Roach)认为,文化包括一系列形式,有些也许可见于手势、歌曲、舞蹈、行进仪式(procession)、讲故事、谚语、习俗、仪式和宗教礼仪。耶-奥·乔伊

[①] 巴赫金创造的一个词,用于描述各种社会用语和发声。

把张家平的作品看作人种学-历史编纂学(Ethno-historiography)的寓言(fables),或曰文化叙事文本(cultural narrative texts),以此探讨他的文化与历史主题。(Choi,2004:4)如果按照詹姆斯·克利福德的观点,人种史书写是人种史寓言(ethnographic allegory)的表演(performance),那么张家平实际上是动用了众多的手段在重写"他者"的历史,通过表演艺术,对文化和历史进行诗性建构,其效果等同于后结构主义人种学者和历史编纂者用文学建构文化历史的作用。(Choi,2004:6)

张家平之所以受到主流舞台的积极评价,是因为他的跨文化视角与艺术超越了西方的戏剧传统,他批判性地运用了西方戏剧手法。张家平在电影等诸多方面受过系统的西方艺术训练,但是他并没有局限于对西方传统的模仿,而是有他自己对艺术的诠释和表现方法。他能够批判性地接受西方的戏剧艺术。他认为西方戏剧以剧本为基础,不过是"会说话的脑袋"(talking heads),认为这种戏剧非常陌生、无聊。(E.Lee,2006:113)当发现自己并不能迎合欧洲的品位,也不能符合他们的意识形态之后,他逐渐认识到,作为纽约的先锋派艺术并不是完美无缺的——它过于精神化、知性化,缺乏人情味,基本上都是形式化的东西。

彼得·塞勒斯(Peter Sellers)曾经说过:"第一世界有着所有的形式,而第三世界有所有的内容。"张家平认为:"从某种意义上说,这是一种退步。西方社会里的艺术作品都太过概念化,除了概念,还是概念。同时,这个世界变得越来越缺乏人情味,我只是觉得无论是从一个艺术家还是从我个人的角度看,这都不是我要的美学。"(Abrash,2004:xxviii)

基于对西方戏剧的批判性认识,张家平采用了反传统的戏剧手法，表现出求新、求变的创新精神。他的创新是多元艺术的综合。别出心裁的舞台设计，场景和音响效果的充分利用，舞蹈艺术、电影画面、西方歌剧、中国功夫诸多元素的综合使用，使得张家平的戏剧别开生面，趣味盎然。

第四节 张家平实验性艺术的社会动因

张家平的实验性很强的戏剧之所以能有很好的社会反响，也与他所处的美国大环境有密切关系。美国戏剧和20世纪西方戏剧的发展一样，一步步确立了表演中心，而表演的概念越来越远离了模仿论和故事中心等亚里士多德《诗学》所确立的观念，走向了表演的仪式化，"最初的戏剧是仪式，戏剧最终还是仪式"。这体现了尼采的预言："狄奥尼索斯精神在当代的复活。"（梁燕丽，2008：45-51）

20世纪的美国戏剧进入一个自由探索的时期，反规则、反理性、反传统是当时的特点。戏剧逐渐发展成为瓦格纳描述过的综合戏剧，即将话剧、歌剧和芭蕾舞剧综合在一起的新的戏剧形式。（李贵森，2004：5）戏剧作为"第七种艺术"，兼具诗、音乐、绘画、建筑、舞蹈、雕塑等艺术表现的要素，具有诗和音乐的时间性、听觉性，以及绘画和雕塑的空间性、视觉性。张家平的表现主义和抽象主义艺术远离了西方的模仿说传统。他的戏剧有明显的克罗齐的艺术思想，即"艺术即直觉"，"直觉即表现"的特点。现代主义文艺思潮体现在戏剧舞台上，就是要求对人的意志、直觉、本能、潜意识进行体现，对戏剧手段的形式进行改革。演员扮演角色、在舞台上表演故事情节的戏剧艺术已经成为过去。张家平的创作是超越现实中具体的生活和体验，超越对故事情节、角色之间关系、角色的描写的模板。他要展现一个理念，比如该剧中的"要相信人类的善良"。

在20世纪80年代多元文化运动的推动下，美国剧作家开始正面接受中国戏剧。他们直接排演东方题材的戏剧，甚至开始创作美国版的东方戏剧。舞台成为一个产生幻觉和接受幻觉的平台。作品的戏剧性和如何发挥幻想成为戏剧艺术更大的关注，而不是用现实主义手法表现现实。幻想的作用加大了对生活的探索力度和深度，观众在观看的想象中获得自由的认知。多元表现手法用其戏剧性叙述替代了传统的叙述法，实现了对传统戏剧叙事的更大否定。

创作是自由的，剧作家发挥自己的创作个性，这是奥尼尔开创的美国戏剧创作传统。张家平的大胆试验和锐意创新，体现了美国戏剧传统的精神。张家平显现出现代派戏剧的多种特点。现代派戏剧艺术是对传统理念的反叛，"现代派戏剧艺术中的形象已不再是具体生活实体中的人，艺术形象的行为和意念也常常不必有必然的因果关系，甚至作为一种反理性的悖逆现象。他们在观众的感觉中反而解读出一直以来深藏难测的心灵"……"因此，这类形象虽然是脱离了传统的轨道，虽然是进入非典型化的层面，但创作者透过外在关系对人物心理的展示与心灵奥秘的揭示，透过物化表象对社会和人生观察认识的神话，却对传统艺术理念与实践进行了丰富和补充。"（李贵森，2007：356）

张家平被认为是实验派戏剧作家，也被认为是表现主义剧作家，他的剧作中具有反理性主义、象征主义、表现主义等多种实验派的表现形态，他追求艺术表现形式的新奇与独特。像其他现代派戏剧一样，尽管它们缺乏统一的定规，没什么顺序可言，但它们的基本宗旨都是相同的，即用违背常规的戏剧手段，增大表现对社会、人生的探索力度和深度，用新的视角、新的眼光去看待世界与人类。

第八章　当代美国华裔先锋派戏剧人张家平的跨界艺术

事实上,20世纪60年代到70年代出现的表演艺术、多媒体戏剧以及非传统戏剧,是西奥多·尚克提出的"主流文化之外的新文化运动"的一部分。非传统戏剧是受到实验艺术和实验音乐的影响而产生的。这使得不愿意上演以文本和故事为基础的传统戏剧的戏剧人,找到了表达自己的方式。张家平就是亚裔戏剧的非传统戏剧人的代表。尚克在他的著作《穿越国界:美国非传统戏剧》中写道:"张家平是美国亚裔戏剧的代表人物。当然,代表人物不止他一个,还有杰西卡·哈格多恩、温斯顿·董、Nicky Paraiso、Sandra Tsing Loh、曾筱竹等。不计其数的亚裔艺术家为了创作新的戏剧表现方式绞尽脑汁,呕心沥血。全世界的艺术家们赋予了戏剧和艺术更为广阔的含义,西方戏剧流派之间的区别已经慢慢淡化。"(E. Lee,2006:110)

可以说张家平的实验派戏剧风格具有代表意义,代表了当代美国戏剧界的跨界尝试。正如有人指出的:"很难在现代美国戏剧中找到一个统一的特点。如果有的话,那就是尝试。美国现代剧作家都是实验者。他们总在探索戏剧的风格,以及这些风格如何传达情感。"(Krasner in Krasner,2005:144)

跨门类、跨文化、跨族裔、跨国家的趋势使得张家平的剧作很难分类,这同样是当代美国戏剧的特点。族裔戏剧与主流戏剧在艺术手法上的分界趋于模糊,亚裔戏剧的国际化与美国主流戏剧的文化多元化难分彼此。美国戏剧舞台呈现出空前的开放性和多样性。

另外,张家平的跨界艺术和多媒体应用,也同样反映了美国戏剧舞台的发展变化。在20世纪90年代,先锋戏剧不断与其他艺术形式相融合,在表现形式上呈现出新的形态。当人们在描述这些作品时,"戏剧"的概念已经与传统意义有所不同,取而代之的是表演艺术(或是表演性的行为艺术),而不能再与过去的戏剧相互对应。这一表演形式的大本营在纽约。据计,到2000年止,大约五千多位各类艺术家从纽约走出来,展现了一大批崭新思维的戏剧和舞蹈作品。这里每年都可以上演大约一百五十部作品(其中有十至二十部是接受委托制作的)。他们的创作重心偏于新奇的意念与煽情的形式,诉求的对象主要是25岁至35岁的青壮年观众。(奥斯卡·G.布鲁凯特,2006:22-29)

20世纪90年代也是电脑技术迅速成长与发展并被引进戏剧领域的时代。乔治·科特(George Coate)的旧金山表演作品剧团引领这种实验风潮的先河,他的《沙漠音乐》(*Desert Music*,1942)、《拳击阴谋》(*Box Conspiracy*,1993)、《此时此地》(*Nowhere NowHere*,1994)、《维特根斯坦在火星上》(*Wittgenstein on Mars*,1998)、《疯狂的智慧》(*Crazy Wisdom*,2001)等剧作中,出现了用电脑产生的图像与演员同台表演。但是这种制作的成本是昂贵的,从而限制了其使用的普遍推广。

电脑技术改变了传统剧院内灯光、音响、舞美的设计方式,有的剧团运用电脑传感或活动探测器的功能,让演员与背景、道具、灯光、音响、电脑图像、即时性动画等同步进行相互之间的配合。甚至还出现了"媒体戏剧"。(Shewy,1991:265)这种戏剧更多地运用了媒体技术,如电影和电视,先进的音频设备成为剧院新体验的特色。实践这些新形式的艺术家们通过新的手段,突破传统的艺术,诠释新型的艺术形式。他们在表演中将表演的视觉原则和戏剧的台词原则融汇在一起。还有一些作品运用互联网的方式,让身处不同地域的演员们同时在一个戏中演出。在这种作品中,观众可以看到真实的演员与身处异地的演员通过视频的影像搭配演戏,每个人扮演自己的角色,就好像他们在同一个舞台上。在世界范围的互联网上运用各种技术制作出完整的戏剧作品,以及公共场所的互联网摄像监视器的广泛运用,启发产生了一种新的游击戏剧的形式,在这种戏剧中,演员们预先通告潜在的观众群于相应的互联网页上守候着他们的表演,再通过摄像机开始演出排练好的短剧。正如电影在20世纪初期被引入导致艺术家对如何把戏剧制作成与众不同的艺术形式进行了重新估价一样,21世纪初期的电脑技术也在鼓励人们去重新进行类似的评估。(奥斯卡·G.布鲁凯特,2006:22-29)而张家平正是积极实践的媒体时代的戏剧革新者。

第 九 章

谢耀剧作《他们自己的语言》中语言的戏剧功能

当代美国华裔剧作家谢耀(Chay Yew)被美国《时代周刊》誉为"美国剧坛上颇具潜力的新声"。[1]他是当代美国剧坛的新秀,风头正劲的剧作家、导演和编剧。谢耀于1965年出生于新加坡一个中产阶级家庭,受父母的教诲和鼓励,他自幼就喜欢读各种书籍,从莎士比亚到卡波特的作品。谢耀的祖母喜爱看一种中国的街头剧,这种街头剧通常是晚上在街头免费演出。谢耀回忆说:"我记得自己还是个孩子的时候,经常穿着睡衣站在新加坡的街头看戏。"[2]所以很小的时候他就对戏剧产生了认识。12岁谢耀随家人移居美国,先后在美国加州佩珀代因大学(Pepperdine University)和波士顿大学就读。大学毕业后,为了服兵役,谢耀回到家乡新加坡,之后在一个专业剧团从事戏剧创作。1988年他完成第一部剧作《仿佛他能听到》(*As*

---

[1] Back Stage West/Dram-Logue, Book: The Hyphenated American: Four Plays: Red, Scissors, A Beautiful Country, And Wonderland:
　http://www.flipkart.com/hyphenated-american-chay-yew-craig/0802139124-86w3fcu4jb

[2] http://www.thefreelibrary.com/CURTAIN＋RISING＋FOR＋CHAY＋YEW%5CTrilogy＋speaks＋volumes＋about＋acc laimed...-a083923635

第九章　谢耀剧作《他们自己的语言》中语言的戏剧功能

If He Hears，1999）。剧中的艾滋病和同性恋主题被认为背离了新加坡的价值观，因此剧本遭到了政府的禁演。谢耀也因此离开新加坡。后来他在伦敦的木兰剧院（Mu-Lan Theatre）做驻团剧作家（playwright-in-residence）。90年代初期他将自己创作的电影脚本改写成剧作《瓷》（*Porcelain*）。该剧成为他的成名作。该剧涉及种族、暴力及同性恋性行为等社会热门话题，在伦敦引起巨大反响，并于1993年荣获伦敦边缘最佳剧本奖（the London Fringe Award for Best Play）。1995年谢耀前往美国洛杉矶，担任洛杉矶马克·塔珀论坛（Mark Taper Forum）亚裔戏剧工作坊的导演，在这里他完成了第二部剧作《他们自己的语言》（*A Language of Their Own*，1995）。谢耀于1996年创作了《半生》（*Half Lives*），从而完成了他的亚裔同性恋三部曲。[①] 1998年谢耀荣获了罗伯特·切斯利剧作奖（Robert Chesley Playwriting Award），之后又陆续完成了四个新剧本《红》（*Red*，1998）、《剪刀》（*Scissors*，2000）、《一个美丽的国家》（*A Beautiful Country*，1998）和《奇境》（*Wonderland*，1999），成为一位多产剧作家。

除了创作，谢耀还是出色的导演和改编。他在洛杉矶马克·塔珀论坛亚裔戏剧工作坊担任导演达十年之久，在世界各地导演了多部精彩的剧本。2007年荣获奥比导演奖（Obie Award for Direction）。有评论认为："谢耀率直的写作表现出他具有震撼和启蒙的能力。"[②] 他的剧作超越国界、种族和性别，不但推进了美国亚裔戏剧的国际化，而且为研究美国戏剧和文化提供了新的视角。

[①] 另外两部是前面提到的《他们自己的语言》和《瓷》。
[②] Back Stage West/Dram-Logue, Book: The Hyphenated American: Four Plays: Red, Scissors, A Beautiful Country, And Wonderland:
http://www.flipkart.com/hyphenated-american-chay-yew-craig/0802139124-86w3fcu4jb

20世纪80年代以来的美国戏剧与之前有极大的不同，被称为"美国新戏剧"，原因是80年代后的美国戏剧已经很难用中心与边缘、主流与前卫等二元对立的概念来框定。越来越多的非盎格鲁-撒克逊美国人登上美国戏剧舞台，以前非主流的多文化、多种族的剧作家纷纷出现在美国舞台的中心，包括犹太裔美国人、非洲裔美国人、西班牙裔美国人、亚裔美国人、女性主义者、同性恋者等群体。① 多元文化运动使得族裔戏剧转而成为戏剧研究的热点和中心，同性恋题材的剧本也引起关注。

谢耀被认为是至今唯一公开自己同性恋身份的亚裔剧作家。同性恋，尤其男同性恋是他的主要题材。本章将重点分析他的同性恋三部曲之一《他们自己的语言》，研究该剧语言的戏剧表演功能、歧义功能和身份建构功能。谢耀在戏剧语言创新方面有独特的建树，表现出他作为华裔剧作家的艺术创新。该剧对同性恋的表现，也反映了当代美国戏剧舞台的多样性。本章从该剧的语言以及谢耀试图表达的同性恋爱情这两个方面切入，探讨谢耀的同性恋戏剧的特点及意义。

第一节　作为"他者"的同性恋的语言

《他们自己的语言》（以下简称《他》剧）是一个充满激情的戏剧。谢耀在访谈中表示，这是一个他想要讲的故事，一个他"相信的故事"，"因此你会发现自己难以抑制，激情四射，想竭尽所能地讲出来。"② 虽

---

① http://www.fb10.uni-bremen.de/anglistik/kerkhoff/contempDrama/CD-Timeline.htm
② APA Staff,"Does History Repeat? The Question That Propels 'A Distant Shore'", http://www.asiaarts.ucla.edu/article.esp? parentid=24024

第九章 谢耀剧作《他们自己的语言》中语言的戏剧功能

然剧作者充满激情,然而《他》剧并没有一般戏剧跌宕起伏的情节。传统戏剧一般都有一个情节,情节要发展,因此会有场景介绍,情节还会有冲突、高潮和结尾。可是这些传统戏剧中的元素在《他》剧中明显淡化。该剧的情节是封闭式结构。该剧并不是从事件的开端按照故事的先后顺序从头到尾发展的,而是从矛盾已经很紧张的时刻入手。戏剧截取了这一紧张的时刻,并把戏剧冲突都集中到了这个时刻。

剧情是这样的:故事发生在美国的波士顿,剧情开始就呈现了奥斯卡(Oscar)与明(Ming)之间的情感出现了问题,接着用倒叙的方式追溯他们相爱的美好时光。奥斯卡和明经历了四年的情感历程,从他们开始追求对方,直到奥斯卡被检测出HIV呈阳性,于是他决定和明分手。此后奥斯卡加入了一个帮助小组,并与丹尼尔(Daniel)成为朋友,后者是一位被脸谱化了的中国青年男子,他在哈佛大学学习商业课程。而明在洛杉矶和一位白人罗伯特(Robert)走到了一起,后者是一位服务生领班。随后,奥斯卡和明的感情都出现了问题,他们这段新的感情似乎无法代替过去的情人。丹尼尔在奥斯卡心中成为了明的替身,而明则要求罗伯特和他都可以去和别人约会,这也令罗伯特对于他们的关系感到迷茫。最后戏剧以奥斯卡去世结束。

舞台背景非常简单。剧本开始甚至没有交代背景,没有任何场景的描绘,而是直接引入角色:

> 讲英语带些口音的奥斯卡是一个三十多岁的亚裔男性。明是一个说着纯正美式英语的二十多岁的亚裔男性。
>
> 在本剧的独白和对话中,奥斯卡和明就像是为同一案件辩护的律师一样,经常对着观众诉说不同的观点。

整部剧目的表演方式和基调都不是清晰明了的、极度感伤的或轻率鲁莽的,而应该具有细致微妙的言外之意,能够充分诠释人物的内心话语和戏剧主题。导演这部剧作时可选择用现场音乐演奏的方式。(第451页)[1]

戏剧一开始就是角色的对白:

明: 我永远都不会忘记他曾对我说过的话。
奥斯卡:我认为我们不应该再见面了。
明: 这完全出乎我的意料之外。事情原本该按照预期的方
        向发展,现在却完全变了样。
奥斯卡:当然了,我们依旧可以是朋友。(第451页)

戏剧开门见山地通过两个角色的对白和旁白,表现了奥斯卡和明这对昔日同志恋人的过去和现状。奥斯卡被检出 HIV 呈阳性,为了不拖累他的恋人,他提出分手。如果说语言是能够表现戏剧的思想感情、角色的性格和行动行为的统一的艺术,那么谢耀的这部剧作是一个有力的典范。这部剧整个剧情都是用角色之间的对话来推动发展的,也就是说通过角色的对白来完成剧情的推动。在该剧中,角色之间的对话成为建构角色、发展剧情和演绎主题的主要方式。该剧运用了对话、独白、旁白和内心独白这些见诸传统戏剧的台词形式,但是效果却超出传统戏剧台词的效果。这些台词手段不但揭示

---

[1] 译自 Chay Yew. "A Language of Their Own", *But Still*, *Like Air*, *I'll Rise*. Ed. Velina Hasu Houston. Philadelphia:Temple University Press,1997. 以下同。

第九章 谢耀剧作《他们自己的语言》中语言的戏剧功能

出内心冲突,而且揭示了人物与社会环境之间形成的外部冲突。角色之间的冲突,加之角色个体和社会环境之间的矛盾冲突,通过不同的台词手段得到展开和推动。随着这些冲突的展开,整个戏剧的情节层层演进。不同台词的运用,足见谢耀掌握和运用语言的深厚功力。

从文本层面看,《他》剧主要是靠语言的运用来发展剧情的。因此,语言是理解该剧的关键。亚里士多德曾经断言:"没有情节和深思熟虑的剧情安排,再响亮的演讲也会很快失去它的美及所引起的兴奋,而最终几乎失去意义。"(转引自 Houston,1993:5)这一论断被谢耀全面颠覆。谢耀的这部剧,见证了西方文学艺术的诗的时代、英雄化时代的终结,以及散文和非英雄化时代的到来。在去英雄化的现代和后现代戏剧舞台,艺术家们更为关注的不是对外部世界的现实主义描写,而是对人们内在现实的发掘,对一种所谓的"心理的现实"的表现。所以,角色的主观世界和内心世界成为艺术家们深入探讨的内容。这个变化导致了对传统文艺从理论到实践的颠覆。

《他》剧大量运用独白。角色的独白穿插于对话和内心独白之间,比如:

奥斯卡:你真的不必要那么急着……
明：　我想那么做。
奥斯卡:然后就是沉默。
明：　真的没什么可说的了,即使是朋友之间的话题也没什么话好说的。
奥斯卡:他生气了,我很沮丧。也许是我搞砸了这一切。有些人会预演他们的演说,这样才能说出合适的话,使用准确的措辞,穿着合乎场合的服装,使用正确的配乐……就像是用百老汇的戏剧可以抚慰苦楚一样。也许我也应该预演一遍的。来点儿灯光也许会有帮助。但是这有什么好处呢?我已经厌倦了拐弯抹角,就直说好了,开门见山,说出事实,然后就解脱了。没有什么行之有效的方式可以用来毫无痛苦地结束两个人之间的关系。

明: 也许这也正是我所需要的东西。一个崭新的开始,一个决绝的分离。

奥斯卡:他一定很受打击,我知道,在内心深处,但这是最好的选择,是的,是最好的选择,我知道是这样的。(第453页)

两个角色之间的对话与角色的内心独白几乎不分上下,交织在一起。在这里内心独白起到重要的作用。一方面是角色通过说出心声,揭示他们的内心世界和真实想法,另一方面内心独白成为角色和观众交流的重要手段。他们不能直接告诉对方的想法,却可以告诉观众,于是将观众置于真实的角色评判者的位置。这就是美国戏剧传统中具有很长历史的一种戏剧表现形式。早在20世纪20年代末,奥尼尔在《奇异的插曲》(1928)中就尝试了这种新的表现手段,即运用小说中的思想旁白,戏剧化地表现角色的内心。谢耀从两个层面塑造角色:表面上他们通过对话互相沟通;在更深的层次上,他们用独白和观众交流,表达他们的内心思想,而这些思想是其他角色无法了解的,就像电影中的"画外音"。(Krasner in Krasner,2005:148) 观众除了观看戏剧,还增添了评判的功能。这极大地启发了观众的参与感,无形中加强了台上台下的互动。

以独白为基础的表演形式在美国有着悠久的历史,这种形式从

第九章　谢耀剧作《他们自己的语言》中语言的戏剧功能

宗教布道、政治演说,到兜揽生意、小贩云游、销售商品等,无所不包。在娱乐领域,个人表演的声音在歌舞杂耍以及其他的喜剧形式中也引人注目。然而,独立存在的对白,在历史上一直是一种颇为边缘的形式,经常仅限于小品剧、独角剧以及名人模仿秀等。20世纪80年代以前,人们通常认为有两个以上的人物在舞台上交流,比一个人自言自语(或是和看不见的人交流,或是和观众交流)效果要好。然而在20世纪的后二十年里,无论是创作以独白为基础的戏剧的艺术家的数量,还是观众对这类作品的要求,都突然之间增加了。(Bottoms in Krasner,2005:519)特别是在当代个人表演中最常见的自传独白,明显增加。

自传独白大多数情况下力求直接向观众呈现表演者的"自我",而实现这一目标的途径就是尽可能消除观众心中演员在"表演"的感觉。这种策略也常常能达到缩小演员与观众之间的距离的效果:角色叙述的是乍看起来很真实、很私人的事情,好像他们是在和知心的朋友聊天,而不是和坐在黑暗中的一群陌生人对话。对于观众而言,还有另一种意味,那就是自传独白的故事还能满足偷窥隐私的期待和欲望。因此,80年代的自传独白成为一种颇受欢迎的戏剧形式。(Bottoms in Krasner,2005:521-522)《他》剧中的内心独白这一表现手法,可以说是秉承了美国主流戏剧的独白传统。所谓以叙述为主的戏剧,使用美国戏剧的传统手法,至少可以保证观众看到的是他们所熟悉的而不是陌生的表现形式,这对于保证观众对该剧的接受十分重要,特别是对于同性恋剧场而言。

奥斯卡·G.布鲁凯特指出,20世纪90年代的美国戏剧形式经历了巨大的变化,其中包括剧中的独白和叙述所起的作用。在许多戏剧中独白和叙述已经变成主要的部分,故事主题经常以自传或半自传的形式来表现。大多数戏剧是由单独一个演员或很少的演员来进行表演。一般都使用很少的布景、道具和服装,但在灯光效果方面却经常是很复杂的,有时还加入多媒体的形式。演剧所表现出的最大吸引力在于演出者如何以有限的资源来组装一场丰富多彩的演出。其中脍炙人口的作品有安娜·迪维尔·史密斯(Anna Deveare Smith,1951—)的《镜中之火》(*Fires in the Mirror*)与《天光昏暗》(*Twilight*),它们深刻触及洛杉矶的种族与阶级问题,借用社区暴乱的过程揭示问题;约翰·雷吉扎莫(John Leguizamo,1964—)以半自传体的提纲来描绘拉丁式生活的《曼波大嘴》(*Mambo Mouth*)、《畸形》(*Freak*),伊芙·恩斯勒(Eve Ensler)的《阴道独白》(*Vagina Monologues*),丹尼·霍克(Danny Hoch)创作的《监狱》(*Jails*)、《医院》(*Hospital*)、《街舞》(*Hip-Hop*),等等。(奥斯卡·G. 布鲁凯特,2006:22-29)谢耀在该剧中对独白的处理,也反映了美国戏剧中的这些新变化。

这一表现手法还有更为重要的效果,那就是它的现实主义意义。当剧中的人物在他们脆弱的世界中挣扎时,观众会对他们产生同情,同时也认识到他们自己其实也无能为力,于是更加同情剧中人物。这种戏剧表现力被认为是奥尼尔现实主义的极致表现。(Krasner in Krasner,2005:155)这样的手法在《他》剧中也同样起到现实主义的效果。在《他》剧中,角色的塑造在很大程度上依赖于角色的内心独白,而内心独白的必要性之一是角色之间的语言问题。角色经常不能达到有效的沟通,十分明白的话语会歧义丛生。虽然讲的都是英语,但是对方获取的信息却不是讲话人试图传递的意思,因此沟通经常十分困难,误会时常发生。歧义的语言又引起角色之间误解不断,以至于对话已经失去了交流的意义,而成为角色的自说自话。

第九章　谢耀剧作《他们自己的语言》中语言的戏剧功能

奥斯卡:你并不是完全意义上的中国人,所以你怎么可能会知道……
明：　你那是什么意思?
奥斯卡:没有什么意思。
明：　告诉我。
奥斯卡:还是别提了吧。
明：　你倒是说啊。(第4页)
……
奥斯卡:那个词挑的可真是不好。
明：　我不是那个意思。
奥斯卡:对。
明：　真的。(第10页)

他们的语言似乎不能表达他们的真实意思,因此对话极不流畅。

奥斯卡:我成了他的束缚。
明：　我开始更多地在外面过夜,当然都非常谨慎。
奥斯卡:他下班回家比往常更晚了。
明：　开会。
奥斯卡:我明白,想吃晚餐吗?
明：　回来前我已经吃过了。
奥斯卡:我明白了。
明：　我累了。
奥斯卡:漫长的一天,对吧?
明：　嗯。
奥斯卡:我明白。

明： 我去睡了。

奥斯卡：晚安。

明： 嗯。

奥斯卡：我可以忍受这些无意的冷淡。我睁一只眼闭一只眼,假装这一切都没有发生过。那么为什么现在这些还困扰着我呢?(第10页)

当角色说"我明白了",其实观众能看出他明白的并不是对方试图要传达的意思,误解和歧义就这样在看似简单的对话中产生了,表现出角色之间的关系问题重重。

《他》剧中角色的语言是角色之间的关系的晴雨表。当角色处于恋爱之中时,他们能够听懂对方,即使是很少的话语或完全不说话。

罗伯特:从我们刚在一起时,我们就开始互相学习对方的语言
就像是好学的孩子一样
嘟囔着无法理解的只字片语
根本不能准确发音
笨拙地练习着单词
陷入无法自拔的沮丧当中
但当我们一旦发现了共同的语言
所有的言行举止都成为了一种欣喜
一种激荡人心的兴奋
一种畅快的感觉
一种豁然开朗的发现
当我们融入了彼此的生活,我们便开始习惯于用彼此的

第九章 谢耀剧作《他们自己的语言》中语言的戏剧功能

语言和表达方式来交流

在自己的语言中勇敢借用和尝试融合新的词语

就像是同一个人在说话（第 44-45 页）

还有：

罗伯特：听着。

明： 什么？

罗伯特：我想说……

明： 嗯？

罗伯特：我……我仍旧……仍旧……

（一会儿之后。）

明： 我知道，我知道。（第 50 页）

奥斯卡：丹尼，你可以……你知道吧……留下……搬进来……到这儿住……如果你愿意的话。

丹尼尔：只要你愿意，你就可以在字里行间读懂他的意思。（第 29 页）

当角色的关系处于崩溃时，他们会失去语言，即便是非常清楚的话语，他们都会连连误读，比如：

奥斯卡：后来我们厌倦了

失去了兴趣

变得懒散起来

冷漠起来
那些词语失去了它们的意味
就像是醉酒的舞者,我们发出错误的读音
话语被错读
错读导致了误解
误解最终变成了沉默
直到最后,我们说的已是完全不同的语言

明： 尽管如此,我们还是想要得到相同的东西。(第507页)

戏剧对于谢耀,不仅是讲故事,而是一种人与人交流的方式。他曾说过:"戏剧是与一部分人融合到一起的一种方式。"[1]既然是人际关系的问题,就不能少了语言这个桥梁。谢耀对起到人际交流作用的语言有其独到的见解。语言的歧义表现了角色之间关系的亲疏变化,推动了戏剧的情节发展,使得语言具有强大的动作性。

《他》剧是谢耀的同性恋三部曲中的一部,因此,同性恋身份认同是该剧的重要主题。在《他》剧中,语言是构建同性恋身份的媒介。作为边缘化群体,他们需要自己的语言去相互认同,并借以找到自己的归宿。比如:

罗伯特：之后好像是被浸润
我们能说彼此的语言
我们勇敢地借用

---

[1] APA Staff, Talking with playwright Chay Yew, http://www.asiaarts.ucla.edu/article.asp

第九章　谢耀剧作《他们自己的语言》中语言的戏剧功能

给自己的语言增加着新的词汇
我们说的话一样
心里的心思一样
我们的感受一样
在这个过程中,我们创造出了新的词语
赋予了某些词语新的意味
重新修饰了我们的语言
使它成为了我们自己特殊的语言
一种只有我们可以沟通的语言
一种其他人无法解读或明白的语言
一种在寂静的夜晚我们躺在彼此臂弯里时使用的语言
(第506-507页)

剧中的角色一直在寻求的,是他们"自己特殊的语言",一种只有他们才可以用以沟通的语言,"一种其他人无法解读或明白的语言"。语言成为身份的象征。讲同样的语汇表示认同一样的身份,具体在该剧中,就是认同同性恋的身份。语言从而被赋予了建构身份的功能。

奥斯卡:我们可以一切从头开始。
明：　我们不能。
奥斯卡:为什么不能?
明：　你当然知道为什么。
奥斯卡:不,我不知道。
明：　因为一切都已经不一样了。
奥斯卡:可以的。

明： 什么使你这么确信我想要跟你重新开始呢？

奥斯卡：我不知道。

明： 我们已经回不到过去了。这不像学中文。自从我开始学英语，我就不再学习如何读写中文。我抛弃了我原本的文化投向了另一种文化。你永远不可能回头，只能向前进。慢慢地，你会忘记越来越多的中文词组、单词和菜名。这听起来有些新潮浪漫，但是语言就是这样，当你不再使用它，它就离你越来越远。我们的事就像是学习中文，学习当华人。（第480-481页）

在奥斯卡和明这对恋人之间，奥斯卡是移民美国的，而明是在美国土生土长的。因此，明能讲流利地道的英语，而奥斯卡在英语能力上明显处于弱势。除此以外，明的价值观也更加美国化。他深受美国电影的影响，在衣着和审美标准等方面，都非常美国化。明与一般的华人同性恋不同，他认为自己父母亲的行事方式还是中国式的，而他的则是美国式的。他明确地告诉自己的父母，他是同性恋，以致父亲愤怒之下要与他断绝父子关系。奥斯卡看出他们在文化上的差异，奥斯卡认为明是"喜欢直白"的，因此说他"外表是黄种人，内心却是标准的白人"。（第5页）而奥斯卡则不同。部分地由于英语语言能力的欠缺，部分地由于文化的差异，奥斯卡在表述方面不如明那么流畅。语言显示出身份，也显示出社会地位的差异。当明抱怨说奥斯卡从来不对他说"我爱你"时，奥斯卡辩解说：

明： 你从没说过你爱我。

第九章 谢耀剧作《他们自己的语言》中语言的戏剧功能 203

奥斯卡：我说过的。

明： 什么时候说过？

奥斯卡：以我自己的方式说过。

明： 那不够。

奥斯卡：我不是那种总是会对你表达爱意的人。

明： 可我总是想听到你说爱我。那会使我觉得被别人想望，被别人需要。

奥斯卡：我父亲和母亲从没说过爱我，我的朋友们也是一样。这就是我们的相处方式。

明： 又是一个借口。

奥斯卡：我通过行动来表达我的爱意，只做不说……

……

明： 你不是个感情外露的人。

奥斯卡：用肢体语言表露自己的感情对我而言太困难了。（第6页）

……

奥斯卡：中国人都不善于表达感情。（第12页）

有趣的是，虽然明较之奥斯卡更为美国化，然而他却给自己取了一个很中国的名字"明"，而更为中国化的奥斯卡却取了一个洋名字，而且这个洋名字还有些特殊。因为奥斯卡这个名字让我们想起美国电影奥斯卡奖。一般美国人也很少用这个名字，而来自中国的移民取了这样一个名字，在美国人的眼里，他是不谙美国文化的。他们两个的名字也反映了他们对文化的态度。

奥斯卡不愿意保留自己中文名字的理由也很特别。

明： 他的名字叫奥斯卡。亚裔美国人总是喜欢从书中或是电视里挑一些非常奇怪又特殊的英文名字。像科尼利厄斯(Cornelius)啦、埃尔莫(Elmo)啦,还有叫韦林顿(Wellington)的。他们想通过这样做融入到美国文化中去。

奥斯卡：奥斯卡这个名字好叫。我的中国名字不好叫,美国人根本不知道怎么念。他的名字叫"明",这根本不是他的真名。他选了一个中国名字,因为他想跟他的文化之根有所牵连。选择自己的文化并不像随便选一个名字那么简单。

奥斯卡取这个名字是因为考虑到它容易上口,因为他的中文名字外国人不容易念好,而明取了这么一个中国名字以表示自己与祖籍国的关系。正如奥斯卡说的,"选择自己的文化并不像随便选一个名字那么简单",他们两人的名字并不代表这两个文化。谢耀用这两个例子,十分明白地揭示了文化符号与文化本身的区别。选择一个文化符号,并不等于真正地具有那个文化的价值观和行事方式。

另外,从这个例子也很容易看出,奥斯卡和明的分裂,并不是真正意义上的文化差异造成的。真正造成他们分离的是奥斯卡检测出HIV阳性这个现实。HIV阳性是一个明非常忌讳提及的词：

奥斯卡：你是不是在担心你也染上了……
明： 是生病。
奥斯卡：是HIV阳性,是艾滋病。
明： 是生病。

第九章　谢耀剧作《他们自己的语言》中语言的戏剧功能　205

奥斯卡：是艾滋病。

明：　　生病是一个比较好听的词。

奥斯卡：但都是一个意思。

明：　　我不知道你为什么一定要纠正我的话，一定要把艾滋病和 HIV 阳性这些词塞进我嘴里。这看起来就像你非常自豪似的，因为脖子上圈着这个指示标签说明你是个艾滋病患者。我讨厌这个，厌烦透顶！（第8页）

这个词有着深刻的社会和文化指涉意义，它代表同性恋关系中的问题，更代表奥斯卡和明的关系的潜在结局。对于奥斯卡来说，HIV 阳性更是事关生死存亡的大问题，它的意味是多层面的。它意味着奥斯卡担负着的精神压力，也意味着他不得不做出某种选择，还意味着他生命的结束。这种疾病是同性恋语言的一部分。

谢耀的语言特点之一就是用不同于字面意义的语言叙事，而把意思藏在字里行间。他语言简洁，意思尽在不言中。有评论说："当人们放下语言的社会性而只关注在同化、传统和爱的压力下寻求个人身份的基本功能时，语言的力量是最大的。谢耀这部作品的特征就是简单，剥去一切旁支，只留下最基本的东西。"[①]谢耀正是通过运用简约的语言，建构了角色之间的复杂关系。同时，还表现了文化差异、社会偏见和同性恋承受的精神压力等社会问题。

该剧没有复杂的剧情，没有扣人心弦的动作模仿，也没有令人眼花缭乱的舞台背景，只是用简约的语言，描绘出一个有着悲凉色彩的

---

① Richard Chua. "A Language of Their Own", http://www.theatrex.asia/? p=29

故事。谢耀的语言不但简约,而且简约得有深度。当他的第一部戏剧被禁止上演后,他就决定"不要直白地写出来,而是要在字里行间透出来……""我决定去掉所有会使人物过于明朗化的词句。"①《他》剧显然成功地做到了这一点。

《他》剧的标题也体现了谢耀在语言上做文章的用心。首先,"他们"这个代词是第三人称复数,相对于指代说话人是主体的"我们","他们"则是非主体的。这里的"他们"指的边缘地带的同性恋群体,相对于主流的"我们",同性恋是"他们"。从标题上读者就能读出代词的深层含义。另外,该剧的标题"他们自己的语言",也很容易使人联想到英国女权主义作家伍尔夫的小说《她们自己的屋子》(*Room of Their Own*)。伍尔夫的小说是站在女性的立场说话,因此具有显著的女性主义色彩。套用这个题目的《他》剧标题,显然是要替作为一个社会群体的同性恋说话。《他》剧通过同性恋群体的语言,揭示同性恋群体的状态,让社会了解他们的需求、他们的理想以及他们生活中的问题。《他》剧标题中的"他们"指涉的是同性恋群体。"他们"构建在同性恋生活经历之上的语言,是为了反过来构建同性恋群体的身份。

有学者指出:"西方戏剧传统从古希腊到易卜生,一直是逻各斯主义,即言语中心主义。戏剧活动以剧本语词为中心,戏剧基本上是剧作家的戏剧。现代主义则思考戏剧最本质的东西,发现是表演。'表演中心论'经20世纪初斯坦尼、科伯等人的努力,直到下半世纪的格洛托夫斯基、巴尔巴,才被真正确立起来。"(梁丽燕,2008:45-

---

① APA Staff, Talking with playwright Chay Yew, http://www.asiaarts.ucla.edu/article/asp? parentid=24749

51)谢耀对语言的戏剧功能的发掘和发展,可以说是有深厚的西方戏剧传统作基础的,因此其受众没有接受的障碍。这也是保证谢耀剧作成功上演的因素之一。

谢耀的戏剧关注更多的是角色的内心世界。他用现实主义的手法描写同性恋角色的内心世界。他探索和表现的是同性恋群体的内在现实,即他们的心理现实。正是由于这一特点,《他》剧中的动作并不是戏剧的重点。该剧的重点是语言,因为语言能最好地表现内心现实。关注内心现实也是美国现代派剧作家共同的特点。

第二节 "他们"的爱情

《他》剧中描绘的同性恋爱情,对于该群体之外的人们了解同性恋的恋情提供了生动的案例。奥斯卡和明的恋情是刻骨铭心的。他们失去同性恋人时的痛苦,无异于异性之间失恋的痛苦程度。明曾经表白说:"失去了他我根本不知道我是谁/不知道自己还有什么意义。"(第470页)当丹尼尔看到奥斯卡正在走向生命的尽头时,他痛心地想到:"他毕竟是我的唯一,是我活下去的动力。"(第502页)他们因爱生妒的程度,同样无异于异性恋群体。奥斯卡看到明与罗伯特走到一起后,不无醋意地说:"我真希望罗伯特不是这样帅气,那样的话我会更加容易说服自己他只是跟一个替代品一起生活。"(第472页)"看着你开心,看着你爱上别人让我痛不欲生。我知道这样不对,但是我就是禁不住。我多么希望那个人是我。"(第481页)当爱的愿望得不到对方应有的回报时,他们甚至能大打出手,比如明和罗伯特之间的动粗(第506页)。

《他》剧表现出同性恋同志之间,除了情爱和性爱,还有非常强烈的与对方一起居家过日子的愿望:

罗伯特:我脑海中浮现出我们的一些画面

　　　　明和我

　　　　坐在公园的长凳上

　　　　满脸皱纹,老态龙钟

　　　　握着彼此的手

　　　　周围环绕着光秃秃的桦树

　　　　小雨轻轻地落在金红色的树叶上

　　　　我们就像是公园里的老夫妇一样

　　　　就像多年前我们初次见面时在公园里看见的那对老夫妇

　　　　这个景象经常萦绕在我的脑海中

　　　　不停的萦绕着我,激励着我

　　　　那对老夫妇变成了我的一个美梦

　　　　就在我触手可及的地方存在着的一个美好诱人的梦

　　　　在这个梦里,我永远地爱着那个人

　　　　那个朋友,那个情人,那个精神伴侣(第33页)

丹尼尔:我想跟你白头到老。我想经常能听到你的声音。我想跟你一起跳舞,就像我们以前那样,每个晚上,伴着萨蒂的曲子跳舞。

奥斯卡:我也是。(第46页)

……

明:　　人们总是会想起自己的初恋。

奥斯卡:你是我的初恋。

明:　　我想跟你白头到老。

奥斯卡:好的。(第49页)

第九章 谢耀剧作《他们自己的语言》中语言的戏剧功能

无论是奥斯卡与明,还是丹尼尔与奥斯卡,或者明与罗伯特,他们都曾经表达过想与对方长相厮守、白头到老的愿望,表达过深情和激情。他们像寻常夫妻一样,购置家具,共筑爱巢。在这里,家具有明显的象征意义,它象征着稳定的婚姻关系和寻常的家庭生活。《他》剧中几个角色对家庭生活的向往,表达了他们对长久而稳定的恋人关系的渴望,及对爱情和家庭关系的渴望。这种渴望是建立在爱恋之上的,更是建立在他们各自的孤独感之上。他们认识到作为同性恋者,他们承受着巨大的不被理解的压力,异常孤独。当奥斯卡和丹尼尔在宜家家具卖场走散时,奥斯卡感受到的那种孤独和无助,被非常生动地刻画出来。(第493页)他们希望通过组建家庭,和性伙伴共同生活,去排除来自社会的巨大的孤独感。

然而,他们也认识到建立稳定的家庭关系是不可能的。

罗伯特:我知道想得到自己所梦想的那一切并不容易。我知道想得到一种完美的情侣关系很难。我知道想要过上朱迪思·克兰兹的书中以及令人伤感的黑白电影中所描述的那种美好生活也只是个幻想。(第501页)

明: 他走了。丹尼尔跟我说的,在电话里。走了,去世了。不管怎么说,对这种事我们都有很得体的说法。就像他只是个临时存在的人一样,我们从来都不曾真正拥有过一个人,只是待一会,永远不会待太久的一个人。(第511页)

他们似乎认为没有家庭维系的恋爱关系是不能长久的,不能让他们长久地拥有对方,尽管他们爱得热烈,爱得纯真。《他》剧中四个角色的恋情是超乎物质利益的,是一种乌托邦恋情。爱情似乎是他们生活中唯一重要的东西,或者是唯一能定义他们的存在价值的东西。[①] 他们忘我地爱,爱得深沉,爱得缠绵。谢耀对同志之间渴望天长地久的爱情关系的描写,不亚于我们见过的其他小说中对于异性恋情的描写。正如谢耀所说,他在充满激情地讲述他所相信的故事,一个充满乌托邦同志爱情的故事。

《他》剧中刻画的四个角色的感情生活,是他们对爱情的追问:

> 罗伯特:我很想知道梦想有一个完美的情侣关系是不是只是一个梦,一个愚蠢至极的梦。我想知道我到底能否找到那个命中注定的人。我想知道我那个命中注定的人是不是他。我想知道如果我跟他纠缠太久是否就会失去我那个命中注定的人。我想知道自己是否一直都在他心里。我想知道他是否想着我,需要我,爱着我。我想知道他是否有我这样的感觉。我想知道他是否看穿了我所有无心的过失。我想知道是否还有其他人可以比我更爱他。我想知道是否还有其他人可以比他更爱我。
> (第 41-42 页)

罗伯特想要知道的,其实就是对于同性恋者来说,世界上到底有没有爱情,这似乎也是剧作者谢耀企图探讨的问题。在剧中,HIV 阳性对明和丹尼尔都构成考验,考验他们对奥斯卡的爱情。当明说他的检测呈阴性而感谢上帝时,奥斯卡感到一种"背叛"。因为这个

---

① Richard Chua. "A Language of Their Own", http://www.theatrex.asia/? p=29

表白说明爱情并不是超越一切的,生命高于一切,高于爱情。

谢耀在刻画乌托邦爱情时,遭遇到一个长久以来都存在的命题,即爱情是自私的。《他》剧的剧作者似乎在对同志和观众提出一些思考题,世界上究竟是否存在真爱？什么是真爱？[①] 谢耀试图寻找到答案的问题,实际上是世界上究竟有没有他希望的那种乌托邦式爱情。

《他》剧超越了传统的艾滋病剧本和同性恋剧本,剧本全面反省了爱情、性欲和个人身份等主题,剧情则囊括了各种文风,包括风流韵事、喜剧、悲剧、演唱同叙述间的语言切换、散文、诗歌,等等。[②]

1995年年底,《他》剧应邀前往纽约的约瑟夫大众剧院公演,结果大获成功。该剧由王景生(Ong Keng Sen)导演,饰演华裔角色的三位演员分别是弗朗西斯·朱(Francis Jue),亚历克·玛帕(Alec Mapa)和黄荣亮(B. D. Wong),他们都是有实力的华裔演员,曾经在百老汇出演过黄哲伦的获奖剧作《蝴蝶君》。《他》剧获得GLAAD传媒奖最佳剧本奖(the GLAAD Media Award for Best Play)和乔治、伊丽莎白·马顿创编奖(the George and Elizabeth Marton Playwrighting Award)。

第三节 关于同性恋主题

对于同性恋戏剧的定义和表现问题,事实上存在着不同的观点。有一种观点认为,同性恋戏剧作为一个剧种,源自表现身份的戏剧,

[①] Richard Chua. "A Language of Their Own", http://www.theatrex.asia/?p=29

[②] http://www.kumukahua.org/plays31st.html

通常注重表现他们认为"真实"和"可信"的同性恋者、双性恋者、跨性别恋,和/或酷儿群体(queer communities)。另一种观点认为,同性恋戏剧是一个过时(archaic)了的剧种,已经没有单独存在的必要,因为它正在逐渐融入主流戏剧表演。而酷儿理论家们则把同性恋戏剧的表演看作是一种大胆越轨的(transgressive)社会实践,通过"扮装"(performativity)的概念,说明性取向、性属、种族和族裔的不稳定性和流动性。(Dolan in Krasner,2005:486)但是总体来讲,同性恋戏剧广泛见诸舞台是近几十年的事。

20世纪60年代,异性恋情的家庭戏剧占据美国戏剧舞台的情景开始瓦解,取而代之的是充满质疑的戏剧和理想主义的戏剧。到了20世纪80年代,一直处于沉寂状态的群体,诸如女性主义剧作家、同性恋剧作家,还有非洲裔、拉丁裔和亚裔剧作家群的崛起,构成了新戏剧的生力军。新的政治剧开始兴起,涌现出一批新人,如阿尔比、瓜尔(Guare)、夏普德、马梅特(Mamet)、奥古斯特·威尔逊(August Wilson)等。(Fearnow in Krasner,2005:423)在新一批的剧作家中,托尼·库什纳(Tony Kushner,1956—)堪称20世纪90年代最受好评的美国戏剧家。他也有描写同性恋的剧作,最主要的作品是《美国天使:一部关于国家主题的同性恋幻想曲》(*Angels in America: A Gay Fantasia on National Themes*),该剧呈现两个部分:《千禧年快到了》(*Millennium Approaches*)和《改革》(*Perestroika*)。这部史诗剧的演出时间长达六小时,情节围绕着80年代的艾滋病危机,也涉及美国社会的道德危机,例如人们只考虑自己而不愿帮助别人,甚至对于身边所爱的人也是如此。他认为现状是可能改变的,观众们从演剧的两个标题中已经得到明确的暗示。(奥斯

第九章 谢耀剧作《他们自己的语言》中语言的戏剧功能

卡·G.布鲁凯特,2006:22-29)

被边缘化的作家在20世纪80和90年代非常活跃,其中的群体之一就是同性恋戏剧。同性恋剧作通过戏剧作品,与观众分享他们的性取向经历和身份认同的心理历程。在异性恋为主体的社会里,他们这样做带来的是很大的压力,因为这样是非常地另类。但是不能不承认,他们承受的压力也给他们带来回报,那就是同性恋戏剧使得观众增加了对同性恋群体的了解。同性恋戏剧使社会对同性恋群体减少了负面认识,在让社会深入了解同性恋群体方面,产生了积极的作用。谢耀的创作就是一个典型的例子。

谢耀创作的几部产生过较大影响的戏剧都是同性恋题材。1989年谢耀的第一部剧作《仿佛他能听到》就是一部同性恋题材的戏剧,当时被新加坡政府禁演,而现在则被一些戏剧集收录。他创作的亚裔同性恋三部曲——《他们自己的语言》、《半生》和《瓷》,使他在亚裔戏剧舞台上占有一席之地。

《瓷》是谢耀的亚裔同性恋三部曲的第一部,创作于1989年。该作品是他在波士顿大学电影班的毕业论文。由于该作品是关于亚裔同性恋在伦敦的一间公厕内谋杀白人情人的电影,难以找到愿意为其出资拍摄的投资商,所以作品完成后搁置数年。谢耀后来在担任伦敦亚裔剧团木兰剧团驻团编剧期间,把《瓷》改写为舞台版,1992年5月12日该剧于伦敦的爱特桑卓剧院俱乐部(the Etcetera Theatre Club)首演,8月4日在皇家宫廷剧院上厅(the Royal Court Theatre Upstairs)上演,并荣获备受尊崇的伦敦边缘最佳剧本奖(the London Fringe Award for Best Play)。此后,在世界各地巡回上演。2008年于澳洲公演,荣获2008年自由剧场的绿色空间奖。正如谢耀其他的剧名一样,该剧名《瓷》也是一个有多重寓意的题目。谢耀解释说:"'瓷'是人们用来比喻厕所瓷砖的修辞,而制造瓷砖的过程——砂砾和粉末在高温下熔合,就变成既优美又脆弱的产品,用来形容故事主角的内心世界十分贴切。"[①]

《瓷》剧中故事的主人公出生在一个亚裔家庭,被取名 Lone Lee,听上去像是英文单词 lonely(孤单)的发音。但是他觉得自己永远都无法适从这个名字,于是自己取了一个在西方非常普遍的英文名字 John,从此成为了约翰·李(John Lee)。从文化上他是一个异化了的亚裔,从性取向方面他是一个受歧视的同性恋,无论从哪一方面,他都觉得受到忽视,感到被排斥。即便是在同性恋酒吧或俱乐部,别人也当他不存在。一个偶然的机会,他在公厕与一个叫威廉的白人发生了性关系。这个事件改变了他的自我评价。他感到自己被需要,甚至被爱,从而找到了一种归属感。然而威廉并不接受同性恋的身份,他到同性恋公厕不过是为满足性欲而已。但约翰却越陷越深,不满足于偶尔的性关系,而想有一个认真的爱情关系。[②] 这时威廉开始恐慌,不顾约翰的感受。威廉执意要回到公厕性行为的关系,而不愿与约翰成为同性恋的恋人关系。当威廉突然决定终止他们之间的关系时,遭到了约翰的断然拒绝。在绝望中,约翰将六枚子弹射向了他的露水情夫,导致了情杀案件的发生。当大家发现时,看到的是约翰在血泊中爱抚着威廉的尸体。[③]

约翰·李的情杀案件引起了媒体和公众的关注,法院任命精神

[①] 谢耀:脆弱而美丽的《瓷器》,2005-04-09,aibai@twitter,http://www.aibai.cn/info/open.php?id=11343

[②] Beyond the Silk Road:Staging a Queer Asian America in Chay Yew's *Porcelain*,http://findarticles.com/p/articles/mi_qa3822/is_200404/ai_n9470359/pg_4/

[③] Jolene Munch,Chay Yew's gay/straight love story at Warehouse Theatre. 2004-04-29,http://www.metroweekly.com/arts_entertainment/stage.php?ak=1002

病专家前去调查约翰·李的杀人动机,以确认约翰·李是否患有精神分裂症。精神病专家逐渐博得了约翰的信任,约翰自己道出了案情的真相。在戏剧结局的两个场景中,伦敦街道上响起了刺耳的嘈杂声,法庭宣布判处约翰·李终身监禁。此时约翰·李却静静地坐在地上,用手灵巧地折叠着一只又一只红色千纸鹤,看起来他欣然接受了被歧视的身份,比如中国佬、同性恋、鸭子等绰号,同时承认了自己是一个性变态的杀人犯。在视频采访中,沃辛博士批判道:"我个人认为这属于一个变态案件,在公众场合发生性关系触犯了伦理道德,杀人行凶违反了法律条例。"[1]剧中约翰没有完成到剑桥大学求学的夙愿,而是坐在监牢里,坦白他在与恋人初次相逢的公厕里将其枪杀的过程。

《瓷》剧通过约翰·李的同性恋经历,表明了亚裔同性恋特有的问题。他们同时遭受种族主义歧视和对同性恋性取向的歧视。不但在社会上遭受歧视,而且在他们的家庭也得不到理解,甚至遭到抛弃。在剧情中,当记者采访约翰的父亲时,李先生断然否决了他们的父子关系:"我不是约翰·李的父亲,你们看错人了。"(第54页)面对记者的坚持,李先生矢口否认:"我没有儿子,我儿子已经死了"(第55页),并且强调"我儿子不是同性恋"。可以看出,约翰的性取向是他遭到家庭抛弃的原因。

理查德·方(Richard Fung)评论说:"当代北美同性恋社群中,亚裔男性同性恋遭遇一种双重矛盾。主流同性恋运动或群体可以是一个自由的性取向之地,但是同时也是一个有时在种族、文化、性异

---

[1] Beyond the Silk Road:Staging a Queer Asian America in Chay Yew's *Porcelain*, http://findarticles.com/p/articles/mi_qa3822/is_200404/ai_n9470359/pg_3/? tag=content;coll

化方面比异性恋社会的歧视更加严重的社群。"①

正是因为双重的歧视,约翰才会寄希望于和威廉的公厕关系。同性恋公厕的邂逅让他感受到爱情,产生了归属感。心中对爱的向往和对被接纳的渴求,使得这段关系对他而言不仅仅是恋爱关系,而是身份的定位、感情的归属,和作为一个社会的人所需要的被接纳的感觉。

《瓷》剧通过新闻广播、情景倒叙,以及再现精神病医师的记忆等多重声音,揭示了这部情杀案的真相。该剧触及了酷儿、种族、性爱、暴力等敏感的社会话题,在伦敦的观众中引起了极大的反响,是谢耀在戏剧界的成名之作。时至今日,谢耀在观看时仍然难以释怀。因为剧作中主人公痛楚的经历仍然能激起谢耀对过往经历的回忆,当时谢耀的父亲曾经绝口不提谢耀的同性恋性取向(多少年后父亲向他道歉),也拒绝到场观看他的剧作上演。②

剧本《瓷》通过多重声音解构了约翰·李的罪行,包括新加坡裔父亲的态度、对情夫的回忆片断、媒体的广播、对街上行人的访谈、监狱精神病专家的测验,等等。这部剧探讨了传统剧本中常有的问题:"究竟是什么力量驱动一个人去杀死他爱的人?"③

不同于众多关注族裔差异的亚裔作家,谢耀对爱情表现出极大的兴趣。他的戏剧中描写的不仅有同性恋者之间的爱情,也有异性恋者之间的爱情;不但有亚裔之间的爱情,也有白人与亚裔之间的爱情。他的角色之间的爱情超越国家,超越文化。爱情重新成为文学中的一个普世主题被探讨,而不服务于任何其他的目的,因此他描写

---

① Beyon the Silk Road: Staging a Queer Asian America in Chay Yew's *porcelain*, http://findarticles.com/p/articles/mi_qa3822/is_200404
② John McFarland, http://www.glbtq.com/literature/yew_chay_lit.html
③ Porcelain, http://pittsburgh.broadwayworld.com/printcolumn.cfm?id=18053

第九章 谢耀剧作《他们自己的语言》中语言的戏剧功能

的爱情具有浓厚的乌托邦爱情色彩。这在族裔文学中较为少见。

谢耀虽然是同性恋,但是并不将自己局限在同性恋题材中,而是有更大的视野和更多的关注。他创作的剧本《红》、《剪刀》、《一个美丽的国家》和《奇境》,描写了亚裔在美国的生活经历以及亚裔对友谊和爱情的赞赏。在他的剧作中,亚裔和其他群体一样,同样追求美好的感情。这使得他所描写的角色接近于主流文学和戏剧中的角色,他的戏剧主题和内容也接近主流观众的审美志趣,戏剧主题也更具普世意义。所以,他的剧作以及他本人被更多的观众所接受,因为他超越了族裔作家的主题领域。

谢耀还编剧并出品了一部探讨美国梦的剧作,剧名是《幸福》(Happy)。该剧讲述了六位学生身处一个白色的房间中。这些青年人的希望和梦想是什么?他们的父母都是谁?父母的期望对他们的生活产生了怎样的影响?作为 2007—2008 年度的"冲突项目"(Collision Project),这部内容深刻的戏剧给观众带来了震撼的戏剧效果。① 谢耀编剧的《遥远的海岸》(A Distant Shore)是一部描写几代人的传奇的故事。故事发生在东南亚的丛林中。这部戏剧分为两个故事。第一幕和第二幕之间相隔了 80 年之久,出现在第一幕中的人物还会出现在第二幕,虽然他们大多都不再扮演第一幕中的角色了。尽管如此,观众并不难辨认出他们扮演的角色。该剧旨在说明历史会重演这样一个概念。有时候命运会让我们以一种奇怪的方式一遍一遍地重复相似的生活。②

除了创作,谢耀还改编了一些经典剧作,包括改编自契诃夫的

---

① http://alliancetheatre.org/newplays.aspx
② http://asiaarts.ucla.due/article.asp

《樱桃园》的《冬天的人们》(A Winter People),①以及改编自西班牙杰出作家费德里戈·加西亚·洛尔卡作品的《伯纳达·阿尔巴的家园》(The House of Bernarda Alba)。谢耀也在许多地方剧院执导戏剧,如公共剧院、纽约戏剧工作中心、美国音乐戏剧院、肯尼迪中心、长码头剧院、马克·塔珀论坛、东西艺人剧院、路易斯威力演员剧院、古德曼剧院、辛辛那提剧院、波特兰中心剧场、盖瓦中心剧院、空间剧场、拉古那剧场、波士顿剧院、伽拉拉丁美洲剧院、新加坡专业剧团、马驿剧院、磁石戏剧组合、西北亚裔剧院、(华盛顿的)史密森学会、犀牛剧院,等等。谢耀还在美国坦戈伍国际现代音乐节执导了黄哲伦作品的首映以及奥斯瓦尔多·格利约夫的《泪之泉》(Ainadamar)。谢耀执导过许多作家的作品,包括日本作家饭冢奈续美的戏剧《平行》(Strike-Slip)、《13559号公民》(Citizen 13559)和茱莉亚·孙的戏剧《道奇》(Durango)。在科克·道格拉斯剧院上演的《遥远的海岸》是谢耀最新导演的一部戏剧。

  虽然谢耀关注同性恋题材,但是他最大的关注还是作为一个群体的亚裔人。他曾经说过:"我还要力争使更多年轻一辈的亚裔观众,甚至是非洲裔的观众都到剧院里来看看过去的历史中发生的那些故事。亚裔戏剧可以为我们这个团体所做的事只会越来越多。我们如果不通过多种形式向更多亚裔群体以外的人讲述我们的历史和故事,我们的亚裔戏剧就失去了它本身的意义。因为归根结底我们也是这个国家的一部分。"②他的目的还是要向更多亚裔群体以外的人讲述亚裔的历史和故事,也就是说他想通过戏剧,来让主流社会了

---

① 该剧的背景被设在中国。
② http://www.thefreelibrary.com/CURTAIN＋RISING＋FOR＋CHAY＋YEW%5CTrilogy＋speaks＋volumes＋about＋acclaimed...-a083923635

第九章 谢耀剧作《他们自己的语言》中语言的戏剧功能

解亚裔群体,从而对亚裔群体有正确的认识。因此,他首先是一个亚裔剧作家,其次才是一个同性恋剧作家。

需要指出的是,谢耀虽然希望主流社会通过他的戏剧了解亚裔群体,但是他却不以主流戏剧作为自己的追求目标。相反,他致力于开创出不同于主流戏剧模式的亚裔戏剧。他批评说:"洛杉矶剧院的主要问题就是过于效仿纽约的戏剧模式。洛杉矶的剧院应该开创出属于自己的独一无二的戏剧模式,我们需要为此做出努力。我们应该告诉戏剧创作者们,不要再创作那些有英国或是纽约味道的戏剧。这是洛杉矶,那就写充满真正洛杉矶味道的故事。"[①]

东西艺人剧团的艺术总监、华裔电视艺术家蒂姆·邓(Tim Dang)说:"我相信谢耀将会成为下一位重要的美国华裔作家。"蒂姆·邓预测说谢耀正处在获得成功的边缘,他的成就将能与托尼奖得主黄哲伦以及日裔作家菲利普·宽·五反田(Philip Kan Gotanda)[②]相提并论:"他们两位是最著名的亚裔美国剧作家,我相信谢耀会是下一位达到如此成就的剧作家。"[③]

[①] http://www.thefreelibrary.com/CURTAIN＋RISING＋FOR＋CHAY＋YEW％5CTrilogy＋speaks＋volumes＋about＋acclaimed...-a083923635

[②] 著有《沃什湾》(*The Wash*)。

[③] http://www.thefreelibrary.com/CURTAIN＋RISING＋FOR＋CHAY＋YEW％5CTrilogy＋speaks＋volumes＋about＋acclaimed...-a083923635

第 十 章

重塑华裔女性形象:美国华裔女剧作家林小琴戏剧《纸天使》

林小琴(Ginny Lim)于20世纪70年代创作的《纸天使》(*Paper Angels*)是第一部被收入美国亚裔戏剧选集的由美国华裔女性剧作家创作的戏剧。此戏剧集《不断的线:美国亚裔女性剧作选》(*Unbroken Thread: An Anthology of Plays by Asian American Women*, 1993)标志着美国亚裔女性戏剧的重大发展。《纸天使》在华裔戏剧史上有重要意义,是华裔剧作家用戏剧形式表现美国华裔移民史的艺术实践。它不但以现实主义的手法展现给华裔群体一段尘封的历史,更是面向广大美国观众,让美国主流观众了解了华裔在美国生活的艰辛和奋斗的历程。从19世纪中期开始的一百多年间,华裔群体长期处于被边缘化的状态,然而他们曾经被严重歧视的历史,并不为广大美国群众所了解。《纸天使》让美国观众看到华裔的移民经历与欧洲裔美国人的移民经历有着巨大的差异。因此,该剧不仅是戏剧艺术,而且有着深刻的社会、政治和历史意义。

第一节 排华时期与天使岛移民站

该剧的剧名取材于美国加利福尼亚州旧金山市附近的一个小

岛——天使岛。该岛之所以著名,是因为20世纪初它曾是从西海岸进入美国的外国移民踏上美国国土的第一站,即"天使岛移民站"。对于华裔来说,天使岛移民站是一个充满了辛酸和悲痛的历史记忆。

一般认为美国华裔初具规模地移民美国发生在19世纪中期。1849年,加利福尼亚州发现金矿的消息传到了中国。1850年初,数百名华人来到加利福尼亚。在随后的几年里,又不断有华人陆续抵达。在1882年美国通过旨在限制华人移民入境的《排华法案》之前,美国的华人人口已达到132 000人。1880年旧金山的人口总数为233 959人,其中华人数量占到了将近10%。(Hom,1992:12)正是因为在美国发现了金矿而引起了1849年的淘金热,当时华人把美国称为"金山"(也有人称美国为"花旗",因为美国国旗的五彩颜色)。(Hom,1992:5)受加利福尼亚州淘金热和美国西部开发的吸引,也因中国国内局势动荡和饥荒的迫使,成千上万的中国移民远赴美国。华人移民的到来,极大地繁荣了加利福尼亚州的开采业、农业和铁路建设。然而,华人在美国很快就受到了暴力侵害和种族歧视。经济低迷加剧了工作机会的竞争。为了排挤华工,白人劳工游说议员,最终于1882年通过了《排华法案》(J.Lee,1997:1),从而开始了美国历史上臭名昭著的排华历史时期。

排华法案不仅阻止华人及其妻子进入美国,而且不允许他们在美国永久居住。之后美国又出台了许多限制华人移民美国,并限制他们拥有土地以及公民资格的法律。1929年的《国家原籍法案》(National Origins Act)只允许来自亚洲国家的少数外交公使、教授和学生的妻子移民美国。之前进入美国的华人也不能保证他们在美国的安全,以旧金山为例,旧金山的华人社区经常遭到搜查。如果当地的华人居民没有相关的身份证明,就会被抓走。如果他们无法证明自己是合法移民,就会面临牢狱之灾,甚至被驱逐出境。即使对持再次入境证件的华人,美国移民官员也常常拒绝他们再次入境。理由是新的移民政策出台后,这些华人的证件已经作废。面对这些不公正的法律法规,华人们常常需要在法庭上提出质疑。虽然有法律规定,被移民局驳回申请的华人移民也可以选择向华盛顿当局进行申诉,但是通常整个申诉程序需要耗时数月甚至一两年[①]。美国人口普查的数据显示,1900年时美国华人的人口数量已降至90 000人以下,1910年华人数量降至71 531人,而到了1920年,华人人口更是仅剩61 939人,与1882年美国华人的人口数量相比,减少了将近二分之一。(Hom,1992:13)而另有数据表明,在1936年到1940年间亚裔移民的人数陡降到3 700人,从1941年到1945年间只剩2 300人。(Barringer et al,1993:28)

　　排华的移民政策和法律直到第二次世界大战之后,才开始有显著的松动,早期一些对华人的歧视性限制开始被取消。1943年美国废除了《排华法案》,宣布在外国出生的华人也可以申请公民身份,但是给中国的移民配额每年只限105人。[②] (J. Lee,1997:23)

　　正是在这样的大背景下,天使岛移民站于1910年1月21日启用。1940年,一场大火烧毁了天使岛移民站的建筑物,在押的移民被转移到了旧金山的另一个羁押中心,不久这座移民站停止使用。

　　[①] 不忘历史:美国天使岛上的华裔移民梦魇,2009-03-15
　　http://www.chinareviewnews.com/doc/1009/1/4/3/100914346.html? coluid=7&kindid=0&docid=100914346
　　[②] 当时美国给亚洲国家的移民限额都极为有限,如日本每年限185人,别的国家大都不超过100人。

(Hom,1992:72)天使岛移民站于1940年关闭,结束了其长达三十年之久的运行历史。

天使岛移民站主要羁押和审查经由太平洋进入美国的亚裔移民,其中华人占大多数。天使岛位于旧金山海湾,距海岸有一段距离,这样可以有效防止被羁押人员逃跑。岛上有隔离开来的房屋建筑,便于阻断可能带有传染病的移民传染疾病。[1] 在天使岛移民站运行的三十年间,通过此移民站的移民大约有百分之十被拘留于此,其中大部分是华人。华人不但被拘留的比例大,而且被拘留的时间也比其他国家的移民长。[2] 当华人移民的船只抵达旧金山码头后,他们会立刻被带到天使岛移民站。华人对此地也早有耳闻,称此移民站为"木屋"(Muk uk,即英语的 Wooden Barracks),他们都知道这里是羁押从亚洲首次移民美国的亚洲人或再次回到美国的亚洲移民的地方。(Hom,1992:71)

天使岛移民站被称为美国西海岸的爱丽丝岛,因为位于美国东海岸的爱丽丝岛也是一个移民站。当来自世界各地的外国移民到达爱丽丝岛时,迎接他们的是象征着自由、平等的自由女神像,激励移民到此实现他们的美国梦。而迎接到达天使岛移民站的华人移民们的,

---

[1] 不忘历史:美国天使岛上的华裔移民梦魇,2009-03-15,http://www.chinareviewnews.com

[2] 最新的发现表明,也有不少华人毫无滞留地通过检查。大部分华人被拘留的时间都相对较短,平均被拘留的时间是六天。华人被拘留的时间长短似乎和他们所乘坐的运输工具有密切关系,乘坐 steerage 的乘客被拘留的时间短于乘坐一等舱的乘客,但是长于乘坐二等舱的乘客。华人女性被拘留的可能性大于男性,虽然时间并不一定长于男性。日本人被拘留的可能性也很大,但是时间较短。从拉丁美洲和俄国来的移民不少也被拘留于此。详见 Robert Barde and Gustavo Bobonis. "Detention at Angel Island:First Empirical Evidence."*Chinese America*. Special 20th Anniversary Issue,2007.

是一系列他们意想不到的屈辱经历,有些甚至遭遇一场美国噩梦。

首先是移民官员严酷的盘问,接着华人移民在天使岛移民站必须接受一系列的身体检查。身体检查时移民被要求脱光衣服,一丝不挂地被检查一遍又一遍①。这对于来自中国的移民而言,无异于奇耻大辱,是非常难以接受的。身体检查合格的移民会被分给一张床铺。移民站按不同的群体分别羁押移民,白人单独隔离,华人和其他亚洲移民分开,男女分别羁押。夫妻或异性亲属都不能见面交谈,直至最后获准入境。

木屋里挤满了双层或三层的折叠床。除了床和放衣服的架子,没有别的家具。移民站一般能容纳200到300个男性移民,以及30到50个女性移民,而且非常拥挤,毫无个人隐私可言,厕所都是开放的,没有门墙隔离。木屋整日紧锁,窗外布满铁丝网。每天只有有限的一点时间可以到外面呼吸新鲜空气。整日有荷枪实弹的警卫站岗监视,以防移民外逃。②

所谓的甄别审问非常刁钻。一家几口被分别羁押,分别审问,如果他们对细节的回答有误,就被认为作假。审问时除了检查官,还有翻译在场。比如下面的一个例子:

检查官:How old are you?
翻译: 你多大年纪了?
申请者:20岁。
翻译: Twenty.

---

① 不忘历史:美国天使岛上的华裔移民梦,2009-03-15,http://www.chinareviewnews.com

② 同上。

检查官：When were you born?

翻译： 什么时候出生的？

申请者：1895年8月17号。

翻译： August 17th, 1895.

检查官：Where were you born?

翻译： 哪里出生的？

申请者：竹开村。

翻译： Chow kai village.

检查官：What is your father's name?

翻译： 你父亲叫什么名字？

申请者：程继龙。

翻译： Chow kee-lung.

检查官：What about your mother? What is her name?

翻译： 你母亲呢？她叫什么？

申请者：宁心。

翻译： Ng Shee.

检查官：What kind of feet had she?

翻译： 她的脚长什么样？

申请者：裹脚。

翻译： Bound feet.

检查官：How many stairs are there leading to you doorstep?

翻译： 你家门前有多少个台阶？

申请者：九个。

翻译： Nine.

检查官：How do you know?

翻译： 你怎么知道？

申请者：我知道您会问，所以我已经数过了。

翻译： I counted them because I knew you would ask them.

检查官：So you were coached?

翻译： 那么是有人教给你怎样作弊了？

申请者：不，不，从来没有。

翻译： No, no, that is not true, I was never coached...

检查官：How much did you pay for the coaching papers?

翻译： 你买这种作弊的指导材料花了多少钱？

申请者：我没有买过啊？

翻译： I did not buy any coaching papers.

检查官：Why are your hands trembling?

翻译： 那你的手为什么在发抖？

申请者（紧张地看着自己的手）：我没有啊！（第19页）①

……

检查官会非常刁钻地问非常细节性的问题：

（审讯室。警官在屋里走来走去。赵刚坐着。）

检查官：你家在村子里的具体位置是什么？

赵刚： 从南数第五排第五个房子。

检查官：是中国传统的五个房间的大房子吗？

---

① 译自 *Unbroken Thread: An Anthology of Plays by Asian American Women* (1993)，以下同。

赵 刚： 是的。

检查官：外面有窗户吗？

赵 刚： 没有。

检查官：有天窗吗？

赵 刚： 四个天窗和一个天井。

检查官：地板是什么做的？

赵 刚： 全是泥土。

检查官：你家的房子是用什么材料建的？

赵 刚： 黏土。

警 官： 谁和你住在一起？

赵 刚： 我妻子。

警 官： 还有别人吗？

赵 刚： 不,没有了。

警 官： 你能确定？

赵 刚： 是的,确定。

警 官： 前不久,你妻子作证说她的婆婆也和你们一起住这个房子里。毫无疑问,如果你们真是夫妻,你们就应该知道谁和你们一起住在这个房子里！

赵 刚： 我知道怎么回事了。您说的对,我母亲是和我们住在一起。但是她五年前死了,我回去的时候她已经不在了。

警 官： 你知道什么！这老家伙什么问题都能答上来。你家养鸡吗？

赵 刚： 养了。

警 官： 多少只？

赵 刚： 这要看情况了。如果母鸡孵小鸡了,就多一点。如果我们杀掉一只母鸡,就少点。

警官： 家里养狗了吗？

赵刚： 不,没有。

警官： 那为什么你哥说有一只呢？

赵刚： 噢,那只啊！可我们走之前已经把它吃了呀。

警官： 有孩子吗？

赵刚： 没有？

警官： 为什么没有孩子？

赵刚： （叹息）因为我和妻子结婚六个月我就来到这边。（伤心地）我妻子那时候没怀孕。

警官： 材料里说四年前你回了一趟中国。当时为什么又回美国了？

赵刚： 我回去是看我妻子。

警官： 为什么你现在又要回美国？

赵刚： 我为什么回来这里？我回到美国,因为现在美国才是我的家,不是中国。我现在老了,我想要埋在这片土地上,这才是我的祖国。（第 30-31 页）

恶劣的生活条件、充满敌意的甄别审讯以及巨大的心理压力,使得移民自杀的事件时有发生。（Hom,1992:71）通过甄别审讯的华人移民可以坐船抵达旧金山,开始新的生活;而没有通过的就会被永久驱逐出境,遣返回中国。在移民站拘留期间,华人不得离开居住区,也不允许会见来客,必须在此等待移民官员的处置。

经常有移民被羁押数周,甚至一年以上。最新的发现表明,被拘留时间最长的华人是一位名叫 Quok Shee 的华人妇女。她被拘留在天使岛上长达 600 个日夜,从 1916 年 9 月到 1918 年 4 月。（Robert Barde and Gustavo Bobonis,2007:108）

19世纪末20世纪初来自中国的移民,大部分是广东省人。由于广东从16世纪开始对外贸易,因此经济比较发达。这些广东人主要来自珠江三角洲的两大地区:一个是三邑地区,共由三个县组成,分别是南海、番禺和顺德;另一个是四邑地区,包括新宁、台山、开平和恩平。因此,粤语是当时华人的交际语言,所以《纸天使》里移民们讲的是粤语。(Hom,1992:5)羁押在天使岛的华人移民,远离故乡,历尽千辛万苦才来到天使岛,却受到如此待遇,心中自是充满悲凉。由于他们和外界隔绝,没有任何其他的表达方式,于是就在墙壁上以诗词的形式,抒发内心的感情,表达伤悲、失落、愤怒和绝望之情。这些诗用铅笔、油墨、毛笔写在拘留所的木墙上,有些是用刀子刻在墙上的。20世纪30年代,两位曾经被羁押在天使岛的人将木屋墙壁上的诗句抄录下来,并带到了旧金山。后来林小琴、杨碧芳(Judy Yung)和麦礼谦(Him Mark Lai)也对天使岛墙上的这些诗歌进行了收集整理。旧金山州立大学的谭雅伦教授从收录了大约1640首的两本华裔诗歌选集中,精选出220首,编成了《金山之歌》(*Songs of Gold Mountain*),于1992年由加州大学伯克利分校出版。许多人的艰苦工作,使得华人移民诗歌这一文类得以保存,华人移民在天使岛的移民经历也逐渐为广大美国公众所知。(Hom,1992:72)《纸天使》是用舞台表演的形式讲述1910年到1940年期间从中国移民至美国的部分华人通过天使岛移民站的情景,首次用直观的方式再现当时华人移民的悲惨经历,因此具有重要的社会和历史意义。

第二节 华人移民经历的现实主义再现

林小琴于1946年出生在旧金山,是天使岛移民的后代。她的祖父是第一代移民,到美国后开始经商,在旧金山唐人街的华盛顿街上经营一家店铺。祖父后来回到老家广东省娶亲,林小琴的父亲出生在中国。长大一些以后,父亲回到美国,在旧金山最早给华人教英语的学校读书。后来林小琴的父亲也回到广东省老家娶亲。与祖父不同的是,父亲把新娘带到了美国。父亲做过厨师、工人、农场工人等,攒钱在唐人街买了一个小小的制衣厂。母亲是缝纫工。林小琴从小就和几个姐妹一起给制衣厂干活。(Uno,1993:12)林小琴对祖父和父亲的移民经历很感兴趣,但是父亲从来不曾说起,因为他不愿意提及过往的辛酸经历。林小琴作为家中七个子女中最小的一个,而且是六个女儿中的一个,对于女性在家中的地位以及社会地位深有体会。林小琴父辈的移民历史,和她自己作为女性的社会地位的经历,对于她有很强的现实意义,成为她研究天使岛移民站,并在此基础上创作戏剧《纸天使》的强大动力。

林小琴于1974年开始研究美国华裔的口述史,后来整理成书《岛:1910年—1940年天使岛华人移民诗歌及历史》(*Island: Poetry and History of Chinese Immigrants on Angel Island, 1910-1940*)。当林小琴在杂志《东方西方》(*East West*)上读到关于天使岛移民站墙上的诗歌时,她深受启示。她马上电话联系了好友杨碧芳,杨碧芳又联系了华裔历史学家麦礼谦。于是,同是天使岛移民后代的三个人,开始了对天使岛诗歌和历史的认真研究。(Uno,1993:11)

对于林小琴来说,天使岛诗歌及历史不仅是一个研究项目,而且是了解自己家史和华裔移民历史的过程。随着对天使岛的深入研究,林小琴开始了个人协调与文化协调的过程,这也成为她后来作品的创作主题。"对于我们几个来说,这首先是一个返回到过去的一个过程,我们不得不采访许多人,然后把这些信息综合在一起,我们才能了解我们自己的家庭经历,并且理解这些历史。……之前一直不明白我的父母亲为什么是那样的。他们很传统、很提防,对他们的过去闭口不谈。我一直觉得与他们有疏远感,直到我了解了他们的历史和他们的这些经历。这个研究项目成为了一个密切家庭关系的过程。"(Uno,1993:12)

天使岛移民诗歌主要有三个主题:首先是对华人移民到美国后经历的苦难以及由此产生的孤独感的描写,其次是表达了思念亲人和家乡的感情,最后抒发了对美国这个新环境的感受。诗歌的作者常常流露出对所经受的不公正待遇极为不满,对在美国看到的和经历过的一切也倍感失望。(Hom,1992:60)这些诗歌是华裔后代了解华人移民先辈的鲜活的史料。正因为此,林小琴说:"发现并清楚表述天使岛上所发生的一切,了解它与现在的关系,对我来说非常重要。"[1]

《纸天使》的故事取材于林小琴和项目组成员搜集到的真实故事、采访记录和统计数据。林小琴自己对天使岛历史的理解贯穿于《纸天使》戏剧的始终。现实主义再现的目的决定了该剧的表现手法及其表现内容。该剧以自然主义的写实手法,试图达到现实主义的再现目的,所以该剧明显不同于传统的虚构叙事和传说叙事的戏剧。现实主义地再现排华时期的华人移民经历是该剧的基调,真实地再现历史是该剧的主要关注。

该剧中的故事发生在1915年。几位男性和女性华人被拘留在天使岛移民站,等待通过审问后获准进入美国。有的角色被拘留了几天,有的已经被拘留了一两年。在拿到准入证之前,他们必须通过

---

[1] John J. O'Connor, WNET Drama Looks at Angel Island, 1985-06-17, www.nytimes.com

一些甄别审问。天使岛移民站条件恶劣。该剧描写了甄别审问的残酷,和华人遭受的不准进入美国的厄运,真实地再现了华人移民抛家舍口、历尽艰辛、漂洋过海来到美国,但却遭遇歧视性审问,并随时面临被遣送回国的悲惨经历。该剧表现了华人应对审问的各种态度和手段,披露了所谓甄别审问对华人移民造成的巨大伤害。

《纸天使》剧中关键的情节都涉及所谓的甄别审问。甄别审问不同于通常情况下对移民的审问。它是特定历史时期发生的一个特殊现象,与加利福尼亚州的一场大火有关。

据美国旧金山州立大学谭雅伦教授介绍:1906年旧金山发生了地震和大火,由于官方的婴儿出生记录毁于大火之中,因此很多在旧金山多年的老华人移民就利用这一机会获取美国公民身份。他们声称自己出生在美国,而且有出生证明,只是被大火焚毁了。与此同时,年轻一代的华人移民也可以利用这个机会,因为他们可以说自己就是在美国出生的,而且至今未婚,而他们的父母就是美国公民,这样他们就可以规避当时的排斥华人的法案。但当时的真实情况是,那些老华人移民中有很多人是刚刚完婚后才动身来到美国的,他们的新婚妻子仍然留在中国。此外,有的华人还采取"纸儿子"(paper son)的办法来到美国,即他们用一个假身份,声称自己是美国公民的后代。(Hom,1992:13)

所谓"纸儿子",也是特定历史条件下的产物。华人为了应对当时严格的移民限制,被迫花钱购买一些假文件,以假冒身份申请移民。有的华人谎称自己出生在美国,从而能为远在中国的家人申请移民。有的则谎报自己在中国有几个子女,从移民局获得名额后再把多余的名额卖给别人。冒名顶替的人因为文件上的身份是假的,因此被称为"纸人",如"纸儿子"、"纸女儿"、"纸姐妹"等。由于排华法案禁止华人妻子申请移民,不少妻子是以姐妹的身份申请入境的①。

该剧并没有像通常的戏剧那样,重在刻画个体角色,而是重在刻画不同的群体。通过让每一个个体角色代表一类移民群体,来表现当时各种华人移民的状况。因此角色有男性,有女性,有老人,有青年,他们合在一起,代表了当时移民美国的华人所持有的各种心态和目标。他们或者去美国打工,以便改善中国国内家庭的经济状况,或去美国与家人团圆,或者希望永久地留在美国,成为美国公民。

该剧中的李(Lee)是青年诗人,满怀激情,对生活充满天真的幻想,希望能成为西方人;卢(Lum)是年轻力壮的乡下青年,鲁莽、自信、善良,富于抗争精神,后来不堪忍受移民站的恶劣环境,冒死逃离;中年人冯(Fong)对赚钱十分着迷,钻移民站的空子,赚钱谋生。赵刚(Chin Gung)是老加州人,在美国生活多年,体会过自由和冒险的生活,具备了一些美国人的生活习惯,但是并没有丢掉中国人的价值观和人生观。这些角色都十分典型,每个角色都代表一类移民。他们有不同的背景,到美国的目的也各不相同,正如角色冯的独白所反映的:

> 我不是李那样的读书人和诗人,不是赵刚那样的梦想家,也不是卢那样的英雄,也许我永远也不会成功。我只是想挣几个钱,等我老了不会被埋在乞丐的坟堆里。我所想要的不过如此。
>
> (第51-52页)

---

① 不忘历史:美国天使岛上的华裔移民梦,2009-03-15,http://www.chinareviewnews.com

女性角色也同样。梅莱（Mei Lai）是诗人李的妻子，她耐心、温柔、有爱心，是位传统的中国妇女。谷玲（Ku Ling）出身贫寒，无依无靠，她倔强、叛逆、特立独行，虽然外表凶悍，但是内心脆弱；赵牧（Chin Moo）是来自台山的一位老村妇，到了美国就像鱼儿离开了水，十分不适。三位女性也各具代表性。前两位希望能够移民美国，开始新的生活，而年长的赵牧面对移民站的残酷现实，像许多华人一样，不免怀念起台山的家乡：

> 我能听见傍晚的钟声。那是山上庙里的钟在响。渔民们出海回来了。我能听到他们在唱歌。我听到妇女们捶打着洗衣服的声音。孩子们都拥挤在渡口处，等待回家。我真想到河边，看鱼儿欢腾跳跃，苍鹭沿着沙滩站成一排。我站在飘着茉莉清香的风中，我的脚会被地上的青苔打湿。
>
> 四十年的时光像河流一样从我身边流过。像我这样的老村妇怎么能学会用电匣子说话，能开用马达发动的车呢？在家养养猪什么的不也是很开心吗？
>
> 雾号声传来。她透过窗子看出去。
>
> 好像下雨了。（叹息）什么时候我才能再看见台山的春天呢？（第52页）

一声叹息，包含着多少移民梦的幻灭和对现实的失望。赵牧的叹息表达了华人在经历漂洋过海、历尽艰辛后遭到如此屈辱经历而产生的复杂心情和失落情绪。

通过这些不同的角色，《纸天使》突出表现了移民们的共性。

他们也许有不同的移民目的,也许有不同的家庭背景,但是此时此地,他们的愿望都是一个:进入美国。林小琴、麦礼谦和杨碧芳一起记录并翻译的那些移民留在移民站墙上的诗歌,也反映了同样的特点。这些诗歌读起来既像是出自一群人之手,又像是出自一个人之手。他们是不同的个体写的,但是表达的心声是一样的。因此这些诗歌有一种合唱的效果,表现为个人与集体的高度一致性。这些移民的目的都是进入美国,虽然进入美国的目的不同。有的移民去美国是为了从经济上改善生活,有些是把美国当成了自己的家,所以必须回家。一旦被拒之门外,就如同被割断了根,十分痛苦,比如剧中的赵刚。移民美国是这个合唱的主旋律,但是不同的角色有不同的移民故事。

第三节　华人身份认同的困境

《纸天使》通过几个华人角色在天使岛移民站遭受的歧视性审问,探讨了华裔移民的文化身份认同问题、种族歧视问题和性别歧视问题。这都是20世纪70年代美国主流文学中常见的主题。剧中几个角色对身份有不同的认同。赵刚明显是认同美国的。他是一个丰满的形象。他从天真幼稚的诗人李的身上,看到了自己当年的影子——对美国充满期望,对未来满怀信心。

> 赵刚:……刚才有那么一会儿,我觉得我是在镜子里看到当年的我了。你年轻的脸,眼里的火花,对,就是火花。看看我这双手,挖沙倒土的苦活已经干了一辈子。我被这花岗岩山石中的风吹了多年,我知道这座山不是金山。我对你们所

有在这个岛上的人说(指着每个人),你们都会尝到黄金梦的苦头。知道我是怎么明白的吗? 因为在我的脑子里,美国离我越来越远(指着自己的头),就像一片磨成金粉的梦,飘在空中,越飘越远。

小李:那你为什么还要回来?

赵刚:为什么? 孩子,总有一天你会明白,一旦成了金山的孩子,一辈子都是金山的孩子。如果一只脚在中国,一只脚在美国,那只是一个过客。(第25页)

赵刚满怀梦想,移民美国,经历了岁月的风霜历练。虽然受尽苦难,但痴心不改,对美国充满感情:"一旦成了金山的孩子,一辈子都是金山的孩子。"尽管他理想中的美国离他越来越远,但是他还是认同于美国。当他被通知查出传染病而被拒绝入境后,他先是震惊,后来十分愤慨,因为这是明显的种族歧视性拒绝。赵刚是美国公民,多次出入美国国境,而这次现场被查出有传染病,但是没有体检报告,也就是说没有证据供赵刚起诉。而且,赵刚回答上了所有的问题,不应该被怀疑有作假行为。

沃登:哦,你! 根据你的医检报告,你有肝吸虫,所以不能允许你入境。

赵刚:(震惊)但,但是我答上了所有的问题啊!

沃登:医院没注意,搞丢了你的体检报告,否则你根本到不了审问站就被拒了。(他递给赵刚一封信)

赵刚:但是我答上了所有的问题啊……

沃登:肝吸虫病人全部遣返回国,不得申诉。这是规定。

第十章 重塑华裔女性形象:美国华裔女剧作家林小琴戏剧《纸天使》 237

赵刚:这不可能!我不是纸儿子。我在美国已经40年了。你听见我说话吗?40年!

沃登:(真诚地)我很遗憾,老前辈。

(沃登、汉德森和陈小姐开始离开。赵刚一边求情,一边跟着他们往门口走。)

赵刚:(很失落地)可是,可是我是老加州人了!(期待着被肯定)一定是什么地方搞错了吧,嗯?

沃登:规定不是我说了算。

(沃登、汉德森和陈小姐退出。赵刚读着那封信。其他人围着他,问他是怎么了,都说了什么。)

赵刚:肝吸虫。他们不能这样对我。我是美国公民!

老冯:别担心,阿刚,你可以上诉的。

赵刚:他们要把我遣返回中国,这简直是要我的命啊。(第42页)

赵刚和赵牧分别代表一种移民群体。赵刚和赵牧的一段对白,看似在对话,实际上两个角色是在自说自话。赵刚所说的主语是他自己,而赵牧描述的,是广大留守在中国老家的华人移民家属的苦难经历。大批的华人劳工在美国修建铁路时,死在荒山野岭。他们的尸骨足有两吨重!他们一直梦想挣到足够的钱,再回到中国,但是他们却永远地留在了美国。而为美国贡献一生的赵刚,却在风烛残年之时,被踢出美国。赵刚无比愤慨,他不能接受这残酷的事实,于是选择了以死抗争:

(赵牧独自一人在舞台的一头,手中织着小孩子的毛衣。在舞台的另一头,赵刚坐在椅子上,用绳子打结,他身边有根杆子。舞台全黑,灯光聚焦在赵牧和赵刚两人身上。)

赵 刚：我一直认为生活像梯子。你所做的就是不停地把一只脚放在另一只前面，直到爬到顶端。一直以来，我老觉得自己是越爬越高了，其实我是越来越往低走了。

赵 牧：(笑着)花了1500美元，换来住在洋鬼子的监狱里。(她摇了摇头)可他还说这里是家。(耸耸肩)这么多年了，我算是他的什么呢？只是一段他想忘而又忘不了的中国记忆。

赵 刚：……那里真冷，真安静。我铺的轨道都能从这儿到中国了。

赵 牧：十三四岁大的男孩们漂洋过海来到这，在金矿上、铁路上干活……他们从不回国。晚上女人们不敢去上厕所，因为怕见到鬼！那些所有死在这里的人变的鬼。夜深人静时，真的能听见墙壁的呼吸声。你可能想那只是风声。不，不是！是那些鬼魂在叹气。每当地板咯吱作响时，你会说那只是木头在响！不！那是人的骨头在地板下伸展……(她突然站起来，好像突然感觉到什么东西)这屋里都是鬼魂。(她把脸转向赵刚那边，仿佛能清楚地看到他，但什么也没看到)

赵 刚：那么多年的时间都去哪了？

赵 牧：穿行于莽莽大山之间的铁路边，有两吨重的白骨堆起，被运往他们在中国的老家。

赵 刚：(站在椅子上)我乘坐一艘装满梦想的船来到这里，却登陆在充满谎言的牢笼里。60年过去了！我老得再也不能跑来跑去了。我爱这个国家。(他把绳子套在自己脖子上)不管你们认不认我，我到家了！

第十章 重塑华裔女性形象:美国华裔女剧作家林小琴戏剧《纸天使》

(赵刚踢开椅子,上吊了。我们看到他的腿在空中痉挛一阵后,绷直了在空中摆了几下。)(第44-45页)

《排华法案》出台的背景之一,就是当时的华人被指责为不可同化,说他们永远不会把美国当作自己的家。赵刚的死显然是对这一指责的有力反驳。19世纪中期移民美国的华人大部分是劳工。这些华人去美国的目的很简单,就是为了赚钱致富,然后衣锦还乡,所以大部分人没有在美国长期居住的打算。他们被认为是要"挖出黄金,带回中国"(徐颖果主译,2006:12-13),因此被称为"旅居者"(sojourner),意思是他们都是短期在美国居留,最终要回到中国的打工者。而且这些华人把在美国挣到的钱,都邮寄回中国的家,并不在美国消费,所以指责者认为他们没有对美国的经济做出贡献。(徐颖果主译,2006:12-13)

当时华人的旅居思想是有其社会原因的。的确,在天使岛移民站木屋的墙上留下的诗歌中,有很多都表现了华人想在美国赚一笔钱后就回到中国去的愿望。这种愿望在排华时期也常常遭到反华舆论的指责,认为既然华人来到美国并不是为了永久定居,那么他们就不会完全融入到美国社会中去,就永远都成不了美国人。但是,他们故意忽略华人之所以产生这些念头的社会原因。

其实华人当时的旅居想法,与美国当时的一系列排华法案政策和法律有密切的关系。首先,美国只招募男性移民,而不许他们带家眷到美国。其次,这些华人来美国后,从事的都是临时性的工作,而且工作地点也不固定,往往是在离城市比较远的地方干活,无法安家;此外,无论是华人常常从事的采矿还是修筑铁路的工作,收入都很微薄,无法养活一个家庭。后来排华时期出台的各种排华法案,更是使华人在美国既不能获得美国国籍,也不允许拥有土地。在当时的加利福尼亚州,华人与其他种族的人通婚都属于违法行为。(Hom,1992:62)因此他们完全不具备在美国成家立业的客观条件。在如此严酷的种族歧视的压迫之下,华人其实不可能有永久居住在美国的念头,因为它与现实的距离太大了。

另外,华人对基督教的陌生,也被美国人误解,被视为文化上的另类,认为是不可同化的群体。种族主义者更是以此为借口,极力排挤华人。《纸天使》中的移民官员汉德森的言辞,就是这种种族歧视势力的典型代表:

> 汉德森:自从1910年移民站建立,我就在这个岛上了。我烦死中国人了,我真想放把火把这儿烧了。每当我进到这个臭烘烘的房子,就觉有上百双眯眯眼盯着我看,好像我是串烤肉。我知道他们鄙视我,因为我鄙视他们。如果可能,他们肯定会杀了我。不定有哪一天,他们肯定会试试。
> 要是依了我,我就用船把他们全都运回中国去。该死的,美国是美国人的,中国人不属于这儿。如果他们没完没了地涌到这儿来,就不会有什么工作留给体面的白人了。我们必须保护属于我们自己的东西。中国人到这里就是来拿他们可以拿走的东西的。你觉得他们会在乎我们的国家吗?你以为他们会为山姆大叔卖命吗?见鬼去吧,不会的!今天他们想要我们的工作,明天还不知道他们想要什么?要我们的家园,我们的土地,我们的钱,我们的女人!你知道吗?我有个女儿。她是我在这世界上最

第十章 重塑华裔女性形象:美国华裔女剧作家林小琴戏剧《纸天使》

珍贵的。(他站到卢的身旁)任何一个肮脏的中国鸡仔胆敢碰她一手指头,我就阉了他!(第41-42页)

对于指责华人不愿永久留在美国的借口,赵刚之死提供了一个反证。赵刚在美国度过了大半生,已经是一个老加州人了,他热爱美国,对美国有深厚的感情:"我得告诉你们一件事,我了解这片土地,有时我为她痛苦,就好像她是我的女人。当我的手伸进她的肉里,种下种子,就有东西发芽生长;当我浇水施肥,她就开始长大。如果你对她怀有敬意,她能知道,就像是你的女人。许多白人都不懂这些。(停了一会)你们大概以为我疯了,可我只是爱上了这片土地。我要把自己埋在美国。"(第40页)赵刚所说的下种、浇水、施肥,隐喻了华人在美国的付出。华人在美国西部的铁路建设中洒下血汗。他们看到美国铁路的建成,似乎是看到自己种植栽培的土地变得郁郁葱葱,因此对其充满感情。但是,"许多白人他们都不懂这些"。(第40页)赵刚的表白,表达了华人通过对美国的贡献,与美国这个国家建立了血肉关系,这是深层次的同化。不幸的是,赵刚不但没有被欣赏,还是难逃种族歧视的魔爪,被美国移民局拒绝,最终被迫自杀。一直到死,赵刚都表示对美国的认同:"我爱这个国家。(他把绳子套在自己脖子上)不管你们认不认我,我到家了!"(第44页)

美国日裔历史学家罗纳德·高木(Ronald Takaki)等人认为,美国亚裔在重要时刻被表现为不可同化的群体,其原因是美国的移民政策、土地所有政策、移民限制等法律和政策从制度上把亚裔排除在外。大家以前把美国设想成一个大熔炉,在这里移民通过自然和必然的过程进行同化。然而,正如一些亚裔戏剧所表现的,美国社会历史和法律历史中的不平等导致了一些群体无法同化,或者无法认同美国文化,而不是这些个体顽固不化地坚守自己的历史,这是排外的法律制度导致的必然结果。(J. Lee,1997:31)

事实上《纸天使》显示了华人移民在天使岛移民站就开始了文化同化的历程。李在对开始美国的新生活时憧憬地说道:"我想给梅莱买下西式洋房,有抽水马桶,还有可以开关的炉灶。我要带我的儿子登上金山的最高处,我们要把最大的龙凤筝放飞到天堂。"(第23页)当卢看见报纸上登的在洛杉矶举办的巴拿马国际和平事业博览会时,他说:"我敢打赌,那就是我们的船靠岸那天我们看到的灯光!肯定是的,那是我想去的地方。戴上我的帽子去世界集市逛逛。"(第24页)刚刚进入美国的新移民,首先从物质上认同美国,并梦想过上美国人的生活。

在天使岛羁押期间,李请赵刚教他英语,当赵刚问他为什么要学英语时,李回答:"我想当美国人。"(第24页)由此表达了想要转换身份的愿望,并表示要"现在就开始学。我一到美国,就要努力工作,做一个成功人士,让家人觉得有面子。"(第25页)虽然被羁押在移民站,但是李对新生活还是充满了期待,认为困境只是暂时的。和其他移民美国的族裔一样,华人也开始了美国梦的理想,尽管尚未获准进入美国。这已经是华人同化的开端。

许多华人移民虽然对基督教比较陌生,但是在天使岛被羁押期间,就开始接触。华人虽然身陷囹圄,但这并不妨碍西方宗教对他们布道。在羁押女人们的木屋里,格雷戈里小姐在翻译员陈小姐的帮助下,教给华人妇女唱歌。这对华人妇女来说非常陌生,无论是歌曲的词,还是内容。"尽管对歌词的内容和发音都不明白,但是她们还是兴致勃勃地高歌着":

第十章 重塑华裔女性形象:美国华裔女剧作家林小琴戏剧《纸天使》 243

我的小可爱飞翔在大洋上

我的小可爱漂浮在大海上

我的小可爱飞翔在海洋上

哦,我的小可爱快回到我身边

快回来,快回来

我的小可爱快回到我身边,我身边

快回来,快回来

哦,我的小可爱快回到我身边(第25页)

即便是遭受了羁押,他们还是向往着完全不同的理想生活,向往中充满了美国梦。当他们在借酒浇愁时,他们的祝酒词是"为了自由!""为人人平等的开始!"(第38页)华人在移民站学会了抗争,而不是一味地当顺民:"该死的你们!该死的美国!该死的法律!他们说吃,我们就吃,他们说起来,我们就起来。我受够了,我们还要这么忍辱负重,卑躬屈膝多久?我羞愧地不敢抬头,我给中国人丢脸了!"(第36页)

华裔学者谭雅伦在评价天使岛诗歌时指出:"天使岛木屋墙上的诗句表达了华人移民对所遭到的粗暴对待的抗议,还揭示出天使岛以及岛上的木屋对于华人移民而言,绝不像爱丽丝岛那样洋溢着欢乐和幸福。恰恰相反,天使岛与自由的原则背道而驰,证明了美国是不公正的社会。然而,尽管这些诗歌对美国社会的批判随处可见,但这些诗歌反映了华人移民确实对美国社会的公平和民主原则非常欣赏。他们渴望获得公平和民主的待遇,他们也相信自己应该被赋予各项权利。"(Hom,1992:73)谭雅伦认为:"这是华人移民在美国同化的第一个迹象。"(同上)

林小琴策略性地讨论了华人在排华时期的身份认同困境,生动描述了排华法案对华裔群体造成的集体伤害。林小琴使得戏剧成为再现历史、教育美国人民的有力武器。事实上这种艺术实践广泛见诸华裔作家乃至其他族裔作家的作品,成为美国少数族裔戏剧的一个特点。

第四节　华人女性移民的双重困境

《天使岛》中的三位女性角色,分别代表三种华人移民女性群体。梅莱与满怀美国梦的丈夫李期待着在美国开始新的生活,代表了年轻一代华人女性的梦想;赵牧独自在中国生活几十年后,于暮年随丈夫来到美国,希望能过上夫妻团聚的生活,不料丈夫在重返美国时被拒,绝望自杀。赵牧代表了广大留守在中国的华人移民家眷的悲惨状况;年轻的谷玲孤身一人来到美国,完全不知道自己已经被卖到妓院,谷玲的处境指向当时华人女性移民的另一种险恶的前景。当时华人妇女被卖到妓院的例子并不罕见。

> 格雷戈里:我知道,谷玲,相信我,我看到这种事情发生了不止一次了。十三四岁的姑娘就在她们眼皮底下被卖掉,被她们自己的家人卖掉。如果他们以为自己的女儿被卖到健康和奢侈的地方,他们最好睁开眼睛看看。这些肮脏的地方到处是梅毒和肺结核!谷玲将活不过30岁就死掉。(第50页)

格雷戈里小姐是卫理公会教的传教士,她不遗余力地解救华人

第十章 重塑华裔女性形象:美国华裔女剧作家林小琴戏剧《纸天使》 245

妇女。她无所畏惧,因为她在天使岛上是自由身,而且狂热地决心要转化异教徒,并根除卖淫嫖娼。谷玲离开天使岛移民站时,格雷戈里希望留下谷玲以后要前往的地址,以便联系。此时她发现谷玲给她的地址竟然是一个妓院的地址。格雷戈里小姐不希望谷玲被卖,也不希望以后谷玲会被遣送回国,于是她把谷玲带到教堂的收容所。

格雷戈里给谷玲起了一个英文名字露丝(Ruth),并且改变了谷玲的身份:"从现在起,你是离开了自己族人的摩阿布人,后来嫁给了伯利恒人博兹。"有了英文姓名和西方人的身份,谷玲将远离被卖或者被遣送回国的命运。更为重要的是,她开始了自己的美国化旅程,因为尽管谷玲对这样一种命名表示出抗争,但是格雷戈里自信地说:"亲爱的,你会慢慢接受主的方式的。你今天的命运是上帝的意志,(并用强调的口吻说她的新名字)露丝。"(第50页)

在19世纪中期及以后的排华时期,华人妇女是华人移民中不可忽视的一个群体。天使岛移民站墙上发现的诗歌中,有相当数量的内容涉及女人、妓女和性等话题。由于一系列排华法案的限制,华人女性的人数与男性人数的比例极为悬殊。据统计,那时亚洲女性到达美国海岸的人数远比男性少,仅占移民的20%。(Uno,1993:3)加之排华时期对华人的歧视性限制政策禁止华人移民带家眷,因此华人女性的人数在此后的一段时间一直很少。19世纪末期,华人移民中男女的比例曾经达到17:1。男女性别严重失调,导致了很多社会问题的出现,嫖娼是其中之一。多项禁止亚洲国家的女性赴美的法律出台后,人口比例不均衡的问题愈加严重,而且这一问题在相当长的时期都存在。(Hom,1992:64)

19世纪末20世纪初,较为多见的亚裔女性的刻板形象是道德沦丧、另类、妓女、被奴役的对象等（Houston，1993：28），林小琴的《纸天使》是对这些偏见和刻板形象的挑战。通过该剧中的女性角色，林小琴从多方面刻画了真实的华裔女性，驳斥了对华裔女性以及亚裔女性群体的歧视性丑化。剧中的李的妻子梅莱、赵刚的妻子赵牧和孤身一人移民美国的谷玲这三个主要的女性角色，分别代表了具有良好道德品质的普通华人女性，不但真实而生动地表现了排华时期华人女性的生存状况，而且对于匡正和建构华人女性的正面形象具有积极意义。

温柔耐心的梅莱是典型的传统华人妇女："作为女儿，我听父亲的；作为妻子，我听丈夫的；作为母亲，我听儿子的。我一生饱尝饥饿和贫困，现在我有机会了。"（第37页）虽然谷玲对梅莱像对其他人一样，也是没声好气，但是梅莱还是耐心地关心、照顾谷玲。

赵刚的妻子赵牧，代表一代被迫远离丈夫的华人移民的妻子。她在天使岛被拘留了三个月，当谷玲惊讶于如此长的时间时，赵牧回答："和40年相比，3个月算什么！"15岁结婚的赵牧在婚后6个月时，丈夫离开她到金山去淘金。他们非常相爱，有过幸福的时刻。但是后来发生的，是每一个留守的华人移民妻子都经历过的：

> 赵牧：……他刚到的时候还写信给我，讲他在美国的见闻，但是不久就没信了。香炉上的香燃没了，我没心思给香炉续香，我也没心思梳理头发。嫁鸡随鸡，嫁狗随狗。除了整日坐在门口等他，我还能有什么办法呢？
> 梅莱：（想到李）你有没有想到过放弃希望？
> 赵牧：村里的女人们经常在一起谈论金山。她们告诉我，金山的女人很开放很没羞。她们跑来跑去，暴露得像煮熟的鸡。

第十章 重塑华裔女性形象:美国华裔女剧作家林小琴戏剧《纸天使》

她们用眼神勾走了男人们的魂,是真正的魔鬼。她们把男人灌醉,好让他们花掉身上所有的钱。她们和男人们睡觉,好让他们忘记在中国的妻子。很快,男人们就忘得只剩她们的名字了。(鄙视地)家?就别提了!

梅莱:我都不知道如果我再见不到李了,我会怎么办!

赵牧:婆婆死后,我住回娘家。我已经打算这辈子就一个人过。(停顿)结果有一天,突然有人敲门,会是谁呢?我打开门一看,竟然是我的丈夫,40年后回到家的丈夫!我们都呆呆地站在那看着对方。我叫了声"彼豪!"——那是他的名字——"看你皮包骨头,蓬头垢面的!"他说:"好像你没变一样!"

梅莱:我喜欢美好的结局。

谷玲:我才不会整天求神拜佛地等40年!

梅莱:(震惊地)谷玲,你这是什么话?做妻子必须守节。(第28页)

第一位在美国用英语书写唐人街单身汉生活的雷霆超(Louis Chu)在《吃一碗茶》(*Eat a Bowl of Tea*,1943)中描写过华人的单身汉家庭。这些单身汉家庭的模式是,丈夫在美国打工,寄希望于有朝一日能把妻子接到美国去。妻子对于他们,只存在于梦中。在等待的几十年间,夫妻关系的实质性内容只有家信和记忆。即便是这样,在中国广东省的农村留守的女性都默默无闻地等待着,照顾婆婆,喂猪养鸭,在等待中老去,而不会有别的想法。传统中国女性的贤淑善良,通过赵牧这个角色,在该剧中得到充分的体现。

角色谷玲虽然内心脆弱,但是当基督徒小姐格雷戈里为了救她而给她取一个英文名字时,她直言不讳地表达了拒绝,而且坚持用自己的名字"谷玲"。谷玲具有年轻一代华人女性移民的特点。她们对传统中国价值观不会盲从，而是敢作敢为。她们有自己的思想，并且敢于表达。她们对家庭和婚姻的态度，与以赵牧为代表的老一代华人女性有很大区别。她们有自我意识，会为自己的利益去抗争，去奋斗。另外，谷玲还表现出男人一般的英雄主义气概。

谷玲：(看着梅莱)我恨这个地方！我恨警卫看我们的眼神。这就是金山啊！野蛮人的地方。我要是个男人，我要是有一把剑，我就把他们统统杀光。

梅莱：你心里怎么想，嘴巴就怎么说。可是你要是老想这些事，就会变得不抱希望了。

谷玲：我6岁的时候，父亲经常给我讲一个名叫费珊的女孩子的故事。她的父母都被土匪杀害了。所以她发誓总有一天要为父母报仇。费珊去了山上的修道院，拜一位剑术大师为师，苦学武艺。很快，她就可以像男人一样，又准又狠地挥舞长矛。她的身手像燕子一样敏捷，拳头像钢铁一样坚硬。一天，强盗袭击了修道院。费珊进门时看到一个强盗正在强奸一个尼姑。那个强盗恰恰是杀害她父母的凶手，气愤之极，费珊一剑下去，砍掉那个混蛋的头。不久，她又率领大批军队赶走侵略中国的外国入侵者。费珊是一位伟大的人民领袖。(第29页)

挪用中国传说故事或者自己杜撰中国传说的现象，在华裔作家中比较常见，为此也曾引发过对华裔文学中的中国文化之确真性的争论，比如对某些作家对花木兰的再创作问题的争论。华裔作家往往通过自己杜撰的中国传说，来抒发自己的胸怀，表达华裔特有的英

第十章 重塑华裔女性形象:美国华裔女剧作家林小琴戏剧《纸天使》 249

雄气概,比如汤亭亭写的《女勇士》。费珊的传说应该也是属于这样的一种文学现象。

与中国女性总是被虐待和抛弃的刻板形象不同,谷玲的性格更为坚强。从她的身上,可以看到移民美国的新一代华人女性与老一代在中国老家留守的女性有多层面的差异,主要表现在价值观、婚恋观和在逆境中生存的态度等方面。谷玲这个角色的发展,暗示着华人女性在美国的移民历程中将变得强大,不再只是牺牲品或受害者。

林小琴本人有着强烈的女性主义意识,她认为自己受到母亲的影响。"母亲是女性家长式的,因此我们家的女性都很强。"(转引自Uno,1993:12)母亲和父亲一起经营生意,还要管一大家子人的生活。林小琴非常独立,很有主见。像其他华裔家长一样,父母希望她能有一份普通的工作,以后有稳定的经济来源,但是并不希望她取得博士之类的高学历,因为那样的话就很难嫁得好,最好是做教师或秘书,更容易嫁出去。然而创作的冲动使得林小琴做出叛逆的决定。她决定去旧金山州立大学学习舞台艺术,以便实现她人生的第一个目标——做演员。在1968年学生罢课期间,离拿到学位还有几个学分之遥时,她决定离开学校,参加了名为"玻璃山"的摇滚乐队,成为了歌手。1969年她搬到纽约,从哥伦比亚大学新闻学院毕业,为哥伦比亚广播电台工作。林小琴作为一个女性华裔剧作家,对华裔女性群体非常关注。该戏剧的创作,与她的女性身份也有密切关系。林小琴认为,社会变革对于有色人种女性尤为必要。

林小琴的《纸天使》于1984年在美国亚裔剧团首演,由埃米·希尔(Amy Hill)导演。1989年林小琴创作的《苦甘蔗》(*Bitter Cane*)在西雅图集体剧团朗读,并作为亚裔戏剧公司(Asian American theatre company)工作室的作品,在第七届湾区剧作家节上演出。(J. Lee,1997:142)作为华裔女性,这是令人瞩目的成就,因为无论是工作条件,还是生活条件,华裔妇女在成功的路上都走得非常艰难。林小琴说:"我们中的许多人都是工薪阶层的母亲,我们需要兼顾家庭、工作和艺术。而我是单身母亲,所以无法随着我创作的剧本到各地演出。"(J. Lee,1997:154-155)

林小琴认为,美国的戏剧在很大程度上是在效仿英国的戏剧传统,而这种传统是使亚裔戏剧徘徊在边缘的因素之一。加之种族和性别的偏见,华裔女性创作和出版作品的机会很少:"对于有色人种来说,社会进步得太慢了,而对于有色人种的女性而言,这种进步就更慢。在压迫性的西方殖民社会,有色人种妇女在历史上代表最后被解放的群体。"(Houston,1993:154)过去,在美国大多数地方剧院里,有色人种的女性担任角色的机会并不是很多,亚裔女性要想看到自己的作品在舞台上上演,几乎是一个梦想。但是林小琴通过自己的努力做到了。林小琴的成功离不开自己的努力,更是时代使然。20世纪60年代以后美国少数族裔的社会地位得到很大的提升,社会总体的进步,给少数族裔戏剧的发展提供了历史的契机。

该剧的成功有多个因素。首先,现实主义的舞台设计为该剧赢来不少加分。该剧的舞台设计虽然非常简洁,但是极具视觉冲击力,取得了生动再现华裔历史的良好效果。舞台上的《纸天使》走了印象主义路线,比如布景提示:"场景是一个圆形或者类似圆形的住宿空间,有一根高柱子从地面直竖到天花板,上面连着许多床铺。可以晾衣服的绳子凌乱地交错在一起,上面搭着洗的衣服和一些个人用品,散乱的布局表示这是一个封闭的和暂时的居住空间。舞台前部也可

第十章 重塑华裔女性形象:美国华裔女剧作家林小琴戏剧《纸天使》

以采取印象主义的简单布局,男人和女人独立的居住区将舞台分成两半。"①

印象派的舞台设计为林小琴赢得好评。评论界认为该剧的舞台设计和音乐独具匠心,不同于主流戏剧的音乐等审美标准:"龙(Lone)先生和他的极具天分的演员们一起,使林小琴的戏剧产生了一系列鲜明而极具感染力的舞台形象。布景是抽象的,几个小道具、建筑上的几道绳索,随着摄影机从一块地方到另一块地方,定义出了必要的空间。音乐尤其具有想象力,优美地营造并把握了每个场景的感情氛围。作曲是露西娅·黄(Lucia Hwong),她运用了竹笛、中国琵琶、打击乐器和电子合成器。该剧的音响设计得到了积极的反馈。"②《纸天使》的演出获得好评,这不仅是林小琴和华裔戏剧的成功,也说明包括华裔在内的亚裔美国人,在视觉艺术、文学、音乐、舞蹈和戏剧方面的成就,越来越得到美国社会的认可和接受。

用戏剧表现华裔的现实生活,是林小琴的创作动力之一。她说:"作为一名亚裔作家,我认为有责任反映我的文化和女性的真实情况。文化和性别是不可回避的问题,而且它们之间有着千丝万缕的联系。"她希望能用自己的作品唤醒读者,促进他们去思考。"艺术需要思想和精神的投入,在社会变革成为必要的时候,它应该起到动员人们付诸行动的作用。"(Houston,1993:153)

林小琴关注的社会变革不仅限于华裔群体,她关注所有的群体。"我们处在一个艰难的时代,无论是从生态上、经济上、道德上,还是精神上而言,任何能激励人们产生自我确定、自我验证、恻隐之心,以

---

① John J. O'Connor, WNET Drama Looks at Angel Island, 1985-06-17, www.nytimes.com

② 同上。

及对种族、阶级和性别理解的东西,都是在这个星球上生存的人们在艰难的旅程中向前迈进了一步。"(Houston,1993:153-154)林小琴带着对社会进步的期许而努力创作。

该剧成功的第二个因素是其主题,林小琴的《纸天使》更多是因其再现华裔悲惨的移民历程而被关注和欣赏的。她以一段长期为美国主流社会所忽视的华人遭受种族歧视的经历为题材,使得《纸天使》的社会、政治和文化意义格外突出。天使岛移民站留给华裔群体的,是一段屈辱的集体记忆。戏剧不但是林小琴借以疗伤的手段,而且是让广大主流观众了解这段历史的媒介。《纸天使》让美国观众认识到华裔群体的移民经历不同于其他欧洲裔美国人的移民经历,而这一历史事实与当下的现实有紧密的关联。

更为重要的是,美国少数族裔对文化记忆的重视,特别是美国黑人对自己文化记忆的重视,推动了历史题材的戏剧受到关注。美国黑人远离非洲的故土,对故土的认识在很大程度上来自记忆,或曰再记忆。而戏剧在再记忆中发挥着独特的作用。有黑人学者指出:"为记忆而进行的斗争"一直包括表演及其他一些美国黑人的文化表达形式。各历史阶段的美国黑人戏剧作品中都有对过去的再想象,如梅·米勒(May Miller)的《哈丽雅特·塔布曼》(Harriet Tubman,1935)、威廉姆·布兰奇(William Branch)的《辉煌错误》(In Splendid Error,1953)和苏珊-洛里·帕克斯(Suzan-Lori Parks)的《第三王国觉察不到的多变性情》(Imperceptible Mutabilities in the Third Kingdom,1989)。美国黑人的表演实践,从奴隶所跳的圆舞到当代的嘻哈舞都包含着早期非洲文化传统的遗存。因此说,表演可以构成、容纳和创造"文化记忆"。文化记忆指那些在文化方面随着时间建构起来的集体记忆,

第十章 重塑华裔女性形象:美国华裔女剧作家林小琴戏剧《纸天使》

其含义由历史和文化背景确定。对于奴隶制和过去的种族压迫的文化记忆一直在美国黑人的文化政治以及美国黑人的身份形成过程中发挥着至关重要的作用。(Elam Jr. & Krasner,2001:9)林小琴的《纸天使》就是华裔在刷新自己的历史记忆,在舞台上讲述自己的历史,因此,在建构华裔文化和历史方面起到重要的作用,从而成为美国华裔戏剧史上不可忽视的一部剧作。

从1882年到1943年长达半个多世纪的"排华法案"对美国华裔造成巨大的伤害,终于在21世纪得到了安抚——美国政府对此公开向华裔群体道歉。历史终于还华裔移民群体以尊严和公道:

> 美国参议院于2011年10月6日晚,以全票通过一项法案,为19世纪末、20世纪初的排华法案等歧视华人法律表达歉意。推动法案通过的华人领袖7日表示,这一法案的通过为美国华埠了结了百年耻辱,带来了迟到的公正。
>
> 这一法案由参议员黛安·法因斯坦和斯科特·布朗等人联名提出。法案说,许多华人在19世纪末、20世纪初来到美国,为美国经济发展、西部开发做出了重大贡献,却遭受到种族歧视与暴力侵害,美国政府还通过排华法案等歧视性法律,对华人造成了不小的伤害。法案认为,这些法律与美国《独立宣言》中人人平等的理念不符,与美国宪法精神相违。对这些排斥华人的法律与其造成的不公正,参议院表示深深的歉意,并表示将致力于保护华人等少数族裔享有与其他美国国民相同的民权与宪法权利。
>
> 法案通过后,布朗表示,尽管道歉并不能补偿过去这些歧视性法律为华人带来的伤害,但承认过去犯下的错误仍然非常重要。法因斯坦此前说,她希望道歉法案能让人们了解过去那段

历史,为受到排华法案伤害的华人家庭带来慰藉。①

数月之后的2012年6月18日,美国正式以立法形式就1882年通过的《排华法案》进行道歉:②

> 华盛顿时间18日下午,美国众议院就《排华法案》道歉案进行口头表决,结果全票通过,加上去年10月参议院业已全票通过,就此美国正式以立法形式向曾经排斥歧视华人的做法道歉。
>
> 1882年通过的《排华法案》系美国历史上唯一针对某一族裔的移民排斥法案,直到1943年才被废除。该法连同其他歧视性法案禁止华人在美拥有房产、禁止华人与白人通婚、禁止华人妻子儿女移民美国、禁止华人在政府就职、禁止华人同白人在法院对簿公堂等。
>
> 2011年5月联合其他议员向国会递交道歉案的华裔众议员赵美心强调,过去25年美国参众两院仅仅通过三份道歉案,因此18日的道歉案相当难得,可谓创造了美国华人的历史。
>
> 一直参与推动《排华法案》道歉案的美国华人全国委员会主席薛海培表示,美国华人及亚裔社区完成了要求国会就《排华法案》道歉的历史使命,这是美国华人期待已久的一天,也将是美国华人崭新的一天。

美国华裔群体为这一天的到来付出了巨大的努力,其中华裔戏剧以艺术的形式所做的贡献功不可没。

---

① 见《美国参院通过议案为排华法案道歉》,《光明日报》,2011-10-09,第8版。
② 《美国会为排华法案道歉 美华人历史掀开新篇章》,中国新闻网,2012-06-19,http://world.gmw.cn/2012-06/19/content_4377295.htm

第十一章

美国华裔女剧作家及其作品

美国华裔女作家创作的小说广受关注,然而她们创作的戏剧却没有得到足够的研究。早在20世纪20年代,就有华裔女性用英文创作的剧作在美国发表,20世纪60年代以后华裔女性剧作家更是不断涌现。她们的剧作在各种主流剧场上演,得到各种媒体的评论,并获得各种奖项,极大地丰富了美国的戏剧舞台,成为美国戏剧研究不可或缺的内容。华裔女性剧作在短短的几十年时间有如此之大的发展,其社会动因和文化动因值得探讨。

美国早在18世纪就出现了女性剧作家。2002年进入美国国家女性名人廊的默茜·奥蒂斯·沃伦被认为是美国女性戏剧第一人。(Dimond, 1995:258)这位美国殖民时期的第一个女剧作家在1772年创作了她的第一部戏剧《谄媚者》。她在著名的《戏剧颂》(*Panegyric on the Drama*)一文中想象出一种剧院,从中"年轻人可以学会合理地思想、讲话和行为"(Dimond, 1995:256),早就明确指出了戏剧超出娱乐的意识形态功能。在当时大多女性都忙于家庭琐事的时代,沃伦在她创作的《罗马之劫》和《卡斯蒂利亚的女士们》中就探讨了自由、社会和道德价值对新共和国成功的必要性,主题关乎国家大事。

在美国历史上的一些时期,从事戏剧创作的女性的队伍规模竟然不亚于男性。普罗文思城剧院曾经是尤金·奥尼尔事业的起点,当时为其创作的剧作家中有三分之一是女性戏剧创作者,其中包括苏珊·格拉斯佩尔(Susan Glaspell,1882—1948)。她创作的《琐事》(*Trifles*,1916)已经成为女权主义的经典。(Dimond,1995:258)具有新现实主义风格的明妮·马登(Minnie Maddern,1865—1932)在曼哈顿上演的《海达加布勒》(*Hedda Gabler*)中担任角色,被称为美国20世纪戏剧的开端。(Dimond,1995:257)20世纪20年代早期,杜波伊斯在哈莱姆发起了"小黑人剧场运动"(The Little Negro Theatre Movement),并且通过他的《危机》杂志在1925、1926、1927年主办了最佳独角剧创作竞赛,其中女性参赛者的人数竟然超过了男性。在获胜者中就有佐拉·尼尔·赫斯顿的《颜色击打》(*Color Struck*),以及乔治娅·道格拉斯·约翰逊(Georgia Douglas Johnson)的《羽毛》(*Plumes*)。很早就有女性剧作家获得重要奖项。第一部由女性作家创作的获普利策奖的剧作是1920年佐纳·盖尔(Zona Gale)的黑色幽默喜剧《露露贝特小姐》(*Miss Lulu Bett*,1920)。(Dimond,1995:258)洛兰·汉斯伯里(Lorraine Hansberry,1931—1965)创作的《太阳下的葡萄干》(*Raisin in the Sun*)赢得了"纽约评论家最佳戏剧奖",她成为获得该奖项的第一位黑人剧作家。(Dimond,1995:259)

相比之下,华裔女性的剧作在相当一段时间内是一个空白,直到后民权时代。由于华裔女性作为少数族裔女性所遭受的双重歧视,华裔女性戏剧比白人女性的戏剧晚出现了近两百年,比黑人女性戏剧则晚了一百多年[1],以至于华裔女性的声音在美国戏剧史上长期缺失。因此,全面系统地研究美国华裔女戏剧是十分必要的。本章

---

[1] 1800年波士顿就上演过黑人女性保利娜·伊丽莎白·霍普金斯(Pauline Elizabeth Hopkins)创作的音乐剧《奴隶的逃跑》(或《地下铁路》)(*Slaves' Escape; or, The Underground Railroad*)。

将从三个方面论述华裔女性戏剧的历史和现状。

第一节 华裔女性戏剧与亚裔女性戏剧

华人女演员开始亮相于美国戏剧舞台,是在19世纪末20世纪初的世纪之交。由于19世纪下半叶和20世纪初的几十年间排华法案的原因,当时的旧金山主要以单身汉为主,所以剧场的观众也多以男性为主。但是华人女演员的演出很受欢迎,于是女性戏剧演员的队伍急剧扩大,由此也催生了美国华裔历史上的第一批新女性。因为在1882年《排华法案》之后进入美国的移民中,华人女演员可以说是第一批自由独立的华人职业妇女。舞台既是她们工作的场所,也给她们提供了经济独立的条件。女演员的出现至少有两个意义。首先,女演员的出现打破了旧社会强加在女性身上的"女主内"的禁锢。其次,随着以女英雄为主角的戏剧不断增多,生活在以男性为主导的华人社区里的妇女受到极大的激励。越来越多的妇女光顾戏院,这种现象甚至结束了戏院里男女座位隔离的历史。[1]然而,由于这些戏剧都是中国戏剧,舞台语言主要是粤语,且观众以华人为主,所以在美国的女性戏剧史研究上并没有留下印记。美国目前关于华裔女性戏剧历史的研究中,也并不以这段历史作为华裔女性戏剧的开端。

到了20世纪20年代,一些华裔女性用英语创作的剧本在美国问世,尽管并没有产生太大影响,但是它们却开启了华裔女性戏

---

[1] Women Take Their Place on Stage, http://www.sfpalm.org/chinesetheater/9_overview.html

剧的历史。这些剧本的产生都与夏威夷大学英文系的一位名叫威拉德·威尔逊(Willard Wilson)的教授有关。这位教授在讲授戏剧创作的课上,经常鼓励亚裔学生创作剧本。他鼓励学生"要观察生活,书写自己认识的生活和自己看到的生活"。这些学生创作的剧本与主流戏剧的不同之处,主要在于它们是用独特的亚裔视角书写的聚焦于亚裔经历的戏剧,是美国主流戏剧中没有反映到的内容,也是主流观众所不了解的内容。因此,这些戏剧成为夏威夷地区的新生事物,自然也是美国本土的新生事物。威拉德·威尔逊将这些剧本整理成册,共达十卷之多,其中一些得以在杂志上①正式发表。在这些正式发表的剧本中,华裔学生创作的剧本包括:李玲爱(Gladys Li)的《罗丝·梅屈服记》(The Submission of Rose Moy, 1924)、《白蛇》(The White Serpent,1924)、《无为之道》(The Law of Wu Wei),魏志春(Wai Chee Chun)的《为你》(For You a Lei, 1936)、《边缘女人》(Marginal Women,1936),等等。(Uno,1993:5)李玲爱是最早创作戏剧的华裔女性,所以说她是美国华裔女性戏剧第一人。

李玲爱于1910年出生于夏威夷的一个华人移民家庭。父母亲于1896年从广东移民美国。在那个时代,夏威夷的中国移民多在甘蔗种植园里做苦力。与他们不同的是,李玲爱的父母均为医生。李玲爱也接受了大学教育,于1930年在夏威夷大学获得文学学士学位。在大学期间,她创作了三部戏剧,分别为《罗丝·梅屈服记》、《无为之道》和《白蛇》。其中《罗丝·梅屈服记》于1925年在夏威夷大学

---

① 比如《学院剧作》(College Plays)、《夏威夷奎尔杂志》(The Hawaii Quill Magazine)、《剧团集体戏剧》(Theater Group Plays)等。

首演,剧本于1928年发表。(Huang,2006:16-17)这些戏剧主题涉及传统与现代的冲突、不同文化的价值观、女性主义理想、父权制等。李玲爱戏剧中的女性主题,即使在今天,也是美国亚裔戏剧的重要主题之一。

《罗丝·梅屈服记》是研究美国华裔戏剧不得不提的一部作品,这不仅仅因为它是问世较早的一部华裔剧作,更重要的是它所涉及的主题至今仍被当代美国华裔和其他族裔戏剧所延续。在《罗丝·梅屈服记》中,主要角色是出生在夏威夷的华人大学生罗丝(Rose)。罗丝的父亲决定把她许配给年老富有的关伟做四姨太,遭到罗丝的拒绝。罗丝坚持要读完大学,然后要为华人妇女取得参政权而奋斗,要帮助妇女"摆脱历史上束缚她们精神的传统枷锁"。但是她的父亲很顽固,继续筹备婚礼。罗丝向她非常信任的美国老师唐纳德先生求救,老师介绍罗丝去找他住在伯克利的姐姐,说罗丝可以去那里上学,并且可以和他姐姐住在一起。但是,就在罗丝决定逃跑之前,父亲交给她一封已故母亲留给她的信。信中母亲教诲她要"遵从祖先的愿望。……记住……你是中国人"。读了已故母亲的信,罗丝放弃了对学业的追求,答应了父亲的要求,嫁给了那位年迈的有钱人。(J.Lee,1997:192)剧中的罗丝在追求西方文化中的自由与遵从东方文化中的孝道之间,显得十分迷茫。

1929年出版的《无为之道》也表现了同样的主题。剧中的男主人公以牺牲真爱为代价,顺从了父母包办的婚姻。1932年李玲爱改编了中国传统剧目《白蛇传》,创作出了《白蛇》。在该剧中,一位僧人同其小弟子一起在默诵经文,祈祷剧中的青年从此能分辨善恶。1933年李玲爱专程赴中国学习音乐和中国戏曲。返回纽约后,她执导了一些电影纪录片并创作了其他戏剧作品。1975年,在美国建国

二百周年之际,李玲爱被全美女艺术家协会授予"二百周年纪念年度女性奖"。(Huang,2006:17)

由于这些戏剧都远离美国本土,而且大部分都没有在舞台上演过,即使上演,也仅限于在夏威夷大学校园的舞台上由业余演员表演,因此在美国本土几乎没有产生影响。倘若李玲爱的剧作能早些收入标志亚裔戏剧历史性发展的几部戏剧作品选中,华裔女性戏剧的历史应该提前将近半个世纪。因为第一个入选此类选集的是华裔女性剧作家林小琴,她被收入戏剧作品选中的《纸天使》发表于1978年,而李玲爱在《夏威夷奎尔杂志》发表第一部剧作《罗丝·梅屈服记》则是在1924年。

20世纪60年代以后,华裔女性戏剧在美国初具规模,其标志性成果是20世纪90年代初两部亚裔戏剧作品选的出版。这两部作品选都是由亚裔女性编辑出版的。一部是《生活的政治:四部美国亚裔女性剧作》(*The Politics of Life: Four Plays by Asian American Women*),由薇莉娜·哈苏·休斯顿编辑,费城的坦普尔大学出版社1992年出版;另一部是《不断的线:美国亚裔女性剧作选》(*Unbroken Thread: An Anthology of Plays by Asian American Women*),由罗伯塔·乌诺(Roberta Uno)编辑,马萨诸塞州大学出版社1993年出版。这两部剧作选里收入了从1915年到1989年期间亚裔女性剧作家创作的重要剧作。这两部剧作选仅比以男性剧作家为主的第一部亚裔剧作选晚出版两年多时间。第一部亚裔剧作选《世界之间:当代亚裔戏剧》(*Between Worlds : Contemporary Asian-American Plays*)出版于1990年,由米沙·伯森(Misha Berson)编辑,纽约的戏剧交流协会(Theatre Communication Group)出版。这个剧作选里收入的主要是男性亚裔剧作家的作品,只收入了两位亚裔女性剧作家的作品,一位是杰西卡·哈格多恩,一位是山内若子(Wakako Yamauchi)。之后,薇莉娜·哈苏·休斯顿于1997年编辑出版的《我像空气一样升起:亚裔新剧本》(*But Still, Like Air, I'll Rise:New Asian American Plays*)中也收录了几位女性亚裔剧作家的作品,比如迪梅·罗伯茨(Dmae Roberts)的《打破玻璃》(*Breaking Glass*)、露西·王(Lucy Wang)的《垃圾证券》(*Junk Bonds*)、黄准美(Elizabeth Wong)的《泡菜》(*Kimchee*)和《猪肠》(*Chitlins*)。

林小琴和薇莉娜·哈苏·休斯顿以及杰西卡·哈格多恩被称为第二代亚裔女性戏剧的先驱,而第一代被认为是 Momoko Iko 和山内若子。将华裔女性戏剧文学发扬光大的剧作家还有贝尔纳黛特·查(Bernadette Cha)、姬蒂·陈(Kitty Chen)、黄准美等。还有一些从女演员转行的作家和行为艺术家,如布伦达·黄·青木(Brenda Wong Aoki)、埃米·希尔、祖德·成田(Jude Narita)、玛丽莲·德田(Marilyn Tokuda)以及帕蒂·托伊(Patty Toy),她们的作品也非常重要。上述亚裔剧作家中有华裔、日裔、菲律宾裔、韩裔等,其中以日裔和华裔作家为主,兼有南亚、东南亚裔等背景的美国女性剧作家。这些作家的戏剧创作尚处于起步阶段,是新一代的剧作家。(Uno,1993:1)

我们在定义华裔女性戏剧时,经常需要谈及"亚裔"女性戏剧,而不是独立的"华裔戏剧",主要有以下几个原因。

首先,由于在美国华裔往往是作为亚裔的族群之一被指涉的,华裔文学或华裔戏剧一般不刻意单独分出,而是笼统地划归在亚裔文学或亚裔戏剧中,同样,华裔女性戏剧也常常用"亚裔女性戏剧"的名称涵而盖之。

其次,华裔女性的经历与其他亚裔群体的女性密不可分。华裔女性戏剧是随着亚裔女性戏剧的正式发表而产生,进而引起社会关注的。亚裔女性在长达一百多年的历史中,一直是一个沉默的群体。她们声音的缺失是有历史渊源的。与非洲裔美国人不同,亚洲女性到达美国海岸的人数远比男性要少得多,在移民中仅占二十分之一。形成这种现象的原因与当时的社会和法律有密切关系,当时的排华法案、禁婚法、日裔拘禁等法律,都竭力将亚裔排斥在社会之外。女性群体身受双重歧视,处于沉寂的状态。不但如此,她们还遭受了形象被丑化的悲哀经历。她们被描写成妓女、艺妓、泼妇或是小丑,扮演着生活中的调味品的角色,结果亚裔女性成为毫无社会地位的悄然无声的群体。(Uno,1993:3)不但亚裔女性悄然无声,在美国媒体里的亚裔演员都极为少见。①

难以将华裔女性剧作家从亚裔女性剧作家中截然分开的另一个原因,是有些演员具有多种血统和多文化背景,因此也无法简单地进行划分或定义。在亚裔女性剧作家中,有的是华人移民的后代,比如林小琴、黄准美等,而有些只有部分华人血统,或者说四分之一、八分之一甚至更少的华人血统,比如吴茉莉(Merlly Woo)。她是有中国和韩国血统的美国剧作家、诗人,她出生在旧金山市,父亲在中国出生,母亲则是在美国出生的韩国人。布伦达·黄·青木有中国、日本、苏格兰、西班牙四国血统。她出生于犹他州的盐湖城,成长于加州的洛杉矶,曾在日本学习能乐和日本经典戏剧。杰西卡·哈格多恩生长在菲律宾的马尼拉,母亲有苏格兰、爱尔兰、菲律宾血统,父亲有菲律宾、西班牙、华人血统。她们的剧作往往包含不止一种文化成

---

① 华裔剧作家黄准美曾经说过:"我还清晰地记得第一次在电视上看亚裔演员演出时,我眼泪不由地落了下来。"Roberta Uno. Ed. *Unbroken Thread: An Anthology of Plays by Asian American Women*. p.7

分。而且这种多文化背景的情况还在呈增长势态,因为在 ABC(出生在美国的华人)中,跨国婚姻越来越常见,多种血统的华裔的比例不断增长。

薇莉娜·哈苏·休斯顿在《生活的政治》一书的"前言"中说:"我是三种文化、两个国家和三个种族的合成体。"所以,如果按照以往的划分标准,即华裔作家指有华人血统的美国作家,那么这些有着二分之一、四分之一、八分之一甚至更少华人血统的美国剧作家,就都属于华裔剧作家。但是有些作家却声称他们并不认同于其中的任何一种。比如休斯顿就说:"我绝不拘泥于传统,因为我既非美国人,又非亚洲人,既不是日本人,又不是非洲裔美国人,我是一个多文化个体。"(Houston,1993:2)因此,仅从血统关系上,是难以截然划分的。所以我们在讨论华裔女性剧作家时,也只能将她们统称为"亚裔女性剧作家"。

还有一个原因是,"亚裔"是一个包容的概念。由于种族歧视对亚裔的排斥,亚裔学者刻意做到包容,因为包容与排外相对立。亚裔群体提倡包容,提倡亚裔族群间的相互支持,这是他们生活的大环境使然。理解了亚裔群体所生活的社会大环境,我们就能理解华裔女性戏剧只是作为亚裔的一部分而不单独成立的原因和意义。在跨族裔婚姻越来越普遍的今天,包容和融合无疑是美国未来必定的趋势。华裔群体需要和其他亚裔群体联合起来,在争取提升社会地位的斗争中赢得支持。

除以上几个原因之外,还有一个重要的原因,就是上演华裔女性剧作的剧院也使得这种分离成为不可能。亚裔女剧作家创作的戏剧,作为亚裔美国文学中最新的分支,之所以在 20 世纪 70 年代才崭露头角,是因为亚裔作家展演自己作品的时机直到后民权时代才真正出现。60年代以后创建了一批亚裔专用的剧场,如洛杉矶的东西艺人剧场、纽约的泛亚保留剧剧院、旧金山的亚裔剧团以及西雅图的西北亚裔剧团。这些剧院和剧团都是华裔和其他亚裔群体合力创建的,并不是华裔单独创建的。这些剧场致力于开创亚裔戏剧的新局面,而不是任何单个亚裔群体的戏剧。这些亚裔戏剧团体,加之80年代以后出现的一些试图表现多元文化的剧场,以及看到多元文化商机的商业性剧场,使得亚裔戏剧有了较之以前更多的演出平台,从而营造出了有利于亚裔戏剧发展的环境,而正是这种环境,为亚裔女性剧作家提供了大显身手的可能。(Uno,1993:70)由于以上种种原因,华裔女性剧作无论如何是不能从亚裔戏剧中分离出去的。

亚裔女性戏剧能有长足的发展,有赖于社会的进步。美国社会对多元文化的包容度的提高,促进了亚裔戏剧的受众的增加。观众的增加,保证了亚裔戏剧上演的可能性。在亚裔文学中,戏剧是发展最晚的文类。而在美国的语境中,这种情景被解释为是受到了观众人数的制约。罗伯塔·乌诺在她《不断的线》的"导言"中解释道:"诗歌与小说可以相对容易地传播或复制,而戏剧则不然,因为舞台创作关系到的不单是观众,而且还有演出本身:演员、行头,更为重要的是能兼顾这些因素的合适的演出场地。过去几十年里这三部戏剧作品选的出现,令人高兴地说明,现在已经有足够的剧院愿意上演由亚裔剧作家创作的关于亚裔的剧作,而有足够的观众则使得剧院大量出现,以及足够的读者对文本的需求使得出版成为可能。"因此,以华裔族群较小的人口数量,很难想象在美国有独立于其他亚裔群体的华裔女性戏剧。正因为以上种种现实,我们在讨论华裔女性戏剧时,才必须将亚裔女性戏剧纳入我们的讨论范围。

第二节　华裔女性戏剧题材与主题

以上所列举的《生活的政治》、《不断的线》、《我像空气一样升起》三个剧作选集中共收入四位华裔女性剧作家的剧作，但是这几部剧作并不是华裔女性剧作的全部，还有大量的剧作由于种种原因而不为人知。仅在马萨诸塞州大学的亚裔女性戏剧作品收藏馆（Asian American Women Playwrights Scripts Collection, 1924—1992）中，就收集了69位亚裔女性剧作家共268部作品。其中大多数都鲜为人知，因为有些只有剧本流传，并没有被搬上舞台，而有些剧本虽然被上演，却没有正式发表，反响很少，或者没有反响。该中心能将它们都收集在一起，想必是花费了相当的人力物力。这样一个中心对亚裔女性戏剧的研究而言十分宝贵，因为该中心收集到的剧本内容，给我们了解亚裔女性戏剧的历史发展提供了具体的文本资源。在这69位亚裔女性剧作家中，共有华裔女性剧作家14位[①]。这里我们就以上列举的文献中所收入的华裔女性戏剧作品，从内容和主题两个方面进行梳理、探讨。

与华裔女性小说相同，华裔女性戏剧十分关注婚姻和爱情。华裔女性戏剧第一人李玲爱创作的《罗丝·梅屈服记》和魏志春创作的《边缘女人》都是以婚姻为主题。《罗丝·梅屈服记》展示了罗丝·梅对爱情和婚姻的理想与现实的冲突。为了不违背母亲的意

[①] 笔者与该中心联系后得知，他们掌握的大多数剧作家的个人材料也很有限。所以笔者只能从她们的姓名上辨认。此处所认定的华裔作家，是有华人姓氏的作家。特此说明。另外，由于大部分剧作失传，所以此处对剧情的介绍多依赖能在该中心找到的有限的材料，有的难免流于简单。

愿,做一个孝顺的女儿,她不得不放弃自己的理想,接受父亲包办的婚姻。该剧有明显的中国传统文化的影响,但是李玲爱毕竟是出生在美国的华裔,所以该剧不可避免地涉及中西文化冲突的问题。魏志春的《边缘女人》描写了发生在 20 世纪 30 年代的一个故事,当时跨国婚姻还不为人们接受。剧中的华裔女性陷入了痛苦的抉择:是被迫接受没有爱情的包办婚姻,还是勇敢地追求爱情?彻里琳·李(Cherylene Lee)创作的《弦外之音》(*Overtones*)也是一部关于跨国婚姻的双幕剧。露西·王的《特雷夫》(*Trayf*)也涉及这个主题。

华裔女性戏剧是较早涉及同性恋主题的戏剧之一。林惠·沙伦(Sharon Lim-Hing)和苏伯代克(Superdyke)创作的《香蕉的隐喻与三重受压者》(*The Banana Metaphor and the Triply Oppressed Object*)讲述了五位美国亚裔女同性恋的故事。她们分属不同类型的酷儿,其中有四个女同性恋和一个双性恋。在剧中,她们于晚饭后围坐在一起,在闲谈中论及性话题,比如性歧视、双性恋及同性恋等话题。剧本角色的选择各不相同:她们中的两个成为生活伴侣,两个交为知己,一个另有新欢。戴安娜·宋创作的《停下,接吻》(*Stop Kiss*)描述了两个女性在纽约城坠入爱河,之后却演变成涉及男女同性恋的情杀案件。该剧本于 1999 年荣获男女同性恋联盟媒体奖(Media Award from the Gay and Lesbian Alliance)。

同性恋的性欲和性伙伴关系是同性恋戏剧中常见的主题。坎勇·宋(Canyon Sam)创作的《进入的能力》(*Capacity to Enter*)涉及同性恋的性欲、身份以及在发生争执时他们对同性恋性伙伴的态度。段光忠(Alice Tuan)的《冠鹅》(*Crown Goose: a stripping Play*),讲述了剧中人物特里克希·张设法色诱杰伊,而杰伊对她却毫无兴趣,戏剧展现了同性恋对性欲的内心感受和外在行为。在一些非同性恋题材的戏剧中,同性恋角色也并没有成为一种禁忌,而是时常出现,比如段光忠的另一部戏剧《插花》(Ikebana)展示了三代美国华裔的家庭生活及隐藏的秘密,其中一个孙子埃里森就是同性恋。

此外,家庭关系也是华裔女性戏剧普遍关注的主题。尤金妮娅·张(Eugenie Chan)的《格兰德牧场》(Rancho Grande)描述了一个生长在大漠深处的华裔小女孩的成长故事。虽然没有父爱,她却有哥哥的保护,还有一个疼爱她的妈妈。李玲爱的《无为之道》分上下两卷,第一卷展示了孩子们的叛逆精神,第二卷描述了该家庭的治家之法。在段光忠的《四点二分》(Four O'Clock Two)中,女性角色盖尔在凌晨四点去见凯,通过扮成各种她认为对凯有吸引力的女人,去引起他的注意。盖尔装扮成凯的情人,而实际上她却是他的妻子,以说明她无法同时扮演好一个女性应该扮演的双重角色。露西·王的《老大儿子》(Number One Son)探索了主人公在努力取悦父亲的同时如何努力不失去自我。在该剧中,中国文化、美国文化、美国华裔文化以及华尔街文化等不同文化发生着冲突,威胁到各种关系。主人公必须跳出传统的解决办法去应对这一切。戴安娜·宋的《两千英里》(2000 Miles),讲述了一个名叫贾尼的女孩的故事。母亲中风以后,贾尼需要承担成年人的重担,家庭的困难使她一夜之间长大了,为了照顾年老体衰的母亲,她返回了曾经逃离的小城镇。

华裔女性也同样拥有美国梦,在生活中努力实现自己的梦想。露西·王的《燕窝汤》(Bird's Nest Soup)在林家欢庆拿到美国公民身份的场面中拉开帷幕。家庭成员中的每一个人都在追寻自己的美国梦:朱莉梦想成为像罗伯特·雷德福一样的大明星,黛西希望她的烹饪术能在电视上亮相,亨利渴望能拥有自己的公司,艾丽丝想成为天主教的布道者。她们开始了人生竞赛,看谁能成为真正的美国人。华裔女性所表现出的胸怀和志向,与华裔男性相比毫不逊色。

华裔女性戏剧也表现了华裔女性在美国的悲惨遭遇及困惑。南希·王的《把梦想留给我》(Leave Me My Dreaming)是一个程式化的戏剧,展示了一个美国华裔女性在中国文化和美国社会现实之间徘徊的内心冲突。戏剧通过诗歌和动作的结合,表现了亚洲文化意识和美国白人的意识。戴安娜·宋和 R. A. W. 创作的《因为我是女人》('Cause I'm a Woman)表现了四个美国亚裔女性对歌妓、有异国情调的处女(exotic virgins)、中国娃娃和有自杀倾向的西贡小姐这些亚裔女性的刻板形象所做出的反应。在剧中,她们揭示了各自的生活经历。露西·王的《垃圾证券》讲述了一个年轻的华裔女性在瞬息万变的华尔街奋力跻身于金融圈的故事。为了分得一块美国派,她不惜用大笔的财富、辉煌的事业和优越的职权去冒风险。充满诱惑的剧情辛辣地嘲讽了赤裸裸的金钱欲和尔虞我诈的商场。戴安娜·宋的《无喜无福会》(The Joyless Bad Luck Club)是关于四个亚裔妇女的故事,她们谁也不会打麻将,却围坐在麻将桌前,目的是为了找个机会讲自己的故事,回顾她们的过去。该剧明显是对谭恩美的《喜福会》的模仿。黄准美的《中国娃娃》(China Doll)是传记式故事。剧本基本以华裔无声电影明星黄柳霜(Anna May Wong)的生活为原型,记录了她在好莱坞影艺界四十余年艰辛奋斗的生涯。

有些戏剧的故事背景虽然还是唐人街,但是剧中的人物和故事情节,已经失去亚裔文化的特征。人物的名字是西方人的名字,故事可以发生在任何人身上,戏剧的主题也不再是关于身份认同或种族歧视等少数族裔作家曾经特别关注的问题。比如,段光忠的《早茶》(*Dim Sums*)就是一部颇具表现主义风格的戏剧。剧情发生在洛杉矶唐人街一家恐怖怪诞的早茶餐馆。饭店的伙计查理自视清高,从不把白人放在眼里。他还是个卑鄙的自虐色情狂,他强暴了邦尼·林,一个被偷贩到美国后遭受奴役的女人。店铺的厨师在黑暗的地下室用各种调料制作着口味诱人的水饺。乔伊斯是一个流浪妇女,非常喜欢饭店的水饺,她挣来的零花钱都用来买水饺吃。黛西·李以前是个色情影星,被哈维医生一刀刀地切碎,而这个男人曾一度许诺要医好黛西的病。水饺鬼魂、缪斯女神和上帝等萦绕在这家饭店。故事中既表现了吃人也表现了被人吃。

华裔女性剧作家的视野并没有限制在华裔族群之内,她们不仅仅写华裔,也写别的亚裔族群。她们的戏剧经常表现各种不同的文化,在作品中积极反映多元文化。莉拉妮·张(Leilani Chan)和克奥·伍尔夫德(Ke'o Woolford)的《舞蹈中的考纳故事》('*Kaona' Stories within the Dance*),把草裙舞同戏剧融合在一起,打破了夏威夷土著的刻板形象和夏威夷旅游业创建的神话。剧本有各种元素,包括装饰图案、短小场景、诗歌插曲以及视觉想象的瞬间。莉拉妮·张的《妈妈》(*Mama*)通过音乐、幻想、史诗般的叙事等形式探索多元文化的议题。彻里琳·李的《道克·海的民谣》(*The Ballad of Doc Hay*)是一部关于20世纪初期草药医术学的双幕剧,而草药医术学一般认为兴盛于东方,属于东方文化。黄准美的《泡菜》与《猪肠》展示了一个华裔电视记者为了解决纽约黑人和韩裔之间日益激化的矛盾做出的不懈努力。有些戏剧的内容超出女性的生活领域。事实上亚裔作家在着力表现亚裔的独特声音的同时,并不将自己局限于亚裔族群,相反,她们拒绝把亚裔仅看作有色人种和多元文化的一部分而忽略亚裔作为美国人的多样性,以及他们表现的多样化的美学感性。

有些戏剧已经完全看不出族裔色彩。比如南希·王和 Robert Kikuchi-Yngojo 的《假如我们知道》(If We Only Knew)。剧本幽默地展现了一个男人和一个女人经过几次投胎再世,却依然纠缠在一起的风趣奇事。在爱情和恐惧、梦想和现实、记忆和失忆的困扰中,他们都想极力弄明白:"我究竟为什么要回来?为何要还同你在一起?我应该记住什么才能不再回到你身边?"戏剧采用了将梦想、神话、民间故事和中西方古往今来的戏曲元素相结合的方式,以及将舞蹈动作与音乐剧糅合在一起的手法,内容和形式都非常丰富多彩。黄准美的《就位》(Assume the Position)则关注未来,讲述了一伙外星人操控了美国的法律体系,将人们纷纷变成了土豆。在黄准美的《红色信封内》(Inside a Red Envelope)中,詹姆士是一个高级建筑师,意外碰到了仁慈女神(Goddess of Mercy),他敞开了封闭的心扉,回到了过去,忆起了自己的父亲。黄准美的《让大狗吃》(Let the Big Dog Eat)探索了高尔夫球场上由大男子主义和代沟导致的冲突。在发球之际的欢愉中,四个企业富豪相互打趣笑谈他们的商场财运。

女性戏剧不仅在主题范围方面越来越呈现出"去族裔化"的特点,而且越来越超越对性别的关注,在一些主题上不断与华裔男性剧作家甚至是主流剧作家重合。杰西卡·哈格多恩对目前亚裔剧作家的创作状态有这样的描述:"总有一些作家在不断地探究身份认同的问题,有跨性别的、跨文化的,还有跨国家的身份认同。而有些人真的过着满意生活,为特定的观众群创作,用一种特定的视角去创作。他们对写无视人种差异的故事不感兴趣,只写自己熟悉的东西。他们写得很开心,也做得很好,那又干吗不做呢?被贴上某种标签又有什

么呢？也许他们并不在乎被贴上标签之类的事情。"(Eng,1999:419)

这表明女性剧作家的视野逐步在扩大，女性戏剧并不局限于女性的世界。林小琴的《纸天使》、《苦甘蔗》、黄准美的《猴王奇遇记》(Amazing Adventures of the Marvelous Monkey King)等戏剧的创作题材包括历史、社会、未来等人类普遍关注的主题，超越了性别的界限，与男性剧作家趋同。在戏剧手法上也充分利用多种戏剧元素，使得舞台丰富多彩，其中不乏实验性戏剧，比如段光忠的《海岸线》(Coastline)。该剧尝试打破故事的连续性，探索打破连续性后的戏剧是否能改变故事。该戏剧从三个层面讲述，对戏剧情节框架进行了大胆试验和探索。华裔女性戏剧的题材和主题的不断扩大，加大了她们融入主流戏剧的步伐。

纵观华裔女性戏剧的发展史，华裔女性戏剧在发展的初级阶段具有明显的中国文化和中国戏剧传统的影响。20世纪20年代李玲爱的《白蛇》就利用了中国戏剧资源，剧名更是直接挪用了中国戏剧《白蛇传》。但是，由于华裔作家本身处于两种文化的跨界状态，因此跨文化的主题很快就进入华裔戏剧。李玲爱的《罗丝·梅屈服记》已经开始涉及跨国婚姻和跨文化题材。此剧不但涉及族裔问题和性属问题，而且首次表现了华裔女性在美国的文化跨界状态以及面临的问题。

有评论说，罗丝的悲剧性选择是完全没有选择的。她完全没有可能真正地跨越那些边界：命运被描写成已经写入了她们的血液中，不能抹去，罗丝是不能抗拒祖先的意愿的。东西方两个世界被描绘成性质相反的两种状态，在这种状态下，东西方两个世界都不可能完全承认露丝。最初罗丝还满怀激情地公然反抗父亲："给我自由，给我自由。"但是到了剧终，她却从根本上转变成"中国式的"被动，在父权面前沉默了。她的屈服表现的不是一种选择，而是一种对自己意志的放弃。尽管如此,该剧创造出一个不确定的空间,在这个空间里,罗丝既不需要完全地亚洲化,也不需要完全地美国化,而是同时站有两个立场。(J.Lee,1997:193)剧中的华人父母代表传统中国文化落后的一面,美国教授代表西方现代开明的一面,这样的二元对立模式在后来的华裔文学中被不断重复(最著名的是黄玉雪的《华女阿五》)。生在美国的华人女性,经历了中国文化和美国文化的种种冲突,似乎必须在相互排斥的两个文化中做出选择。

《罗丝·梅屈服记》一剧被认为使用了迟来的家书、已故母亲的家训以及精心设计的语言等手法,从而创造出"华裔"和"美国人"之间的、传统与现代之间的、家长制与女权运动之间的戏剧冲突。(J.Lee,1997:193)自从李玲爱的这部戏剧以来,文化跨界一直是美国亚裔作家的戏剧主题。而且在20世纪70年代崛起的华裔文学中,像罗丝那样在两种文化中感受到困惑,似乎成为一种模式,华裔似乎永远面临这样一种无法选择的选择。直到20世纪末的十年前后,华裔文学中才开始表现自由跨界的华裔,和自觉建构自己的文化身份的新一代华裔。李玲爱在20年代创作的文化跨界戏剧,在长达近半个世纪的时间里,都是华裔文学中常见的一种文化身份认同模式。

尽管华裔在初期利用了中国戏剧资源,但是中国戏剧元素在华裔的戏剧中讲述的却是美国故事。这是因为华裔戏剧作家利用的只是戏剧素材,无论意识形态还是审美情趣,都与中国戏剧相差甚远。曾筱竹(Muna Tseng)的经历也许能代表许多华裔剧作家的状况。曾筱竹出生在香港,但是在加拿大上高中和大学,在美国纽约成为专业艺术家。她说:

> 1989年,母亲和我第一次回到我的"故乡",我这才开始意

识到我是一个真正的亚裔美国艺术家……在此之前,我从来就没有和中国观众有过任何接触。从那以后,我开始把自己定位为亚洲艺术家。我从来没有受过中国文化的教育,没有接触过京剧,而我的观念思想也都是西方式的,所以我必须寻找一种方式,把亚洲文化和我骨子里的西方文化联结起来。我潜心多年的研究似乎还是没有什么大的成效,或许也并不是这样的。随着年龄的增长,我越来越多地反思我的传统和对待生活的态度,认为我是一个在某种意义上生活在西方的中国人……这样一来,一系列的问题都出来了。后来,我达到了把二者巧妙结合的境界,感到很满足。但是,还是有人打电话来问我:"你能在中国新年的时候去舞龙狮吗?"我告诉他们:"谢谢,但是我不会舞狮子。"那么,该怎样定位我的工作呢?虽然我并不是全写种族性的东西,但是却有源自一个中国出生的人的深度洞察。(Eng,1999:419)

这种"生活在西方的中国人"所创作的戏剧,具有他们独特的视角和深度观察。正是这样用西方意识形态和文化视角去内视华裔本身的观察和感性,使得他们创作的戏剧既有别于中国戏剧,也有别于美国戏剧。亚裔戏剧主要的独特之处并不在于其舞台语言,也不在于戏剧内容,而在于他们的视角。华裔戏剧从20世纪20年代开始,就形成了这种我们可以称之为"华裔视角"的独特视角。

第三节 华裔女性戏剧长足发展的社会及文化动因

美国华裔女性戏剧于20世纪60年代后迅速发展,她们的剧作在各种主流剧场和媒体上演或得到评论。其影响之广泛,是19世纪中期的华人戏剧所无法比拟的。当时用粤语上演的、观众群以华人为主的华裔戏剧,与今天用英文创作的、观众群不分华裔与非华裔的华裔戏剧,可谓有着天壤之别。华裔女性戏剧作为其中的一个重要组成部分,能有今天的发展,与美国主流文化的变迁有密切关系。华裔女性戏剧受到主流戏剧舞台和其他戏剧形式的很多影响。

如果我们把20世纪20年代涌现的李玲爱等界定为华裔女性戏剧的第一代作家,那么70年代产生的林小琴等就是第二代剧作家。第二代戏剧作家与第一代有较大的不同,她们受到主流女性戏剧的影响更为广泛和直接。由于女权运动的影响,20世纪60年代的美国女性剧作家已经开始形成气候。贝丝·亨利(Beth Henley)的《心的罪恶》(*Crimes of the Heart*)、温迪·沃瑟坦(Wendy Wassertein)的《不凡的女性及其他》(*Uncommon Women and Others*)以及获普利策奖的作品《海蒂编年史》(*The Heidi Chronicles*)、玛莎·诺曼(Marsha Norman)的《晚安,妈妈》(*Night, Mother*)等作品都是百老汇的成功之作。她们独立自由的言语和思想,为美国戏剧舞台提供了颇具吸引力的妇女形象。(Dimond,1995:260)这些戏剧对于华裔女性戏剧的发展,起到极大的推动作用。

从20世纪60年代开始就自成一派的美国女性主义独立戏剧,对华裔戏剧也产生了很大的影响。女性主义演员的独立演出就是以某种方式将个人经历公开演出。演员在舞台上尽情表现自己,而不是表现女性的传统形象。她们打破女性的禁忌与沉默,在表演中强调"演出就是政治"的主题。角色虽然多种多样,却都是独一无二的。作品之所以注重个人经历与情感素材的原因也是如此,因为他们是独一无二的。(E. Lee,2006:161)南希·王的《把梦想留给我》、戴安娜·宋和R.A.W.的《因为我是女人》、露西·王的《垃圾证券》等表现华裔女性生活经历的戏剧都具有明显的这类特点。族裔主题不是她们唯一的关注,甚至不是主要关注。无论角色是什么,亚裔特性只是故事的一部分。普世的主题和特殊的主题,这两者构成华裔女性戏剧作为族裔戏剧的特点。华裔女性戏剧虽然起步较晚,但是在社会背景发生巨大变化的时代,也随之发生了巨大的变化。

20世纪80年代在美国校园兴起的多元文化运动,对于包括华裔在内的有色人种和少数族裔,都是有利的东风。以融合为基础的大熔炉文化被马赛克式的多元文化所取代。重新诠释族裔文化和重新塑造其文化形象成为这个时代有色人种艺术家的使命。文化运动关乎少数族裔的社会地位和政治地位的提升。可以说,对华裔文化的发掘和发展是符合美国主流的多元文化运动的宗旨的。发展华裔戏剧不仅是对华裔族群文化特性的弘扬,而且是对美国文化的丰富,因为多元文化思想的认识基础是,美国是一个多种族的国家,多元文化是其国家特征。在这样一种社会和文化的大背景下,华裔女性戏剧以创新的戏剧形式,丰富了对种族、族裔和其他文化差异的表征,不但提高了其政治文化的可见度,而且有效地对抗了种族主义对华裔的歧视性表征。美国主流观众通过戏剧舞台了解到华裔女性及其文化艺术,正是在这个意义上,华裔女性戏剧起到重要的社会、政治和文化作用。

随着多元文化思想的深入人心,人们开始不满足于这个术语所包含的浓厚的政治含义,而进一步追求表现个体的独特性。于是文化多样化的概念开始流行。多样化的政治含义比较少,但是却更多地强调个体的差异。近年来族裔文学批评有一种倾向,就是强调女性群体的多样性,认为Feminism一词更具实用性,而不是单指政治层面的意义。新的认识是,Feminism 指在家庭、工作、艺术和文化中的平衡。有人甚至认为"女性主义"这个概念是一种威胁,它暗示妇女是单一化模式的。比如,托尼·莫里森就称自己是 Womenist,而非 Feminist,表示她并没有被单一化。(Houston,1993:13) 20 世纪末的华裔女性戏剧就表现出明显的多样性。表现个体的独特性成为新一代剧作家的重要兴趣,创作有政治意义的作品已不再是他们主要的目的所在。

另外,华裔女性戏剧能在无声状态存在大约一百年后,在短短的几十年发展到今天生气蓬勃的局面,一个重要的原因是属于主流学术机构的亚裔女性学者对亚裔女性戏剧的推动。这一点从女性戏剧作家队伍的构成就能反映出来。华裔女性剧作家这支队伍的主体是大学的学者和教授。标志着华裔女性戏剧发展成就的几部戏剧集,均由在大学执教或做研究的女学者编辑出版。1992 年出版《生活的政治》的薇莉娜·哈苏·休斯顿是南加利福尼亚大学戏剧学院的副教授;编辑出版《不断的线》的罗伯塔·乌诺在马萨诸塞州大学阿默斯特分校执教;另一部《亚裔历史与文化系列丛书》的主编陈素贞是加州大学圣巴巴拉分校教授,编辑出版其中戏剧部分的刘大卫是斯坦福大学比较文学系教授。她们不仅编辑出版了华裔戏剧集,而且在学术领域都是颇有成就的学者。休斯顿是极具声望的戏剧作家、散文家、诗人,她的作品在曼哈顿戏剧俱乐部、同时代剧院、肯尼迪艺术中心及日本社会剧院等多家剧院上演。除了教学,她们都直接参与剧本创作和舞台实践。休斯顿是该学校戏剧学院剧作家计划的主任,是亚美团(Amerasian League)的创建者之一,并担任该团的主席。乌诺在马萨诸塞州的新世界剧院担任导演,她提供的亚裔女性戏剧资料揭开了之前不为人知的女性戏剧的历史面目,让更多的人了解到曾经有如此之多的亚裔女性都通过戏剧这一形式来表达自己,并看到她们的戏剧才能和成就。这些材料虽然还欠完善,有些内容甚至十分简单,但是它毕竟是唯一的一个女性剧作集合地,对于华裔女性戏剧的推广和发展有积极的推动作用。

作为大学学术机构的学者和教授,甚至是部门负责人,这样的身份和地位使得她们不仅能够把亚裔剧作作为研究成果正式出版,甚至能够左右相关教学大纲的内容,使这些剧作通过课程进入美国的大学课堂和科研领域。研究表明,需要把亚裔戏剧表演艺术纳入美国亚裔研究的课程中的建议已经提出。(E. Lee,2006:xi)[1]

这些华裔剧作的编辑出版者,所起的作用要大于普通剧作家,因为她们将学者的视野和对舞台的敏感带入到华裔女性戏剧的创作之中。同时,也通过出版戏剧集,将华裔女性的戏剧带入主流的视野。学者的敏感使得她们编辑出版的戏剧集能关照主流戏剧的主题,从而有利于主流戏剧界的接受和欣赏。可以说,在作品发表层面,华裔女性戏剧主要是在华裔女性学者的推动下,才受到主流的关注。她们通过高等院校学术研究的平台,把华裔女性戏剧直接送入主流的视野,使华裔女性戏剧的声音直达主流学术界。许多优秀作品也从而获得主流的好评,甚至获得大奖。不少的华裔女性剧作家都是获奖无数。这与19世纪中期华裔女性戏剧远离主流视野的情况大相径庭。

这些学者不但向主流社会呈现了研究华裔女性戏剧的文本资源,她们对一些关键概念的界定和定义,也起到为华裔戏剧研究塑型

---

[1] 作者在此还感谢了一些人,感谢他们支持将表演艺术纳入美国亚裔研究的课程中。(戏剧在美国的学科划分中属于表演艺术学科,笔者注。)

的作用。她们对身份认同、剧作家的作用、主流戏剧舞台的意义、如何创作优秀的剧本、什么是亚裔、什么是女性主义等概念的定义,对华裔女性戏剧研究产生了广泛的影响。

休斯顿认为,"一个好的戏剧必须能使角色和观众一道,在心灵上受到感动"。她试图教育大众,通过用"对各种知性、情感、文化真实,及亚裔和亚裔女性的特殊视野的理解",取代历史遗留的亚裔刻板形象,以便有助于构建一个欢迎差异的世界,而不是恐惧差异的做法,这些都对定义现代华裔女性戏剧具有重要的意义。这些大学的学者赋予华裔女性戏剧的不仅是艺术意义,而且具有教育意义。她们旨在教育主流观众重新认识华裔,重新认识华裔文化。

由于这些学者将戏剧艺术与华裔文化以及华裔的生存这些现实问题紧密联系起来,使得戏剧增加了与华裔作为一个族群的相关度。她们关注的不仅是戏剧艺术,她们的戏剧集聚焦于"权利、经济、情感、文化、种族、性别、阶级、人际关系、知性、艺术等的协商(negotiations),也就是关注生活的政治"。戏剧使政治与个人的生活紧密地联系在一起。这也从一个方面解释了华裔女性戏剧队伍不断扩大的原因。戏剧成为她们生活的一个需要。

然而,在华裔女性戏剧的研究方面,还存在一些问题。首先是对华裔女性表征的全面性的质疑。华裔女性这个概念,和亚裔与华裔的概念一样,不是一个统一的、固定不变的概念。华裔女性是一个复数的、多样化的群体,不是单数的、统一的概念,华裔女性戏剧也同样。但是现在引起关注的"美国亚裔"戏剧的剧作者,主要是华裔和日裔。他们大都是中上等阶级,具有大学教育程度,讲英语,而且是异性恋者,新一代的移民和难民并不包括在内。(J. Lee,1997:23)我们知道,选择研究文本的标准不同,研究得出的结论势必不同。我们在美国之外研究美国的华裔戏剧,研究文献是主要资源。而我们依赖的研究文献,主要基于正式出版的学术专著和戏剧作品,比如以上提及的几部戏剧作品集和正式出版的剧本。而那些只上演过却没有出版剧本的戏剧,就无法进入研究者的视野,其结果是造成研究覆盖面的局限性。

约瑟分·李指出:"美国亚裔戏剧与较大范围的亚裔运动的政治文化之间有不可分离的关系。美国亚裔运动从一开始就与学术机构保持着密切的联系,并被第二和第三代华裔、日裔所主导。"(J. Lee, 1997:23)华裔女性戏剧,也基本局限于这个范围,而另一些没有声音的阶层,则无法得到反映和研究。也有学者对正式出版的剧本集子中没有收入李玲爱等人的作品提出质疑,认为这表现出亚裔美国社团较为显著的一种自我消声(self-silencing)的做法。对此,《表现亚裔》一书的作者约瑟芬·李对她的论著的解释,笔者认为比较准确地描述了美国亚裔戏剧研究的状况:"不能认为这里讨论的戏剧代表了美国华裔或具有种族特征的具体的和个人的生活经历。只能说他们表现了各种各样的推动和行动,以及华裔戏剧如何重塑自我的部分内容。"

另外,过去几十年中包括华裔在内的有色人种艺术家的不断涌现,对戏剧的定义和批评理论也提出新的要求。目前对族裔戏剧的批评还在沿用对主流戏剧的批评理论。华裔女性戏剧毕竟是作为少数族裔的女性的戏剧,对于它的批评,需要有相应的词汇和理论。对此,已有美国学者指出,在女性以及其他边缘化群体戏剧的批评方面,应该建构新的评论词汇和批评理论。希望以后的华裔女性戏剧批评能建构出适合其发展的批评理论。

第十二章

美国华裔戏剧团体的资金来源

资金支持是戏剧发展的重要条件，对非营利性戏剧团体而言更是如此。以资金来源的渠道划分，美国的戏剧分为商业戏剧（commercial theatres）和非营利戏剧（non-profit theatres）两种。非营利戏剧基本都是慈善性质的，在英国，这种戏剧被直接称为慈善性（charitable）戏剧，或资助性（subsidized）戏剧。[①] 这种类型的戏剧团体需要设法筹集资金，把收益返回给戏剧团体，使更多的观众受益，而不是把利益交给股东。在美国，非营利戏剧团体占美国戏剧的半壁江山。以2005年的统计为例，当时营业中的百老汇商业剧院不超过50家，全年总收入为8.62亿美元，观众大约是1 300万人次。而据美国非营利戏剧行业协会，即美国戏剧交流协会（Theatre Communication Group）的统计，全美非营利职业剧团有1 490家，票房收入大约为8.45亿美元，观众大概是3 200万人次。美国的非营利戏剧虽然在营业收入上与商业戏剧不差上下，但是观众人数却是商业戏剧的三倍，因而是美国戏剧艺术管理的主流模式。（沈亮，2007：15-23）

具体而言，非营利戏剧是指符合美国联邦税法501(C)(3)规定

[①] http://www.thatdamnyankee.com/2009/10/how-is-london-theatre-funded.html

条件的戏剧团体,其艺术管理模式以固定剧目轮演制①、季票订购制、艺术捐赠制为主要特征。这样的剧院,一般有一半的收入来自票房,一半的收入来自艺术捐赠。虽然这一体制的确立是在20世纪60年代,至今不过是五十年左右的时间,但是美国对非营利戏剧艺术管理模式的探索却早在百老汇商业戏剧运作管理模式确立时就开始了。早在20世纪20年代,美国戏剧协会剧团就开始了季票订购的做法。(沈亮,2007:15-23)

在美国,票房和捐赠是支撑非营利戏剧团体生存和发展的主要途径。亚裔戏剧以非营利剧团为主。本章从美国的戏剧捐赠理念和具体实践的角度出发,探讨非营利亚裔戏剧团体的集资方式,了解亚裔剧团的资金运作和发展模式。

第一节 多样化的个人捐助方式

首先,票房是需要经营的,并不是设立一些售票处就万事大吉。美国戏剧票房的经营方式五花八门。在20世纪90年代,一个剧目仅在百老汇上演,并不能说明它是成功的,哪怕是一个票价创新高的剧目。票价一般是50美元,像《西贡小姐》这样在百老汇历史上制作最昂贵的剧作,票价是100美元。即使如此,仍需要长期在百老汇演出,并且场场爆满,才能收回巨额投资,更不用说赚钱了。(Schlueter in Krasner,2005:504-505)非营利剧团更是存在资金问题。下面以东西艺人剧团为例,他们将票房的经营与捐赠队伍的经营相结合,探

---

① 指美国非营利职业剧院一年中有六七个剧目依次轮流上演,每个剧目不间断上演2天左右。像订阅报纸一样,有很大一部分观众预先订购整个演出季的票。

索出一套有效的集资方式,很有启发意义。

东西艺人剧团是美国建立时间最长、影响最为广泛的亚裔戏剧团体之一,它成立于1965年,是一个非营利的慈善性戏剧团体。剧团以自筹资金的方式运作。在几十年的运转中,东西艺人剧团发展了自己的捐赠者队伍,建立了一套行之有效的集资方法,很值得研究,对于非营利戏剧团体,或有可借鉴之处。

东西艺人剧团在几十年的经营中,营造了一个属于自己的圈子,叫作"东西艺人剧团圈"(East West Players Theatre Circle)。这个圈子成为该剧团稳定而持久的资金来源,其成员每年为剧团的演出和各种计划进行捐款,是从资金上支撑东西艺人剧团的核心群体之一。[1]作为剧团圈的成员,根据每人每年的捐赠数额,在该剧院举办的每年一度的晚宴上,根据捐款额度的不同而被安排坐在不同的圈子里。他们也会得到相应级别的优惠。这些级别有:主席级捐赠人、艺术总监级捐赠人、制作人级捐赠人、导演级捐赠人,等等。在东西艺人剧团每年举办的周年晚宴上,嘉宾一圈一圈地围坐着。捐赠一万美元以及以上者坐在一个圈里,他们的桌上注明"主席圈"(Chair's Circle),其他以此类推。

主席级捐赠人每人可获得四张首演夜场的季票,和两张"远见卓识周年纪念奖"的晚宴入场券及无声拍卖入场券;捐赠5 000美元至9 999美元者,桌上的牌子注明是"艺术总监级",可获得两张首演夜场季票和两张"远见卓识周年纪念奖"的晚宴入场券及无声拍卖入场券;捐赠2 500美元至4 999美元者,属"制作人级",可获得两张普通季票和两张"远见卓识周年纪念奖"的晚宴入场券及无

---

[1] http://www.eastwestplayers.org/why_support/supportus.htm

声拍卖入场券;捐赠 1 200 美元至 2 499 美元者,属"导演级",可获得两张普通季票和两张"远见卓识周年纪念奖"的晚宴入场券及无声拍卖入场券。

东西艺人剧团还有一个友情团,名叫"东西艺人剧团之友"(Friends of East West Players),其主要作用是帮助剧团汇集社群的集体力量,它为东西艺人剧团的生存和发展提供了至关重要的资金支持。友情团的捐赠活动也以各种形式得到剧团的承认。剧团会及时通知他们剧团的演出活动,并在每个演出季的节目单上表彰他们对剧团的支持。视捐赠数额的不同,友情团的成员被冠以不同的称号:捐赠 750 美元至 1 199 美元的是"剧团之友",捐赠 500 美元至 749 美元的是"赞助人",捐赠 250 美元至 499 美元的是"主办者",捐赠 100 美元至 249 美元的是剧团"支持者",捐赠 1 美元至 99 美元的是"艺术工作者"。

"东西艺人剧团之友"等级表

捐赠数额	所冠称号
750—1 199 美元	剧团之友
500—749 美元	赞助人
250—499 美元	主办者
100—249 美元	支持者
1—99 美元	艺术工作者

除了捐款,东西艺人剧团还接受其他各种捐赠,比如汽车、游艇、摩托车、娱乐车和飞机。通过捐赠这些物品,捐赠人不仅能享受到减税,他们的善举还会在演出季的节目单上得到宣传。

另外,观众还可以通过出资冠名剧院的座位的方式,对剧院进行捐助。这种活动叫"座位冠名"捐助活动。东西艺人剧团目前主要的演出场所是黄哲伦剧院(David Henry Hwang Theater),这座剧院位于洛杉矶市中心的小东京地区,坐落在历史悠久的联合艺术中心内。每年有超过一万名的观众来到这里观看演出。在宣传"座位冠名"活动时,剧院打出的广告如下:

> 黄哲伦剧院仍有少数的座位等待冠名。您可以冠名一个座位,以纪念您对东西艺人剧团的支持,也可以以您所爱的人的名字为某个席位冠名。冠名牌子上面可以刻下30个字符(记空格)。

当然,冠名捐赠的做法并不限于戏剧,在美国,冠名活动也广泛见诸文化、教育等领域。以福克斯商学院为例,该学院向学生、校友、学生家长及其朋友发出邀请,鼓励他们出资冠名学校礼堂的座位。他们可以用毕业于该校的学生的名字命名,也可用他们的亲戚、学校的教授、校友、在校学生、教员或朋友的名字冠名。学校提供的可供冠名的座位多达1 600个。这些座位有的在教室,有的在实验室,也有的在讲座大厅。这些都是成百上千的学生读书学习、参加考试或听讲的地方,可以想象这些用于冠名的名字将产生长远的影响。冠名的时间是有限制的,价格也不同,正如福克斯商学院在一段广告中说明的:

> 在这个活动的第一阶段,我们提供大礼堂的奥尔特厅中低层的座位,冠名时间较为短暂,每个座位的冠名费用是275美元。
>
> 目前我们提供一些特价冠名的座位,它们的冠名限于以下人群:

2008年1月/5月毕业的研究生

福克斯商学院师生的家属以及2002年到2008年的毕业生

福克斯商学院从2002年到2008年的毕业生

具体的程序是：

1.选择座位;2.发来你的信息;3.确认座位;4.寄来冠名费

其他高回报空间的座位将在以后的几个月中放出。我们提醒大家每隔一段时间,就去看看会议大厅和教室中有待冠名的座位情况。我们邀请你们给福克斯商学院的学生、校友及其亲友以及未来一代一代的年轻人,留下一份遗产。[1]

可以说座位冠名的做法在美国是非常普遍的一种集资方法。

除此之外,东西艺人剧团还接受股票捐赠。一般来说,美国税法允许从捐赠的长期(超过一年的)资产中扣除当前市场的价值。举例来说,几年以前用1 000美元买的股票,现在增值到5 000美元,如果将此股票捐赠给东西艺人剧团,那么就能直接扣除全部的5 000美元。换言之,如果您先卖掉股票,再把现金捐赠给东西艺人剧团,那么您的实际收益则需要缴税。

东西艺人剧团还提醒人们可以通过遗嘱或生前信托的形式捐赠,捐赠者会因对亚裔社群的贡献而名留史册。剧团甚至公布了正式的格式:"我将所留不动产的百分之＿＿＿赠予东西艺人剧团。"或者"我将总额为＿＿＿的美元赠予东西艺人剧团。"或者"我将位于＿＿＿(描述该财产或房产的位置)的财产或房产的收益赠予东西艺人剧团。"[2]

---

[1] http://sbm.temple.edu/alter/takeaseat/message.html
[2] http://www.eastwestplayers.org/why_support/supportus.htm

有的剧团采用剧团会员制的形式募捐,而一般会员资格都不是免费的,比如磁石戏剧组合(Lodestone Theatre Ensemble)。磁石戏剧组合坐落在洛杉矶,成立于1999年,也是非营利的亚裔戏剧团体,他们采取会员制的组织形式。虽然成立仅大约十年时间,但是他们自开业以来,一直处于赢利状态。总结原因,他们认为有两点:一方面是社群同人的慷慨资助,另一方面是他们富于创意的戏剧作品吸引了广大观众。他们剧团的宗旨是"通过真实而有娱乐性的艺术作品,发展、创作、推动和表现犀利而引人入胜的戏剧,搭建社群间的交流平台"。[1]

有的剧团还根据市场的需要,通过提供外围服务进行集资,如马驿剧团(Ma-Yi Theater Company)。该剧团成立于1989年,坐落在纽约市,曾经获得过奥比奖、剧评人奖等多项荣誉。[2] 他们有自己的董事会。1998年马驿剧团为满足市场的需要,扩大了自己的戏剧领域,开始上演菲律宾裔和其他亚裔作家的作品。他们对捐赠者提供戏票打折、预订贵宾席等优惠措施,还为观众提供与演员台下交流的机会,提供外围服务(outreach efforts),打开了获得资金的新渠道。

总部设在纽约的泛亚保留剧剧团也表明他们的项目部分上是靠广大捐赠者的慷慨资助才得以完成的。他们明确表示,由于他们是非营利性剧团,所以对他们的所有捐赠都是减税的。他们按照捐赠者出资的数额,明码标出捐赠者的等级:

---

[1] http://en.wikipedia.org/wiki/Lodestone_Theatre_Ensemble
[2] Wikipedia: Ma-Yi Theater Company—a professional, not-for-profit theater company

泛亚保留剧剧团捐赠者等级表（Pan Asian Rep Donors）

25 000 美元以及以上者	调速人
5 000 美元以及以上者	制片人
1 000 美元以及以上者	天使
500 美元以及以上者	力挺者
250 美元以及以上者	赞助人
100 美元以及以上者	主办者
50 美元以及以上者	支持人
49 美元以及以下者	友人

可以说美国非营利戏剧的票房经营方式是多样化的，效果是显著的，因此成为非营利戏剧集资的重要方式之一。

第二节 政府及社会捐助的多种途径

另一个重要的资金来源是社会捐赠。社会捐赠也包括政府捐赠，只不过政府是通过建立一些代理机构去发放资金，以此推动文化和艺术的发展。这类机构中最大的当数美国国家艺术基金会（the National Endowment for the Arts）。[①] 以1992年为例，联邦政府预算中支持国家艺术基金的数额高达17 590万美元，占基金总额的70%。但是这种政府拨款的数额是不确定的，比如在2000年已被削减为大约9 800万美元。（奥斯卡·G.布鲁凯特，2006：22-29）从联邦政府、州政府到地方政府，都有对艺术的拨款，这是因

[①] Introduction, Theatre Funding in America, http://www.mightystudents.com/essay/Funding.Theatre.USA.102628

为美国是通过立法将政府对艺术的投入加以制度化的。纽约大学副教务长、蒂希艺术学院的玛丽·坎贝尔院长对此立法的理念有如下说明：

> 四十年前，我们的联邦政府已经立法对艺术进行描述，认为艺术应该是一种公益，是一种在长期的民主制度中用来表现我们所认定有价值的事物的方式。这个描述在1965年建立的"国家艺术及人文科学捐赠法案"中被制度化。这两个捐赠基金①为艺术家和学者们提供了机构和个人的支持，改变了美国的文化前景。以前听不到的声音终于生发出来，形成了美国艺术领域空前的多元文化态势。捐赠法案表明，支持艺术与支持充满活力的民主政治是一枚硬币的两面，不可分割。法案的部分内容如下：
>
> 高度的文明不能只将精力和兴趣集中于科学技术上面，而应该将其扩展到人类学术文化活动的各个领域当中。
>
> ……
>
> ……该项法案又申明了究竟用何种方式来支持艺术：
>
> 艺术实践和人文学科的研究需要不断的奉献和投入，然而没有一个政府可以通过命令去产生出伟大的艺术家和学者，因此联邦政府不但需要帮助建立和维持一个鼓励自由思考、想象和调查的环境，还应该为培养这种创新才能所需要的物质条件提供支持。
>
> 美国国家艺术基金会（NEA）和国家人文基金会（NEH）不应该只是通过他们的拨款提供智慧和远见，还应该为艺术家和

---

① 指下边提到的美国国家艺术基金和国家人文基金。

学者的工作提供物质条件。以联邦政府为榜样,全国许多城市的州立艺术委员会和政府认识到要把艺术作为公众利益来考虑。随着公众机构对艺术和戏剧领域投资的增加,私人的支持也随着增长起来,地方剧院也随之发展和繁荣。纽约大学艺术学院,就是现在的蒂希艺术学院,是与国家艺术捐赠同年建立的。(玛丽·坎贝尔,2007:4-22)

由此可见,戏剧并不是单纯的娱乐手段,在美国,戏剧是被当成一种公益事业而受到法律保护的。正因为此,它受到政府资金的持续支持。从联邦到地方的各级政府,都不同程度地通过拨款支持戏剧艺术的发展,而且是制度化的资金支持。

除了政府,各种基金会也出资支持戏剧。资助这些亚裔剧团的赞助商并不局限于亚裔社群,而是来自美国社会的各个阶层,除了政府部门,也有公司和各种基金,比如洛杉矶县艺术委员会、戴尔 & 埃德娜·沃尔什基金、福克斯社区发展、索尼社区资助、迪斯尼公司、德菲基金、古德搜索引擎,等等。[1] 除此之外,还有一些艺术团体、学校和企业出资赞助戏剧。比如,赞助张家平的戏剧《中国风格》(*Chinoiserie*)的有美术中心、Ping Chong & Company、黄春学院、沃尔克艺术中心、布鲁克林音乐学院和内布拉斯加大学利德中心及美国电话电报基金。[2] 资助马驿剧团的有国家艺术捐赠基金会、纽约州艺术委员会、纽约市文化事务处、纽约州公园、娱乐和历史遗迹保护办公室。[3]

---

[1] 以磁石戏剧组合为例,详见 http://www.lodestonetheatre.org/lodestone/home/home.html

[2] http://www.pingchong.org/works/chinoiserie.html

[3] Wikipedia:Ma-Yi Theater Company—a professional, not-for-profit theater company

一些主流基金在提供资金支持的同时,也参与了剧团的计划项目,从而在戏剧团体的发展中发挥指导性作用。1968年东西艺人剧团获得38 500美元的福特基金资助,剧团按要求要在1968年6月至1970年5月期间将该款项用于以下三个方面:(1)准备以及激励原创剧作;(2)以工作坊的形式培训演员;(3)排演每个季度的剧目。为了完成第一项要求,他们每年举办一次戏剧创作竞赛。1968年举行了第一届戏剧创作竞赛,奖金为一千美元。

东西艺人剧团在文学期刊、报纸上刊登广告,鼓励亚裔探索戏剧创作。据岩松信回忆,当时只有六部剧作投稿,而且大部分作品的质量一般。亨利·温(Henry Woon)的作品《时见时不见》(*Now You See, Now You Don't*)被评为第一名。这是一部描写工厂中的人种偏见和亚裔个人行为的作品,是东西艺人剧团第一部表现亚裔群体独有的问题的作品,而且还是第一部搬上舞台的亚裔戏剧。(E. Lee, 2006:46)第二届戏剧创作比赛在1970年举行。吴顺泰(Soon-Tek Oh)的作品《永不发生》(*Never Happen*)获得第一名。次年赵健秀的《鸡笼中的唐人》和Momoko Iko的《金表》(*Gold Watch*)并列第一名。由于东西艺人剧团在同年更换工作场所,所以这两部戏剧都没能上演。1972年《鸡笼中的唐人》在纽约的美国天地剧场初次公演,同年《金表》在洛杉矶的内城文化中心举行初次公演。(E. Lee, 2006:46)这些资金不但激励了优秀创作,也催生了新人的出现,并且给戏剧团体增加了演出资源,推动了剧团的发展。

1973年东西艺人剧团积极争取到两项大额资助。一项是国家艺术捐助基金提供的2万美元,以供剧团扩大戏剧创作,另一笔资金是洛克菲勒基金赞助的3 500美元,其中2 500美元用于赞助亚裔驻团戏剧家的创作,1 000美元用于剧团经营。这两笔资助是东西艺人剧团发展史上最重要的资助之一。资助从1973年开始逐年拨款直至1980年结束。工作坊与驻团剧作家创作两个方法的结合,为培养亚裔戏剧新人提供了有利的条件。1972年至1980年间,东西艺人剧团除了上演了十几部欧洲戏剧和美国戏剧之外,还上演了二十多部原创的亚裔戏剧。(E. Lee,2006:50)东西艺人剧团逐渐成为美国第一批亚裔戏剧家的艺术之家。(E. Lee,2006:52)他们中的许多人都是在此初涉戏剧创作。对于这些亚裔戏剧作家来说,东西艺人剧团为他们提供了创作试验的平台,更为亚裔经典戏剧的创作开辟了空间。东西艺人剧团的这些举措,与社会提供给戏剧界的资金支持密不可分。

在美国,大部分非营利戏剧团体都是向公众募集资金。募集来的资金构成周转资金的主体部分,其余部分包括票房、版税和其他辅助收入。但是还有一些资金是来自于地方艺术机构或私人基金。但是总的来讲,都是向公众募集资金,呼吁公众出资赞助戏剧。当然,捐赠对捐赠人也是有益的,那就是可以减税。向一个注册登记过的慈善团体捐赠,捐赠者可以享受减税。所以,捐赠行为既可以支持一个利民的事业,捐赠者自己也可以从中受益,可谓两全其美。据统计,美国是世界上迄今为止私人慈善捐赠最多的国家,数额占其GDP的1.67%,英国以世界第二紧随其后,占英国GDP的0.73%。[1] 可见慈善捐助之普遍。正是这种普遍的捐赠形式,使得这样的非营利戏剧团体得到了源源不断的资金支持,从而得以持续发展。

---

[1] Jason Ferguson, How is London theatre funded?
http://www.thatdamnyankee.com/2009/10/how-is-london-theatre-funded.html

参 考 文 献

Abrash, Victoria. "An Interview with Ping Chong. "*The East/West Quartet*. New York: Theatre Communications Group, 2004.

Ashcroft, Bill, Gareth Giffiths and Helen Tiffin, eds. *The Post-colonial Studies Reader*. London: Routledge, 2002.

Barde, Robert and Gustavo Bobonis. "Detention at Angel Island: First Empirical Evidence. " Spec. Issue of *Chinese America*, Jan. 1, 2007.

Bean, Annemarie. "Playwrights and Plays of the Harlem Renaissance. " *A Companion to Twentieth-Century American Drama*. Ed. David Krasner. Malden, MA: Blackwell Publishing, 2005.

Beard, Deanna M. Toten. "American Experimentalism, American Expressionism, and Early O'Neill. "*A Companion to Twentieth-Century American Drama*. Ed. David Krasner. Malden, MA: Blackwell Publishing, 2005.

Bottoms, Stephen J. "Solo Performance Drama: The Self as Other?"*A Companion to Twentieth-Century American Drama*. Ed. David Krasner. Malden, MA: Blackwell Publishing, 2005.

Chang, Lia. "The Path of the Outsider. "*Asianweek*, March 7, 1997.

Cheng, Anne Anlin. *The Melancholy of Race: Psychoanalysis, Assimilation, and Hidden Grief*. Oxford: Oxford University Press, 2001.

Chin, Frank. *The Chickencoop Chinaman/The Year of the Dragon*. Seattle and London: University of Washington Press, 1981.

——. "Back Talk. "*News of the American Place Theatre*, May 3, 1972.

Chin, Frank, et al. Preface. *AIIIEEEEE! An Anthology of Asian-American Writers*. Washington, D. C. : Howard University Press, 1974.

Choi, Jae-Oh. "Voicing Back: The Poetics and Politics of Ping Chong's Ethno-Historiographic Fables". Diss. University of Pittsburgh, 2004.

Church, Janet Hyunju. "A Politics of Repersentation: Articulating Identities in Contemparary Asian American Literature." Diss. State University of New York at Stone Brook, 1996.

Cooperman, Robert. "New Theatrical Statements: Asian-Western Mergers in the Early Plays of David Henry Hwang."*Reivew and Criticism of Works by American Writers of Asian Descent*. MI: Gale Research Inc., 1999.

Dillon, John. "Three Places in Asia."*American Theater*. March, 1995.

Dimond, Elin. "Dramatic."*The Oxford Companion to Women's Writing in the United States*. Eds. Cathy N. Davidson and Linda Wagner-Martin. New York: Oxford University Press, 1995.

Dolan, Jill. "Lesbian and Gay Drama."*A Companion to Twentieth-Century American Drama*. Ed. David Krasner. Malden, MA: Blackwell Publishing, 2005.

Elam, Harry J. Jr. The Device of Race: An Introduction. *African American Performance and Theater History: A Critical Reader*. Ed. Harry J. Elam, Jr. and David Krasner. New York: Oxford University Press, 2001.

Eng, Alvin, ed. *Tokens? : The NYC Asian American Experience on Stage*. Philadelphia: Temple University Press, 1999.

Fearnow, Mark. "1970-1990: Disillusionment, Identity, and Discovery."*A Companion to Twentieth-Century American Drama*. Ed. David Krasner. Malden, MA: Blackwell Publishing, 2005.

Goshert, John Charles. *Frank Chin*. Boise: Boise State University, 2002.

Grice, Helena. *Negotiating Identities: An Introduction to Asian American Women's Writing*. New York: Manchester University Press, 2002.

Haugo, Ann. "Native American Drama."*A Companion to Twentieth-Century American Drama*. Ed. David Krasner. Malden, MA: Blackwell Publishing, 2005.

Hay, Samuel A. *African American Theatre: A Historical and Critical Analysis*. Cambridge: Cambridge University Press, 1994.

Hom, Marlon K. *Songs of Gold Mountain:Cantonese Rhymes from San Francisco Chinatown*. Berkeley:University of California Press, 1992.

Houston, Velina Hasu,ed. *The Politics of Life:Four Plays by Asian American Women*. Philadelphia:Temple University Press, 1993.

Huang, Guiyou, ed. *The Columbia Guide to Asian American Literature Since 1945*. New York:Columbia University Press, 2006.

Jiang, Tsui-fen. "Imagining the Fantasy or Living the Nightmare? The American Dream for Chinese Americans in Frank Chin's *The Chickencoop Chinaman*." *The Journal of Asian/Diasporic and Aboriginal Literature*. Vol. 1, No. 2, Autumn, 2005.

——. "The American Dream for Chinese America in Frank Chin's *The Chickencoop Chinaman*." International Symposium on Asian American Literature. Taipei:Chinese Culture University, May 7, 2005.

Katrak, Ketu H. "Colonialism, Imperialism, and Imagined Homes." *The Columbia History of the American Novel*. Ed. Emory Elliott. New York:Columbia University Press, 1991.

King, Bruce, ed. *Contemporary American Theatre*. New York: St. Martin's Press, 1991.

Krasner, David. "Eugene O'Neill:American Drama and American Modernism."*A Companion to Twentieth-Century American Drama*. Ed. David Krasner. Malden, MA:Blackwell Publishing, 2005.

Kurahashi, Yuko. *Asian American Culture On Stage:The History of the East West Players*. New York & London:Garland Publishing, 1999.

Lee, Esther Kim. *A History of Asian American Theatre*. New York: Oxford University Press, 2006.

Lee, Josephine. *Performing Asian America:Race and Ethnicity on the Contemporary Stage*. Philadelphia:Temple University Press, 1997.

Lei, Daphne. "Staging the Binary:Asian American Theatre in the Late Twentieth Century."*A Companion to Twentieth-Century American Drama*. Ed. David Krasner. Malden, MA:Blackwell Publishing, 2005.

Ling, Amy. "Dramatic Improvement."*Women's Review of Books*. Vol. XI, May 1, 1994.

Maufort, Marc. "Staging Difference:A Challenge to the American Melting Pot". *Staging Difference：Cultural Pluralism in American Theatre and Drama （American University Studies Series Xxvi：Theatre Arts）*. Ed. Marc Maufort. New York：Peter Lang Publishing, 1995.

McDonald, Dorothy Ritsuko. Introduction. *The Chickencoop Chinaman/ The Year of the Dragon*. Seattle and London：University of Washington Press, 1981.

Rabkin, Gerald. "The Sound of a Voice：David Hwang." *Contemporary American Theatre*. Ed. Bruce King. New York：St. Martin's Press, 1991.

Saal, Ilka. *New Deal Theater：The Vernacular Tradition in American Political Theater*. USA：Palgrave Macmillan, 2007.

Schlueter, June. "American Drama of the 1990s On and Off-Broadway." *A Companion to Twentieth-Century American Drama*. Ed. David Krasner. Malden, MA：Blackwell Publishing, 2005.

Sell, Mike. "The Drama of the Black Arts Movement." *A Companion to Twentieth-Century American Drama*. Ed. David Krasner. Malden, MA：Blackwell Publishing, 2005.

Shewy, Don. "Not Either/Or but And：Fragmentation and Consolidation in the Post-modern Theatre of Peter Sellars." *Contemporary American Theatre*. Ed. Bruce King. New York：St. Martin's Press, 1991.

Shteir, Rachel. "Ethnic Theatre in America." *A Companion to Twentieth-Century American Drama*. Ed. David Krasner. Malden, MA：Blackwell Publishing, 2005.

Uno, Roberta, ed. *Unbroken Thread：An Anthology of Plays by Asian American Women*. Amherst：The University of Massachusetts Press, 1993.

Wade, Leslie A. "Sam Shepard and the American Sunset：Enchantment of the Mythic West." *A Companion to Twentieth-Century American Drama*. Ed. David Krasner. Malden, MA：Blackwell Publishing, 2005.

Williams, Dave. *Misreading the Chinese Character：Images of the Chinese in Euroamerican Drama to 1925*. New York：Peter Lang, 2000.

Wong, Sau-ling Cynthia. *Reading Asian American Literature*. Princeton：Princeton University Press, 1993.

Yew, Chay. *The Hyphenated American*. New York：Grove Press, 2002.

奥斯卡·G.布鲁凯特:《二十世纪九十年代以来的美国戏剧概况》,《戏剧艺术》,2006年第2期。
都文伟:《百老汇的中国题材与中国戏曲》,上海:上海三联书店,2002年。
乐黛云:《中西比较文学教程》,北京:高等教育出版社,1988年。
李贵森:《西方戏剧文化艺术论》,北京:中国传媒大学出版社,2007年。
梁燕丽:《20世纪西方戏剧理念的嬗变》,《外国文学评论》,2008年4期。
凌津奇:《叙述民族主义》,北京:中国社会科学出版社,2006年。
玛丽·坎贝尔:《美国戏剧的危机》,《戏剧艺术》,2007年第1期。
孟昭毅:《东方戏剧美学》,经济日报出版社,1997年。
——:《印象:东方戏剧叙事》,昆仑出版社,2007年。
沈亮:《美国非营利戏剧艺术管理模式的早期探索》,《戏剧艺术(沪)》,2007年第6期。
舒舍予:《文学概论讲义》,北京:北京出版社,1984年。
孙惠柱:《欧美戏剧市场运作的三种模式》,《文艺研究》,2001年第3期。
谭霈生主编:《戏剧鉴赏》,北京:高等教育出版社,2004年。
徐颖果:《跨文化视角下的美国华裔文学——赵健秀作品研究》,天津:南开大学出版社,2008年。
徐颖果等:《美国女性文学:从殖民时期到20世纪》,天津:南开大学出版社,2010年。
亚里士多德、贺拉斯著,郝久新译:《诗学 诗艺》,北京:九州出版社出版,2007年。
尹晓煌著,徐颖果主译:《美国华裔文学史》,天津:南开大学出版社,2006年。
赵景深:《戏曲笔谈》,上海:上海古籍出版社,1962年。
周郁蓓:《民族动因和学科动因下的美国文学批评》,《外国文学评论》,2009年第3期。
朱乃长译:《蝴蝶君》,台北:幼狮子文化事业公司,1993年。

附　　录

1. 美国华裔戏剧研究术语[①]

（按中文术语的拼音顺序排列）

地方剧场运动（Regional Theatre Movement）

地方剧场也称驻地剧院或保留剧目剧院。地方剧场兴起于20世纪60年代，给商业化的纽约市提供了一种去中心化的另类戏剧。地方剧场是专业的非营利场所，其主要目标是创作新的美国戏剧，出演经典的和当代的保留剧目，培养敬业的剧场专业人员，大多时候也为所在社区服务。

概念艺术/观念艺术（Conceptual Art）

指20世纪60年代中后期出现于美国并于70年代流行于欧美各国的一种艺术风格，它认为艺术并非存在于艺术家所创作的作品中，而是存在于艺术家试图传达的思想或观念中，其创造出的供观众观看的作

---

① 本部分的资料来源主要有：
Baldick, Chris. *The Oxford Dictionary of Literary Terms*. Oxford University Press, 2008.
http://www.tvistudios.com/
http://www.time.com/time/magazine/article/0,9171,902453-2,00.html
http://www.livingtheatre.org/history.html
http://www.britannica.com
http://en.wikipedia.org

品只是传达这些思想和观念的工具。最早的概念艺术作品是法国艺术家马歇尔·杜尚(Marcel Duchamp, 1887—1968)1917年创作的《泉》,以一个真实的小便器参加艺术展而引发了对艺术性质以及艺术存在方式的争论和变革。另一有代表性的作品是约瑟夫·卡苏斯(J. Kosuth, 1945—)于1965年创作的《一把和三把椅子》,其中作者并置了一把真实的椅子、该椅子的照片和字典中关于椅子的定义的复印件,表达了概念艺术相对于可视艺术的优越性。作品使观众通过观看实际的椅子和幻象的椅子(即照片),以及椅子的概念而形成对椅子从直观到理性的完整认识和理解。

概念音乐剧(Concept Musical)

是打破传统音乐线性叙述模式的一种新兴剧种,又称"反音乐剧"。此类剧没有传统的开端、发展、高潮、结局等完整的文本内容,而是围绕一个或多个概念(主题)展开的多个非线性的、零散的甚至是破碎的,但同时在主题上又高度统一的故事或各种艺术元素,如导演、词曲创作、舞台布景、服装道具、演员表演等。概念音乐剧的开山之作是由斯蒂芬·桑迪海姆作词,哈罗德·普林斯任导演的《伙伴们》(Company)。

环境戏剧 (Environmental Theatre)

环境戏剧是打破镜框式舞台,脱离常规戏剧空间,将观众与戏剧情境融为一体的观演关系戏剧,出自美国戏剧理论家理查·谢克纳于1968年春季在《戏剧评论》上发表的一篇文章。此类戏剧的优势在于观演之间的直接交流和互动,演出空间的选择和设计都为此服务。偶发艺术、街头剧、政治示威、仪式表演等从广义上讲都是环境戏剧演出。

幻觉剧场(The Theatre of Illusion)

幻觉剧场的舞台模拟真实的生活,观众面对的仿佛是一个拆掉了第四堵墙的真实的房间。观演之间不存在互动,不允许演员直接对观众讲话,因为任何打破这种幻觉的手段都是被禁止的。一切舞台手段都是为了实现仿真效果的最大化。由于我们对幻觉剧场已经习以为常,有时会误把它当作唯一真正的戏剧,但实际上它在整个戏剧历史上只是很小的一个分支,许多戏剧都不属于幻觉剧场,如莎氏剧作,它的无韵体、独白以及简化的舞台设计都与幻觉剧场相去甚远。

黑脸歌舞秀(Minstrel Show)

起源于美国并盛行于19世纪末和20世纪初的一种娱乐形式。白人通过把脸部涂黑来扮演模式化的非裔美国黑人,此种娱乐形式包括滑稽短剧、舞蹈、音乐及其他表演,借以表现非洲裔美国人的传统风俗文化。

荒诞剧场(Theatre of the Absurd)

英国戏剧评论家马丁·艾思林杜撰的用来形容一批戏剧作品的批评术语,最早见于其1962年出版的《荒诞派戏剧》一书。在他看来,这些作品"公然抛弃人类的理性能力和思维的逻辑性,尽力表达着人类生存的虚无感以及理性的缺乏"。荒诞剧场代表的意识形态在根本上属于存在主义,在世界观上有玄学主义的神秘倾向,表现在不可知的宇宙中漂浮游荡的困惑的人类。代表作家是萨缪尔·贝克特和欧仁·尤内斯库。荒诞剧场对美国剧作家产生了广泛的影响,如爱德华·阿尔比、阿瑟·科皮特、约翰·格尔等。

即兴表演(Improvisation)

即兴表演指没有已经写好的剧本、台词,也不经排练就向观众演出的一种戏剧表演,也指传统戏剧表演中的即兴表演要素。它源自于古希腊、罗马时代的民间,17世纪成为深受民众喜爱的一个剧种,即意大利即兴喜剧,又称"假面喜剧",对戏剧的发展产生过深远影响。其特征为:第一,除青年男女主角外都戴假面具;第二,采用根据提纲而非剧本进行即兴演出的"幕表制";第三,角色有定型,按照相对固定的主题和情节以及程式化对话套路进行表演,只是根据实际情况变换方式而已。它类似于中国早期话剧的"文明戏"和上海的"滑稽戏",在西方一些先锋派戏剧演出中也颇受重视,同时还是世界各地普遍运用的一种演员训练方法。实际上即兴表演要素在每场演出中都不同程度地普遍存在,它有助于使角色更加生动、丰满,但不能脱离角色去随意发挥。

街头流动戏剧/剧场(Guerrilla Drama/Theatre)

是围绕一些有争议的社会、政治问题在街头等公共场所上演的短小的戏剧作品。其目的是通过激进的表演形式革新美国戏剧,教化民众。三个有代表性的流动剧场包括旧金山默剧团、面包与傀儡剧团和加利福尼亚的农民剧团。旧金山默剧团是其中最早的流动剧团,模仿卓别林的哑剧表演形式。他们大多数没有专业的表演经历,反对百老汇的人工布置舞台设计,青睐生活中的真实场景,认为戏剧的宗旨是沟通,目标观众是学生、孩子、工人以及活动家们。虽然是沉默表演,但舞台上常可爆发出乐队的奏乐声和演员的歌声。德国裔雕塑家彼得·舒曼建立的面包与傀儡剧团常在纽约的贫民区进行演出,揭露罪恶,宣扬真善美。每次演出前剧团都给观众分发黑面包,以吸引民众的参与。农民剧团则不仅要揭露罪恶,还要号召民众铲除罪恶。他们穿梭于加利福尼亚的山间地头,曾为美国的墨西哥裔葡萄采摘工人罢工提供道义支持。农民剧团表演时善于通过带动观众击掌和呐喊激发他们的热情。

美国新戏剧(The New American Drama)

过去的中心与边缘、主流与前卫等比喻已经不能再用来形容"美国新戏剧"。1980年以来的美国戏剧指越来越多的非盎格鲁-撒克逊主流美国人的多元文化、多种族裔的剧作家,他们重新定义自己,并登上舞台的中心,他们是:犹太裔美国人、非裔美国人、西班牙裔美国人、亚裔美国人、女性主义者、同性恋者等群体。

默剧(Mime)

默剧历史可追溯至公元前1世纪的古罗马,18世纪成为英国最流行的戏剧形式。默剧的演员主要通过肢体动作进行表达,不可以说话,但可以发出笑声、哭声,一些情节还可以通过旁白来完成。默剧主要表达严肃的题材,场景单调,情节简单但充满象征意义,给观众留有想象空间。演员表演默契,动作、表情夸张。

默剧不同于哑剧,虽然两者都以肢体动作为表达方式,但本质不同,默剧透过舞台的形式来表现戏剧中的非语言性的意境,突出表现故事蕴含的精神面貌,哑剧的前提是否定了语言功能,并以外表形式为出发点,在舞台上纯粹以手势、肢体动作和面部表情来演绎戏剧。由于默剧过于追求视觉效果,演出成本较高,最终被现实主义戏剧所取代。

情绪记忆(Affective Memory)

又叫情感记忆,是在某种条件下重新体验在相似情况下曾经体验过的情绪和情感的能力。某种情境或事件常常与它所引起的强烈或深刻的情绪、情感同时记忆在人的头脑中,有时事件本身已经遗忘,但情绪依然留在记忆中,在一定条件下又会重新被体验到。情绪记忆对文学家和艺术家具有特别重要的意义。演员通过回忆过去的事件激起真实情绪,进而转化到类似演出情境和人物的情感中。

社区剧场运动(Community Theatre Movement)

指与某些社区有关的戏剧表演,是由社区建构的、与社区建构的及为社区建构的戏剧表演。它既可以指没有任何外来者参与的完全由社区的人创建的戏剧,也可以指社区人员和专业戏剧艺术家们合作演出的戏剧,或者指完全由专业演员演出给某个特定社区的戏剧。社区戏剧被认为对社区的社会资本做出了贡献,通过培养演技和社区精神,提高作为出品者和观众的参与者们的艺术感受力。

生活剧团(The Living Theatre)

生活剧团是设在纽约市的由朱迪思·马利娜于1947年所创立的戏剧团体,该剧团是现存的美国历史最长的实验戏剧团体。它以非传统的表演实践闻名,如打破观众和舞台之间的第四堵墙,及在剧场背景之外演出等。它帮助推动了外百老汇运动的开展,可以说曾是美国历史上最有影响力的先锋剧团之一。除了创作和表演自己创作的作品,该剧团还搬演格特鲁德·斯泰因及威廉姆·卡洛斯·威廉姆斯以及欧洲作家让·古克多和保罗·古德曼等的作品。剧团自创立起在世界各地上演了八种语言的近百场演出，对世界戏剧艺术产生了广泛影响。

集体剧场（Group Theatre）

是 1931 年由哈罗德·克鲁曼、李·斯特拉斯伯格和谢里尔·克劳福德等在纽约市创立的，致力于推广当代戏剧的戏剧团体。该团体中较少有明星出演，多数为有改革梦想的年轻人。他们秉承斯坦尼斯拉夫斯基的路线进行开拓，着力于开创属于美国自己的表演方式。该剧团之所以取名"集体剧场"，是因为他们认为戏剧是演员、导演、剧作和出品人组合的结果，他们个人并无意成为"明星"。该剧团虽然持续了仅仅十年，但其影响深远。

小剧场运动（Little Theatre Movement）

指 20 世纪早期业余戏剧团体在美国的兴起。小剧场戏剧旨在脱离商业戏剧通过模仿演出戏剧的形式与方式，建立小规模的实验性戏剧中心的努力。大量的实验性戏剧团体开始试验戏剧的新形式，尝试讲故事、动作表演、对白、舞台布景的新形式。如今全国有约五千家这样的团体。小剧场运动使美国戏剧重新焕发活力，并催生出阿瑟·米勒和尤金·奥尼尔等一批美国戏剧大师。

外百老汇（Off-Broadway）

该词创建于 20 世纪 50 年代，用来形容纽约市百老汇商业区外围分布的小剧场及其演出剧目。这些小剧场的座位通常在 100 到 499 之间，他们上演话剧、音乐剧和世俗讽刺剧等等。这些剧场在规模上小于百老汇剧团的规模。外百老汇是小剧场的延伸，曾是实验剧和舞台实验的圣地，但这一功能已经逐渐被外外百老汇所取代。

外外百老汇（Off-Off-Broadway）

该词创建于 20 世纪 60 年代，用以区别在咖啡馆、教堂、临街店铺等非剧场场所进行演出的非商业性剧团，和在百老汇及外百老汇演出的商业性剧团。外外百老汇剧场在规模上小于百老汇和外百老汇剧场，通常只有大约一百个座位。外外百老汇的演出既有成名的艺术家上演的专业演出，也有小规模的业余演出。

喜剧性穿插(Comic Relief)

喜剧性穿插是在严肃作品中，尤其是悲剧中，穿插短小的幽默情节。这种幽默的场景、角色或对话可以具有多重效果，既可以缓解紧张气氛，又可引发反讽式的思考。

心理剧(Psychodrama)

于20世纪20年代由雅各布·L.莫雷诺(Jacob L. Moreno)首创的一种心理治疗方法，它是以心理治疗，而非以审美享受为目的的舞台戏剧表演。由患者将自己的心理问题通过表演的方式展示给治疗师，表达出自己的内心感受，从中获得了解自己生活的洞察力。通过在舞台上重现真实生活中的场景，并亲自表演出来，患者有机会审视自己的行为，更深层次地理解他们生活中的某个情景。心理治疗师只有一个人，但是表演的却不限于一个人，可以是许多人。

2. 美国亚裔戏剧大事年表

(Asian American Theatre Timeline) ①

1920—1939	李玲爱开始在夏威夷创作戏剧,成为华裔戏剧的先驱
1924	李玲爱创作《瑟格的复仇》(*The Soge Revenge*)和《白蛇》(*The White Serpent*)
1925	洛蕾塔・M.J.李(Loretta M. J. Li)创作《天鹅绒上的油画》(*Painting on Velvet*)
1930	爱丽丝・张桐(Alyce Chang Tung)创作《个性时代》(*The Age of Personality*)
1936	魏志春创作《为你》(*For You a Lei*)和《边缘女人》(*Marginal Women*)
1947	林吉梅(Keemei Ling)创作《完全孤独》(*All, All Alone*)
1948	林吉梅创作《比赛之后》(*Aftermath*)
1952	洛蕾塔・M.J.李创作《桥》(*The Bridge*)
1959	旧金山默剧团创建
1965	东西艺人剧团创建
1970—1979	旧金山湾区持续举行多元文化群体集会 以表现夏威夷地方特色为宗旨的库姆卡华剧院在夏威夷成立 "美国亚裔研究"学科诞生 加州大学洛杉矶分校首次开设美国亚裔戏剧课程 美国音乐剧团开始招收亚裔演员
1972	张家平剧作《拉撒路》(*Lazarus*)在拉玛玛剧院上演
1972	赵健秀剧作《鸡笼中的唐人》(*Chickencoop Chinaman*)上演

---

① 参考了 Roger W. Tang 发布在 http://www.aatrevue.com/Timeline.html 网页上的部分内容。

1972	西北亚裔剧团在西雅图创建
1972	亚裔戏剧工作坊在旧金山创立,后改名为亚裔戏剧公司
70年代中期	亚裔演员抗议百老汇排斥亚裔演员以及分派非亚裔演员扮演亚裔角色的行为
1974	尼基帕是首位被纽约大学研究生院录取的表演专业的亚裔学生
1977	张渝在纽约市创办泛亚保留剧剧团
1978	林小琴(Genny Lim)创作《纸天使》(Paper Angels)
1979	黄哲伦在斯坦福大学创作《新移民》(FOB)
1980—1989	《纸天使》(Paper Angles)在旧金山的中华文化中心上演 西雅图集体剧团(Seattle Group Theatre)集合多元文化剧作家,举办戏剧节和民族聚会等
1980	《尼塞渔民之歌》(Song for a Nisei Fisherman)美国亚裔剧团上演
1980	林小琴创作《和平鸽》(Pigeons)
1981	戴安娜·周(Diana Chow)创作《不同肤色的亚裔人》(An Asian Man of a Different Color)
1983	戴安娜·周创作的《不同肤色的亚裔人》在火奴鲁鲁的库姆卡华剧院上演
1983	林小琴创作的《和平鸽》(Pigeons)在旧金山中华文化中心上演
1984	彻里琳·李创作的《火》(Pyros)和《言外之意》在旧金山海湾地区剧作家节上演
1985	彻里琳·李创作《王鲍再骑》(Wong Bow Rides Again)
1986	黄哲论剧作《新移民》在萨克拉门托市首演
1986	姬蒂·陈(Kitty Chan)创作《吃凤爪》(Eating Chicken Feet)
1986	彻里琳·李创作《银金浆》(Yin Chin Bow),并于同年在纽约上演
1987	姬蒂·陈创作的《吃凤爪》在纽约夏季戏剧会议上演

1987	彻里琳·李创作《蕾教授尼歌》(*The Ballad of Doe Hay*),并在旧金山中华文化中心上演
1987	林小琴创作《南瓜女孩》(*The Pumpkin Girl*)和《永不停止的天空》(*The Sky Never Stops*),其中《南瓜女孩》在加州莫森艺术家海湾第八届剧作家节上演
1988	黄哲伦剧作《蝴蝶君》获托尼奖
1988	魏志春创作的《为你》在火奴鲁鲁的东西中心剧院上演
1988	林小琴创作《冬天之地》(*Winter Place*)
1988	南希·王(Nancy Wang)创作《把梦想留给我》(*Leave Me My Dreaming*)
1989	马驿剧团在纽约创建
1989	肯特·布里斯比(Kent Brisby)和金杰里利·洛(Gingerlily Lowe)创建中国故事剧团,后改名亚洲故事剧团(Asian Story Theatre)
1989	蒂姆·米勒(Tim Miller)和琳达·弗赖伊·伯纳姆(Linda Frye Burnham)在加州圣莫尼卡创办高速公路表演空间剧团(Highways Performance Space)
1989	姬蒂·陈创作的《罗萨丢面子》(*Rosa Loses Her Face*)在纽约曼哈顿剧院俱乐部上演
1989	林小琴创作《苦甘蔗》(*Bitter Cane*)和《无脸》(*Faceless*),并在旧金山神奇剧院上演
1989	段光忠(Alice Tuan)创作《四点二分》(*Four O' Clock Two*)
1990—2005	谢耀在洛杉矶马克·塔珀论坛亚裔戏剧工作坊讲学
1990—1991	林小琴创作《神奇的毛笔》(*The Magic Brush*)
90年代早期	黄哲伦剧作家培训班成立
1991	尤金妮娅·张(Eugenie Chan)创作《埃米尔:中国游戏》(*Emil, a Chinese Play*)和《格兰德牧场》(*Rancho Grande*)
1991	莉拉妮·张(Leilani Chan)创作《妈妈》(*Mama*)
1991	彻里琳·李创作《阿瑟和蕾拉》(*Arther and Leila*)
1991	段光忠创作《爷爷将军》(*General Yeh Yeh*)

1992	幕表演艺术团(Mu Performing Arts)成立
1992	文化遗产学会成立
1992	西北亚裔剧团(NWAAT)成立20周年
1992	美国亚裔文艺复兴组织成立大会
1992	段光忠创作《海岸线》(*Coast Line*)和《点心》(*Dim Sums*)
1993	罗伯塔·乌诺和薇莉娜·哈苏·休斯顿编辑出版《未断的线》(*Unbroken Thread*)
1993	黄哲伦剧作《舞蹈和铁路》(*The Dance and the Railroad*)在加拿大首次上演
1994	加州大学伯克利分校上演戏剧《女勇士》(*Woman Warrior*)
1995	安迪·罗威(Andy Lowe)等在圣地亚哥创办亚裔保留剧剧团
1995	"剥香蕉"(Peeling the Banana)创作表演工作坊在纽约市亚裔作家工作坊创作
1995	加州大学洛杉矶分校的亚裔戏剧组"拉普"成立
1996	首个研究亚裔戏剧艺术的非营利机构——亚洲艺术学院成立
1996	罗格·唐(Roger Tang)开发的亚裔戏剧评论网站与API联网,全美艺术家得以建立网络联系
90年代后期	新世界剧团举办第三世界美国戏剧大会
1997	美国亚裔女性戏剧档案馆在马萨诸塞州大学阿默斯特分校建立,收藏有剧本、访谈、照片等资料
1997	亚太岛屿文化中心建立
1997	约瑟芬·李著作《表现亚裔》(*Performing Asian America*)出版
1997	亚裔剧院邮件论坛(Asian American Theater Listserver)建立
1998	西北亚裔剧院在西雅图召开大会
1998	孔丹和格锐森·安琪尔(Gary San Angel)在费城介绍全美亚裔表演工作坊

1998	东西艺人剧团迁入了洛杉矶"小东京"区拥有240个座位的演员工会剧院
1998	黄哲伦发起的戏剧团体"斯坦福亚裔戏剧计划"重启
1999	磁石戏剧组合(Lodestone Theatre Ensemble)在洛杉矶成立
2002	旧金山的亚裔戏剧有限公司更换领导,剧团转型
2002	黄哲伦改编的《花鼓歌》(*Flower Drum Song*)上演
2004	幕剧院和公园广场剧院合作,在明尼苏达上演全亚裔演员阵容的音乐剧《太平洋序曲》(*Pacific Overtures*)
2004	东西艺人剧团上演《蝴蝶君》(*M. Butterfly*)
2004	全美表演网络大会在洛杉矶召开
2005	亚裔戏剧有限公司和流浪者工作室共同上演《轨枕》(*Sleeper*)
2006	埃斯特·金·李创作《美国亚裔戏剧史》(*History of Asian American Theatres*)出版
2006	东西艺人剧团在洛杉矶召开亚裔戏剧大会
2007	第一届全美亚裔戏剧节在纽约市举行
2008	第二届全美亚裔戏剧大会在明尼苏达州明尼阿波利斯举行
2009	第二届全美亚裔戏剧节在纽约市举行

3. 美国亚裔戏剧团体总览

A List of Asian American Theater Companies

英文名称	中文名称	总部地点	创建时间
the San Francisco Mime Troupe	旧金山默剧团	旧金山	1959
La MaMa Experimental Theatre Club	拉玛玛实验戏剧俱乐部	纽约	1961
East West Players	东西艺人剧团	洛杉矶	1965
Chinese Culture Center	旧金山中华文化中心	旧金山	1965
Four Seas Players	四海剧团	纽约	1970
Kumu Kahua Theatre	库姆卡华剧团	檀香山	1971
Asian American Theater Center	亚裔戏剧中心	旧金山	1973
Northwest Asian American Theatre	西北亚裔剧团	西雅图	1974
Slant Performance Group	偏见演出团	圣迭戈	1974
Pan Asian Repertory Theatre	泛亚保留剧剧团	纽约	1977
The Asian American Theater Project	亚裔戏剧项目	斯坦福大学	1978
Seattle Group Theatre	西雅图集体剧团	西雅图	1980
Cold Tofu	"冷豆腐"剧团	洛杉矶	1981
The Community Asian Theatre of the Sierra	山区亚裔社区剧团	内华达市	1981
Chinese Story Theatre (later renamed Asian Story Theatre)	中国故事剧团(后改名亚洲故事剧团)	圣迭戈	1989
Ma-Yi Theater Company	马驿剧团	纽约	1989
The National Asian American Theatre Company	全美亚裔戏剧公司	纽约	1989
Teatro Ng Tanan	人民剧团	旧金山	1989
Hereandnow Theatre Company	此时此刻戏剧公司	洛杉矶	1989
Mu Performing Arts	幕表演艺术团	明尼阿波利斯	1992

续表

18 Mighty Mountain Warriors	十八大山勇士剧团	旧金山	1993
Repertory Actors Theatre	保留剧演出剧团	西雅图	1993
nteractive Asian Contemporary Theatre	互通亚裔当代剧团	萨克拉门托	1994
Stir Friday Night!	激情周末之夜喜剧团	芝加哥	1995
Asian American Repertory Theatre	亚裔保留剧剧团	圣迭戈	1995
Pork Filled Players	猪猪喜剧团	西雅图	1997
Second Generation Theater Company	第二代戏剧公司	纽约	1997
Lodestone Theatre Ensemble	磁石戏剧组合	洛杉矶	1999
South Asian League of Artists in America	南亚裔艺术家联盟	纽约	2000
Disha Theatre Company	迪沙戏剧公司	纽约	2000
Arthe Theatre Company	阿特剧团	华盛顿特区	2000
SIS Productions	姐妹剧团	西雅图	2000
Silk Road Theatre Project	丝绸之路戏剧项目	芝加哥	2001
Fluid Motion Theater & Film, Inc.	流动影剧有限公司	纽约	2002

后　　记

本课题作为国家社会科学基金艺术学项目于2007年秋季立项，历时三年，于2010年秋季完成预定的研究成果：一部专著，感觉比我以前完成的其他项目要艰难得多。首先，在我国，英国语言文学系开设的美国文学课程里，除了近十几年来新开的少数硕士和博士课程外，美国戏剧部分很少涉及美国华裔戏剧。而在美国，戏剧一般被划分在表演艺术（performance art）学科，并不在英语系的美国文学课程里，因此，我作为美国文学教授，在学科内能接触到的相关文献比较有限。加之华裔戏剧在美国的大力发展，也不过大约四十几年。因此，即便是在美国，华裔戏剧文本和可供参考的研究文献，相对于主流美国戏剧的研究，也是不多的。所幸有国家社科基金的资助。在立项的第二年，我得以专程赴美国调研，从而保证了项目的顺利完成。在此我要感谢国家社科基金，没有国家社科基金的资助，该项目是不可能完成的。

我还要感谢天津市艺术规划办的大力支持。由于他们前瞻性的学术洞察力，敏感地发现对美国华裔戏剧进行研究的必要性，所以在2006年批准了我的第一个相关内容的立项，正是在天津市艺术规划办立项课题的基础上，我进一步申请到国家社科基金项目的立项课题，并以专著的形式完成了该课题的研究内容。没有天津市艺术规划办的支持，这个项目也不可能完成。

此外，我要感谢美国旧金山州立大学的谭雅伦（Marlon Hom）教授，承蒙他的邀请，我得以利用旧金山州立大学图书馆的图书资源，为完成课题打下很好的资料基础。我还要感谢旧金山州立大学的陈耀光（Jeffery Chan）教授、加利福尼亚大学洛杉矶分校的梁志英（Russell Leong）先生、华裔戏剧作家赵健秀（Frank Chin）先生、Ping Chong & Company 的经纪人及 Gay Yuan 女士、Alvin Eng 先生等，感谢他们通过面谈、电话交谈和电子邮件等方式与我分享他们对美国华裔戏剧的人脉资源和信息资源，使我对美国华裔戏剧的发展有可能做深入的研究。

在此需要说明的是本书中的华裔人名的英译汉问题。许多华裔的姓名并不是中国汉字的汉语拼音，也不是英美人的姓名，而是将用粤语发音的中国字加以西式注音而成。因此，要还原成准确的中国汉字实属不易。祖籍国在其他亚洲国家的作家的姓名同样难以翻译，因为许多名字并不是英文名，而是用他们本国语言发音的姓名，比如日裔、韩裔等群体的姓名。为准确起见，也为了不会引起困惑，凡是没有资料证实有现成翻译的这类姓名，一律保持了英文文献中的原名而未进行翻译，特此说明。

另外需要说明的是，由于不是身临其境地经历着目标文化和戏剧，总觉得有隔岸观花的感觉，加之对许多问题的理解都受到资料的限制，因此在解读中难免以自己的理解为主。为了尽可能避免主观臆断，尽量做到客观中肯，使论点有所依据，笔者选择走实证主义路线。对于有些数据、细节和历史评价，更是做到注明出处，以致有些地方的脚注显得似乎有些密集。本书各章中所论述的问题虽然不可能没有笔者自己的观点，但是笔者尽量不做主观判断和评价，而是用资料说话。

另外，本书附录中有研究华裔戏剧以及族裔戏剧不可或缺的专业术语,这些主要是近几十年发展起来的研究当代美国戏剧非常必须的术语。附录中的美国亚裔戏剧大事年表对读者了解华裔剧作的创作历程及其成就非常重要,对于相关领域的研究者也具有参考价值。总而言之,本项目希望能对美国华裔戏剧进行尽可能全面的发掘,通过展示美国华裔戏剧的内容,进一步丰富作为一种艺术形式的戏剧。

最后,我要感谢所有参与这个课题研究的天津理工大学外国语学院的青年教师和研究生们,其中曹立丹翻译了附录1,陈淑娟和王琨翻译了附录2和附录3。2009年毕业的由我指导的研究生,参与了部分华裔剧作的初译,在此表示感谢。参与资料收集和整理的部分人员的姓名已经列在项目结项书上。尽管有些参与者的姓名并没有出现在结项书上,但是他们以高度的热情、负责的态度,积极认真地完成分配给他们的资料搜集和整理任务,为按时结项做出了贡献。同时我也欣喜地看到,通过参与这个项目的资料搜集和整理,他们也对美国华裔戏剧研究产生了兴趣,并从自己的兴趣点出发,都在深入钻研自己感兴趣的作家和作品,而且开始独立发表美国华裔戏剧研究的学术论文。对此我感到由衷地高兴,培养年轻人也是本项目的另一个收获,而且是很重要的一个收获。

另外,美国佛蒙特州诺威奇大学(Norwich University)的黄桂友教授和加州大学洛杉矶分校的凌津奇(Jinqi Ling)教授拨冗为拙著作序。两位教授对书中的一些篇章所提出的修改建议,对于完善拙著是非常可贵的指点,在此表示感谢。两篇序言对于美国华裔戏剧的产生地——美国的读者了解本书的内容,也将起到积极的作用。此外,所有对本书给予热诚支持的人,都令我永远难忘,在此我表示衷心的谢忱。

徐颖果